让孩子

RANG HAI ZI XUE HUI SHENG HUO DE GU SHI QUAN JI

学会生活的故事全集

◎总主编：滕　刚
◎主　编：刘英俊　刘光全
◎副主编：许凤娇　李林荣　刘　涛

種一盘植物不要等着看别人的

花山文艺出版社

图书在版编目(CIP)数据

让孩子学会生活的故事全集 / 刘英俊, 刘光全主编
. -- 石家庄 : 花山文艺出版社, 2007.11(2021.8重印)
(阳光少年励志书系 / 滕刚主编)
ISBN 978-7-80755-177-5

Ⅰ.①让… Ⅱ.①刘… ②刘… Ⅲ.①故事 - 作品集
- 世界 Ⅳ.①I14

中国版本图书馆 CIP 数据核字 (2007) 第 157842 号

丛 书 名：阳光少年励志书系
总 主 编：滕 刚
书 名：让孩子学会生活的故事全集
主 编：刘英俊 刘光全

策 划：张采鑫
责任编辑：于怀新
责任校对：李 鸥
特约编辑：李文生
装帧设计：红十月工作室
出版发行：花山文艺出版社 (邮政编码：050061)
(河北省石家庄市友谊北大街 330 号)
销售热线：0311-88643221
传 真：0311-88643234
印 刷：永清县晔盛亚胶印有限公司
经 销：新华书店
开 本：720×1020 1/16
字 数：400 千字
印 张：23
版 次：2008 年 1 月第 1 版
2021 年 8 月第 2 次印刷
书 号：ISBN 978-7-80755-177-5
定 价：78.00 元

海棠花未眠

□ 张丽钧

那一年,工作多年的我,又获得了重新回到高校进修的机会。在那里,我结识了禹老师。禹老师本是主研日本文学的,而他为我们担任的课程却是写作教学。初春的一个早晨,天上飘着牛毛细雨,教室前一株伶仃的杏树寂寞地开出了两朵淡粉的花。同学们嘻嘻哈哈走过,戏言要摘了它赠予我们漂亮的"班花"。后来,衣履整洁的禹老师来了,我们便不再嬉闹。

距离真正上课的时间还有 5 分钟,禹老师说:"我注意到了,你们刚才在议论那两朵新开的花。要不要利用这几分钟的时间,听我给你们背诵一段有关花的文字?"我们热烈鼓掌。禹老师便开始认真地背诵起来——用日语!他背得十分陶醉,我们听得十分入神。不懂日语的我们,实在猜不出那是一些怎样的文字;但是,我们分明又约略地猜出了那一定是一些美丽芬芳的文字,否则,朗诵它的人不可能那样眼睛发亮,幸福的表情仿佛置身天堂。

禹老师背诵完了,我们却傻呆呆地半晌回不过味来。终于有人小声发问了:"这是一段写什么花的文字?谁写的?"禹老师说:"这是日本作家川端康成描写海棠花的一篇文章,题目叫《花未眠》。"

记得当天晚上在微机教室里,许多同学都下载了翻译成中文的《花未眠》。这是一篇玲珑的文字,是写作者对美的参悟的。川端康成说:"凌晨 4 点醒来,发现海棠花未眠。我大吃一惊……"老实说,我很为他的"大吃一惊"而大吃一惊。花嘛,本不可能像人一般昼醒夜睡,花入夜而不眠,是一件多么稀松平常的事啊,作者却何至于"大吃一惊"呢?拿这个问题去请教禹老师,禹老师说:"川端康成说,自然的美是无限的,人感受到的美却是有限的。在那个给予他'美的启迪'和'美的开光'的凌晨 4 点以前,海棠花未眠这个事实曾被他粗心地忽略着。他或许以为海棠花和朝荣一样,会在黑夜里闭合了自己美丽的容颜;或许他原本就知道海棠花是不眠的,但却没有像这个凌晨4点一样在凝视中突然读懂了她。所以他告诉我们:美是邂逅所得,美是亲近所得。"

终于明白了,原来,那令我们"大吃一惊"的事物往往是先前被我们粗疏的心误读过的事物。很为川端康成拥有了那样一个重要的"凌晨4点"感到庆幸,他的"天目"被倏然点开,一下子看清了原先未曾看清的一切。

后来走过教室前的杏树,走过一切开花的植物,我都会很自然地想起川端康成的《花未眠》,想起禹老师忘情的背诵,想起那惹得人"大吃一惊"的所有的"美的启迪"和"美的开光"。

美好的文字和美丽的花朵一样,有能力完成"目光的第二次给予"。我们蒙昧的眼睛,常常有太多的读不懂。两朵杏花摆在我们面前,我们却无力透过它细腻的肌理触摸到生动的春天。我们只会开着浅薄的玩笑,与两朵奔跑了整整一个冬天才得以与我们相会的杏花擦肩而过。而当川端康成凝视过了凌晨4点的海棠花,当我聆听过了禹老师对这种凝视的深沉解读,红尘就多了几个知音,世界就多了一份锦灿。

读一本好书,你也会有"大吃一惊"的难忘时刻的。推心置腹式的攀谈,拨云见日般的指点,会让你沉浸在阅读的欢悦中。那些慷慨的智者,会赠予你一面镜子,让你看清自身的一个瑕疵;赠予你一把梳子,让你梳清烦乱的心绪;赠予你一句秘诀,让你在诵念中成为最好的自己;赠予你一个美好的未来,让你真正活赚这一生!

亲爱的朋友,愿你在自己的"凌晨4点"被轻轻点化,让智慧为你开光,让成功为你加冕!

目　录

第一辑　播种习惯，收获人生

　　几年前，一位记者问一位获诺贝尔奖的科学家："请问您在哪所大学学到您认为最重要的东西？"这位科学家平静地说："在幼儿园。""在幼儿园学到了什么？""学到把自己的东西分一半给伙伴，不是自己的东西不要拿，东西要放整齐，做错事要道歉，仔细地观察事物。"这位科学家出人意料的回答，直接说明了儿时养成的良好习惯对人一生具有决定性的意义。

　　造成人与人不同境遇的，不是天才和环境，而是习惯。成功的人把优秀当成一种习惯；而我们把平庸、拖沓和懒惰当成了习惯。

第二辑　粗生活　细教养

粗生活,细教养。就是说父母不需要在饮食、衣服等生活层面对孩子过分关注,生活可以粗线条点儿,但对于教养就要细线条。

古希腊哲学家赫拉克利特说过:"礼貌是有教养的人的第二个太阳。"一个人可以生得不漂亮,但是一定要活得漂亮。无论什么时候,良好的修养、文明的举止、优雅的谈吐、博大的胸怀,以及一颗充满爱的心灵,都可以让一个人活得足够漂亮。

第三辑　生活青睐懂管理的人

生命就像一张白纸,等着我们去描绘,去谱写。我们不能延伸生命的长度,但可以拓展生命的广度和深度。对现在和未来进行有效的管理,合理利用时间,规范有序地安排生活,避免盲目的消耗,便可以提高生活质量,提升人生价值。

活在当下,生命的筹码放在哪里,成就就在哪里。规划人生,统筹生活,终会活出精彩!

第四辑　有效沟通，曲线最短

　　在数学的世界，两点之间直线最短。但在人与人交往的过程中，两颗心最短的距离并不一定是直线。

　　在与人交往的过程中，我们很难直截了当就把事情做好。我们有时需要等待，有时需要合作，有时需要技巧。懂得聆听，懂得感谢，懂得设身处地为对方思考，懂得巧妙婉转地表达自己，你才能把你和别人的心拉得更近。

第五辑　朋友是一味良药

剑桥大学的专家曾做过一个实验：把人们分成两组，一组有动物为伴，另一组则没有。结果，在长达 10 个月的时间里，前一组出现的健康问题比后一组少 50%。

美国乔治·华盛顿大学医学中心的卡尔·维斯医生对 90 名胃癌中期患者进行了 7 年的跟踪调查。他发现，胃癌患者死亡率与朋友的数量成反比，朋友多于 6 人的患者，7 年内的存活率会提高 60%。如果在 7 年内没有朋友相处，死亡率和复发率则在 60% 左右。

朋友是一味良药，科学家用数字和事实告诉我们，治疗疾病不仅仅靠药物，还需要友谊。

第六辑 生活是一道单项选择题

　　人的一生经历无数次的选择。正确的选择可以造就生命中灿烂的前程,错误的选择可以毁掉生活的梦想而品尝遗憾的苦果。因此,选择是欢悦的过程,也是痛苦的过程。

　　选择需要敏锐的洞察,需要谨慎的态度,还需要果敢的决断。选择了一棵树,必然要失去大片森林。不要只顾着在选择的路上来回奔跑,而忽略了生活本身。

第七辑　珍惜，生活的加法

　　懂得珍惜的人不会挥金如土，不会忽略美好。从某个角度看，珍惜其实是给生活做加法。春雨淋湿了衣襟，那么请你珍惜雨中漫步的闲适与清寂；生活迫使挑灯夜战，那么请你珍惜夜晚的寂静与吹面不寒的凉风。

　　人生，是一部由一页页也许并不完美的生活画面装订成的线装书，懂得珍惜，懂得在生活中运用加法定律，那么即使你不能获得更多，但你也能拥有更多。

第八辑　生活中的金钱哲学

　　父母应该教会孩子关于金钱的哲学，对金钱没有概念的孩子不会关心家里的经济状况，只关心能从父母那得到多少零花钱。这样就会使孩子变得自私，把自己的幸福建立在金钱的基础上。

　　孩子也应该掌握生活中的金钱哲学，应该懂得什么是你需要的，应该懂得你将来是为什么而工作的，应该懂得什么是金钱买不到的……有了正确的金钱哲学你才不会在金钱的世界里迷路。

第九辑 感恩让你富有

　　带着一颗虔诚的心感谢上苍的赋予，感谢生命的存在，感谢阳光的照耀，感谢丰富多彩的生活。时时怀着感恩的心，便会觉得世间可爱、富有。《诗经》里有句珍珠般的词句：投我以木桃，报之以琼瑶。从"木桃"到"琼瑶"，是一枚感谢的种子——缘于爱与被爱。

　　一个不懂得感恩的人，即使家财万贯，他仍是个贫穷的人；懂得感恩并知恩报恩的人，才是天下最富有的人。

第十辑　快乐是生命开出的一朵花

生活本来就充满情趣,就看我们以什么样的方式去享受这种快乐。英国作家萨克雷认为:"生活就是一面镜子,你笑,它也笑;你哭,它也哭。"

快乐其实就是生活的源泉,有了她,你将不再悲观,只有坚强。她像春天的雨露滋润着干涸的土地,源源不断地供给你营养,直到你长高;披着七彩的霞衣,迎着朝阳上路。

第十一辑　挫折是生活最好的礼物

生活就是要享受上帝给你的一切,包括不幸和痛苦。人生之路从来就不是平坦的,困难和挫折是一种人生在受益、受损中波浪运行的前进。

对于困难和挫折,只有两种选择:把它扛在肩上,让它成为你永远的负担;把它踩在脚下,使你的人生越来越高,越来越精彩。困难打磨的是我们的智慧,挫折打磨的是我们的坚韧。只有毫无惧色,才能到达成功的顶峰 。

第十二辑　自立，做生活的主人

　　人的成长过程，是一个不断提高自立能力的过程。从学会走路开始，我们就获得了身体的自立；当能够自己吃饭、穿衣时，我们就有了自立生活的体验；直到将来走上工作岗位，能够养活自己了，我们就获得了基本自立的人生。易卜生说过："世界上最坚强的人就是独立的人。"

　　我们可以接受他人的帮助，但不能依赖他人的帮助。汉字中的"人"字，是一撇一捺支撑起来的，它说明作为一个人，需要靠自己的双腿撑起自己的天空，需要靠自己走完人生的道路。

第十三辑　拥抱生活，拥抱大自然

　　斗转星移，草长莺飞，美丽神奇的大自然，无不使人产生连绵的遐想。凝望着天空，我们可以感受宇宙的高远与深邃；凝视花朵，我们可以感受生命的绚丽和易碎；亲近动物，我们可以发现生命的残酷和坚韧……

　　亲近自然，善待生命，与大自然和谐共处，我们从中可以获得生活的顿悟。

第十四辑　热爱生活从运动起航

　　2005 年，上海中考的体育成绩将和升学挂钩，体育成绩成为升学的依据；2007 年 5 月，中共中央、国务院发布《关于加强青少年体育增强青少年体质的意见》，《意见》指出，确保学生每天锻炼一小时。孩子身体的健康正在引起越来越多人的关注。

　　强健的身体，是学习的保证，是生活的基础。正如日本作家池田大作说的："不论有多么出众的才能和力量，不论有多么高明的见识，一旦卧床不起，人生就将化为乌有。"

第十五辑　优美的艺术　优雅的生活

　　研究表明，文科大学生的自杀率比理科生低，虽然他们未必比理科生懂赚钱，但文学却使他们更懂得生活的真谛。几乎每一个儿童都天生喜欢艺术；他们生来就喜欢涂抹颜色、喜欢音乐舞蹈，天生喜欢模仿——艺术带给我们本能的快乐。

　　文学和艺术可能未必使我们考试得高分、生活富足，但却使我们有了热爱生活的理由。

第一辑　播种习惯，收获人生

　　几年前，一位记者问一位获诺贝尔奖的科学家："请问您在哪所大学学到您认为最重要的东西？"这位科学家平静地说："在幼儿园。""在幼儿园学到了什么？""学到把自己的东西分一半给伙伴，不是自己的东西不要拿，东西要放整齐，做错事要道歉，仔细地观察事物。"这位科学家出人意料的回答，直接说明了儿时养成的良好习惯对人一生具有决定性的意义。

　　造成人与人不同境遇的，不是天才和环境，而是习惯。成功的人把优秀当成一种习惯；而我们把平庸、拖沓和懒惰当成了习惯。

并不是我聪明才知道吸毒的可怕，而是有幸很早便有人告诉我，因而没有染上吸毒的恶习。

成功学大师的故事

美国成功学大师安东尼·罗宾讲过这样一个故事：

很早以前我曾对烟酒和毒品避之唯恐不及。我之所以不喝酒，是因为在我还是个孩子时，有一次在家里见到有人喝醉酒而吐得一塌糊涂，那种痛苦的模样留给我极深刻的印象，让我知道喝酒实在不是一件好事；我还有一个对喝酒印象不佳的经验，便是一位好友的母亲留给我的。她胖得实在是不像话，约有200公斤重，每当她喝醉酒便会紧紧地搂着我，使我的脸上和身上沾满了她的口水。因而这使我对酒感到深恶痛绝，如今只要闻到别人嘴里呼出的酒气，便会使我极不舒服。

然而，啤酒对我来说又是另一桩故事。在我还是十一二岁时，并不把啤酒当酒来看，那是因为父亲喜欢喝，而他又从来没有过我那位同学妈妈的坏毛病。事实上，父亲喝起啤酒来的模样还真不赖，就因为他喝得也不多，所以我对啤酒的印象始终不坏，甚至于也希望学学家父喝酒的架势。

有一天，我就真的学起父亲，想试试喝啤酒的滋味，于是请我妈也给我来上一罐。一开始她不同意，说酒不是什么好东西，可是我并没接受，因为在我的印象里，爸爸喝酒的模样似乎告诉我啤酒实在是很好喝。我们经常会听不进别人的话，只相信自己的看法，而那天的经验使我认为我成长了不少。妈最后经不起我一再的央求，相信若是不给我一个难忘的教训，迟早我会到外头买来喝，于是她说："好吧，你要学你爸爸是吗？那么就得像你爸爸那样的喝法。"

我不解地问道："这话是什么意思？"

妈妈回答道："你得一次喝足6罐啤酒。"

我听了自信地说："没问题。"

当我尝了第一口啤酒，那种味道实在是难喝，跟我先前所想的完全不一样。可是为了面子我可不敢向妈承认，只好硬着头皮喝下去。当我喝完第一罐，便跟我妈说道："好了，妈，我喝够了。"

然而母亲并没有饶我。她表情木然地说："这里还有第二罐。"

随之便又拉了一罐，接着一罐又一罐。当我喝完第四罐时反胃得厉害，我相信接下来的故事各位都能猜得出来，我把胃里的东西吐了出来，弄得厨房一片狼藉。这一阵折腾让我把啤酒的气味和呕吐的不舒服连在一块儿，从此便对啤酒打消了先前的好印象，因而再也没沾过一滴啤酒。

也由于类似的经验使我没有染上吸毒的坏毛病。那是在我读小学三四年级时，有一次警察先生到学校来，放映了一部有关吸毒的可怕的电影，只见片中人物在吸毒后神志不清，甚至于疯狂地跳窗坠楼而死。当时我就把吸毒和吸食后的变态及死亡连在一起，日后连想尝试一下的念头都不敢有。可以说并不是我聪明才知道吸毒的可怕，而是有幸很早便有人告诉我，因而没有染上吸毒的恶习。

生活悟语

安东尼·罗宾大师的成功，在于他从很小的时候，便以自己的亲身体验，杜绝了一些恶习。健康的身体和心灵是成功的开端，良好的习惯需要我们从小培养，摒弃不好的陋习，追求对自身有益的生活规律，在良好的氛围中苗壮成长。

一个人要想征服世界，首先要做的就是战胜自己。哪怕是对自己的一点小小的约束，也会使人变得强大而有力。

学会自我约束

被人们称为"黑珍珠"的世界球王——巴西足球运动员贝利，自幼酷爱足球运动，并很早就显示出他过人的天赋和才华。有一次，小贝利参加了一场激烈的足球比赛,累得喘不过气来。

中场休息时,贝利向小伙伴要了一支烟。他得意地吸着烟,嘴里吐出一缕缕淡淡的烟雾。小贝利有点儿陶醉了,似乎刚才极度的疲劳也烟消云散了。

这一切,全被他的父亲看见了。晚上,父亲坐在椅子上问贝利:"你今天抽烟了?"

"嗯,抽了。"小贝利意识到自己做错了事,红着脸,低下了头,一声不吭地准备接受父亲的训斥。

出乎小贝利意料的是,父亲并没有发火。他从椅子上站起来,在屋里来来回回踱步走了好半天,才平静地对贝利说:"孩子,你踢球的确有几分天资,也许将来会有出息。这也是我很欣慰的地方。可惜,你现在要抽烟了,抽烟,会损害你的身体,使你在比赛时发挥不出应有的水平,到最后可能会毁了你的梦想和前程。"小贝利的头低得更低了。父亲又语重心长地接着说:"作为父亲,我有责任教育你向好的方向努力和发展,也有责任制止你的不良行为。但是,是向好的方向努力,还是向坏的方向滑去,最后还是决定于你自己。我只想问问你,你是愿意一辈子抽烟而无所作为呢?还是愿意做个有出息的运动员,将来有更大的发展?孩子,你长大了,也该懂事了,自己选择吧!"说着,父亲从口袋里掏出一沓钞票,递给贝利,并说道:"如果你不愿意做个有出息的运动员,执意要抽烟的话,这点儿钱就作为你抽烟的经费吧!"父亲说完头也不回地走了出去。

小贝利望着父亲离开的背影,仔细回味着父亲那深沉而又恳切的话语,不由得掉下了眼泪。小贝利猛然醒悟了,他拿起桌上的钞票来到父亲面前,把钞票还给了他,并坚决地说:"爸爸,我以后再也不抽烟了,我一定要做个有出息的运动员。"

自那件事以后,贝利不但与烟绝缘,还刻苦训练,球艺飞速提高。15岁参加桑托斯职业足球队,16岁进入巴西国家队,并为巴西队永久占有"女神杯"立下大功。如今,贝利已成为足球界公认的"球王",但他仍然不抽烟。

从小贝利的身上,我们可以学到千万不要纵容自己,给自己找任何借口。一个人要想征服世界,首先要做的就是战胜自己。哪怕是对自己的一点儿小小的约束,也会使人变得强大而有力。在日常学习和生活中,应该有意识地培养自律精神。比如,针对你自身性格的某一弱点或不良习惯,限定一个时间的期限,集中纠正。

对自己严格一点儿,时间长了,自律就会成为一种习惯、一种生活方式,你的人格和智慧也因此更趋近于完美。

自律是在行动中形成的，也只能在行动中体现，除此之外，再没有别的途径。梦想自己变成一个自律的人吗？只是不停地自我检讨就能成为一个自律的人吗？答案都是否定的。

自律的养成是一个漫长的过程，不是一朝一夕的事情。因此，要自律首先就得勇敢面对来自各方面的一次次对自我的挑战，不要轻易地放纵自己，哪怕它只是一件微不足道的事情。正如"不以善小而不为，不以恶小而为之"。只要有恒心，学会自我约束，成功就会离你更近一步。

生活悟语

放纵的人，总是喜欢找各种借口，去纵容自己游戏生活，最终也被生活游戏而一事无成。善于自律的人，具有较强的自我约束力，严格要求自己严谨地对待生活，及时改正错误，从不轻易放纵自己，让自己趋近于完美，生活自然也会回馈他丰厚的奖赏。

突发事件中是最能体现一个人的品性和能力。能够处变不惊、指挥若定的人一定是一个具有领导才能、非常优秀的人。优秀不是一种行为，而是一种习惯。

优秀是一种习惯

那年夏天，我终于如愿以偿地成为一名大学生。大学校园里的一切对于我都是那样的新奇。但随着入学日子的增加，新奇渐渐淡退，同学们发现了一个问题：班级里的班干部大多已经被辅导员老师选任，但始终没有选出班长。

有同学找辅导员老师询问原因。辅导员老师笑着解释，说自己对同学们都不了解，班长的选任就拖延了下来。有同学就向辅导员老师提议由同学们民主选举，辅导员老师摇摇头，再次拒绝了，理由是，同学们来自五湖四海，相互之间也不了解。对于辅导员老师的认真,同学们虽然都很赞同,但毕竟班不可无班长啊!开始有同学热心地推荐人选,有的同学甚至找到辅导员老师毛遂自荐……

这天,同学们正在辅导员老师的带领下开班会,一名老师突然慌慌张张地跑进教室,惊恐地说道:"有教室失火了,都赶快到教学楼外去!"教室立刻乱作一团,有的女同学惊慌地喊叫着,纷纷向教室门涌去。你推我挤中,教室门变得狭窄了很多,平日里很顺畅就可以通过的教室门现在却要费尽气力。

这时候,一个洪亮的声音在教室里响起来:"都不要乱,男同学站到两边去,让女同学先出去。"同学们一下都安静下来,顺着声音望过去,只见在教室的最后排,一名黑黑瘦瘦的同学正站在桌子上喊叫着:"女生们也不要乱,排成两队往外走,下楼梯的时候也不要乱……"很奇怪,同学们都按照这名黑瘦同学的指挥做着,刚刚乱作一团的场面井然有序起来。当所有的同学排成两队都跑到教学楼外后,有同学询问辅导员老师:"老师,既然失火了,为什么只有我们班疏散出来了啊?"辅导员老师笑了,她示意同学们都安静下来后,说道:"我要说声抱歉,并没有失火,这只是一次对选任班长的测试。"说着,辅导员老师将刚才在教室内站在课桌上指挥同学们撤离的黑瘦同学叫出队伍,说道:"我很高兴地告诉同学们,你们有了新班长,就是他。"接下来,辅导员老师给出了自己选择这名同学做班长的理由:"突发事件中是最能体现一个人的品性和能力。能够处变不惊、指挥若定的人一定是一个具有领导才能、非常优秀的人。这样的人做你们的班长,你们应该满意吧!我希望毕业的时候你们都能够成为非常优秀的人,但请你们记住,优秀不是一种行为,而是一种习惯。"

那是我的大学生活中最刻骨铭心的一次班会,我懂得了一个受益匪浅的道理:优秀不只是一种行为,更是一种习惯。好的习惯不仅可以让过去的时光开成遍野鲜花,更可以让未来的生命霞光万千。

(澜 涛)

生活悟语

人总是不停地追求更加优秀的自己,而优秀不是天生,是靠后天的培养。在成长的过程中严格要求自己,将优秀变成一种生活方式之后,优秀便成为习惯,相伴你一生,让你的未来光华四射。

　　人生也一样，如果你拥有了这样的一种美好的习惯，就要不计成败不问回报地坚守它。

坚守生命中美好的习惯

　　檐角挂着一个蜘蛛网，结在短墙和檩条之间。是新织出的，纵横的经纬之间，纤尘未染，光亮亮的，在风中轻荡着。那些日子，他总觉得在单位受到了不公平的待遇，做了很多，得到的很少，于是一生气，干脆赋闲在家。那天，他遛弯儿至此，看到了这张蜘蛛网。百无聊赖之际，他一挥手，偌大的一张网，瞬息之间，便断裂成一条一条的短线，摇摆在风中了。

　　第二天傍晚，当他再经过这里的时候，他发现，又一张完整的网织在了檐角上，在夕照的余晖中，格外鲜亮。他一挥手，这张网也断裂了。

　　后来几天，他重复着这样一个百无聊赖的动作。每次他都暗想，也许，明天就再也不会看到这张网了，毕竟，不会有哪一只蜘蛛在一个地方辛辛苦苦半天，一无所获，还能不计成败地坚持下去的。

　　然而，第二天，他总能看到一张完整的新网，威风八面地挂在檐角上。

　　这天，暮色已经很浓了，他还待在檐角的地方没有走。因为，他终于看到了这张网背后的蜘蛛了，一个黑黑的家伙，正上上下下地忙碌着。他认真地端详着这只蜘蛛的一举一动，他想弄明白，究竟是什么原因，能让它这样锲而不舍地坚持下来。然而，一直到华灯初上，除了蜘蛛不停地奔波和忙碌外，他什么也没看到。

　　后来，他出了一趟远门，那是一座偏僻的小城，然而，他郁闷的心绪并未因为这样的一次远足而消减。凑巧的是，就在他计划要返程的时候，在小城的礼堂里，他听了一场劳模报告会。那个劳模的故事很感人，而劳模说过的一句话，尤其让他不能忘怀：我不想让大家觉得我的付出是多么的高贵，付出，只是我生活的一个组成部分，或许，对我而言，它已成了我生命中的一种习惯。

　　当他回去之后，再经过那个檐角的时候，便一下子懂了那只蜘蛛。是啊，它锲而不舍地结网，不计成败的付出，也许，就是它生命的一种习惯。它在做这些事情的时候，并不奢望生活一定给它带来什么；在遭遇挫折或者失败后，也从来不曾动摇过内心中的这种习惯。它知道该平静而从容地接受生活所给予的一切。

而实际上，就是这只屡屡遭受不幸的蜘蛛，在他走后，在短墙和檩条间，又结了一张更大的网，那张网上，已经黏结住了许许多多的飞虫。

人生也一样，如果你拥有了这样的一种美好的习惯，就要不计成败不问回报地坚守它。若干年之后，当你蓦然回首时候，你发现，人生的枝头上，这种习惯已经为你结出了累累的硕果。

（马　德）

生活悟语

坚守生命中美好的习惯，其实也是在坚守人生的信念，追求幸福的生活。坚守习惯，不是一朝一夕就能达到的事情，需要我们持之以恒，不被生活的困难打倒，不惜任何代价守护。

人生本是不可以迟到的。只有早于朝阳启程，才能够拥抱日出，才能够拥有朝阳般的人生。

迟到是一种病

做班主任的时候，我发现班上有两个学生几乎"买断"了迟到。雨天迟到，晴天也迟到；有了不高兴的事迟到，有了高兴的事也迟到。我跟他们说："我非把你们这毛病扳过来不可！我就不信这个邪！"我让他们写"保证书"，如果谁再迟到就罚做一周的卫生；我找他们的家长，希望得到他们的积极配合；我煞费苦心地在早晨5点40分就带着他们到学校旁边的牛肉面摊上去，让卖板面的师傅亲口告诉他们说："我每天早晨5点以前必须起床，准备出摊，风雨无阻。"……总之，我用尽了所有的办法，想要把他们迟到的毛病改正过来。但是，我发现我并没有获得真正的成功，因为在他们刚有了进步不久班级就换了班主任，而新班主任很快就发现了班上有两个"迟到专业户"。

现在，我的这两个学生都已经不再是学生了。不久前，我得知其中一个人下了岗，另一个人在单位混得很差。作为深谙他们性格缺点的老师，我为他们人生的失意感到难过，也巴望着通过对他们以及他们难以作别的"迟到"的审视与挞伐，使更多的人及早警醒，向"迟到"宣战，全力捣毁这个有可能带来"溃堤"之患的蚁穴。

只要你留意观察，你就会发现，在我们的身边，总有一些喜欢迟到的人。认真分析这些人，你会发现他们有着以下的一些特点：

一、迁就自我。人都是有惰性的，优秀的人总是设法去战胜自身的惰性，而习惯于迟到的人却一味地怜悯自己，姑息自己——多赖一会儿床，磨蹭着做一件事，他心底有个他自己都不愿意承认的声音："总要等到迟到才好啊！"他是一个善于向自己妥协的人，时间的标尺被他机巧地换成了疲沓的松紧带。他生命的血性与锐气就在一次次迟到中磨损，直至必然地约会到失败。

二、投机心理。最初的迟到，可能也伴随着愧疚与自责，但后来，投机与侥幸的心理越来越严重。昨天迟到遭到了斥责，今天，他会怀着一种可笑的心态哄骗自己说："今天未必会给抓到吧？"这样的心态，还必然扩大到其他方面——做事，爱耍偷梁换柱的伎俩；做人，爱玩瞒天过海的把戏。

三、责任感缺失。人活在世上，首先应该对自我负责——对自我的形象负责，对自我的成败负责，对自我的人生负责。惯于迟到的人，不愿意担负起这份责任。他钟情于摆脱了责任后的那种轻松自在。尽管他明白"习惯性迟到"终将使他"尊严扫地"，但他宁愿要这样一个结局，也不愿意让"责任"压痛自己的肩膀。这样的人，永远难担大任。

看，迟到是一种多么可怕的疾病！

人生本是不可以迟到的。学生时代的迟到，是知识在你心灵的迟到；职业生涯中的迟到，是成功在你人生中的迟到。时间在你的腕上，时间在你的眼中，时间更在你的骨子里、心里。既然一定要奔赴一个目标，为什么不早一些出发？"成功"是一个大步流星的行者，你必须拼命与时间赛跑，才可能撵上它。别让迟到缠上你，别让人从你一次次的迟到中读出你的慵懒疲沓，你的冥顽荒唐，你的庸碌无能。

记着，只有早于朝阳启程，才能够拥抱日出，才能够拥有朝阳般的人生。

（张丽钧）

生活悟语

有时候仅仅是毫厘之隔，原本近在咫尺的成功便离你远去。迟到是一个坏习惯，它让人常为自己找借口，并且缺乏对自我的责任感。成功从来不等人，常与懒惰、迟到失之交臂。若要追赶成功的脚步，首先得赶在迟到之前启程。

多举手是心理学家教给女儿的小窍门，是学习生活中的有力武器。不错，多举手是小事，但是，小事养成习惯，习惯形成个性，个性决定命运。

举　手

有位极具智慧的心理学家，在他的小女儿第一天上学的时候，教给她一个小诀窍，足令她在学习生活中无往而不胜。

这位心理学家送女儿到学校门口，在女儿进校门之前告诉她："在学校里要多举手，想上厕所的时候要举手，老师提问的时候要举手，遇到问题的时候要举手，只要有话的时候就要举手，多举手特别重要。"

小女孩认真地遵照父亲的叮咛，不只在想上厕所的时候举手，而且在老师发问的时候，她总是力争第一个举手。不论老师所说的、所问的她是否完全理解，或者是否能够完全答对，她总是积极举手。

随着日子一天天过去，老师对这个不断举手的小女孩，自然而然印象极为深刻。不论她举手发问，或是举手回答问题，老师总是优先让她开口。这种不为人所注意的争先举手发言的习惯，竟然使小女孩在学习成绩上，以及在自我肯定的表现上，甚至在许多其他方面的进步上，都大大超过了不爱举手的其他同学。

在不断举手的过程中，小女孩逐渐形成了积极迎接挑战的心态；

在不断举手的过程中,小女孩逐渐积累了积极迎接挑战的经验;

在不断举手的过程中,小女孩逐渐坚定了积极迎接挑战的信心;

在不断举手的过程中,小女孩逐渐扩大了积极迎接挑战的成绩。

多举手是心理学家教给女儿的小窍门,是学习生活中的有力武器。

不错,多举手是小事,但是,小事养成习惯,习惯形成个性,个性决定命运。小事是大事的开头,大事是小事的积累。选准小事,可成大事。

(蒋光宇)

生活悟语

习惯决定命运。不断地举手,是一个小小的习惯,然而,这个小习惯,却让一个小女孩积极迎接来自学习、生活的挑战。举手,是对疑惑的大胆求证,是对知识的思索和探讨,是对自我的肯定,也是获得勇气和信心的源泉。

谎言就像一颗毒瘤,妨碍孩子的健康成长。诚实的孩子容易得到别人的信任,真实地面对自己的不足,不断地进步。

说 谎 的 猫

假如总是把自己吹嘘得很了不起,而对于自己的不足则百般掩饰,那么后果必定是不堪设想的。有一只猫就是这样的。

这只猫捕捉老鼠的本事不太精,甚至让老鼠从自己嘴边逃掉。每当这时,他就说:"我看他太瘦,先放走他,等以后他长肥了再说。"

他到河边抓鱼,鲤鱼的尾巴狠狠地劈头盖脸打下来,把他的脸都打肿了,他却装出笑容说:"那是我不想捉他,要捉他还不容易吗?我就是想用他的尾巴洗洗脸,刚才阁楼上的灰把我的脸弄脏了。"

一次,他掉到泥坑里,浑身沾满了泥浆。伙伴们惊讶地看着他,他连忙解释说："我身上最近长了一些跳蚤,用这办法治他们,最好不过了。"

后来,他掉进了河里,伙伴们正打算救他,他却挣扎着说："你们以为我遇到危险了是吗?不,我是太热了,想洗个澡……"话音未落,他就沉没了。

有伙伴说："不好了,他沉下去了,我们快救他吧。"

另一只猫说："走吧,我们一片好心帮他,他到时候肯定得说他在表演潜水呢。"

然而,那只说谎的猫再也没有机会为自己辩解了,他沉下去后,就再也没有上来过。

生活悟语

谎言就像一颗毒瘤,妨碍孩子的健康成长。诚实的孩子容易得到别人的信任,真实地面对自己的不足,不断地进步。说谎的孩子却很难得到别人的信任,为了掩饰自己的谎言更是让自己无法虚心求学,最终迷失在自己筑造的虚幻世界里,永远不能进步。

你需要从现在就开始养成习惯,一有空闲就几分钟、几分钟地练习。把零散的练习时间分散在一天里面,如此,弹钢琴就成了你日常生活中的一部分了。

零散时间中的奥秘

卡特·华尔德曾经是美国近代诗人、小说家和钢琴家爱尔斯金的钢琴教师。有一天,他给爱尔斯金教课的时候,忽然问他:"你每天要练习多长时间钢琴?"

爱尔斯金说:"每天三四个小时。"

"你每次练习,时间都很长吗?是不是有个把钟头的时间?"

"我认为这样才能提高水平。"

"不，不要这样！"卡特说，"你将来长大以后，每天不会有太长时间的空闲的。你需要从现在就开始养成习惯，一有空闲就几分钟、几分钟地练习。比如，在你上学以前，或在午饭以后，或在工作的休息余闲，5分钟、5分钟地去练习。把零散的练习时间分散在一天里面，如此，弹钢琴就成了你日常生活中的一部分了。"

当时14岁的爱尔斯金对卡特的忠告虽未能完全理解，但还是按照忠告做了。后来回想起来觉得卡特的话真是至理名言，并且他从中得到了不可估量的益处。

当爱尔斯金在哥伦比亚大学教书的时候，他想兼职从事创作。可是上课、看卷子、开会等事情似乎把他白天和晚上的时间完全占满了。差不多有两个年头，他一直不曾动过笔，他的借口是："没有时间。"后来，他突然想起了卡特·华尔德先生告诉他的话。到了下一个星期，他就把卡特的话实验起来。只要有5分钟左右的空闲时间，他就坐下来写作一百字或短短的几行。

出乎意料的是，在那个星期结束的时候，爱尔斯金竟写出了相当多的稿子。

后来，他同样用这种聚沙成塔的方法，进行长篇小说的创作。虽然学校给爱尔斯金的教学任务一天比一天重，但是他每天仍有许多短短的余暇可以利用，他仍然一边练琴一边写作，最后取得了骄人的成绩。

生活悟语

　　时间就像海绵里的水，是挤出来的。没有时间其实只是懒惰的一个借口，人要养成珍惜时间的良好习惯。充分利用零散的时间，就像滴水成海一样，时间久了，积累的进步也就多了。

> 抽空挖井，而终有一天井水会涌出，不用再挑水，
> 这是小时间中成就的大事业。

小时间中成就的大事业

在相邻的两座山上，各有一座庙，每座庙里有一个和尚。一条小溪从两座山之间流过，它是两个和尚的水源。他们每天都会在同一时间下山去溪边挑水，久而久之，他们便成为好朋友了。就这样，时间在每天挑水中度过，不知不觉已经过了5年。突然有一天，左边这座山的和尚没有下山挑水，右边那座山的和尚心想：他大概睡过头了。这位和尚对此不以为然。哪知第二天，左边这座山的和尚还是没有下山挑水。第三天也一样，过了一个星期，还是一样。直到过了一个月，右边那座山的和尚，终于受不了了。他心想：我的朋友可能生病了，我要过去拜访他，看看能帮上什么忙。于是他便爬上了左边这座山，去探望他的老朋友。等他到达左边这座山的庙中，看到他的老友之后大吃一惊。因为他的老友正在庙前打太极拳，一点儿也不像一个月没喝水的人。

他好奇地问："你已经一个月没有下山挑水了，难道你可以不用喝水吗？"

左边这座山的和尚说："来来来，我带你去看看。"于是，他带着右边那座山的和尚走到庙的后院，指着一口井说："5年来，我每天做完功课后，都会抽空挖这口井，即使有时很忙，能挖多少就算多少。如今，终于让我挖出了井水，这样我就不必再下山挑水，我可以有更多时间练我喜欢的太极拳。"

右边山上的和尚觉得很惭愧：同样的时间，自己在不知不觉中荒废掉了，朋友却办成了这么一件大事。

生活悟语

　　抽空挖井，而终有一天井水会涌出，不用再挑水，这是小时间中成就的大事业。时间是很宝贵的，无论你有没有利用，它都一样过去，不为任何东西停留。善于把握时间的人总会比那些忽略零散时间的人得到更多更大的成就。

> 等待与拖延是成功的死敌。绝不拖延是一种好习惯，有了这样的习惯，无论做任何事都会变得更易成功。

别等以后再做

有一次，约翰·丹尼斯和他的一位副手到公司各部门巡视工作。到达休斯敦一个区加油站的时候，已经是下午 3 点了，约翰·丹尼斯却看见油价告示牌上公布的还是昨天的数字，并没有按照总部指令将油价每加仑下调 5 美分进行公布，他十分恼火。

约翰·丹尼斯立即让助手找来了加油站的主管弗里奇。

远远地望见这位主管，他就指着报价牌大声说道："弗里奇先生，你大概还熟睡在昨天的梦里吧！要知道，你的拖延已经给我们公司的荣誉造成了很大损失，因为我们收取的单价比我们公布的单价高出了 5 美分，我们的客户完全可以在休斯敦的很多场合，贬损我们的管理水平，并使我们的公司被传为笑柄。"

意识到问题的严重性，弗里奇先生连忙说道："是的，我立刻去办。"

看见告示牌上的油价得到更正以后，约翰·丹尼斯面带微笑说："如果我告诉你，你腰间的皮带断了，而你却不立刻去更换它或者修理它，那么，当众出丑的只有你自己。这是与我们竞争财富排行榜第一把交椅的沃尔玛商店的信条，你应该要记住。"

然后，约翰·丹尼斯和助手一起离开了加油站。从此之后，那位主管弗里奇先生做事再也不拖拖拉拉了。

在我们的一些孩子中由于天生的惰性，因而容易养成办事拖拉的坏习惯。而办事拖拉，实质上就是浪费时间，妨碍自己既定目标的实现。有位哲人说过，"浪费时间等于自杀"。一个人从呱呱坠地来到世上，也同其他物质形态一样受到自身存在方式的制约，也就是具有一定的时间限制。古往今来，大凡成功人士，无不十分珍惜时间。

015

其实，绝不拖拉的好处，就在于抓住今天。抓住了今天，就抓住了希望，也抓住了自己为之努力奋斗的切切实实的目标。无论你想干什么，都不要拖拉。因为自己的文章要靠自己写，自己的任务要靠自己完成，自己人生旅途上的任何目标也要由自己来实现。

俗话说："今日事，今日毕。"说的其实就是绝不拖延的道理，绝对不把当天该完成的事拖到第二天。等待与拖延是成功的死敌。绝不拖延是一种好习惯，有了这样的习惯，无论做任何事都会变得更易成功。因为你不再会因为各种原因偷懒，也不会因为拖延而错失良机。难怪，哈佛大学的教授们也这样要求哈佛学子们，一旦决定下来的事，就要立刻着手进行，不要拖延，不要等以后再做。

生活悟语

明日复明日，又有多少个明日可以让你挥霍呢？时光一去不复返，如果做事拖拖拉拉，就等于浪费时间和生命。不要将本应一小时可以做完的事拖到两小时，今天拖到明天，从小养成及时完成任务的好习惯，让生命的价值得到充分的发挥。

灵感犹如烟花在夜空绽放，转瞬即逝。抓住灵感的火花，让它为生活增添美丽的色彩，需要我们及时地行动。

从现在开始行动

史威济非常喜欢打猎和钓鱼，他最喜欢的生活是带着钓鱼竿和猎枪步行50里到森林里，过几天以后再回来，精疲力竭、满身污泥却快乐无比。

这类嗜好唯一不便的是，他是个保险推销员，打猎钓鱼却太花时间。

有一天，当他依依不舍地离开心爱的鲈鱼湖，准备打道回府时，突发奇想：在这荒山野地里会不会也有居民需要保险？这样不就可以同时工作又能在户外逍遥了吗？结果他发现果真有这种人：他们是阿拉斯加铁路公司的员工,他们散居在沿线 500 里各段路轨的附近。他可不可以沿铁路向这些铁路工作人员、猎人和淘金者售保险呢?

史威济在想到这个主意的当天就开始积极计划。他向一个旅行社打听清楚以后,就开始整理行装。他没有停下来让恐惧乘虚而入,过多的疑虑只会使自己认为自己的主意很荒唐,以为它可能失败。他也不左思右想找借口,他只是搭上船直接前往阿拉斯加的"西湖"。

史威济沿着铁路走了好几趟,那里的人都叫他"步行的史威济",他成为那些与世隔绝的家庭最欢迎的人。同时,他也代表了外面的世界。不但如此,他还学会了理发,替当地人免费服务。他还无师自通地学会了烹饪,由于那些单身汉吃厌了罐头食品和腌肉之类,他的手艺当然使他变成最受欢迎的贵客。而在这同时,他也正在做一件自然而然的事,做自己想做的事:徜徉于山野之间,打猎、钓鱼,并且像他所说的——过史威济式的生活。

在人寿保险事业里,对于一年卖出 100 万美元以上的人有个光荣的特别头衔,叫做"百万圆桌"。在史威济的故事中,最不平常而使人惊讶的是:在他把突发的意念付诸实践以后,在动身前往阿拉斯加的荒原以后,在沿线走过没人愿意前来的铁路以后,他一年之内就做成了百万美元的生意,因而赢得"百万圆桌"上的一席之地。

生活悟语

灵感犹如烟花在夜空绽放,转眼即逝。抓住灵感的火花,让它为生活增添美丽的色彩,需要我们及时地行动。实践预期计划,而不是瞻前顾后,犹豫不前。现在就开始行动,既是珍惜宝贵的时间,也是在珍惜美好的生活。

生活是一本厚厚的书，需要我们去翻阅，仔细品味。生活的体验则是一笔珍贵的财富，是我们形成良好习惯的场地。

从小体验生活

怀特·戴维·艾森豪威尔是美国第 34 任总统。他毕业于西点军校，在服役期间，很快就显露出了卓越的军事才能，因此受到赏识，并步步高升。1941 年他还是上校，到 1945 年他已是五星上将了；二战胜利后，杜鲁门总统任命他为陆军总参谋长；1948 年艾森豪威尔退役，任哥伦比亚大学校长；1952 年竞选美国总统获胜，1956 年连任。

艾森豪威尔的父亲戴维·雅科伽·艾森豪威尔一生艰难，后来做了一家煤气公司经理，情况才稍有好转。母亲艾达·伊丽莎白·斯托弗是个虔诚的教徒。

艾森豪威尔从小受父母的教育和影响，形成百折不挠、奋勇向前、勇于同困难作斗争的精神品质。所以，他在任何时候、任何环境下都能保持一个强者的形象。

艾森豪威尔的父母从不会溺爱孩子，他们注意从小就培养孩子做家务，即使是男孩子也不例外。在学习之余，家里的孩子还要做饭、打扫卫生，等等。他们家制定了非常严格的家规，以此来培养孩子良好的生活习惯。比如孩子们早晨 6 点必须准时起床，晚上 9 点就必须停止嬉戏，上床睡觉。父母还创造出很多条件让他们参加劳动。艾森豪威尔家旁边有一块空地，春天的时候，父母带着孩子们在那儿种上了很多蔬菜。等到秋天收获的时候，几个孩子就负责把菜运到城里去卖，然后用卖的钱买他们需要的衣服和学习用品等等。

一次，艾森豪威尔的弟弟染上了猩红热，家里顿时紧张起来。妈妈向艾森豪威尔交代了一件"大事"，就是给全家人做饭。

因为弟弟得的是传染病，父亲和几个儿子挤着住在楼下，妈妈则和邻居一位大妈一起照看弟弟，两个哥哥在外面做工，所以烧水做饭的事情就自然而然地落在了艾森豪威尔头上。艾森豪威尔小小年纪哪里会做饭,况且,此前他根本没做过饭。但是他想,好多事情都是逼出来的。母亲把这件事交给自己了,就要下定决心把饭做好。

刚开始,母亲手把手地教他怎么切菜、怎么生火;母亲还每天吩咐他做什么饭。每当吃饭之前,他都会在厨房里忙活一阵,还真的能行。或许是从来没有做过饭的原因吧,他感到还有几分新鲜有趣,所以做得极其认真仔细。由于手艺不精,他做的饭菜,常常让家里人吃得直皱眉头,还叫嚷着难以下咽。

后来他越做越熟练,还练就了一个拿手好菜,就是会做一种汤,家里人都非常喜欢喝。艾森豪威尔真是高兴极了。

艾森豪威尔的父亲戴维是个很有学问的人,他精通英语和德语,能流畅地用希腊文读书,但他并不让孩子与西部开拓者的孩子有任何不同之处。

在教育方法上,艾森豪威尔的父亲制定了严格的家教,用来培养孩子良好的生活习惯。有一次,艾森豪威尔的二哥埃德加瞒着父母在当地一位医生那儿工作了数月之久,并且得到了一些报酬,对家里则说在认真上学。父亲知道这件事后,给埃德加抽了一顿鞭子。

艾森豪威尔的父母一方面用严格的家规来要求孩子,随时纠正他们的各种错误,以利于他们健康成长;另一方面,他们也以身作则,为孩子树立好榜样,实行一贯性的示范教育。父亲平时没有兴趣也没有时间对儿子们进行空洞的说教,他只是以自己的行动来鼓励儿子们勤奋上进,在困难面前不屈不挠。

艾森豪威尔的母亲个性沉着、矜持,除了操持家务外,她还腾出时间来帮助更加困难的人。

父母的言行给孩子们留下了深刻的印象,使他们明白了只有依靠艰苦的劳动,才能改变和创造生活。同时,也形成了他们善于待人接物、团结助人的高尚品行。

生活悟语

生活是一本厚厚的书,需要我们去翻阅,去仔细品味;生活的体验则是一笔珍贵的财富,是我们形成良好习惯的场地。从生活中得到的体验往往深刻,充满对生命的思索和探寻。从小体验生活,其实也是在塑造人的品性。

在"通用"打工的日子里，董建华不仅学到了先进的管理经验，更重要的是学会了为人处世的道理，养成了吃苦耐劳的精神。

董建华打工

董建华是香港特别行政区的首任行政长官。他12岁随父到香港，中学毕业后赴英国留学，1960年获理学学士学位；后到美国通用电器公司和董氏家族的船舶公司纽约分公司工作，10年后返回香港参加其父船业公司的管理，并开创了香港至欧美的航线；1997年7月1日，香港回归祖国后，当选为香港特别行政区首任行政长官。

董建华的父亲董浩云是香港屈指可数的大富翁之一，但他对自己的子女的要求却十分严格，从不娇生惯养。

董浩云生有二子三女，董建华是长子，是管理家族事务的接班人，是重点培养对象。除董建华外，其余四人都在香港的贵族学校读书，唯独董建华要入读中文中学，为的是学好中文。

董建华13岁考入英国利物浦大学机械系。他在利物浦大学学习时，正值第二次中东战争爆发，董浩云的船队得到了迅猛扩张，成为拥有亿万资产的世界级船王。此时的董建华也随之成为一名世界级的富家子弟。当时在欧美留学的富家子弟常常比高级轿车、比出手阔绰、比穿着时髦。对此，董浩云清醒地意识到，让孩子拥有一种天生的金钱优越感，对孩子来说有百害而无一利。他认为，必须适当地设置一些障碍，让孩子受点儿挫折、吃点儿苦头，少花钱、多动手，增强自力更生的意识；通过吃苦，他们才懂得父母的钱来之不易，才珍惜父母的劳动成果；否则，就会走上"贵族化"的歧途。于是，董浩云要求董建华必须过简朴的生活，把心思全用在学习上。

董建华遵循了父亲这一教导，做到自律、自好、自强，起居饮食没有一样因为自己是船王的儿子而与众不同。他与普通留学生一样乘公共汽车或骑自行车往返于校园与住所之间，潜心于自己的学业。这令他的父亲董浩云感到很欣慰。

董建华大学毕业后，人们都认为董浩云肯定会安排儿子去美国继续深造，或回香港在董家的海运王国执掌要职，为自己分担经营管理上的压力。然而，出乎人们意料的是，董浩云却要董建华到美国去打工——到通用汽车公司最基层去当一名普通职员。

董浩云为什么要这样安排呢？这可以从父子之间的对话中找到答案。

董浩云问儿子："建华，你能知道我为什么要让你去'通用'吗？"

董建华回答："我知道，因为'通用'是全球最大的汽车公司，它不仅战胜了美国各个汽车公司，其中包括曾经一直遥遥领先的福特汽车公司，而且一直稳居世界各大汽车生产企业榜首。它的现代企业管理原则，肯定适用于我们这个国际型的航运企业。我相信，我在通用可以学到许多东西。"

董浩云点了点头，补充道："你虽然学会了书本知识，而生活这部大书你才刚刚开始接触到。我并不怀疑你是一个有理想的人，但我担心你的刻苦精神不够。要具备吃苦精神，就必须首先当好一名普通的职员，磨炼自己的意志，接受生活的挑战。只有从最低层做起，今后才可能明白应该怎样对待你下面的职员；在这之后，你才能充分考虑学习别人的经验，为将来开创新的事业打下良好的基础。"

"好吧，爸爸，我不会让你失望的。"董建华坚定地说。

此后，董建华听从父亲的安排，在美国勤勤恳恳地干了4年。这期间，正赶上美国社会掀起阵阵种族歧视的恶浪。为生活与工作方便考虑，董建华请求父亲出面为他办一张"绿卡"。董浩云听了非常生气，他对董建华说："不管给什么籍，我们到底还是中国人。个人没有作为，不管什么籍，都没有人看得起。"父亲坚决不同意为儿子申办美国绿卡。

在"通用"打工的日子里，董建华不仅学到了先进的管理经验，更重要的是学会了为人处世的道理，养成了吃苦耐劳的精神。董建华日后能使家族企业摆脱危机，重振雄风，可以说在很大程度上得益于这些打工经历。

生活悟语

以良好的心态向生活挑战，在生活中学会吃苦耐劳、勤劳坚强等优秀的品质，以及为人处世的道理，是董建华成功的因素。生活是磨炼、雕琢人的加工厂，给人最宝贵的生活体验，让人学会做人和生存。

灵感犹如烟花在夜空绽放，转眼即逝。抓住灵感的火花，让它为生活增添美丽的色彩，需要我们及时地行动。实践预期计划，而不是瞻前顾后，犹豫不前。现在就开始行动，既是珍惜宝贵的时间，也是在珍惜美好的生活。

第二辑 粗生活 细教养

粗生活，细教养。就是说父母不需要在饮食、衣服等生活层面对孩子过分关注，生活可以粗线条点儿，但对于教养就要细线条。

古希腊哲学家赫拉克利特说过："礼貌是有教养的人的第二个太阳。"一个人可以生得不漂亮，但是一定要活得漂亮。无论什么时候，良好的修养、文明的举止、优雅的谈吐、博大的胸怀，以及一颗充满爱的心灵，都可以让一个人活得足够漂亮。

如果说学位、职位代表了一个人的身份的话，那么习惯和修养就是人的第二身份，人们同样会以此去判断一个人。

第 二 身 份

和在布里司托尔的大多数留学生一样，李君也借住在当地一户居民家中，这样又省钱生活条件又好。

房东坎贝尔夫妇待人热情大方，他们只是象征性地收李君几英镑房租，硬把李君从邻居家中"抢"了过来。有一位外国留学生住在家里，对他们来说是件很自豪的事情。他们不仅很快让整个社区的人知道了这件事情，还打电话告诉了远在曼彻斯特和伦敦的儿女。

李君非常珍惜这得之不易的学习机会。白天刻苦用功自不待言，晚上在图书馆一直待到闭馆时才离开也是常有的事。好在李君遇到了好房东，可以一门心思学习，一点儿也不用为生活操心。

每天李君回到"家"里，可口的饭菜都在等着李君；每隔四五天，坎贝尔太太就会逼着他换衣服，然后把换下的衣服拿去洗净烫好。可以说，他们就像对待儿子一样待李君。

可是，过了没多久，李君就感觉坎贝尔先生对他的态度有些转冷，看他的眼神有些异样。好几次吃饭的时候，坎贝尔先生都好像有什么话要对他说，但是看看太太，又把话咽了回去。李君开始猜测，他们是不是嫌收我的房租太少，想加租又不好意思说？

那天晚上11点多李君从学校回来，洗漱完毕刚想脱衣睡觉，坎贝尔先生蹑手蹑脚地走进李君的房间，寒暄两句后，坎贝尔先生坐到椅子上，一副谈话的姿势。看来他终于要说出憋在心里的话了。

李君心里早有准备，只要在他的承受能力之内，他加租多少李君都会答应，毕竟这样的好房东不是在哪儿都能找到的。

坎贝尔先生开口道:"在你中国的家里,你半夜回家时,不管你的父母睡没睡,你都使劲关门,噼噼啪啪地走路和大声咳嗽吗?"

李君愣住了:难道这就是他憋在心里的话?李君说:"我说不清,也许……"真的,长这么大还没有人问过他类似的问题。他自己也根本没有注意过这些"细节"。

"我相信你是无心的。"坎贝尔先生微笑着说,"我太太有失眠症,你每天晚上回来都会吵醒她,而她一旦醒来就很难再睡着。因此,你以后晚上回来如果能够安静些,我将会非常高兴。"

坎贝尔先生停顿了一下,接着说:"其实我早就想提醒你,只是我太太怕伤你的自尊心,一直不让我说。你是一个懂事的孩子,你不会把我善意的提醒视为伤害你的自尊吧?"

李君很勉强地点头。他并不是觉得坎贝尔先生说得不对,或者有伤自尊,而是觉得他有些斤斤计较。和父母一起生活了二十几年,他们从来没有和他计较过这种事,如果他也因此打扰过他们的话,他们肯定会容忍他的,充其量把他们的卧室门关紧而已。

李君心里感慨:到底不是自己家呀!

当然,尽管李君心里有牢骚,但他还是接受了坎贝尔先生的提醒,以后回家尽量轻手轻脚。然而,不久后的一天中午,李君从学校回来刚在屋里坐定,坎贝尔先生就跟了进来。

李君注意到,他的脸阴沉着,这可是很少有的。"孩子,也许你会不高兴,但是我还得问,你小便的时候是不是不掀开马桶垫子?"他问。

李君的心里"咯噔"一声。李君承认,有时他尿憋得紧,或者偷懒,小便时就没有掀开马桶垫子。

"偶尔……"李君嗫嚅。

"这怎么行?"坎贝尔先生大声说,"难道你不知道那样会把尿液溅到垫子上吗?这不仅仅是不卫生,还是对别人的不尊重,尤其是对女人不尊重!"

李君辩解:"我完全没有不尊重别人的意思,只是不注意……"

"我当然相信你是无心的,可是这不应当成为这样做的理由!"

看着坎贝尔先生涨红的脸,李君嘟囔:"这么点儿小事,不至于让你这么生气吧?"

坎贝尔先生越发激动:"替别人着想,顾及和尊重别人,这是一个人最起码的修养,而修养正是体现在小事上的。孩子,考取学位和谋得一个好的职位固然重要,但与人相处时良好的习惯和修养同样重要。如果说学位、职位代表了一个人的身份的话，那么习惯和修养就是人的第二身份，人们同样会以此去判断一个人。"

李君不耐烦地听着，并随手拿起一本书胡乱翻起来。他觉得坎贝尔先生过于苛刻。

晚上，李君躺在床上考虑良久，决定离开坎贝尔家。既然他们对自己看不上眼，那就另找家比较"宽容"的人家居住。

第二天李君就向坎贝尔夫妇辞别，全然不顾他们的极力挽留。然而接下来的事情却让他始料不及。

李君一连走了五六户人家，他们竟然都以同样的问话接待他："听说你小便时不掀开马桶垫？"那口气、那神情，让他意识到这在他们任何一个人看来都是一件不可思议的很严重的问题，李君只有满面羞愧地返身逃走。

至此，李君才真正明白了坎贝尔先生说的"习惯和修养是人的第二身份"这句话。在人们眼中，李君既是正在接受高等教育的中国留学生，也是一个浅陋的、缺乏"修养"的人。

李君并不怨恨坎贝尔夫妇把他的"不良习性"到处传播，相反，陷入如此窘境，他对他们的怨气反而消失了，甚至还非常感激他们。如果没有他们，没有那段尴尬的经历，他还会像以前一样令人生厌地"不拘小节"。

生活悟语

细节更能看出一个人的品行修为。所谓"一屋不扫，何以扫天下"呢？每个人都应该从身边的小事做起，时时替别人着想，尊重每一个人，严格要求自己，力求每一件私事都不会影响到他人。这样有修养的人，无论走到哪里，都是受欢迎的。

> 当两个人争吵时，不要让心的距离变远，更不要说一些让心的距离更远的话。自然过上几天，等心的距离没那么远时，再好好地说吧！

等到近时好好说

有一天，一个教授问他的学生："为什么人生气时说话是用喊的？"

所有的学生都想了很久，其中有一个学生说："因为我们丧失了'冷静'。"

"但是，为什么别人就在你旁边，你还是用喊的，难道不能小声地说吗？为什么总是要扯着嗓子喊呢？"教授紧接着问。

学生们七嘴八舌地说了一大堆，但是没有一个答案是让教授满意的，最后教授解释说：

"当两个人在生气的时候，心的距离是很远的，而为了掩盖当中的距离使对方能够听见，于是必须用喊的；但是在喊的同时人会更生气，越生气距离就越远，距离越远就要喊更大声……"

教授接着继续说："而当两个人如果是知心朋友呢？情况刚好相反，不但不会用喊的，而且说话都很有礼貌，为什么？因为他们的内心很接近，心与心之间几乎是没有距离的，所以知心朋友之间通常是诉说的口气，他们之间无所不谈，他们是用心在交流，所以，声音听起来没有生气，没有大声的叫喊。"

最后教授做了这样一个结论：

"当两个人争吵时，不要让心的距离变远，更不要说一些让心的距离更远的话。自然过上几天，等心的距离没那么远时，再好好地说吧！"

生气的时候再吵架，那无疑如火上浇油，雪上加霜，只会让局面陷入更加困窘的地步。说话有时比打架的杀伤力更大，因为打架也只不过是当时痛一下，但是说话却有可能在人的心里留下长久的阴影。发生争吵时让自己平心静气，暂时分开冷静下来，等到心的距离拉近，再好好沟通，这是最好的方法。

不知为什么，这一句"如果我是你"，竟让小林十分感动。因为自己被当做一个真正的人得到尊重。

把别人当做一个真正的人

小林曾经在美国的一家快餐店打工，有一天，他错把一小包糖当做咖啡伴侣给了一个女顾客。她非常恼火，因为她很胖，正在减肥，必须禁食糖和一切甜点心。她大声嚷嚷，简直把那包糖当成了毒药："哼，他竟然给我糖！难道他还嫌我不够胖！"

那时，小林完全不懂减肥对美国人有多么重要，他愣在那里，不知所措。

这时，黑人女经理闻声而来，她在小林耳边轻轻地说："如果我是你，马上道歉，把她要的快给她，并且把钱退还她。"

小林照着做了，再三道歉，那女顾客哼哼几下就不出声了。这件事是快餐店的一次小事故，他等着经理来批评自己，可是，她只是过来对小林说："如果我是你，下班后我大概会把这些东西认认真真熟悉一下，以后就不会拿错了。"

不知为什么，这一句"如果我是你"，竟令小林十分感动。后来，他在学校上课，在其他地方打工，才发现，老师也好，老板也好，明明是对你提出不同意见，明明是批评你，他们很少有人会"别……别……"地责问他：你怎么做得这样？你以后不能这么干！而是常常委婉地说："如果我是你，我大概会这样做……"

这使人不感到难堪,不感到沮丧,反而让你感到有那么点儿温暖,那么点儿鼓励。仔细分析下来,他们说的话只是多了那么几个字,"如果我是你……"就一下子站到了对方的立场。大家一平等,情绪自然不会对立,沟通更容易进行。

那时小林反复想,奇怪,老美怎么就这么会做人?他们真会说话。后来碰到一件事,使小林有了新的认识。有一次,他去好莱坞一个美国演员家做清洁工。女主人给他布置完工作,突然问他:"我能够吸烟吗?"小林吃了一惊,说:"你是在问我?"她说:"是啊,我想抽支烟。"小林说:"这是你的家呀,怎么还要问我?"她说:"吸烟会妨碍你,当然该得到你允许。"小林赶忙说:"你以后不用问,尽管吸好啦!"

她这才拿起烟把它点燃。那天小林愣了许久,也想了许久。怎么这么奇怪?一个人在自己家里抽烟,还要温文尔雅来征求一个清洁工的同意,真是匪夷所思!然而,小林不得不承认,那一刻,他非常高兴,非常感动。因为自己被当做一个真正的人得到尊重。

生活悟语

委婉的建议比直接的批评更让人容易接受,做一件可以影响别人的事情时先征求意见能够感动人心,因为这样做的出发点只有一个:对人的尊重。学会尊重别人,自然也会得到别人的感激和尊重。

晚上,克林顿不顾自己正处于手术后的恢复期,主动让80岁高龄的老布什睡床,自己则睡在地板上,这让老布什大为感动,也成为国际媒体的一个美谈。

克林顿睡地铺

美国现任总统小布什对前总统克林顿颇有点儿嫉妒,其中缘由,除了老百姓更喜欢克林顿之外,还因为小布什的父亲、老布什总统也更喜欢克林顿,弄得小布什只得自我解嘲:"我父母现在最喜欢两个人,一个是我,另一个是克林顿。"

为什么大家都喜欢克林顿？老布什和克林顿，分属民主党和共和党，他们曾经是一对冤家。遥想 1994 年的美国总统大选，老布什饱受克林顿的攻击、嘲讽、揶揄，最后更是败在这个毛头小子手下，颜面尽失。克林顿究竟有什么魅力？居然能够让老冤家像喜欢儿子一样喜欢自己。

实际上，克林顿感动老布什的却是一件小事。2005 年，东南亚发生罕见的海啸，制造了人间灾难。3 月，克林顿作为联合国秘书长安南的特使，和小布什总统的特使老布什同乘专机到灾区慰问。当时专机上只有一张床，是让刚刚接受心脏手术的克林顿休息，还是让老布什休息呢？专机服务员颇有点儿为难。殊不知，克林顿早就观察到了这一点。晚上，克林顿不顾自己正处于手术后的恢复期，主动让 80 岁高龄的老布什睡床，自己则睡在地板上，这让老布什大为感动，也成为国际媒体的一个美谈。从此，两人的关系逐渐亲密，最后发展到亲如父子！

老布什和克林顿的关系，也改善了小布什和克林顿的关系，后来小布什多次邀请克林顿担任他的大使。最近，小布什还表示在卸任后要与克林顿进一步发展关系……

要让"敌人的敌人"成为我们的朋友，并不难，因为之间有共同的利益，但这种朋友之间往往没有真正的友谊。当共同的敌人消失之后，就会再一次印证英格兰古老的名言："没有永恒的朋友，也没有永恒的仇敌，只有永恒的利益。"要让敌人成为我们的朋友就要本事了，敌人转化成的朋友，这之间不仅是"友"，更有"谊"，往往也更加持久。如何让冤家变成朋友，克林顿确实值得我们学习。

克林顿让床的举动，实际上就是我们中华民族的尊老美德。在我们的生活和工作中，不少人也用心去交际，努力营造自己的人脉。他们懂得尊老爱幼，也知道去关心爱护别人，但就是在用情用心方面差点儿火候，总让人觉得做作、虚伪、不自然，因而难以达到感动对方、以心换心的交际效果。在这一点上，我们真的要好好学习借鉴克林顿用"情"尊老的交际方法。

（叶 雷）

生活悟语

细微处见人心。克林顿的"让床"是尊老的美德，它拉近了原本心存芥蒂的人之间的距离，化冤家为朋友。美德是自然而然表现出来的，无须过多的娇饰，却让人感受到最美好的心灵。美德，正是组成一个人修养的重要零件。

粗生活 细教养

> 名字代表一个人，它不是单纯的文字符号，而是有情感的。记住一个人的名字，表示你对他的关注和重视，还有了解和尊重。

记住对方的名字

某学校招聘教师，要通过试讲从几名应聘者中选出一名。几位应试者都做了精心的准备。

铃声响了，一个个试讲者分别微笑着走上讲台。师生互相致意后，开始讲课。导入新课、讲授正文、总结概括、复习巩固……各项工作进行得还算顺利。为了避免满堂灌，有一个试讲者也效法前面几位试讲者的做法，设计了几次并不高明的课堂提问，但效果一般。下课时，比较自己与前几名试讲者的效果，这名试讲者估计自己会输。

谁知，第二天他即接到被录取的通知。惊喜之余，他问校长为什么选中了他。

"说实话，论那节课的精彩程度，你还稍逊一筹。"校长微笑着说，"不过，在课堂提问时，你叫的是学生的名字，而他们却叫学号或用手指。试想，我们怎能录用一个不愿去了解和尊重学生的教师呢？"

生活悟语

名字代表一个人，它不是单纯的文字符号，而是有情感的。记住一个人的名字，其实也是表示你对他的关注和重视，还有了解和尊重。当一个人得到尊重，他感觉到自己的人生价值被肯定，也对别人回报同样的尊重。尊重人的名字，其实也是在尊重生命。

031

从此，杜鲁门一改往日的工作态度，人缘一天天好
起来，以至他最后登上总统的宝座，辉煌一时。

感谢是对人的一种礼貌

杜鲁门在就任副总统之前是某州政府办公室的领导人。一次他因为肺炎在医院住了一个多月。在住院的那段时间，他的下属分担了他所有的工作，而且不时抽出时间来看望他，使他深受感动。因为在这之前他作为领导，态度很强硬，致使好多下属对他敬而远之。

在他疾病缠身住院期间，同事们陆续都来探视他，使他感受到了无限的温暖。回想自己以往的态度使他觉得有时工作方法有问题，致使自己的威望有所下降。于是他决定改变原来的工作作风，从此和善对人。

一天，一位叫莉莎的办公室同事来探视他，杜鲁门以往对她态度尤为不好，现在决定和她交交心，希望达到心灵和思想上的沟通。

莉莎来到他的病床前，放下礼物和鲜花，礼节性地向她的上司进行一番问候之后就准备离开。杜鲁门开口道："莉莎小姐，请留步，我们可以谈谈吗？"

莉莎回头一笑表示同意。杜鲁门继续道："以前，在工作中我经常向你大声喊叫，很对不起，我这人就这脾气，其实我对任何人都没有恶意，但是这影响了我们的关系。我决定改正这个缺点，和大家融洽相处。"

莉莎接口道："没什么，杜鲁门先生，我们理解你，你所做的一切都是为了工作！"

从此以后，杜鲁门与下属们尽释前嫌，开始了他们愉快的工作。一天，中餐的时候，他看到花店老板摆弄的一束束鲜花，他一下子觉得应该给下属们送些鲜花。于是他吩咐花店老板去给他的下属送花，在卡片上写上"只是因为……"却不署名，并请求花店老板为他保密。

当他精心安排的鲜花送达时，下属的脸上显得容光焕发。那天办公室的

气氛更是异常，下属们一个个显得兴奋不已，每个人都在猜测自己的爱慕者是谁。这时，只有杜鲁门一人独自很开心。

连续3天杜鲁门如法炮制。给办公室每位下属送花，谁能想到一束束鲜花的魔力呀！他制造的迷雾让所有人纷纷打电话问花店送花者是何许人也，他们都想知道那位不留名的送花者到底是何方神圣。但是，花店的老板是那样贴心，竟没透露半点儿口风。

一种奇妙的气氛笼罩着办公室，整个部门的人都想知道谜底是什么。送花能给办公室带来这么多温情与快乐，这让杜鲁门欲罢不能，每天都有下属等着送花，且猜测下一位收到"只是因为……"卡片的接收者；而送花的小姐也和他们一样，每天都想知道下一位幸运者是谁。每天中午过后，下属们就会接到花店打来的电话，告诉他们谁是今天幸运的收花者。

随后，弥漫在他们办公室的欢乐很快传播到别的办公室，最后整个政府办公机构跟着沸腾起来，喜悦溢满了杜鲁门的心田，因为"只是因为……"带来的喜悦，让所有的人都感受到了快乐，这件事整整持续了一个月之久。

最后一次的"只是因为……"的花篮被送到全体员工的会议上，并写上了对每一位同仁的热爱，也揭晓了那位只写"只是因为……"的送花者的谜底，这时人们才知道了迷雾制造者竟是他们一向很严肃的上司杜鲁门。

从此，杜鲁门一改往日的工作态度，人缘一天天好起来，以至他最后登上总统的宝座，辉煌一时。

生活悟语

别人借你一块橡皮擦，说声谢谢，这是一种礼貌。别人的付出，无论是否重要，你都应该怀着感恩的心，去感谢他们的帮忙。说声感谢，是一种感恩的表达方式，是良好的教养和素质的表现。

> 只见温莎公爵神色自若，一边与客人谈笑风生，一边端起自己面前的洗手水，像客人那样自然而得体地一饮而尽。

温莎公爵待客的故事

有一次，英国王室在伦敦举行盛大晚宴，招待印度首领，此时，还是皇太子的温莎公爵主持了这次宴会。

宴会在非常友好的气氛中进行着，达官贵人们觥筹交错，相与甚欢。就在宴会即将结束的时候，发生了一件意想不到的事情，使整个宴会的氛围被彻底破坏了。按照当时宴会的程序，侍者在晚宴即将结束的时候为每一位来宾端来了洗手水。印度客人看到那精巧的银制器皿，以为里面盛着的亮晶晶的水是用来饮用的，于是端起来一饮而尽。当时，作陪的英国贵族个个目瞪口呆，不知如何是好，大家纷纷把目光投向主持人。

这时，只见温莎公爵神色自若，一边与客人谈笑风生，一边端起自己面前的洗手水，像客人那样自然而得体地一饮而尽，接着大家也纷纷效仿。原本要造成的难堪与尴尬，在瞬间消逝无形，宴会在一片欢乐声中取得了预期的成功。

温莎公爵在这次宴会中的举动，无疑是一种礼貌，甚至可以说是他道德修养的具体表现。他的这种行为，不仅表达了自己对客人的尊重，而且使这次宴会非常完美，没有留下任何的遗憾。

在日常生活中，礼貌待人往往体现着一个人对别人的尊重和友善。当然，我们也不可能有温莎公爵那样的人生际遇，但没有那样的人生际遇并不意味着我们就可以不讲礼貌。比如见了熟人，我们要学会主动打招呼；见了老师要问好；别人帮助了你，你要及时说一声"谢谢"……不要小看这样的几句话，它往往会使我们的生活充满温馨，使我们在片刻之间营造一个充满爱的环境。

生活悟语

温莎公爵的善意举动化解了客人的尴尬，也得到了更多的尊重和感激。赫尔岑说："生活里最重要的是有礼貌，它比最高智慧、比一切学识都重要。"礼貌体现在日常生活的细节中，不小心踩到人说声"对不起"，得到帮助说声"谢谢"，这都是礼貌的行为，需要我们从小就注意培养。

李先生不一样，他在建立自我的同时追求无我，展现的是一种生活态度，更是一种人生境界。

李嘉诚递名片

一个月前我去香港，和李嘉诚吃了一次饭，感触非常大。李先生76岁，是华人世界的财富状元，也是大陆商人的偶像。大家可以想象，这样的人会怎么样？一般大人物都会等大家到来坐好，然后才缓缓出场，讲几句话。如果要吃饭，他一定坐在主桌，有个名签，我们企业界20多人中相对伟大的人会坐在他边上，其余人坐在其他桌，饭还没有吃完，大人物就应该走了。如果他是这样，我们也不会怪他，因为他是伟大的人物。

但是令我非常感动的是，我们进到电梯口，开电梯门的时候，李先生在门口等我们，然后给我们发名片，这已经出乎我们意料——因为李先生的身份和地位已经不用名片了！但是他像做小买卖的商家一样给我们发名片。发名片后我们一个人抽了一个签，这个签就是一个号，就是我们照相站的位置，是随便抽的。我当时想为什么照相还要抽签，后来才知道，这是用心良苦，为了大家都舒服，否则怎么站呢？

抽号照相后又抽个号，说是吃饭的位置，又是为了大家舒服。最后让李先生说几句，他说也没有什么讲的，主要是来和大家见面。后来大家鼓掌让他讲，他就说："我把生活当中的一些体会与大家分享吧。"然后看着几个老外，

035

用英语讲了几句，又用粤语讲了几句，把全场的人都照顾到了。他讲的是"建立自我，追求无我"，就是让自己强大起来要建立自我，同时又要追求无我，把自己融入到生活和社会当中，不要给大家压力，让大家感觉不到你的存在，来接纳你、喜欢你。之后我们吃饭。我抽到的正好是挨着他隔一个人的位子，我以为可以就近聊天，但吃了一会儿，李先生起来了，说抱歉我要到那个桌子坐一会儿。后来，我发现他们安排李先生在每一个桌子坐 15 分钟，总共 4 桌，每桌都只坐 15 分钟，正好一小时。临走的时候他说一定要与大家告别握手，每个人都要握到，包括边上的服务人员，然后又送大家到电梯口，直到电梯关上才走。这就是他的追求无我，显然，在这个过程中他都做到了。

一个成功的人对生活的态度非常重要。我们在生活中经常看到一些人，做一些事情偶有所得，他的自我就会让别人不舒服，他的存在让你感到压力，他的行为让你感到自卑，他的言论让你感到渺小，他的财富让你感到恶心，最后他的自我使别人无处藏身。李先生不一样，他在建立自我的同时追求无我，展现的是一种生活态度，更是一种人生境界。

（冯　伦）

生活悟语

站在成功之上，却从不张扬，永远谦虚，尊重每一个人，这需要多么好的修为才能做到啊。而现实生活中有些人，取得一点儿成就便得意洋洋，目空一切，他的存在给人无形的压力，并且不懂得尊重为何物，这样的人同样得不到别人的尊敬。

敲门是一种礼貌，是对别人的尊敬。学会敲门，其实也是在学习尊重别人。

敲　　门

从前有个猎人在山上打猎，中途遇到了倾盆大雨，路都被冲刷得变了形，猎人也因此而迷路了。一连几天，无论他如何尝试，始终没有走出山林，身上带的干粮也都吃光了，猎人真是走投无路了。

一个很偶然的机会，他发现了一间小木屋，于是快步走向前去。正当他暗自庆幸得救时，却发现了另一个让他吃惊的现象：小木屋的屋主是个性格怪僻的隐士，传说他对闯入者都会心怀敌意，完全不理任何到此造访或是打搅他的人。但迫于饥饿，猎人还是走进了禁地。

怎样来敲开这个怪僻之人的门？猎人荒唐地想了很多办法：也许，用枪迫使隐士就范，抢夺他的食物，但这样事后可能要接受法律的制裁；也许，隐士可能出手夺枪，进而引发枪战，如果猎人射中隐士，他将被控谋杀罪，如果猎人自己被射中，同样是一场悲剧。

可是，如果不向隐士索取食物，自己很有可能就要死在这荒山野岭。一定要抓住这个机会向隐士求救，可又怎么跟他说呢？

猎人想了想，他觉得武斗的办法未免有点儿冲动，他轻轻地走上前，敲了敲门，等隐士开门后，猎人马上微笑着说："尊敬的先生，我是来这里打猎的，不幸迷了路。"说着，主动将枪递给隐士。隐士感到非常惊异，这个来客表达友好的方式太奇怪了，于是默默地将枪收下了。

见隐士没有拒绝自己，猎人赶紧诚恳地请求道："能不能用枪和您换点儿食物？因为我实在饿得不行了。"

由于武器在自己的手中，隐士感到很安全，同时猎人对他的尊敬也使他感到很高兴。"进来吧！"他破天荒地邀请猎人进去，并为他准备晚餐。饭后，隐士将枪还给猎人，并指引他走出了山林。

生活悟语

敲门是一种礼貌，是对别人的尊敬。然而，生活中随便推门进别人房间的孩子比比皆是，他们或许并没意识到这是一种坏习惯。学会敲门，其实也是在学习尊重别人。

教育中的"德"，一个重要成分是公德。公德的根本是重视他人的存在。全民动员，做有公德的人。

公　　德

在汉堡定居的一个中国人，对我讲了他的一次亲身感受——

他刚到汉堡时，随着几个德国青年朋友驾车到郊外游玩。他在车里吃香蕉，看车窗外没人，就顺手把香蕉皮扔了出去。驾车的德国青年马上"吱"的来个急刹车，下去拾起香蕉皮塞到一个废纸兜里，放进车中，并对他说："这样别人会滑倒的。"这件事对他印象极深，从此再也不敢随便乱丢废物。

在欧美国家的快餐店里，有个不成文的规矩，吃完东西要把用过的纸盘纸杯吸管扔进店内设置的大塑料箱内，以保持环境的整洁。为了使别人舒适，不影响妨碍别人，这叫公德。

在美国碰到过两件小事，我却记得非常深。

一次在华盛顿艺术博物馆前的阔地上，一个穿大衣的男人猫腰在地上拾废纸。当风吹起一张废纸时，他就像捉蝴蝶一样跟着跑，抓住后放在垃圾筒内。直把地上的乱纸拾净，拍拍手上的土，走了。这人是谁，不知道。大概他看不惯这废纸满地的景象，就这样做了。

另一次在芝加哥的音乐厅。休息室的一角是可以抽烟的，摆着几个脸盆大小坐地的烟缸，里面全是银色的细砂，为了不叫里边的烟灰显出来难看。但大烟缸里没有一个烟蒂。柔和的银沙很柔美。我用手一拂，几个烟蒂被指尖勾起来。原来人们都把烟蒂埋在下面，为了怕看上去杂乱。值得深思的是，没有一个人不这样做。

有人说，美国人的文化很浅，但教育很好。我十分赞同这个见解。教育好，可以使文化浅的国家很文明；教育不好，却能使文化古老国家的人文明程度很低，素质很差。教育中的"德"，一个重要成分是公德。公德的根本是重视他人的存在。

我坐在布鲁塞尔一家旅店的大厅内等候一个朋友。我点着烟,看到对面一个人面前放个烟碟,就伸手拉过来。不一会儿,那人站起身伸长胳膊往面前的烟碟里磕烟灰,我才知道他正在抽烟,赶紧把烟碟推过去。他很高兴,马上谢谢我,并和我极有好感地谈起天来。我想,当我把烟碟拉过来时,他为什么不粗声粗气地说:"哎,你没看见我正在抽烟?"

美好的环境培养着人们的公德,比如清洁的新加坡,有随地吐痰恶习的人也不会张口把一口黏痰吐在光洁如洗的地面上。相反,混乱肮脏的环境败坏人们的公德,比如纽约地铁,墙壁和车厢内外到处胡涂乱抹,污秽不堪,人们的烟头乱纸也就随手抛了。

好的招致好的,坏的传染坏的,善的感染善的,恶的刺激恶的,世上万事皆同此理。

(冯骥才)

生活悟语

爱护环境,保持清洁,其实也是在保护自己的健康,表现自己的公德心。不要被恶劣的环境污染,而是心中一定有一套道德标准,人按照这套标准规范自己的行为,并影响他人向良好的方向发展,全民动员,做有公德的人。

素质是衡量一个人好与坏的标准,要将自己变成优秀的人,首先得全面提升自己的素质。

素　　质

早几天,主管说一个德国客户要来看我们公司的一个项目。派我去接机,人家德国友人却说不用了,他已打听好了路线自己过来;准备帮他预订宾馆,他又说自己订好了。我一听头皮立刻发紧:公司有定点宾馆,以便打折,老板最怕客户提出入住什么特色宾馆,因为房费太贵!于是主管打起小算盘,说如果业务谈成我们结账，谈不成的话，就让德国客户自付房费！

德国客户乘坐的出租车在我面前停下，我满脸笑容，伸手去接行李。谁知他惊讶地连声谢绝，说怎么可以让女士来为男士拎包呢？

德国客户把自己订的宾馆地址递给我，居然是那种实惠的连锁旅店。顿时，我对此人的好感噌噌噌地往上冒，暗暗决定不管此次业务谈成与否，都要力劝主管给他付房费！

陪他去看项目。上车前，我连忙过去，打算帮他开左边的主座车门，但是他却一下子就到了右车门，拉开车门朝我做了一个"请"的姿势，十足的绅士味儿。

看完项目出来，突然大雨倾盆。可我们的车子还停在露天停车场，有近100米的距离。我只好微笑着对德国客户说，我们只有冲刺到停车场了。他连忙点头同意。

于是我俩一左一右狂奔。跑了一段后，我转冲向我的右车座方向，突然发现他在前面冲到了我的方向，我便赶紧换到他的左车座方向，以便节省时间让大家尽快上车。谁知等我坐到左车座上时，这位可爱的德国客户正站在大雨中开着右车门，一脸笑容，等待我上车……

我红着脸呼唤他上车，他呆愣了一下，会心地坐到了车里。我不由自主地用中文嘀咕："天哪，我不是故意的，我真是没想到！"司机从反光镜里看着一切，突发感慨："这就叫素质！"

生意终于谈成，主管指示，德国客户的宾馆费用等由我们承担。结果人家还是没给我们这个机会，自己早就把账结了。

德国客户临走时，我一再说欢迎您下次再来。这句话不是客套，而是由衷地发自于内心。

（喻　云）

生活悟语

素质体现在每一件琐事里，就像文中的德国客户所做的一件件小事一样。素质是衡量一个人品行高低的标准，要将自己变成优秀的人，首先得全面提升自己的素质。

那封带附件的邮件是公司的最后一道考题。他之所以能胜出，只不过因为多花了 3 分钟时间去表示自己对公司的感谢。

最后一道考题

北京一家美国 IT 公司的公关部招聘一位职员，最后只剩下了 5 个人。公司通知这 5 人，最终聘用谁，得由美方经理层会议讨论通过才能决定。几天后，5 个应聘候选人之一的小伟收到一封电子邮件，邮件是 IT 公司人事部发来的。主要内容是：

非常遗憾地通知你，经公司研究决定，你落聘了。我们很欣赏你的学识、气质，但因为名额所限，只能忍痛割爱。公司以后若有招聘名额，一定会优先通知你。你所提交的材料录入电脑存档后，不日将邮寄返还于你。

最后，衷心地感谢你对本公司的信任。随信附件寄去本公司赠送的价值 50 元的免费上网卡一份。祝你开心！

小伟在收到电子邮件的一刻，为自己的落聘很失望，十分伤心；但又为 IT 公司的诚意所感动。便顺手花了 3 分钟时间，用电子邮件给那家公司发了一封简短的感谢信。

出乎小伟意料之外的是，第二天，他收到那家 IT 公司的电话，说经过人力资源部有关人员的讨论，他已被正式录用为该公司的职员。

后来，小伟才明白那封带附件的邮件是公司的最后一道考题。他之所以能胜出，只不过因为多花了 3 分钟时间去表示自己对公司的感谢。

生活悟语

"谢谢"两个字，能让人的心里回荡着春日的温暖，让人忘记了付出的疲惫的过程，让人沐浴到灿烂的阳光。学会感谢，其实是学会做人，学会表达自己的感激，学会尊重别人的劳动成果。

> 尊重不只是一个得到或者给予的问题，其实在给人尊重的时候，同时也得到了别人的尊重。

教授的尊重

一个十分偶然的机会，我和贾教授一起去火车站送人。所送主人是贾教授的朋友，又是我家的远房亲戚。

那天正好是周末，学校离火车站又不是很远，他们年纪都比较大了，那位亲戚又带了不少的行李，需要上上下下的，于是我就责无旁贷地充当了"脚夫"的角色。

送走他之后，我和贾教授刚走出火车站口不远，就看到一个疯疯癫癫的人迎了上来，拦住了我们的去路。他衣着褴褛，头发乱蓬蓬的。我原以为是一个讨钱的，就掏出一元钱来递给他。他瞪了瞪我，没有接，然后将目光移向了贾教授，小心翼翼地说："这位老先生，我看得出来你是个有学问的人，能不能给我讲讲关羽是怎么死的？"

我想推开他，贾教授却阻止了我，领着那个疯子到了一个楼角。他从吕蒙设计，讲到关羽败走麦城，最后遇害，大约用了十几分钟时间。教授讲得绘声绘色，那疯子也听得津津有味。临走的时候，疯子抓住贾教授的手，眼睛中泛动着晶莹的泪花："谢谢你，我求了好多人，只有您才肯给我讲！"我看到教授的手也用力摇动了几下。

回校的路上，我问贾教授："他是一个疯子吧？"教授沉默了一会儿才说："也许是，但他首先是一个人，只要是人，都是值得尊重的。因为在尊重别人的时候，更重要的还是在尊重自己！"

贾教授的话给我的震动很大，的确，尊重不只是一个得到或者给予的问题，其实在给人尊重的时候，同时也得到了别人的尊重；当你践踏别人的尊严的时候，自己的尊严也正在自己的脚下痛哭地呻吟着。

(彭永强)

尊重是每个人必须具备的良好品质。俄国诗人普希金说过:"尊重别人吧,这样会使别人快乐加倍,也能使人痛苦减半。"随时释放我们的真心、爱心和包容心,用心去尊重身边的每一个人,自己也会获得快乐!

自谦的人,能正确看待和审视自己,这是做人的美,是处世的大智慧。

巨人的自谦

在人类的历史上,能够与从事发明创造的诺贝尔相媲美的发明家屈指可数,在身后能够与其留下的名声相媲美的人更是凤毛麟角。他一生给我们留下了 225 项重大发明,他把自己的所有遗产捐献给为社会设立的诺贝尔奖,不仅让他名垂青史,更成为惠及全人类的伟大义举。

按照我们平常人的思维,像这样一位伟大的人物,是应该大书特书一部像样的传记传世的。世界上有多少人是那么热衷于给自己树碑立传啊。诺贝尔给我们留下了那么多伟大的发明,他没有理由不让后人讴歌自己的伟大。

他的哥哥就这样认为。弟弟取得了这样伟大的成就,一辈子为了发明创造竟然没有来得及结婚,没有享受过一天轻松的生活。应该写一部传记留给后人,让人们记住弟弟。他强迫弟弟停下手头的工作给自己写传记。诺贝尔每天都与哥哥住在一起,他实在没有理由拒绝哥哥的好意,迫不得已,写了自己的传记:

"阿尔弗雷德·诺贝尔,他那可怜的半条生命,在呱呱坠地之时,差一点儿断送于一个仁慈的医生之手。主要的美德:保护指甲干净,从不累及别人。主要的过失:没有家室,脾气坏,消化力弱。仅仅有一个愿望:不要被别人活埋。最大的罪恶:不敬神。生平主要事迹:无。"

043

这就是伟大的诺贝尔给我们留下的只有一百多个字的传记!

让我们好好看看这个传记吧。他把从不累及别人当做自己最大的美德;他不敬什么神,他坚信财富是依靠自己的努力创造的;更令我们不可思议的是他认为自己没有什么事迹,不过是一个平常的人!

无独有偶,同样认为自己没有什么事迹的人,还有文艺复兴时期意大利最著名的艺术家达·芬奇,他同时是画家、雕刻家、建筑师、工程师、音乐家、哲学家、科学家,他的绘画风格影响了几个世纪。他的代表作品《最后的晚餐》和《蒙娜丽莎》成为人类历史上最经典的作品。但是,在1519年他的生命走到了尽头,眼看着自己剩下的时间不多了,自己很多的理想不能实现了,他很痛苦地对身边的人说,我的一生,不过是利用白天来酣睡罢了,我一生做的事太少了,光阴都虚度了。

还有我们所熟知的荷兰杰出画家凡·高,他给我们留下的作品,在今天都是价值连城的。但是,他在自己生命的最后时刻,一直在为自己没有什么成就而痛苦。他甚至因为自己一直画不出他心中认为的杰出作品,而烧掉了很多画作。他在最后时刻对自己的弟弟说,我很痛苦,我一生一事无成啊。

无论诺贝尔、达·芬奇还是凡·高,他们说自己一生一事无成,绝对不是故作矫情和谦虚,是因为他们心中的目标更加宏伟和遥远,他们对自己有更高的要求,我想,这也许正是他们名垂青史的一个重要原因吧。相比这些为人类的进步留下了巨大财富的人,我们中间那些热衷于给自己树碑立传的人,该是多么的汗颜和无地自容啊。

自谦的人,能正确看待和审视自己,这是做人的美,是处世的大智慧。

(鲁先圣)

生活悟语

把眼光放宽广一些就会发现,世间特别能干的人很多,比我们贤能有德的人比比皆是。学习无止境,修养也是无止境的,所以我们要懂得自谦,时刻清除心中骄傲自满的杂草、乱石,我们才能不断进步。

第二辑 生活青睐懂管理的人

生命就像一张白纸,等着我们去描绘,去谱写。我们不能延伸生命的长度,但可以拓展生命的广度和深度。对现在和未来进行有效的管理,合理利用时间,规范有序地安排生活,避免盲目的消耗,便可以提高生活质量,提升人生价值。

活在当下,生命的筹码放在哪里,成就就在哪里。规划人生,统筹生活,终会活出精彩!

真正把人从饥饿、严寒和痛苦中拯救出来的是劳动和生存的技能，而不是他对书本上的东西掌握得如何。

学 会 生 存

　　费城的纳尔逊中学，是美国最古老的一所中学，它是第一批登上美洲大陆的 73 名清教徒集资创办的。在这所中学的门口，有两尊用苏格兰基布尔黑色大理石砌成的雕塑，左边的是一只苍鹰，右边的是一匹奔马。

　　300 多年来，这两尊雕塑成了纳尔逊中学的标志。它们被刻在校徽上，被印在明信片上，被缩成微雕摆放在礼品盒中。现在，我的书桌上也有一组纳尔逊中学的"鹰—马微雕"，它是中国的一个城市友好代表团 1999 年去费城访问时，一名随团参访的学生从纳尔逊中学带回来的。

　　这份来自大洋彼岸的礼物，在我书桌上已摆了两年。两年间，我审视过它们无数次，我知道它们的重量是 1.48 千克，它们的高度是 38 厘米，由紫檀木制成。可是，这组雕塑到底代表什么含义，我却从没想过，因为对鹰和马这一类的东西，我一直自以为是，认为鹰就代表鹏程万里，马就代表马到成功。可是，当有一天我在网上无意中读到这两尊雕塑的缘起，我才发现，我错了。我那种中国概念化的思维与这组雕塑的本意风马牛不相及。

　　那只鹰所代表的不是鹏程万里，它实际是一只被饿死的鹰。这只鹰为了实现飞遍世界的伟大理想，苦练各种飞行本领，结果忘了学习觅食的技巧，它是在踏上征途的第四天饿死的。那匹马也不是千里马，而是一匹被剥了皮的马。它嫌它的第一位主人——一位磨坊主给的活多，乞求上帝把它换到一位农夫家，上帝满足了它的愿望，可是它又嫌农夫给的饲料少。最后它被带给一位皮匠。在那儿什么活也没有，饲料也多，可是，没几天，它的皮就被剥了下来。

　　当我读到这组雕塑的寓言化解释时，我的第一个反应是，给那位送我这份礼品的人去个电话，问问这位全市成绩最优秀的中学生，是否知道纳尔逊中学的"鹰—马微雕"所表达的真正含义。

当我把电话打过去的时候，他正在为全国奥林匹克数学竞赛做最后的冲刺。他接到电话，没等我开口，就以一种命令的口气，说："妈妈，这次竞赛直接关系到高考保送，明天你最好能来一下，顺便带300元钱，然后把我的脏衣服带走。"听到这些话，我欲言又止。心想这就是全市最优秀的学生，这就是我一直引以为骄傲的儿子。最后，我以一种无可名状的心情挂了电话。

前几天，在网上看到美国汉学专家威尔弗雷德博士写的一篇文章，说，中国人把联合国教科文组织倡导的"学会生存"(Learning to be)译错了(我们译成了"学会做人")。读后我想，我是不是该写篇文章，把有关那组雕塑的事讲出来，以告诉我的孩子以及与他类似的人：真正把人从饥饿、严寒和痛苦中拯救出来的是劳动和生存的技能，而不是他对书本上的东西掌握得如何。

(刘燕敏)

生活悟语

　　其实书本上的知识是需要我们活学活用的，死记硬背的知识，只是为了应付考试，过后就会忘记了；而且人是无法脱离生活的，独立很重要，这就需要我们学会劳动和工作，用自己的努力养活自己，造福社会。

　　当我们惊讶于赵家姐妹的纪律与服从的时候，要知道那是经由亲人之间充分沟通所获得的共识。当她们为家里做事时，不是想着父母命令自己做，而是心里有着使命感。

赵小兰的家庭教育

在我念研究生的最后一年，日文课班上突然出现了一位50岁左右的老太太。当她正襟危坐，挤在一群二三十岁年轻人之间，跟着教授朗读的时候，实在很有意思。起初我以为她只是排遣时间的旁听生，后来看她也紧张分分地应付考试,才确定是正式的研究生。她从不缺席,笔记又写得好,所以溜课的人都找她帮忙,我们称她为赵太太,直到毕业,才知道她就是前两天刚就职的,美国交通部副部长赵小兰的母亲——朱木兰女士。

我今天跟你提到赵小兰,并不想强调她是华裔在美国政府职位最高的人,也不想讨论她的白宫学者、花旗银行或哈佛大学的经历,而是想让你了解一下赵小兰的家庭生活。因为我相信,没有那样成功的家庭教育,很难有赵小兰今天的成就。最起码,赵小兰今天立身美国政府高层,那种不卑不亢、带有适度的矜持与华裔尊荣的气质,必然来自她那特殊的家庭教育。

我用"特殊",是绝不为过的,因为在美国的中国家庭,能有她家那样完整而严格训练的已经太少了! 即使在中国,我相信也不多。

你记得《真善美》那部电影吗?当朱丽·安德鲁丝初去当家教的时候,孩子们由大到小,一吹哨子,就列队出现的图画,几乎也能在赵小兰的家里看到。

赵小兰的父亲赵锡成博士很好客,每有客人来,6个女儿只要在家,一定会出来招呼。她们以非常恭敬的态度为客人奉茶,脸上总是带着真诚的笑容。尤其令你难以相信的是,当赵家宴客时,几个女儿不但不上桌,而且守在客人身后,为大家上菜、斟酒!

当我不解地问朱木兰女士时,她说:"不错!我们是教她们做女侍,但那何尝不是一种训练!"

也就因此,他们家虽然有管家,孩子仍然要自己洗衣服、打扫房间。大人的道理很简单:"由俭入奢易,由奢入俭难。管家是请来帮助父母的,不是帮助孩子,年轻人理当自己管自己的事,不能太早就受人伺候,否则很难学会独立!"

不仅料理自己的内务,每天上闹钟起床,小时候赶校车上学,回家由姐姐带头,自动自发地念书,而且他们家的6个孩子,还分担家里的琐事。

每天早晨,她们要出去检查游泳池的设备,捞掉水上的脏东西。到了周末,则要整理那占地两英亩的院子,把杂草和蒲公英拔掉。赵小兰16岁的妹妹,已经负责处理家里的账单,将那圣诞卡的邮寄名单输入电脑,并接听晚上的电话。而且,只怕讲了你也不信,赵小兰家门前长达120英尺车道的柏油路,竟然是几个姐妹,在父亲指挥下自己铺成的。赵小兰曾经在《我的事业与人生》那篇文章里说:"那时我们不见得喜欢,如今想来,大家一起工作,一起交谈,很能领会父亲良苦的用心了。"

可不是吗?如同她母亲所讲:"家园!家园!这个园地是一家人的,每个人都有责任!"正由于她们贡献出自己的心力,所以尤其会爱她们的家,觉得自己是家的一分子,家是属于自己的。特别是在一家人的工作中,更能体会到荣辱与共、同心协力,而产生共同意识。

你想想,同样是家里的车道损坏了,对于你和赵小兰姐妹,感觉必定不同,因为我们的车道不是你铺的,你不曾流汗,怎么可能有大的感触呢?

我常强调家庭关系,赵小兰的家就是真正实践的例子,他们在晚餐之后极少开电视,父母也以身作则,不在电视前花太多的时间,母亲跟着孩子一起读书,父亲处理未完的公务。

至于星期天,他们一定全家去做礼拜。午餐后的点心时间,则举行每周一次的家庭会议,大伙高谈阔论,每个孩子说出自己新的想法、收获,提出计划,并征询父母的意见。所以当我们惊讶于赵家姐妹的纪律与服从的时候,要知道那是经由亲人之间充分沟通所获得的共识。当她们为家里做事时,不是想着父母命令自己做,而是心里有着使命感。家是一个"共荣圈",每个成员都这么有向心力,自然会兴旺。

我们也确实看到赵家,1962 年坐船来美国, 孩子们半句英文不通,艰苦奋斗到今天,已经有四个从名校的研究所毕业;赵锡成先生更成为航运财经界的名人,连赵小兰的母亲,都以两年全勤的记录,修得了硕士学位。

但是你知道吗?赵家虽然富裕,孩子却多半进公立高中。在外面的花费,不论大小,都要拿收据回家报账。赵小兰念大学时还向政府贷款,靠暑假打工还钱。这不表示她的父母小气,而是因为要求子女独立、负责,把钱花在当用的地方。

所以赵小兰能打高尔夫球、骑马、溜冰,更弹得一手好琴。父母对孩子说:"我们虽然俭省,但你们要学东西,绝对不省。只是既然说要学,就有责任学好!"

他们也每年安排两次全家的旅游,从选择地点、订旅馆房间,乃至吃饭的餐馆,完全由孩子负责,父母都少过问。如此说来,这旅行,不也是一种组织、分工的训练吗?

所以我说,赵小兰姐妹的成功,与她们的家庭教育有密切的关系。连布什总统前几天在白宫接见赵锡成先生一家时,都特别强调这一点,还对太太芭芭拉说,应该向赵小兰的母亲学学怎么管孩子!

怎么管? 答案应该是:

将中国传统的孝悌忠信与西方社会的组织管理方法结合! 既培养个人的独立个性,更要求每个人对家庭的参与,透过沟通后产生的共同意识,达成期望的目标。

在你听完赵小兰父母教育子女的方式之后,是不是觉得我们彼此都该有所检讨与修正?

([美]刘 墉)

生活悟语

从小培养我们的独立性，做力所能及的事情，这是我们最终走向自立而必需的训练。学会经营我们的生活，是我们送给父母最好的礼物。

为了奖励她，父亲请她吃消夜，表扬她人小志大，学会用 MBA 管理自己。父亲解释说，所谓管理，就是用最小成本，获得利益最大化。

用 MBA 管理女儿

这是一位商界朋友的故事。他出身贫寒，靠勤奋努力，考入名校，经过多年打拼，成为一名出色的 CEO，跻身于富人行列。与许多富人不同，他对女儿非常严格，上学乘坐公共汽车，零花钱严格限制，与普通人家的孩子没什么两样。在他的管理教育下，女儿非常出色，以优异的成绩考入重点高中。开学那天，她希望爸爸破例用车送她，于是径直上了门前的车。

"爸爸，今天是开学第一天，你送我吧。"女儿央求道。

父亲板起脸："不行。这是公司的车，不能私用。你赶紧下去，坐 23 路。"

"可是，现在去已经来不及了。爸爸，你就送我一次吧。昨天开学典礼，好多同学都是家长开车送的，就我可怜巴巴没人管。你今天就送送我吧。我保证：只此一次，下不为例。"

女儿这么一说，做父亲的也有点儿心软。但公车不能私用，这是他定的原则，他一向对某些官员、富商用车接送孩子这种行为很反感，这会助长孩子的虚荣心，形成攀比情结，不利于他们健康成长。想到这，他心一硬，语气严厉地道："不行。公司的车是为我工作方便用的，你不能享受你无权享受的特权。这样吧，我给你零钱，你打出租车去。"

父亲从钱夹里拿出 20 元钱。女儿接过钱,转身下车,气呼呼地走了。

从那以后,女儿再也不提坐车的事。有一次,赶上台风,下大暴雨,公交车塞住了,女儿一路走回家,淋得像落汤鸡,第二天感冒发烧,打了两天点滴才好。为这事妻子和他吵了起来,说他不近人情,就这么一个女儿,万一有个三长两短怎么办?

在原则问题上,他是不会妥协的,但也觉得应该想个办法,于是召开家庭董事会,商订出一个妥帖方案:除了每天 5 元零花钱,再给女儿 30 元备用金,遇到雨雪坏天气,就打出租车回家。

这之后不久,有一天下暴雨,父亲开完会赶回家,已经 8 点多了,女儿还没回来。他不禁有些担心,别是叫不到出租车。这种天气,出租车也成了稀缺资源。正犹疑担心,电话响了,是女儿。她说雨太大,打不到出租车,去学校旁边的麦当劳,花 18 元买了份套餐,一边吃一边做作业,等雨停了再走。怕家里担心,打电话回来告诉一声。

女儿回家时,已是雨过天晴。为了奖励她,父亲请她吃消夜,表扬她人小志大,学会用 MBA 管理自己。父亲解释说,所谓管理,就是用最小成本,获得利益最大化。MBA 其中重要一项,就是市场分析,明确竞争对手,选择正确路径,实现设定目标。你今天的行为,就是一个很好的案例。你看,你的目标是回家,方式有几种,乘出租车、公交车、步行,出租车打不着,公交车塞车,步行太远而且被雨淋,于是你选择一个新路径——去麦当劳,这样既避开交通高峰和暴雨,又能就餐、写作业,现在雨过天晴,你也安全回家了,这就是用最小成本获得最大收益。以后无论什么事,你如果都能这样,我保证,将来肯定会成为一名出色的经理人。

(林　夕)

051

生活悟语

　　良好品质的培养,都需要从小开始。文中这位态度坚决的父亲,用他的"小投资,大收益"理论教育他的女儿,让女儿学到十分出色的自我适应和独立的生存能力。如果天下父亲都有这位父亲的坚持和"狠心",孩子自然会拥有自我管理和规划人生的能力。

亚瑟就是我们常说的高分低能儿。有出色的学习成绩，却缺乏生活的能力。没有生活能力的人是可悲的，只能走向失败。

要提高自己的生活能力

亚瑟到一家广告公司面试。他对自己的能力和经验很自信，因为他专业成绩好，年年都拿奖学金，而且在学校里也是出类拔萃的人物。广告公司在这座大厦的 20 层。

这座大厦管理很严，两位精神抖擞的保安分立在两个门口旁，他们之间的条形桌上有一块醒目的标牌："来客请登记。"

他上前询问："先生，请问 2010 房间怎么走？"

保安抓起电话，过了一会儿说："对不起，2010 房间没人。"

他忙解释："不可能吧？我刚才还跟他们打过电话，再说今天是他们面试的日子，您瞧，我这儿有面试通知。"

那位保安又抓起电话。

"对不起，先生，2010 还是没人。我们不能让您上去，这是规定。"

时间一秒一秒地过去，他心里虽然着急，也只有耐心地等待，同时祈祷该死的电话能够接通。已经超过约定时间 10 分钟了，保安又一次彬彬有礼地告诉他电话没通。他当时压根儿也没想过第一次面试就吃了这样的"闭门羹"。面试通知明确规定："迟到 10 分钟，取消面试资格。"即使打通也不能参加面试了。

他犹豫了半天，只得自认倒霉地回到了学校。晚上，他收到了一封电子邮件："先生，您好！也许您还不知道，今天下午我们就在大厅里对您进行了面试，很遗憾您没通过。您应当注意到那位保安先生根本就没有拨号，大厅里还有别的公用电话，您完全可以自己询问一下。我们虽然规定迟到 10 分钟取消面试资格，但您为什么立即放弃却不再努力一下呢？祝您下次成功！"

亚瑟就是我们常说的高分低能儿。有出色的学习成绩，却缺乏生活的能力。他没有细心观察的能力，连保安拿起电话并未拨号这个现象也没有看到；也没有全面考虑问题的能力，大厅还有别的电话，他却没有注意；更不懂变通，规定说 10 分钟后取消面试资格就不再去努力试一下。没有生活能力的人是可悲的，只能走向失败。

生活悟语

　　现在的应试教育培养出不少的高分低能儿，他们学习成绩很好，但是却不懂生活。他们不懂得观察生活的细节，不懂得动手比等待更好，不懂得全面地思考实际问题。这样一个缺乏生活常识，而又没有独立性的人，又有谁会录用呢？

　　一个 60 岁的人，除去 20 年的睡眠时间，以及打扮着装、上下班、文娱活动等时间，上帝只给你 8 年零 285 天做有用的事情了。

$$60 = 8$$

　　如果有人对你说，一个活了 60 岁的人，其实他仅仅只生活了 8 个年头。这会不会让你大吃一惊？

　　然而，这是真的。

　　一位科学家做过这样的计算：一个 60 岁的人，除去 20 年的睡眠时间，以及打扮着装、上下班、文娱活动等时间，上帝只给你 8 年零 285 天做有用的事情了。

　　时间残酷而紧迫地挤压着我们的生命。

　　我们拥有时间。但是，我们不可把握它，只能感知它。

　　因此，聪明的人，极为注重从事工作的时间的质量。哲学家赛纳卡最先理解了时间的价值。他想驯服时间，了解它的本质，给时间戴上笼头："对自己的每一笔支出都要记账。我不能说我一点儿也没有浪费，但我总是心中有数，我浪费了多少,是怎么浪费的,为什么浪费的。"

幸福的人是不看表的,反过来说,不看表的人是幸福的。

但是,昆虫学家亚历山大就自愿地担当起"看表"的苦差事。从1916年开始,25岁的他便实行一种"时间统计法",每天都核算自己的时间,一天一小结,每月一大结,年终一总结,直到1972年他去世那一天,56年如一日,从不间断。正是时间,使他取得丰硕成果,发表了70多部著作,写了12500张打字稿的论文和专著。

(那家伦)

生活悟语

人的一生,只有短短的数十年,而其中用于体验生活的,更是少得可怜。善于管理自己时间的人,争取每分每秒的生活和学习都有质量的保证,避免浪费;善于运用时间的人,取得的巨大成功是荒废时间的人无法想象的。

我现在正在做的事,就是我一生中最重大的事。不管是在指挥一个交响乐团,或是在剥一个橘子。

生命中最重要的事

托斯卡尼尼是举世闻名的指挥家。他到过很多地方,指挥过无数的乐团,也见过无数的达官显贵。80岁时,儿子好奇地问他:"您觉得您一生做过最重要的事是什么?"

托斯卡尼尼回答说:"我现在正在做的事,就是我一生中最重大的事。不管是在指挥一个交响乐团,或是在剥一个橘子。"

在我当总医师时,有一个室友。他刚开始刷牙,又离开浴室去挑上班要穿的衣服,而嘴里还满是泡沫。接着,他又忙着整理桌上的资料,还一边说今天有哪些事要办。不消说,他的日子总是过得匆忙无趣。

在医学院教书，我发现有几个学生上课都不看我，他们一直忙着抄笔记。他们很努力、很认真地写，但我从不认为他们是"好学生"，因为他们对考试的兴趣远超过对学习的兴趣。他们或许能从笔记中得到考试时所需的知识，但他们无法全然地了解。片片断断地抄下来，知道的也只是片片断断，当他们把我的话写下来，我已经又讲了其他东西，他们将一再错过。你必须全心全意地融入，尽你所能地投入，仿佛此时此地世上唯有此人唯有此事……然后才会有真正了解。这必须变成你的人生态度，变成你的生活方式，无论你是在上课、吃饭、聊天、跳舞、画画……

有人问凡·高："你的画里面哪一张最好？"他说："就是我现在正在画的这一张。"几天之后，那个人再问。凡·高说："我已经告诉过你，就是我现在正在画的这一张！"

是的，你现在正在做的事，就是你生命中最重要的事……即使是在剥一个橘子。

（何权峰）

生活悟语

生命中最重要的事，就是你必须做而正在做的事，即使是一件很小的事情，也能构成你幸福的生活。全神贯注地投入生活，关注每一刻的行为，学会管理自己的生活方式，这样，人在每一刻所做的事都是重要的而不是虚度的。

节约是一种美德，每一样东西，都有可利用的价值。

"吝啬"的女王

英国女王伊丽莎白二世比阿拉伯的任何石油富豪和巨贾都更为富有。据说，她的财产价值不下 25 亿英镑。

虽然如此富有,但女王仍然十分注意节约。有句英国谚语常挂在女王的嘴边:"节约便士,英镑自来。"

在白金汉宫,不仅照明,而且供暖也都保持在最低限度,因为女王用小电炉来暖和宽敞的大厅。应邀到郊外农村的皇家住宅去做客的人,被告知需自带毛衣,因为那里暖气并非 24 小时都供应,而且还请应邀者自带酒去,因为"我们并不是大酒鬼"。

皇宫里相当部分的家具已经"老掉牙了",几乎要散架了。自维多利亚女王时代以来,皇宫里的家具从未更换过。当参观皇宫者看到经过修补的沙发和地毯,已经很不像样的挂毯,满是灰尘的书房时,无不为之惊叹。

女王坚持皇家只用上面印有查尔斯王子纹章的特制牙膏,因为这种牙膏可以挤到一点儿也不剩。女王如果看见掉在地上的一根绳子或带子,也要捡起来塞进口袋里,也许什么时候这些东西会派上用场。女王很喜欢马,但在马厩里,马不是睡在干草上,而是睡在旧报纸上,因为干草太贵。

女王不仅自己以身作则,同时也要求其家人按节约精神办事。就是她的丈夫菲利普,钱包也是扣得紧紧的。看到饭馆里酒价飞涨,到了圣诞节,他请宫廷人员在一家豪华宾馆里吃饭时,便自己准备一些酒带去。

生活悟语

拥有女王这样尊贵的地位,按理来说生活即使不够奢华也绝对不会太寒酸,然而,女王仍然节俭持家。因为她清晰地意识到节约是一种美德,每一样东西,都有可利用的价值。对比女王,那些还在随便倒掉剩饭、扔掉书本的孩子,是该反省的时候了。

> 我活着要和这些平民百姓住在一起，跟他们一起生活；死了之后，也要与他们为伴。

晏子的风范

晏子是春秋时期齐国著名的政治家，虽然当宰相多年，但他生活一直十分节俭。他平常只是穿一件有几个补丁的旧袍子，补丁的颜色与袍子的颜色也极不协调，看上去十分刺眼。

有人问他："您身为宰相，衣服这么破了，为什么不换一件新的呢？"晏子笑着回答说："衣服是为了挡风御寒的，何必穿得那么豪华呢。这件袍子虽然旧了一点儿，可穿在身上一点儿也不觉得冷，何必要扔掉它呢？那岂不是很可惜吗？"

晏子不但品德高尚，还特别善于治理国家，因此齐景公极为尊重他。晏子住的房屋也十分简陋，齐景公知道后，就想给他建一座新的，于是便将这个想法告诉了晏子。

晏子急忙回答说："大王，多谢您对臣子的关心。可是我的祖辈一直在此居住，跟他们相比，我很平庸，没有理由去住豪华的房子。再说我家附近就是市场，买起东西来也比较方便。我在这里居住感到十分惬意。"

齐景公听后，对这位节俭质朴的臣子更加敬重。没过多久，齐景公就趁晏子出使晋国的机会，派人将他的那座破旧房屋修建一新了。为了改善房子四周的环境，官吏们还强令周围的平民统统搬往别处。晏子从晋国回来，发现自己的旧房子不见了，四周的居民也不见了，他马上明白了其中的原委。

于是他赶紧到宫中去拜见齐景公，并再次陈述自己的想法。紧接着，他便吩咐手下将新房拆掉，恢复原来的模样；同时，他还派人请原先的邻居搬回原来的住处，并挨家挨户地亲自去道歉。

回到家之后，晏子再三嘱咐家人："我活着要和这些平民百姓住在一起，跟他们一起生活；死了之后，也要与他们为伴。"晏子去世后，家人按照他的愿望，将他安葬在自家的院子里。

现在,是一个资源匮乏的年代,缺水、缺电、缺石油……而未来的缺口还会更大。只有发扬祖先们勤俭节约的美德,向晏子学习,不浪费一针一线,才能减少能源的损耗,为子孙后代造福。

两只小熊每天挨家挨户收集那些别家准备扔掉的锅巴。回家后,它们把锅巴晒干,然后收藏起来。日积月累,居然积了好几口袋干锅巴。

勤俭助你渡过难关

在大森林深处有一个精美的小木屋,小木屋里住着两只小熊,姐姐叫格蕾丝,妹妹叫凯丽。两只小熊长得十分可爱,并且非常谦虚有礼,所以森林里的其他成员都非常喜欢它们。

两只小熊快乐地成长着,它们无忧无虑,相依为命。格蕾丝和凯丽都非常节俭,它们从不浪费食物。一次,格蕾丝发现兔子彼得经常把一些剩下的锅巴扔掉,觉得非常可惜。于是,它与妹妹凯丽商量,决定把锅巴收集起来,以备不时之需。就这样,两只小熊每天挨家挨户收集那些别家准备扔掉的锅巴。回家后,它们把锅巴晒干,然后收藏起来。日积月累,居然积了好几口袋干锅巴。兔子彼得和小鹿安妮觉得小熊姐妹实在是太无聊了,便经常嘲笑它们。

日子就这样不停地流逝着,转眼到了冬天。这一年的冬天特别寒冷,并且下起了罕见的大雪,雪下了三天三夜都没有停止的迹象,森林里所有的动物都无法出门寻找食物,大家都快断粮了。格蕾丝和凯丽看到这种情形,便意识到贮藏已久的锅巴可以派上用场了。它们把锅巴拿出来进行了合理的分配,除了给自己留下一小部分外,其余的分成若干份,分别送给其他的动物。当它们敲开兔子彼得和小鹿安妮家的门,说明来意时,彼得和安妮惭愧地流下了眼泪。就这样,在格蕾丝和凯丽的帮助下,所有的动物都顺利地度过了严寒的冬天。

从此以后,在格蕾丝和凯丽的影响下,所有的动物都养成了勤俭节约的好习惯。

生活悟语

懂得节约,是我们在生活中必须学会的基本能力。我们只有在平时的学习、生活中注意积累对我们有益的东西,到最后,受益的肯定是我们自己。

对猴子而言,缺乏交往的生活是一种缺陷,缺乏独处的生活则是一种灾难。

动物学家的发现

有一位动物学家从一片原始森林里带回两只猴子,一只强壮,一只瘦弱。他把它们分别关在两只笼子里,每天精心喂养,观察它们的生活习性。一年后,那只强壮的猴子莫名其妙地死掉了。为了不中断研究,他又让人从巴西带来一只,这只比死掉的那只更大,可是不到半年又死了。为了弄清原因,他对两只猴子的尸体进行了解剖,可还是未找到原因。

后来,他重返原始森林,对那里的猴群进行研究,结果发现,凡是体大健壮的猴子,人际关系都比较好,其他猴子弄到食物时,它总能分享到一份。但是这类猴子很少能静下来,它们一有空就与其他的猴子追逐嬉闹;而这类猴子一旦被捉住,却很少能活过一年。那些善于晒太阳和闭目养神的猴子则不同,它们由于不入群,因此很少分享到其他猴子的食物,这些猴子长得都比较弱小,但它们被捉住后却可以活下来。

由此,这位动物学家得出结论,对猴子而言,缺乏交往的生活是一种缺陷,缺乏独处的生活则是一种灾难。

生活悟语

生活在这个社会,人总不能避免要和他人打交道,良好的人际关系处理能力让人在交往中得心应手,但是同时人也必须学会独处。人是独立的个体,有自己的私人空间,如果不懂得独处,又怎能梳理自己的思想,发现自己的不足,修身养性?

宋庆龄深深地记得父亲的话。长大以后,她真的成为一位既富有爱心和宽容心,又面对邪恶势力敢于斗争的坚强女性!

宋庆龄的故事

宋庆龄是 20 世纪中国最伟大的女性之一,早年就追随孙中山,一生奉献于革命事业,曾任中华人民共和国副主席、名誉主席。她一共兄妹 6 人,其中姐姐宋霭龄、妹妹宋美龄在中国近代史上都具有特殊的地位。

宋庆龄的父亲宋嘉树,字耀如,是一位爱国的实业家,也是一位教子有方的好父亲。宋耀如对压抑个性、以循规蹈矩为贤明和以唯唯诺诺为老成的陈腐的封建教育深恶痛绝,他认为这种教育会使一个伟大的民族一天天地沉沦下去。他心中有一个美好的意愿,这就是要努力将孩子们培养成为对社会有用的人才。为此,他教育子女从小就要自立、自信、自强,养成艰苦奋斗的精神。

为此,当第一个孩子出生后,他就制定了一套教育孩子的方案,并为实现这个方案倾注了大量的心血。当孩子蹒跚学步时,他就买了一箱子皮球给孩子玩。孩子摔倒了,他不去扶,反而笑着鼓励孩子自己爬起来。待孩子稍大一些,就经常带孩子到野外去徒步旅行。他有时还和孩子们一起禁食,以学会忍饥挨饿求生的本领。他让孩子学会自控和忍耐,培养孩子坚强的性格。

有一次,宋耀如选择一个雷电交加的日子,带着孩子们去龙华。他让孩子们丢开手中的雨伞参观龙华古刹,并对孩子们说:"孩子们,看看这座塔,千百年来不怕风雨雷电,仍然高高耸立,为什么?因为它基础牢固,骨架紧密。既然你们立志将来要投身革命,就要从小打下良好的基础,练骨架,现在我们一起进行比赛,围绕宝塔跑六圈,看谁先到达终点!"

宋耀如带着孩子们奔跑,孩子们个个快速地跑起来,没有一个愿意落后的,哪个孩子不小心摔倒在泥泞的地上,就会立即爬起来,继续跑……

宋耀如还反对无节制地满足孩子的欲望,主张培养孩子的自制能力。他强调如果要想把孩子培养成为一个伟大的人物,就应当有比钢铁更坚强的意志。

宋庆龄生性稳重、腼腆,和姐妹兄弟们在一起时,她总是最文静的一个。不过,父亲为孩子们营造的生活环境和气氛,也使小庆龄于天性之外受到补益。在假期里,三姐妹和小兄弟们在院子里玩耍,爬过院墙到别人的田地里嬉戏;他们到田野里奔跑,采集花草,捕捉虫鸟,无拘无束地尽情欢笑。有一次,姐妹兄弟玩"拉黄包车"的游戏,宋霭龄装成黄包车夫,宋庆龄扮成乘客,小妹小弟跟在身后又蹦又跳。正玩得开心时,不料"车夫"拉车用力过猛,双手失去控制,一下把"乘客"抛了出去。"车夫"愣在那里傻了眼,知道自己闯了祸;"乘客"又疼痛又委屈,满脸不高兴。

这件事被宋耀如知道了,他慈爱地对宋霭龄说:"做游戏也要有分寸。'黄包车夫'可不光是使力气呀!伤了乘客还怎么拉生意呢?"小霭龄不好意思地笑了。宋耀如又笑着对宋庆龄说:"我们的'乘客'这样宽宏大量,这样勇敢坚强,真是了不起!"小庆龄受到父亲的夸赞和鼓励,一脸的阴云散去了。

宋庆龄深深地记得父亲的话。后来,在美国求学期间,刻苦努力、奋发向上,并积极参加各项有益的社会活动。长大以后,她真的成为一位既富有爱心和宽容心,又面对邪恶势力敢于斗争的坚强女性!

生活悟语

宋庆龄的父亲教育孩子,首先教她们学会独立生活的能力,并且学会在恶劣的条件下生存。这样鼓励与引导并存,让孩子在对生活的感悟中逐步成长,是很好的教育方式。人生是不能重来的,自小养成良好的生活习惯,珍惜每一寸光阴,每一刻都过得充实,也就不让此生虚度了。

> 生命原来是有长度的。在这有限的过程里面，首先是要珍惜，然后是为你的生命确立一个意义，要有一种终极的价值观。

生命是有长度的

1998年，著名作家毕淑敏成了心理学研究生。经过几年艰苦的学习，到2003年7月，眼看就可以拿到心理学博士学位，但她却决定放弃文凭。

别人问她原因，她回答道："因为我不能去考外语、写论文。我担心一个几十万字的心理学博士论文写下来，我可能就不会写小说了。因为风格不一样，思维的训练也不一样。考外语，是一个死功夫。我想，生命对我这个年过五十的人来说是那么宝贵，不值得拿出半年时间，专门去念外语，去应对考试。"

毕淑敏清醒地认识到，生命原来是有长度的。在这有限的过程里面，首先是要珍惜，然后是为你的生命确立一个意义，要有一种终极的价值观。

于是她选择在北京西四环外开设一家心理咨询中心，她认为这是"助人和自助的工作"，是她极有兴趣探索和愿意去做的有价值的事情。

生活悟语

人不能自行延伸生命的长度，但可以决定生命的深度和宽度。时间抓起来是黄金，抓不起来是流水。珍惜生命中的每一天，并将其投入到有价值、有意义的事情中去，这样，生命才会过得精彩并实在。

> 这个漏斗代表你，假如你每天都能做好一件事，每
> 天你就会有一粒种子的收获和快乐。

每天做好一件事

有一位画家，举办过十几次个人画展，参加过上百次画展。无论参观者多
与否，有没有获奖，他的脸上总是挂着开心的微笑。

在一次朋友聚会上，一位记者问他："你为什么每天都这么开心呢？"

他微笑着反问记者："我为什么要不开心呢？"

后来，他讲了他儿时经历的一件事情：

我小的时候，兴趣非常广泛，也很要强。画画、拉手风琴、游泳、打篮球，样
样都学，还必须都得第一才行，这当然是不可能的。于是，我便闷闷不乐，心灰
意冷，学习成绩一落千丈。有一次，我的期中考试成绩竟排到全班的最后几
名。

父亲知道后，并没有责骂我。晚饭之后，父亲找来一个小漏斗和一捧玉米
种子，放在桌子上，告诉我说："今晚，我想给你做一个试验。"

父亲让我双手放在漏斗下面接着，然后捡起一粒玉米种子投到漏斗里
面，种子便顺着漏斗滑到了我的手里。父亲投了十几次，我的手中也就有了十
几粒玉米种子。然后，父亲一次抓起满满一把玉米种子放到漏斗里面，玉米种
子相互挤着，竟然一粒也没有掉下来。

父亲意味深长地对我说："这个漏斗代表你，假如你每天都能做好一件
事，每天你就会有一粒种子的收获和快乐；可是，当你想把所有的事情都挤到
一起来做，反而连一粒种子也收获不到了。"

20多年过去了，我一直铭记着父亲的教诲："每天做好一件事，坦然微笑
地面对生活。"

生活悟语

　　每个人都期望成功，渴望幸福，但成功与幸福的秘诀又在哪里呢？是否终日忙碌、什么事都干就能换取呢？其实，成功需要目标明确，需要在日常生活中点点滴滴的累积。成功与幸福并不是由"多劳"决定的。一步一个脚印，每天做好一件事，这才是真正的智慧。

　　在你的生活中如果一些小事花掉了你所有的时间和精力，那你就无暇顾及最重要的东西。

啤酒的哲学

　　哲学教授站在讲台上，取出一个约3升的空玻璃罐，往里面塞满了直径约5厘米的石块，然后他问学生们："罐子满了吗？"

　　"满了。"学生们回答道。

　　于是教授又取出一小袋绿豆把它们倒进玻璃罐，轻轻摇了摇。当然，绿豆占满了石块间的空隙。教授又问道："罐子满了吗？"

　　学生们都笑了，回答道："满了。"

　　接着教授又从桌子里取出一个装满沙子的盒子，把沙子倒进玻璃罐，沙子完全填满了空隙。他再次问学生们："罐子满了吗？"

　　"是的，这次满了！"学生们都喊道。

　　教授微笑着又取出两罐啤酒倒进玻璃罐里，沙子吸收了全部的啤酒直到最后一滴。学生们看到这里全都笑了起来。

　　"现在，我想让你们明白的是：玻璃罐代表你们的一生，石块代表你们生命中最重要的东西：家庭，健康，朋友，孩子。他们能使你的生活变得充实而美好，尽管其他的东西失去了，可他们会陪伴你一生。"教授接着说道，"而绿豆代表你的工作、房子、汽车，沙子代表其他的一些小事……如果一开始用沙子填满了玻璃罐,那就没有绿豆和石块的地方。同样,在你的生活中如果一些小事花掉了你所有的时间和精力,那你就无暇顾及最重要的东西。你应该经常做一些带给你幸福的事:和孩子们玩耍、抽出时间给你的伴侣、和朋友们聚会。还要经常找时间干干活、收拾房间、修理和擦洗汽车。"

教授准备收拾东西下课了,一个学生举手问:"那啤酒代表什么?"

教授微笑着说:"我很高兴你能问我这个问题。我这样做只是想向你们证明:无论你的生活多么紧张,你总能找到喝啤酒的时间。"

(王文雅)

生活悟语

　　常有人把生命界定为事业、财富、家庭或其他。其实,生命是一个综合体验的过程,不可能只为单纯的某一种追求而存在,因此要学会善待自己。幸福是一颗梦想的种子,需要用生命的热情去灌溉,这样,美好的感觉才会渗透在生活的每一个细节之中。

　　人生如下棋,不管是多么精彩的棋,其中总有遗憾。人生也不如下棋,下棋最大的好处是:如果你下错了,还可以接着下。

人生如下棋

父亲喜欢下象棋。那一年,我大学回家度假,父亲教我下棋。

我们俩摆好棋,父亲让我先走三步,可不到3分钟,三下五除二,我的兵将损失大半,棋盘上空荡荡的,只剩下老"帅"、"仕"和一"车"两"卒"在孤军奋战,我还不肯罢休,可是已无回天之力,眼睁睁看着父亲"将军",我输了。

我不服气,摆棋再下。几次交锋,基本上都是不到10分钟我就败下阵来。

我不禁有些泄气。父亲看看我说："你初学棋，输是正常的。但是你要知道输在什么地方，否则，你就是再下去 10 年，也还是输。"

"我知道，输在棋艺上。我技术不如你，没有经验。"

"这只是次要因素，不是最重要的。"

"那最重要的是什么？"我奇怪地问。

"最重要的是你心态不对，你不珍惜你的棋子。"

"怎么不珍惜呀？我每走一步，都想半天。"我不服地说。

"那是后来。开始你是这样吗？我给你计算过，你三分之二的棋子是在前三分之一的时间内失去的。这期间你走棋不假思索，拿起来就走，失了也不觉得可惜。因为你觉得棋子很多，失一两个不算什么。"

我看看父亲，不好意思地低下头。"后三分之二的时间，你又犯了相反的错误：对棋子过于珍惜，每走一步，都思前想后，患得患失，一个棋子也不想失，结果一个一个都失去了。"

说到这，父亲停下来，把棋子重新在棋盘上摆好，抬起头，看着我，问："这一盘待下的棋，我问你，下棋的基本原则是什么？"

我想也没想，脱口而出："赢啊！"

"那是目的。"父亲不满地看了我一眼，"下棋最基本的原则是得、失。有得必有失，有失才有得。每走一步，你心里都要非常清晰，为了赢得什么，你愿意失去什么，这样才可能赢。可惜，大部分人都像你这样，开始不考虑得失，等到后来失得多了，又过于考虑得失，所以才屡下屡败啊！其实不仅是下棋，人生也是如此呀！"

我看着父亲，又看看眼前的棋，恍然顿悟：人生不就是一盘待下的棋吗？所不同的是，有的人，棋刚刚摆好，还没开场；有的人，棋已经下了一半，得失参半；而有的人，棋已经接近尾声，尘埃落定！

人生如下棋，不管是多么精彩的棋，其中总有遗憾。

人生也不如下棋，下棋最大的好处是：如果你下错了，还可以接着下。

（林　夕）

生活悟语

人生有得有失，生命中不可能没有遗憾。当面对这些遗憾的时候，不要用无谓的懊恼给自己制造麻烦，不要让烦恼消耗宝贵的生命。遗憾既然不可避免，那么就积极地面对，快乐才能牢牢把握在你的手中。

昨天是历史,明天是未知,只有今天是一份礼物。
生命中最美丽的时刻就是现在。

最好的年龄

几岁是生命中最好的年龄呢?

电视节目拿这个问题问了许多人。一个小女孩说:"两个月,因为这时你会被抱着走,你会得到很多的爱与照顾。"

另一个小孩回答:"3 岁,因为不用去上学。你可以做你想做的任何事,也可以不停地玩耍。"

一个少年说:"18 岁,因为你高中毕业了,你可以开车去任何想去的地方。"

一个女孩说:"16 岁,因为你可以穿耳洞。"

一个男人回答说:"25 岁,因为你有充沛的精力。"这个男人 43 岁。他说自己越来越没有体力走上坡路了。他 15 岁时,通常午夜才上床睡觉,但现在一到晚上 9 点便昏昏欲睡了。

一个 3 岁的小女孩说:"生命中最好的年龄是 29 岁,因为你可以躺在屋子里的任何地方,虚度所有的时间。"有人问她:"你妈妈多少岁?"她回答说:"29 岁。"

有人认为 40 岁是最好的年龄,因为这时是生活与精力的最高峰。

一位女士回答说:"45 岁,因为你已经尽完了抚养子女的责任,可以享受含饴弄孙之乐了。"

一个男人说:"60 岁,因为你可以开始享受退休生活。"

最后接受访问的是一位老太太,她说:"每个年龄都是最好的。享受你现在的年龄。"

生活悟语

昨天是历史,明天是未知,只有今天是一份礼物。生命中最美丽的时刻就是现在。所有的远景都离不开现在的积累。撇开那些炫目的浮躁吧,专注于眼前的事情,把握每一个现在。

当它们终于失望的时候,全身最后的一点儿力气已经消耗殆尽,只能将自己的身躯化为汪洋大海中的点点白浪。

沉没的海岛

浩瀚无垠的大西洋海面上空,出现了庞大的鸟群。数以万计的海鸟在天空中久久地盘旋,并不断发出震耳欲聋的鸣叫。

令人惊诧的是,许多鸟在耗尽了全部体力后,义无反顾地投入茫茫大海,葬身鱼腹,海面上不断激起阵阵水花……

这是世界著名航海家托马斯·库克船长曾经在他的日记里记下的这一奇遇,这件事一直令他百思不得其解。

事实上,库克船长并非这一悲壮场面的唯一见证者。在他之前,很多经常在那个海域捕鱼的渔民被同样的景象震慑。

鸟类学家们对这种现象十分奇怪。在长期的研究中他们发现,来自不同方向的候鸟都会在大西洋中的这一地点会合。他们一直没有搞清楚,那些鸟为何会一只接一只,心甘情愿地投身大海。

这个谜团在上个世纪中期终于被解开。

原来,海鸟葬身的地方,很久以前曾经是个小岛。

对于来自世界各地的候鸟们来说,这个小岛是他们迁徙途中的一个落脚点,一个在浩瀚大海中不可缺少的"安全岛",一个在它们极度疲倦的时候可以栖息的地方。

然而，在一次地震中，这个无名的小岛沉入大海，永远地消失了。

迁徙途中的候鸟们，仍然一如既往地飞到这里，希望稍作休整，摆脱长途跋涉和满身疲惫，积蓄一下力量开始新的征程。

但是，在茫茫的大海上，它们却再也无法找到它们寄予希望的那个小岛了。早已筋疲力尽的鸟们只能无奈地在"安全岛"上空盘旋鸣叫，盼望着奇迹的出现。当它们终于失望的时候，全身最后的一点儿力气已经消耗殆尽，只能将自己的身躯化为汪洋大海中的点点白浪。

在紧张忙碌的生活中，在人生漫长的"迁徙"途中，每个人都有身心疲惫的时候，每个人都需要一个憩息身心的地方。适当的时候，我们是否会让自己的心灵稍作放松，是否拥有一个可让自己喘一口气、稍作休整的"小岛"。

不要像那些海鸟，等到自己筋疲力尽的时候，面对已经沉没的"小岛"，只能无助地一头栽进无底的深渊。

（崔鹤同）

生活悟语

世上没有一成不变的事情。如果只因为某时某刻有过某些教训，或使用某种方法获得成功，便把它作为一生的法宝，那么，你不仅不能获得成功，还有可能付出沉重的代价。学会生活，总结规律和善于变通同样重要。

有一个光明的目标在人生的前方朗照着，多少的荆棘与坎坷，多少的磨难与挫折，都变成了奋进中的无穷乐趣。

生活的意思

我 15 岁的外甥在班里成绩一直都不出色，为此姐姐便经常要我打电话去督促。以往打电话,他都会小心翼翼地把学习考试情况告诉我,然后再绕东绕西说一些考不好的理由。可是最近一次,在我问了几句之后,他说:"舅舅,生活真没意思。"这让我十分吃惊。一个15岁的初中生,他竟然感到生活真没意思!

外甥的这句话,给了我极大的触动。我想我不能再这么简单地去问为什么语文总考不好,为什么哪道数学题做错,我应该做的,也许是帮助外甥寻找生活的意思。

在寻找的过程中,我发现,不仅仅我的小外甥感到生活没意思,在我的身边,同学、同事、朋友中,似乎有许多人也被这个问题困扰着。

有两位来自胶东,现在济南一家商店打工的女青年给我来信说,在农村老家感到没意思,没想到来了济南两年,发现在这里更没意思。原来在农村的时候,想象着出去闯闯,外面的世界不是很精彩吗?可是来了之后,发现不过是一天到晚站柜台卖东西,给的工资还不够买一件衣服,没有发现半点儿精彩的地方。

无独有偶,我一位在济宁党政机关当了10年干部的大学同学,这几天也从济宁到了济南来。他是看了一家报社的招聘广告来的。找到我时,他说,在机关呆了10年,真没意思,再呆下去,人生的锐气都被死水一潭的生活磨光了。我决定辞去公职,换个环境,不然一辈子就太没意思了。

小外甥,那位打工妹,还有我的同学,他们一双双浑浊的眼睛在我的眼前晃动着,我强烈地感受到了他们被没意思的生活氛围所折磨的沉重与茫然。

我想,折磨他们的这个生活的意思是什么呢?

有意思,就应该是非常热爱自己的这种生活方式,对生活充满了乐趣,前途目标都是越来越明朗的;因而,也就把坚定不移的自信,一往无前的勇气,始终不渝的奋斗精神融入了自己的生活中。这种人,几乎每一天都会有收获,尽管有时可能这种收获是微不足道的,但他们同样会为总是往前走了一些而感到欣慰。目标是明确的,只要每一天都在努力,即意味着在一天天向目标靠近。

这就明白了。对生活感到没意思,即是对前途目标的迷茫和困顿。目标没有了,道路也就消失在了迷茫的密林之中。脚下的路都不知伸展向哪个方向,哪里还会有信心、勇气呢?而没有了目标和勇气的人,与行将就木的人又有什么区别呢?

因而,要寻找生活的意思,就必须首先寻找人生的目标。有了目标,才会给生命注入自信、勇气、坚强等等让生活有意思起来的因素。有一个光明的目标在人生的前方朗照着,多少的荆棘与坎坷,多少的磨难与挫折,都变成了奋进中的无穷乐趣。这个时候,我们会因为自己的努力带来的接连不断的一个个成就,而感到生活太有意思了。

生活悟语

我们时常会觉得生活没有意思,实际上是生活失去了目标,无论是现实的目标还是长远的理想。没意思的感觉恰是对缺乏乐趣和热情的生活的厌倦和抗议。生命要有意义,生活要有意思,就应该明确人生的目标,鼓起信心和勇气,从一点一滴做起,扎扎实实地走好人生的每一步。

自立是坚强的开始,人有了自立的意识和能力,就比较容易适应社会,发展自身。

上帝只会施舍一次

基恩看守猎场 30 年了,早已厌倦了猎场生活,但无法离开,因为他欠了猎场主人沃尔卡很大一笔钱,连他自己都记不清数额了。

沃尔卡当年贷款买下猎场时,还不如有住宅和车的基恩富有。沃尔卡从不放过每一笔有可能赚钱的机会,经常请商界的那些人到猎场狩猎与消遣。几年以后,沃尔卡在生意场上声名鹊起,而基恩陷入了赌场,连住宅和车也输掉了,到最后成了沃尔卡猎场的看守人。

30 年过去了。有一天,基恩听到消息,沃尔卡患了不治之症,基恩心里不安起来,沃尔卡为人不仅吝啬,还是个出了名的"记账富翁"。

尽管他记不清究竟欠了沃尔卡多少钱,但沃尔卡的账簿上一定记得一清二楚。沃尔卡活不长了,死之前会要我还清全部的债款,基恩心里这样想着。几天后的一个下午,沃尔卡果然来到猎场找基恩,拄着一根手杖。没等基恩开口,沃尔卡就声音嘶哑道:"基恩你知道吗?我的健康很糟糕,医生说我不久要到另一个世界去了。"

"我已经听说了,这的确很糟糕。"基恩忙打断,看看面容苍老的沃尔卡,又吞吐地道,"沃尔卡先生。我知道你一定会来找我的。不过你知道,我真的无法偿还你的钱。"

见沃尔卡盯着他,基恩的脸涨红了:"沃尔卡先生,我不会赖账的,就是你不在人世了,将来我会还给你的儿女……"

"不不,就是我死了,我的儿女也得不到什么遗产,他们已经生活得很好了,财富不应该集中在少数人手里。"沃尔卡稍顿了一下,看看呆怔的基恩,"我今天来猎场,是想最后一次跟你算一下账,因为在死之前,我决定将我的财富捐给慈善事业,当然,还有像你这样需要改变命运的人。"

沃尔卡又露出几分怜悯的神色:"基恩先生,本来我应该把这座猎场给你的,遗憾的是这些年你因赌欠我的钱,正好是猎场的这笔数目。你要相信,上帝对于任何一个人都是公平的,只会施舍一次。"说着掏出账簿,把欠债人基恩的名字划掉了,又拍了一下基恩的肩膀道:"这座猎场的新主人将是护林人洛克,如果你愿意在这里干下去的话,我想洛克一定很高兴。"

夕阳下,沃尔卡拄着手杖蹒跚地走开了。

基恩突然痛哭流涕起来,看守猎场 30 年来,其实他可以利用沃尔卡借给的这些钱干出一番事业,而不需要上帝的施舍,过上像以前那样的富有生活,然而,他却彻底输掉了!最可悲的是,连自己的命运也要靠人家恩赐……

(吴作望)

生活悟语

自立是不依赖别人、依靠自己的努力做事的精神品质。有一句话说得好:"淌自己的汗,吃自己的饭,自己的事情自己干;靠天,靠地,靠祖宗,不算是好汉。"自立是坚强的开始,人有了自立的意识和能力,就比较容易适应社会,发展自身。

第四辑 有效沟通，曲线最短

　　在数学的世界，两点之间直线最短。但在人与人交往的过程中，两颗心最短的距离并不一定是直线。

　　在与人交往的过程中，我们很难直截了当就把事情做好。我们有时需要等待，有时需要合作，有时需要技巧。懂得聆听，懂得感谢，懂得设身处地为对方思考，懂得巧妙婉转地表达自己，你才能把你和别人的心拉得更近。

车到某站,男孩站起来,笑着用右手和"黄大衣"击掌而别,然后跳下车,消失在茫茫夜色中。原来他俩不是一家人,也是陌路相逢人。

于 无 声 处

黄昏,我搭上一辆中巴,找了个靠窗的位子坐下。

我拿出手机,准备打发近一个小时的百无聊赖的旅程。但不一会儿,我被前排的两个聋哑人吸引住了——他们在用手语热烈地交谈着,大幅度的比画动作伴以丰富的表情,让我相信我"听"到的是最有趣味的一次聊天。

靠窗的哑男孩20岁左右的样子,面容俊秀;穿黄大衣的聋哑人好像是他的父亲,又好像是他的哥哥,说到尽情处,亲热地挽住男孩的肩膀,拍了又拍。他俩挥舞着手臂比画的时候,我发现男孩的左手仅有拇指和食指两个手指,手掌也斜斜地只剩下一小条,像是劳动中受的伤。穿黄大衣的聋哑人的左手只有一个食指,大拇指又弯又小,像是天生的残疾。

夜色已浓,车内光线昏暗,我抬抬眼镜,朝前探了探身,想弄清黄大衣聋哑人的手到底是怎么了。可能我的眼神过于专注,靠得又太近了,"黄大衣"警觉地回头看了我一眼。我一惊,马上报以歉意的一笑。他见我并无恶意,也冲我笑了笑,就转回头接着刚才的话题继续比画开了。

他俩用仅有的手指急切地、快乐地做着各种手语,沉浸在他们兴致勃勃的"谈话"中时,我是茫然的,我无法进入他们那个无声的世界,正如他们不能进入我们这个喧嚣的、嘈杂的世界一样。但我还是跟着他们的手势,小学生一样苦苦地、认真地领会着他们话里的含义。在我看来,那样的交谈真是吃力而又酣畅淋漓,听者和说者,都需要全身心地投入。

说起来,再没有比车上密度更高的人群了,摩肩接踵、亲密无间,看了让人感到温暖,好像一家人似的。但往往是谁也不会看谁一眼,交谈更是不可能的。此时,这对聋哑人的交谈便是车上唯一的风景。

车到某站，男孩站起来，笑着用右手和"黄大衣"击掌而别，然后跳下车，消失在茫茫夜色中。原来他俩不是一家人，也是陌路相逢人。

（王梅芳）

生活悟语

许多人的内心都有一个坚实的壁垒，外人无法侵入，只有真情才能触及其心灵中最柔软的地方。人非草木，孰能无情。一个充满防范与猜疑的环境并不利于人的生存和发展，敞开心扉吧，你会发现原来真情处处都在。

感觉在沟通中非常重要，常常当你主动让一步，对方的感觉好了，问题也就得到了解决。

退一步海阔天空

意大利艺术家米开朗琪罗的所有作品中，被公认为最伟大的作品应该是他的大理石雕刻——大卫像。

各位可知道，当米开朗琪罗刚雕好大卫像的时候，主管这件事的官员跑去看，竟然不满意。

"有什么地方不对吗？"米开朗琪罗问。

"鼻子太大了！"那位官员说。

"是吗？"米开朗琪罗站在雕像前看了看，大叫一声，"可不是吗？鼻子是大了一点儿，我马上改。"说着就拿起工具爬上架子，叮叮当当地修饰起来。

随着米开朗琪罗的凿刀，掉下好多大理石粉，那官员不得不躲开。

隔一会儿，米开朗琪罗修好了，爬下架子，请那位官员再去检查。

"您看，现在可以了吧！"

官员看了看，高兴地说："是啊！好极了！这样才对啊！"

送走了官员，米开朗琪罗先去洗手，为什么？

因为他刚才只是偷偷抓了一小块大理石和一把石粉,到上面做做样子。从头到尾,他根本没有改动原来的雕刻。

但是,各位想想:

如果米开朗琪罗不这样做,而跟那位官员争,会有这么好的结果吗?

我们要知道,在沟通的过程中,许多事情是抽象的。它不是一斤一两,有个标准可以遵循,而常常是凭感觉。所以感觉在沟通中非常重要,常常当你主动让一步,对方的感觉好了,问题也就得到了解决。

"让步"能解决问题的例子真是太多了。

大家都知道的《庄子·齐物论》里的故事——

有个养猴子的人对猴子说:"早上给三个果子,黄昏给四个果子。"猴子都不高兴,但是当养猴子的人改口说:"这样吧!早上给四个,黄昏给三个。"猴子就都开心了。其实"朝三暮四"与"朝四暮三"有什么分别呢?

([美]刘 墉 刘 轩)

生活悟语

当你苦苦执著于某事而丝毫没有起色的时候,当你渴盼的通往成功的道路上已经人满为患的时候,你不妨停下匆忙的脚步,退一步寻求更好的解决方法与道路,这也许就是另一条捷径。

只要你将心门打开,首先付出爱,给予他人一些温暖,你就会惊喜地发现,别人也在你的感染下,快乐地付出并享受着真情。

善解人意的魅力

和其他的酒店不一样,法国巴黎的拉·维耶酒店里没有菜谱。当人们来到小酒店时,66岁的女主人会告知你该吃什么东西,不该吃什么东西。如果她知道你在减肥节食或者看上去你应该节食，她就不会给你上小牛肝、小牛肾之类的高蛋白食物；即使你点了别的菜，她也不给你，因为她完全知道什么食物对你有好处。

在这个小酒店里，女主人像一位母亲或家庭主妇似的，当天想到什么菜就烧什么菜；而客人也像回到家里一样，她烧什么菜就吃什么菜，不需自己点菜。这个小酒店的这一经营特色，招来了不少客人，有一位叫船的顾客竟在她的店里吃了 25 年午餐。

这位叫船的顾客一口气说出了他在这儿连续吃午餐的数十个原因，其中若干个都跟老板的善解人意有关。船第一次到这里吃饭是因为他工作被炒掉，而他当月的薪水又被贪婪的上司扣发，所以怀着一肚子委屈和苦闷来到了这个小酒店。但他没想到自己会被酒店的女老板狠狠地批评了一顿，因为爱喝酒的他怕在酒店里买酒太贵，每次吃饭前总要在外面小店里买一些劣质酒。他被女老板训斥的原因是因为他的脸色不好，象征着他的肝脏不好，女老板给他换了一瓶对肝脏有保护作用的温酒，并免了他的酒水费。本来心情很不好的他得到了一份莫名的关心，一下子食欲大增。

他还说了他和他的一位正闹离婚的朋友一起在拉·维耶酒店吃饭的故事。那天酒店里的一道菜和船的那位朋友的妻子常常做的一个味道。女老板不一会儿走来问菜的味道怎么样，当时问船的朋友时，船的朋友拼命地点头说："味道不错。"船的那位朋友回家后，发现妻子正好做的是刚吃过的那道菜，忍不住想对比一下。结果尝完以后，感觉很好，便大声对妻子说"味道不错"，他妻子幸福得差点儿掉下眼泪。因为结婚以来，他这还是第一次夸奖妻子，妻子正因为他不善解人意而跟他闹离婚。船的这位朋友后来常到小店吃饭。

据法国该地方晚报报道，该报生活副刊曾用两个版面刊登了拉·维耶酒店顾客的故事，他们的故事各不相同，但他们众口一词地说出善解人意的女老板某一天的某个举动；而接受采访的女老板却说了许多顾客在她们饭店吃饭的故事，其中包括船，女老板说常去她那吃饭的人会给她带去一些好的菜谱甚至自己家的新鲜菜。采访她的记者说："看来，善解人意是可以传递或者传染的。"

（中原渔人）

生活悟语

不要抱怨人情冷暖，不要刻意去等待、期望他人给予你温情，如此，你将永远无法得到你想要的那份温暖。其实，只要你将心门打开，首先付出爱，给予他人一些温暖，你就会惊喜地发现，别人也在你的感染下，快乐地付出并享受着真情。

外在的表象断不能代表全部，对人对事的认识都需要细致、深入的观察和了解。

以貌取人只会显得思想狭隘

哈佛大学的校长曾因为一次错误判断，付出了很大的代价。一对老夫妇，女的穿着一套退色的条纹棉布衣服，而她的丈夫则穿着布制的便宜西装，也没有事先约好，就直接去拜访哈佛大学的校长。校长的秘书在片刻间就断定这两个乡下土老帽儿根本不可能与哈佛有业务来往。先生轻声地说："我们要见校长。"秘书很礼貌地说："他整天都很忙！"女士回答说："没关系，我们可以等。"过了几个钟头，秘书一直不理他们，希望他们知趣而退，自己走开，可他们却一直在那里等。

秘书终于通知了校长，校长不耐烦地同意了，而且很不情愿地面对这对夫妇。女士告诉他："我们有一个儿子曾经在哈佛大学读过一年，他很喜欢哈佛大学，他在哈佛大学的生活很快乐。但是去年，他出了意外而死亡。我丈夫和我想在校园里为他留一点儿纪念物。"校长并没有被感动，反而觉得很可笑，粗声地说："夫人，我们不能为每一位曾读过哈佛大学后而死亡的人建立雕像的，如果我们这样做，我们的校园看起来像墓园一样。"女士说："不是，我们不是要竖立一座雕像，我们想要捐一栋大楼给哈佛大学。"校长仔细地看了一下他们身穿的条纹棉布衣服及粗布便宜西装，然后吐一口气说："你们知不知道建一栋大楼要花多少钱？我们学校的建筑物都超过 750 万美元。"

这时，这位女士沉默不讲话了。校长很高兴，总算可以把他们打发了。这位女士转向她丈夫说："只要750万美元就可以建一座大楼？那我们为什么不建一座大学来纪念我们的儿子？"

就这样，斯坦福夫妇离开了哈佛，到了加州，创建了斯坦福大学来纪念他们的儿子。

生活悟语

会吹嘘的人不一定具备真才实学，学富五车的人也不一定具备良好的实践能力。外在的表象断不能代表全部，对人对事的认识都需要细致、深入的观察和了解。

假如有什么成功秘诀的话，那就是：设身处地替别人想想，了解别人的态度和观点，不然就会做出事与愿违的蠢事来。

女佣的智慧

美国哲学家、诗人爱默生，有一天和儿子想把一头在牧场上撒欢奔跑的小牛犊赶回牛栏，父子俩好不容易把小牛犊驱赶到牛栏旁边。爱默生在后面使劲推，他的儿子在前面用力拉，但是小牛犊就是不愿跨进牛栏。它倔强地低着头，死死地抵住地面，不按父子俩的意愿行动。小牛犊没有穿鼻绳，父子俩奈何它不得。他们家的女佣正好看到了这个情景，只见她微笑着走近小牛犊。她刚刚在厨房干过活，手上沾有盐味，她把手靠近小牛犊的嘴。小牛犊立即一边吮她的手，一边甩着尾巴跟着她走进了牛栏。

在这件小事上，常做杂事的女佣就比聪明的诗人多了一点儿睿智。她了解牲畜的习性，手上的一点儿咸味，就胜过爱默生父子俩的强力驱赶。

女佣的智慧，可以用汽车大王福特说过的一句著名的话来做注解："假如有什么成功秘诀的话,那就是:设身处地替别人想想,了解别人的态度和观点,不然就会做出事与愿违的蠢事来。"

(郁建民)

生活悟语

在人生路上肯定会遇到许多不同的人和事,不是每个人都知道,在前进的路上搬开别人脚下的绊脚石,有时恰恰是为自己铺路。设身处地地为别人想想,你往往能从中收获惊喜与幸福。

有人曾感慨人与人之间的隔膜太厚,这隔膜其实很脆弱,问题是敢于先打破它的人太少。

与陌生人同桌

这是一家老式旅馆,窄小的餐厅里只有一张长条餐桌,所有就餐的客人都坐在一起。早已习惯拥有私人空间的我,现在要和一群陌生人同桌吃饭,突然觉得不知所措。环视周围,别人也和我一样不自在,不是盯着自己的杯盘,就是装着看过期报纸,怕稍一斜视,便有窥探他人隐私之嫌。我们吃饭的动作小心谨慎,不敢冒犯别人的"空间"。我的晚餐要在这么沉闷的气氛中度过吗?

我拿起放在面前的盐罐——餐厅唯一的盐罐,递给右边的女士:"我觉得青豆有点儿淡,您或者您右边的客人需要盐吗?"我微笑着说。她愣了一下,但马上露出笑容,向我轻声道谢。

给自己的青豆加完盐后,她便把盐罐传给了下一位客人。不知什么时候胡椒罐和糖罐也加入了公关行列,餐厅里的气氛渐渐活跃起来。饭还没吃完,全桌人已经像朋友一样谈笑风生了。我们中间的冰层被一只盐罐轻而易举地打破了。

第二天分手的时候，我们热情地互相道别。突然有一人大声地说："其实昨天的青豆一点儿也不淡！"我们会心地哈哈大笑。

有人曾感慨人与人之间的隔膜太厚，这隔膜其实很脆弱，问题是敢于先打破它的人太少。只要每人都迈出一小步，你就会发现，一个微笑、一只盐罐就能打破它。

（王　悦）

生活悟语

只要你将心扉打开就能感受到人间的温情。在你抱怨这个世界如此冷漠的时候，你是否想过，你觉得世界冷漠很大程度是因为你封闭了自己的心，拒绝了与人沟通和交流。多一份关怀，少一份埋怨吧，理解、宽容和爱都是打开心门的钥匙。

人们都说他是一位智者，因为他是一个愉快的人，而且也给每一个见到过他的人带来了愉快。

四句终身受益的话

一位少年去拜访一位年长的智者。他问智者："我如何才能成为一个自己愉快，同时也能给别人带去愉快的人呢？"智者看着他说："孩子，在你这个年龄有这样的愿望，已经很难得了。我送你四句话。第一句话是，把自己当成别人。你能说说这句话的含义吗？"

少年回答说："是不是说，在我感到痛苦忧伤的时候，就把自己当成别人，这样痛苦就自然减轻了；当我欣喜若狂之际时，把自己当成别人，那些狂喜也会变得平和中正一些吧？"

智者微微点头，接着说："第二句话，把别人当成自己。"少年沉思一会儿，说："这样就可以真正同情别人的不幸，理解别人的需求，在别人需要的时候给予恰当的帮助？"

智者两眼发光，继续说道："第三句话，把别人当成别人。"少年说："这句话的意思是不是说，要充分地尊重每个人的独立性，在任何情况下都不可侵犯他人的核心领地？"

智者哈哈大笑说："很好，很好。孺子可教也！第四句话是，把自己当成自己。这句话理解起来太难了，留着你以后慢慢品味吧。"少年说："这四句话之间有太多自相矛盾之处，我用什么才能把它们统一起来呢？"智者说："很简单，用一生的时间和精力。"少年沉默了很久，然后叩首告别。

后来少年变成了壮年人，又变成了老人。再后来他离开这个世界很久以后，人们都还时时提到他的名字。人们都说他是一位智者，因为他是一个愉快的人，而且也给每一个见到过他的人带来了愉快。

（芭 芭）

生活悟语

生命中的成功往往取决于对生活的态度，而非仅仅依靠生存的技能。学会在沉浮的人生中正视不幸与痛苦，以真诚待人，尊重自己，尊重他人，这样才能体验和领悟出生命的美丽与真谛。

只有信任才具备温暖人心的力量，它能让你的心灵轻松无负，更能让人与人之间的关系温馨、和谐。

谢谢你问了我的姓

表叔喜滋滋地到我的单身宿舍来了。满脸都是漾开的笑容，一见我就说："哎，叔今天高兴哟。"我问他："是捡到钱包了？"他摇摇头。"是买彩票中奖了？"他还是摇摇头。我说："到底是什么事嘛！"

表叔喝了一口茶说："今天早上，我在劳务市场上站了大半天，终于揽到了一个活儿，是让我去擦洗抽油烟机的，我就跟她去了。到了她家，她问我，师傅你贵姓？我一愣，在城里打工这么多年了，还没有主顾问过我的姓呢。我不知道她为什么要问我，我说，免贵姓张。那女人就说，哦，张师傅，那就麻烦你了。那女人一声张师傅，喊得我心里暖暖的，这么多年，我的姓成了某某的，比如通下水道的，洗抽油烟机的，灌液化气的……今天终于有个人，那么认真地问了我的姓，然后还称我张师傅，我好高兴哟。我卖力地擦着抽油烟机，我真恨不得把抽油烟机擦下一层皮来。过了一会儿，那女的接了一个电话，听那意思是她单位让她马上过去。她从包里掏出钱，放在桌上，对我说，张师傅，我要出去一下，你要擦好了，就把我的门锁上，工钱放在桌子上了。看着她走了，我的眼睛湿湿的。在这个城市里，许多人喊我做事，你到他家里，他的两只眼睛会始终不离你左右，等你走时还要对你上上下下望好几眼，生怕你拿了他的东西，可这个女人就这么走了。我把她的抽油烟机擦好后，我就走了，我没拿桌上的工钱，我留了一个小纸条给她。"

表叔说到这里，停了下来，脸上又浮现出了笑意，我催促他说："纸条上都写了些什么？"表叔说："一句话：'谢谢你问了我的姓。'"

（余同友）

生活悟语

生活中的误会与不幸往往因猜疑而生。人一旦产生了猜疑，就会一直想着对方的错，从而愈发不理智。只有信任才具备温暖人心的力量，它能让你的心灵轻松无负，更能让人与人之间的关系温馨、和谐。

> 大家一致通过把这项桂冠授予那位几乎一无所有的老太太,因为她施舍给了大家从没有人施舍过他们的珍贵东西,那就是微笑和对大家的尊重。

尊重才是最珍贵的礼物

一座小城的乞丐们在圣诞节的前一天聚集在一起,他们在这座小城靠乞讨生活已经将近一年了,城里的居民给了他们一日三餐的生活,给了他们温暖,也给了他们许多难以忘怀的善良。在圣诞节就要到来时,他们决定选出一位施舍给他们最多、最善良,也最使他们感动的人,然后全体乞丐要编织一只"善良天使"的花环,把它作为圣诞礼物,送给这位大家公认的最善良的人。

有人提议"善良天使"应该是那位大腹便便的阔绰富翁,因为向他乞讨时,他每次都是给予整整百元的大钞。也有人提议应该把这项荣誉给予市中心的那家餐厅老板,因为每当大家饥肠辘辘时,他总能雪中送炭,让大家饱吃一顿热气腾腾的面包和美汤。甚至还有人提议应该把这项桂冠授予一位德高望重的医生,因为大家谁有小病,他总是及时地出现在面前,不嫌弃肮脏和贫寒,热情耐心地帮大家治病。

正当所有乞丐都争吵得面红耳赤的时候,一个腋下夹着拐杖的女孩站了起来,她说:"我想应该把'善良天使'授予那个下巴上长着一颗黑痣的大婶。"马上有人站起来反对说:"不行,她并不比我们富裕,没给过我们百元大钞,甚至连 块面包也没有。"但夹着拐杖的姑娘说:"但只有她才给了我们别人没有给予过的东西。""别人没有给予过的东西?那是什么东西呢?是黄金?是支票?还是钻石什么的?"有人站起来问。姑娘沉静地望着大家说:"她每次都给了我们微笑,并且还抱歉地同我们每个乞讨者说:'对不起,因为我实在没有什么能给予你们。'"姑娘想了想又说:"对,她给予了我们尊重。"

大家都沉默了,是的,面包、衣服、金钱、美酒都常常有人施舍给过他们,但又有多少人能施舍给他们微笑和尊重呢?沉默了一会儿,所有的乞丐都"哗哗"鼓起掌来，大家一致通过把这顶桂冠授予那位几乎一无所有的老太太，因为她施舍给了大家从没有人施舍过他们的珍贵东西，那就是微笑和对大家的尊重。

生活悟语

投身社会，与人相处，要想得到他人的真诚相待，就应当真诚地对待他人、尊重他人。尊重是一切关系的基础，只有建立在尊重基础上的沟通、交流、合作才是平等的、诚挚的，才能营造和谐幸福，带来温馨的回报。

一个真正懂得尊重别人的人，其尊重的过程实质上是一个学习、收获的过程。

谢谢你的沉默

他念初三，隔着窄窄的过道，同排坐着一个女生，她的名字非常特别，叫冷月。冷月是个任性的女孩，白衣素裙，下巴抬得高高的，有点儿拒人千里的样子。冷月轻易不同别人交往，有一次他将书包甩上肩时动作过大了，把她漂亮的铅笔盒打落在地，她拧起眉毛望着不知所措的他，但终于抿着嘴，没说一句不中听的话。

他对她的沉默心存感激。

不久，冷月住院了，据说她患了肺炎。男生看着过道那边的空座位上的纸屑，便悄悄地捡去扔了。

男生的父亲是肿瘤医院的主治医生，有一天回来就问儿子，认不认识一个叫冷月的女孩，还说她得了不治之症，连手术都无法做了，唯有等待，等待那最可怕的结局。

以后，男生每天都把冷月的空座位擦拭一遍，但他没有对任何人吐露这件事。

三个月后,冷月来上学了,仍是白衣素裙,但是脸色苍白。班里没有人知道真相,连冷月本人也以为诊断书上仅仅写着肺炎。她患的是绝症,而她又是一个忧郁脆弱的女孩,她的父母把她送回学校,是为了让她安然度过最后的日子。

男生变了,他常常主动与冷月说话,在她脸色格外苍白时为她打来热水;在她偶尔唱一支歌时为她热烈鼓掌;还有一次,听说她生日,他买来贺卡动员全班同学在卡上签名。

大家议论纷纷,相互挤眉弄眼说他是冷月最忠实的骑士,冷月得知后躲着他。可他一如既往,缄口为贵,没有向任何人吐露一点儿风声,因为那消息若是传到冷月耳里,准是杀伤力很大的一把利刃。

这期间,冷月高烧过几次,忽而住院,忽而来学校,但她的座位始终被擦拭得一尘不染,大家已渐渐习惯了他对冷月异乎寻常的关切以及温情。

直到有一天,奇迹发生了。冷月体内的癌细胞突然找不到了,医生给她新开了痊愈的诊断,说是高烧在非常偶然的情况下会杀伤癌细胞,这种概率也许是十万分之一,纯属奇迹。这时,冷月才知道发生的一切,才知道邻桌的他竟是她主治医生的儿子。

冷月给男生写了一张纸条,只有六个字:谢谢你的沉默。男生没有回条子,他想起了以前那件小事上她的沉默……

(秦文君)

生活悟语

　　一个真正懂得尊重别人的人,其尊重的过程实质上是一个学习、收获的过程。别以为尊重他人只是一件简单而且普通的事,学会尊重,首先还要学会真诚的理解与关怀。

> 谦虚是我们的传统美德，也是引导我们走向成功
> 人生的大智慧。

谦虚是一种大智慧

在崇尚个性张扬的今天，"谦虚等于进步"的老话已经被大多数人遗忘了，取而代之的是自夸和炫耀。尤其在竞争激烈的现代职场，人们更是极尽张扬之能事，许多人已经不知谦虚为何物，但我相信骄兵必败。

谦虚是我们的传统美德，也是引导我们走向成功人生的大智慧。

世界上很多名人都是谦虚的，他们的谦虚来源于深刻的自信。

哈兹利特在一篇著名的文章中写道："莎士比亚是最谦虚的人。他本人并无出奇之处，但是他具备别人的一切优点，或者说他具备了别人可能具备的一切优点。"

莎士比亚自认为是芸芸众生中的一员，而且与他人毫无差别，在他人看来十分出奇的地方，他自己却认为并不出奇。他的各种天赋都是与生俱来的，他似乎根本没有注意到这些。事实上，他具有人类所知晓的所有才能。

从许多人身上表现出来的事实可以证明：一个人越伟大，他就越谦虚，这种谦虚来源于他内心深处对自己的信心。因为成绩本身就说明了一切，他不必去登广告，更不必去写份简介进行预告。

懂得谦虚是一个人成熟的表现，自信与谦虚也正是辩证的统一。IBM 总裁送给他儿子的座右铭恰当地把两者结合了起来——"心灵像上帝，行动如乞丐。"心灵要永远有高傲之情，但行动上却要像乞丐一样，去珍惜，去把握一切有助于我们人生幸福与成功的机会。"宽阔的河流平静，学识渊博的人谦虚。"凡是对人类发展作出巨大贡献的人物都有谦虚的美德。

近代科学的开创者牛顿有三大成就——光学分析、万有引力定律和微积分学，为现代科学的发展奠定了基础。但牛顿每当在科学上获得伟大成就时，从不沾沾自喜，自以为很了不起。牛顿费尽心血算出"万有引力定律"后，没

有急于发表，而是继续孜孜不倦地深思了数年，研究了数年，埋头于数字计算之中，从未对任何人讲过一句。

后来，牛顿的朋友、大天文学家哈雷（彗星的发现者）在证明一个关于行星轨道的规律遇到困难时，专程登门请教牛顿。牛顿把自己关于计算"万有引力"的书稿交给哈雷看。哈雷看后才知道他所要请教的问题，正是牛顿早已解决、早已算好的问题，心里钦佩不已。1684年11月，哈雷又到牛顿的寓所拜访。当谈到有关天文学的学术问题时，牛顿拿出论证"万有引力"的论文，请哈雷提意见。哈雷看后，对这部巨著感到非常惊讶。他欣喜地对牛顿说："这真是伟大的论证，伟大的著作！"他再三劝说牛顿尽快发表这部伟大著作，以造福于人类。可是牛顿仍然没有轻易地发表自己的著作，而是经过长时间的一丝不苟的反复验证和计算，确认正确无误后，才于1687年将《自然哲学的数学原理》发表于世。

牛顿是个十分谦虚的人，从不自高自大。曾经有人问他："你获得成功的秘诀是什么？"牛顿回答说："假如我有一点儿微小成就的话，没有其他秘诀，唯有勤奋而已。"他又说，"假如我看得远些，那是因为我站在巨人们的肩上。"

从这些意味深长的话语中，我们可以看到这位伟大科学家的谦虚胸怀，它生动地道出了牛顿获得巨大成就的奥妙所在。

生活悟语

只有自己才是自己最可怕、最强大的敌人。很多时候，失败的人并不是被他人打败的，他们的失败往往在于不能正确认识自己的处境及自我能力的局限，而忘乎所以地追求不切实际的目标。谦虚，是一种生活的智慧，能让人永远处于清醒的自我评价状态中，少走弯路，稳步前行。

这是妈妈独创的食谱,但最重要的原料却是人人都有的,那就是"你想人家怎么待你,你先得怎样待人"。

喜 儿 糕

我念小学二年级时,有天下课一回家就扑进妈妈的怀里抽泣着说:

"课间休息时,一个男同学高声说:'默特尔,默特尔,慢得像龟没法逃,长得这么胖怎么好。'然后人人都跟着他说了。他们为什么要嘲笑我?我该怎么办?"

"我想最好的办法就是:他们要开你的玩笑,你就跟他们一起闹好了。"

"怎么闹?"

"我们不妨用喜儿糕试一试。"妈妈说,她的眼睛闪闪发亮。

"喜儿糕?"

"对。默特尔的喜儿糕,我们现在就来做。"

很快厨房里就弥漫着烘烤巧克力、椰丝、奶油和果仁的香味。面粉团刚烤成浅咖啡色,妈妈就把蛋糕从烤箱里取出。"你们班上有多少个同学?"她问。

"一共 23 个。"我回答道。"那么我就把喜儿糕切成 28 块。每个学生一块,老师汤姆金斯太太一块,再给她一块带回去给她的丈夫,还有一块给校长——剩下两块我们现在就吃。"

"明天我开车送你到学校之后,"妈妈说,"会先去跟汤姆金斯太太谈谈,到时候她会叫你的同学排好队,然后一个接着一个地对你说:'默特尔,默特尔,请你给我一块喜儿糕!'"

"跟着,你就从盘子里铲起一块来,放在餐巾纸上,对同学们说:'我是你的朋友默特尔,这是你要的喜儿糕!'"

第二天,妈妈所说的全都实现了。从此以后,同学做的第一首打油诗没有人再念了,我反而不时听到同学念道:"默特尔,默特尔,给我烤个喜儿糕!"妈妈在万圣节、圣诞节和情人节都烤喜儿糕,给我带到学校分给同学。昔日嘲笑我的人都成了我的朋友。

多年之后,我查阅烹饪大全,想寻找"喜儿糕"这道点心,结果当然找不到。这是妈妈独创的食谱,但最重要的原料却是人人都有的,那就是"你想人家怎么待你,你先得怎样待人"。

生活悟语

善待他人是一件纯粹而快乐的事。如果只一味地苛求别人的付出,生活的快乐就会大打折扣,而失望也同时在心里埋下。给予与被给予永远是相辅相成的,要想获得真诚与爱,首先请不要悭吝于付出你的真情与爱。

我和梅子都没有想到,我俩和朱砂这么长时间的不融洽,其实只是一杯茶水的隔膜。

淡如茶水的隔膜

办公室就梅子、朱砂和我三个女孩。梅子快言快语,极易相处;朱砂则有些内向,总将自己封闭得严严实实,虽然同在一间办公室,她却好像和大家离得很远。

上周我到浙江出差,回来时我咬牙买了半斤极品西湖龙井,想让酷爱喝茶的梅子开开眼。我早早地来到办公室,烧开一壶水,给自己和梅子各泡上了一杯。

没多久,梅子来了,一进门,就喊道:"你泡的什么茶,这么香?""算你识货,正宗的极品西湖龙井,花了我一个月薪水才买来这么一点儿,就是为了让你品茶上个档次。"梅子笑道:"还算你有良心,赶紧给我泡上一杯。"说着从自己的柜子里拿出一个精美的茶杯,我一愣,指着桌上的那杯茶:"这不是你的杯子?"梅子道:"你真是粗心,这是朱砂的杯子,我俩的杯子虽然外形相似,可图案一点儿也不一样啊。"我心疼不已,只好再捏一小撮龙井,放进梅子的杯子,沏上水,整个办公室清香缭绕。

这时,朱砂走了进来,她也闻到了满屋的茶香,向我俩看了一眼,就回到自己的办公桌前。梅子喊道:"朱砂,过来尝尝瑶瑶买的极品茶。"朱砂走过来,看到桌上泡好的满满三杯茶,脸上露出微微的笑意。梅子继续说道:"这茶可贵了,就这一小包,足足花了瑶瑶一个月的薪水呢。这次还算她大方,出差也没有忘记好姐妹。"朱砂端起自己的杯子,真诚地对我说:"谢谢你,瑶瑶。"弄得我既不好意思又惭愧。

接下来的几天,朱砂对我和梅子的态度明显起了变化,虽然她的话不多,但已经不那么拒人于千里之外了。

月末发薪水那天,朱砂居然对我和梅子说:"今天晚上,你俩到我家吃晚饭吧。"

我和梅子都没有想到,我俩和朱砂这么长时间的不融洽,其实只是一杯茶水的隔膜。

(乖女瑶瑶)

生活悟语

由于社会竞争的激烈,每个人都刻意强化自己对"安全"的需求。但人不可能永远孤立于社会而存在,人需要交流与合作。在合适的时机降低一下自己的姿态,打开心门,让真情常驻,就会收获珍贵的友谊。

不管你是激进的还是保守的,在做事关"乌龟"的决断时,都不要忘记先听听乌龟自己的意见。

听听当事人的意见

一位叫格拉姆·斯坦姆的女权主义运动领袖在读大学时的一次地理考察中经历了一件有趣而难忘的事情。

在史密斯大学演讲时，斯坦姆和听众分享了这次经历。

"在考察中，在蜿蜒的康涅狄格河畔，我发现了一只巨大的乌龟，它趴在一段路的护堤上。它显然是从河里爬出来的，经过一段土路才到了现在这个地方。它还在继续前进，随时有被汽车轧死的危险。

"同是地球上的生物，我觉得帮助它是责无旁贷的。于是我走上前，连拉带拽，最后总算把这只大乌龟从路障上带回岸边。这期间，它不断愤怒地想咬我一口。

"当我正要把乌龟推回河里时，地理学教授走了过来，并对我说：'你知道，为了在路边的泥里产卵，那只乌龟可能花了一个月的时间才爬上公路，结果你要把它推回河里！'

"哎，我当时懊恼极了。不过，在后来的岁月里，我发现那次经历是我人生中生动的一课。它时刻提醒我不要犯主观臆断的错误。不管你是激进的还是保守的，在做事关'乌龟'的决断时，都不要忘记先听听乌龟自己的意见。"

生活悟语

爱建立在理解与平等的基础上，而从来都不是强制的给予与接受。不要以爱的名义轻易地将自己的喜好、判断强加于人，站在不同的角度看风景，会各有各的感受，冷暖自知。

要想获得别人的尊重，首先必须学会尊重别人。

重复一次你说的话

他是一家进出口公司的老板，工作中指挥若定，威风八面，可是，回家一碰到儿子，没讲三句话，又是拍桌子又是摔门，弄得家里鸡犬不宁。

这天，儿子又回来晚了，他大发雷霆，父子正争得面红耳赤之际，儿子突然间就住了口，然后一字一顿地说："爸，再这样吵下去也不是办法，我能不能请您把我刚刚说的那句话说一遍给我听？"

"啊？"他被吓了一跳，压根儿也没想到儿子有这招。

"你说……你说……做父亲的太能干，当然看不起儿子。"

"不对！您再想想看，我是这么说的吗？"

"浑小子！那你怎么说的？你自己说过的话，你自己为什么不再说一次？"

儿子突然间笑出声："您看！从头到尾，我说什么您都没有在听，那些话是您自己想的，我可没这么说。我们不是要沟通吗？那么，我说什么，您重复一次给我听，再轮到您说，我来重复。"

"喂！哪有那么多时间重复来重复去！你是真的想气死我啊！"

"爸！我们就试试看吧！否则这种争吵会没完没了的，你再想一想我到底是怎么说的？"

他想一想，终于承认："我真的想不起来，你再说一次好了。"

"好吧！我说，父亲很能干，儿子一方面很佩服，一方面怕自己赶不上，心里多少有点儿压力。"

他冷静地一想，儿子说得合情合理，自己怎么会那么激动？结果，这天晚上，父子俩第一次谈了两个小时而没有吵架，这个效果让他也意想不到。

一觉醒来，虽然睡眠不足，但他还是神清气爽，一大早就到了公司，因为早上要开一个重要的采购会议，讨论的是价值一千万的机器，到底是买美国货，还是日本货。依采购部的报价，日本的价格便宜，东西也不差，可是工程师却主张买美国货。

会议上，他让总工程师发表意见，这是一种表面上的礼貌，总工程师也知道，老板做久的人，多少喜欢独断专行，什么事情早就有了主意。经验告诉他，老板问他只是个形式，谁不想省钱？老板要买哪一种大家早就心知肚明，因此他无精打采，说了不到 5 分钟就说没意见了。

若是往常，他总是会在这个时候大唱独角戏，享受那种权威感，可今天……

"总工程师，我来重复你的要点，你看我说的跟你的意思一样不一样：日本的机器，价格虽然便宜，东西也不错，可是将来如果出了毛病，要他们做售后服务工作，问题就来了，他们的人因为语言问题无法跟我们直接沟通，找来的翻译对精密仪器又是外行，机器坏在哪里，我们无法充分了解，下次再发生一样的问题，还是要请他们的人来，说不定还会耽误生产时间，如此算下来，还是买美国货比较适合！"

随着他的重复说明，总工程师眼睛渐渐亮了起来，他打起精神，再次补充，就这么你一言我一语的，大家滔滔不绝地讨论了起来……

要想获得别人的尊重，首先必须学会尊重别人。就像总是觉得他人自私的人，通常对待别人也不免有自私之嫌；总觉得别人对不起自己的人，自己也不见得厚道。你对别人的观感和态度也很大程度上决定了别人对你的观感和态度。

人心是一个过滤器，只有真挚的尊重与真诚的爱才能消除人与人之间的距离。

真正的帮助者

弗兰克·梅菲尔德博士访问德士堡救济院时，一次正要外出，不小心跟一个年老的清洁女工撞了个满怀。为了掩饰这尴尬的一刻，弗兰克·梅菲尔德博士开始发问："您在这里工作多久了？"

"这地方差不多刚开放时，我就在了。"女工回答。

"您能跟我讲讲这地方的历史吗？"

"我想我可能讲不出什么，不过我可以带你看些东西。"

于是，她拉着他的手，领他走到一间地下室，这是这座建筑最古旧的一处地方。地下室有一间间看似小型牢房的屋子，屋子的铁栏杆都因年代久远而锈蚀了，她指着其中一间说："这就是他们过去关安妮的笼子。"

"安妮是谁？"博士问道。

"安妮是个年轻姑娘，她已经无可救药了，所以她被带到这里——就是说谁都拿她没办法了。她会咬人、尖叫，往人身上扔吃的东西。医生护士甚至没法给她做检查，对她束手无策。我看到他们试着想办法，她就朝他们吐口水，又抓又扯。我只比她小几岁，我常想：'要是我被关在这样的笼子里，我肯定也不愿意。'我想帮她，可又不知能做什么。我是说，要是医生护士都不能帮她，像我这样的人又能做什么呢？

"我想不出什么别的好办法,所以就在一天晚上收工后,给她烤了些布朗尼蛋糕。第二天,我把蛋糕带了进去。我小心翼翼地走近她的监房,说:'安妮,这些布朗尼是我专门为你烤的。我把它放在这边的地板上,你愿意吃的话就自己过来取吧。'然后,我以最快的速度离开了那里,因为我怕她会拿那些蛋糕扔我。但她居然把布朗尼拿去吃了。

"从那以后,我在附近的时候,她对我的态度稍微好了一点儿。有时我会跟她说说话。一次,我甚至把她逗笑了。一位护士看到了,就去告诉了医生。他们问我,愿不愿协助他们一起帮助安妮。我说如果帮得上忙,我愿意。就这样,后来每次他们想去看望安妮或是要给她做检查,我总是先进监房,做一番解释,让她安静下来,握着她的手。也就是这样,他们才发现,原来安妮几乎失明了。"

他们跟这位女工合作了约一年后,珀金斯盲校敞开了自己的大门,他们有办法帮助安妮。安妮在那里继续上学,后来,她自己也成了一名老师。

后来安妮回到德士堡救济院访问,也想看看自己能不能帮着做点儿什么。起初,院长没有表态,后来他想起刚刚收到的一封信。一位先生在信中谈到自己的女儿。她刁蛮透了,简直像头野兽。

他告诉院长,她又瞎又聋而且"精神错乱"。他已经无计可施了,但又不想把她送进收容所。所以他写信来询问他们是否认识什么人,或老师,能到他家帮帮他的女儿。

就这样,安妮·沙利文成了陪伴海伦·凯勒一生的良师益友。

海伦·凯勒在接受诺贝尔奖时,曾被问及对她一生影响最深的人是谁,她说:"安妮·沙利文。"但安妮说:"不,海伦,对我们俩的人生都有最深影响的,是德士堡救济院的一位清洁女工。"

([美]莉娅·科廷　胡　英/译)

生活悟语

发自内心的尊重和爱能安慰人心,能焕发情感的美丽。尊重和爱总能为人带来令人感动的信任与支持。人心是一个过滤器,只有真挚的尊重与真诚的爱才能消除人与人之间的距离。

> 憎恨父亲的儿子，通常是跟父亲最相似的；憎恨母亲的女儿，也最像母亲。

在别人身上看到自己

几年前，参加一个心理学课程，主持人说："你会成为你最憎恨的那个人。"

这句话如雷贯耳。憎恨父亲的儿子，通常是跟父亲最相似的；憎恨母亲的女儿，也最像母亲。

我们非常憎恨某人，不知不觉间，却变成像对方那样的人。某人非常憎恨她的上司，即使离职后，她仍然在别人面前咒骂她，然而每个人都觉得她们两个其实非常相似。我们憎恨某人，也许是在那人身上看到自己。为了不想变成同类，于是切齿痛恨。可是，却又因为恨得太深，一个不留神，便会变成那个人。

为了不要变成我憎恨的人，我唯有尽量不去憎恨。我宁愿变成我爱的人。

因为欣赏一个人，才会爱上他。假使要选择成为另一个人，很自然地就希望成为他。要像他那么仁厚，要像他那么睿智，也要像他那么有风度，又或者拥有他那双好看的眼睛。

以前做过一个心理测验，问题是："你想变成爱人哪一部分？"我选择了眼睛，那便可以看到他看到的东西，看到他眼中的我。

朝夕相对，天长日久，一天，你蓦然发现，你原来拥有他的眼神。你在自己身上看见他，也在他身上看见自己。

（张小娴）

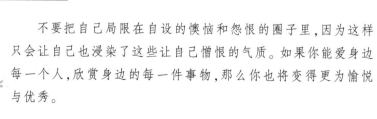

生活悟语

不要把自己局限在自设的懊恼和怨恨的圈子里，因为这样只会让自己也浸染了这些让自己憎恨的气质。如果你能爱身边每一个人，欣赏身边的每一件事物，那么你也将变得更为愉悦与优秀。

大多数的人，自我意识都很强，都希望有表达自我的机会，所以，你根本不必担心该说什么，只需要静静地、专心地听对方说，这就够了。

学 会 倾 听

安妮在一家肯德基连锁店做收银员，每天晚上到了下班时间孤独就会爬上安妮的心头：她总是一个人孤单地吃完晚餐，然后就随手拿起一本小说来打发时间。

纽约这么大的都市，拥有数百万人口，每天人来人往，有欢笑，也有惊奇，却没有任何一个人注意到自己的存在，这世界还有比这更荒凉的吗？安妮一想到这般的冷清，就像一只受惊的小兔子，蜷缩在自己的小天地里。

这种日子已经过了几个月，她不知道该如何是好，她不知道怎样才能交到朋友，尤其是知心的朋友。难道大学四年毕业之后，面对的就是这种生活吗？

这还不是最难过的，反正她可以借着阅读各种爱情小说，与书中女主角共度欢笑悲伤，让时间慢慢流逝。但是到了深夜，一个人躺在床上，这才是最难熬的时光，她不知道，是否每个正常人都会有这种需求。

有一天，安妮接到通知要去见公司人事部主管琳达女士，她不知道自己怎么会来这儿见人事主管，也不知道自己怎能对着她侃侃谈出自己的情况，因为她一向不善于表达自己，以往这种情形总是令她手足无措，说不出话来。

人事主管琳达是个善解人意的人，她语重心长地对安妮说："只要你愿意，我可以帮你攻克难关，并且交到朋友。不过，首先你必须抛开那些爱情小说，利用晚上的时间到艺术学校去选修些课程，不要再读那些虚幻不真实的小说来自欺欺人。还有，你在公司的工作很有发展潜力，我希望你努力干，有一天能升到广告部门的执行组，也正因为如此，你更需要多学一些绘画及用色方面的技巧，最重要的是，你不要再整个晚上窝在家里了。"

安妮还记得经理说过，年轻人只要肯出去参加活动，很容易就可以交到朋友,只要学着去表现自己的特点,做个活泼的女孩,一定会有许多追求者。要有所改变,做自己想做的事。同时要注意看别人做什么,听别人说什么,让自己成为一个好的倾听者;不要轻信别人的谗言;除非自己也能给予别人一些回馈,世上不会有人白白对自己好。

不久之后,安妮的生活真的变得多姿多彩,她已经克服她的困惑,她真没想到只是学着多听别人讲话,就赢得了那么多的友谊。她想起这正如琳达女士曾经告诉她的:"大多数的人,自我意识都很强,都希望有表达自我的机会,所以,你根本不必担心该说什么,只需要静静地、专心地听对方说,这就够了。"

原来,良好的人际关系这么简单,以往安妮把自己关在小天地里,拒绝和别人沟通,现在,情况完全不同了。

很多时候,滔滔不绝的夸夸其谈并不能为你带来良好的人际关系及事业的成功。因为,你所想的不一定就是别人所想的,以你自己的想法随意揣测别人的意图甚至会让你功亏一篑。倾听是一门艺术,掌握倾听的艺术则是一种卓越的生活技能。

第五辑 朋友是一味良药

剑桥大学的专家曾做过一个实验:把人们分成两组,一组有动物为伴,另一组则没有。结果,在长达 10 个月的时间里,前一组出现的健康问题比后一组少 50%。

美国乔治·华盛顿大学医学中心的卡尔·维斯医生对 90 名胃癌中期患者进行了 7 年的跟踪调查。他发现,胃癌患者死亡率与朋友的数量成反比,朋友多于 6 人的患者,7 年内的存活率会提高 60%。如果在 7 年内没有朋友相处,死亡率和复发率则在 60%左右。

朋友是一味良药,科学家用数字和事实告诉我们,治疗疾病不仅仅靠药物,还需要友谊。

> 事实证明，把有能力的人作为自己的榜样并不可耻。朋友与书一样，好的朋友不仅是良伴，也是我们的老师。

好友良伴

近朱者赤，近墨者黑。朋友是一生中影响你最深的人。多与有益的人结交，与成功立业的前辈接触，能转换一个人的机运。

萨加烈说过这样的话："如果要求我说一些对青年有益的话，那么，我就要求你时常与比你优秀的人一起行动；就学问而言或就人生而言，这是最有益的；学习正当地尊敬他人，这是人生最大的乐趣。"结交一流人物能让自己更强，经常与有价值的人保持来往，回避没有价值的人际关系，这不是庸俗，这是你向上的力量。

里昂是美国加利福尼亚州小镇上的铁道电信事务所的新雇员。在16岁时，他便决心要独树一帜；17岁他当了管理所所长；后来，先是在西部合同电信公司，接着成为俄亥俄州铁路局局长。

当他的儿子上学就读时，他给儿子的忠告是："在学校要和一流人物结交，有能力的人不管做什么都会成功……"

你也许会觉得这句话太庸俗，但请别误会，事实证明，把有能力的人作为自己的榜样并不可耻。朋友与书一样，好的朋友不仅是良伴，也是我们的老师。

不少人总是乐于与比自己差的人交际，因为借此能产生优越感。可是从不如自己的人当中，显然是学不到什么的。你所交往的人会改变你的生活。与愤世嫉俗的人为伍，他们就会拉你沉沦；结交那些希望你快乐和成功的人，你就在追求快乐和成功的路上迈出了最重要的一步，对生活的热情具有感染力。因此，同乐观的人为伴能让我们看到更多的人生希望；而结交比自己优秀的朋友，则能促使我们更加成熟。

多结交成功的朋友，可以把注意力放在比自己先成功一步的朋友身上，这样，你既有结交的机会，也容易领略到对方的内涵。阻碍我们成功的最大障碍，其中就存在于我们自己心中，自己战胜自己往往是人生中最持久最难决出胜负的艰苦战役。但如果你拥有许多成功的朋友，在这场看不见、摸不着的战役中，很可能轻易取胜，因为成功者已经告诉我们取胜的诀窍和方式方法。既是成功者的方式方法，我们无需过多地怀疑忧虑。在人的一生中，该模仿抄袭的时候就应该模仿抄袭，什么都靠我们自己去研究领悟发现，我们一定落伍且因此变得呆板。

（魏清月）

生活悟语

　　无论是朋友还是对手，他们的气质、性格，甚至理想、追求都会在生活中对你产生一定程度的影响，甚至同化。因此，为自己选择怎样的朋友与对手，对个人的发展也很重要。

　　我们可以从劣于我们的朋友中得到慰藉，但也必须获得优秀的朋友给我们的刺激，以助长勇气。

多结交比自己优秀的人

　　朋友，对我们就像读书一样。真正的朋友总不忍坐视我们的颓丧，而时常鼓励我们，使我们增加勇气。

　　要和人相识，并不像通常所想象的那么困难，就是要结交地位较高的人也如此。尤其是年轻人，可以无所顾虑地和地位较高的人亲近。

　　美国有一位名叫阿瑟·华卡的农家少年，在杂志上读了某些大实业家的故事，很想知道得更详细些，并希望能得到他们对后来者的忠告。

　　有一天，他跑到纽约，也不管几点开始办公，早上 7 点就到了威廉·亚斯达的事务所。

在第二间房子里，华卡立刻认出了面前那位体格结实，长着一对浓眉的人是谁。高个子的亚斯达开始觉得这少年有点儿讨厌，然而一听少年问他："我很想知道，我怎样才能赚得百万美元？"他的表情便柔和并微笑起来，两人竟谈了一个钟头。随后亚斯达还告诉他该去访问的其他实业界的名人。

华卡照着亚斯达的指示，遍访了一流的商人、总编辑及银行家。

在赚钱这方面，他所得到的忠告并不见得对他有所帮助，但是能得到成功者的知遇，却给了他自信。他开始仿效他们成功的做法。

又过了两年，这个20岁的青年成为他当学徒的那家工厂的所有者。24岁时，他是一家农业机械厂的总经理，为时不到5年，他就如愿以偿地拥有百万美元的财富了。这个来自乡村简陋木屋的少年，终于成为银行董事会的一员。

华卡在活跃于实业界的67年中，实践着他年轻时来纽约学到的基本信条，即多与有益的人结交。会见成功立业的前辈，能转换一个人的机运。

我们可以从劣于我们的朋友中得到慰藉，但也必须获得优秀的朋友给我们的刺激，以助长勇气。

大部分的朋友都是偶然得来的。我们或者和他们住得很近，因而相识，或者是以未曾预料的方式和他们相识了。结交朋友虽出于偶然，但朋友对于个人进步的影响却很大。交朋友宜经过郑重的考虑之后再决定。

总之，事业成功的人，有赖于比自己优秀的朋友，不断地刺激自己力争上游。

其实，你应当牢记与有益的人结交，并非太难的事情。首先将你所在城市的著名人士列出一张表，再将会对你的事业有所帮助的人，也列出一张表，之后就是每星期去结交一位这样的人。

伟大的人物才有伟大的友人。

（大　同）

生活悟语

　　俗话说得好："物以类聚，人以群分。"结交好朋友是多么重要，自己的一言一行甚至思想都跟他们有重要的联系。每个人都有自己的长处，同样也有自己的弱点。在漫长的人生旅途中，多结交比自己优秀的人，你也会越来越优秀。

在你生死攸关的时候，那个能与你肝胆相照，甚至不惜割舍自己的亲生骨肉来搭救你的人，可以称做你的一个朋友。

一个半朋友

在很久以前，有一个仗义的广交天下豪杰的武士。他的儿子结交了一些酒肉朋友，他很担心儿子的将来。

他临终前对他的儿子说："别看我自小在江湖闯荡，结交的人如过江之鲫，其实我这一生就交了一个半朋友。"

儿子纳闷儿不已。他的父亲贴近他的耳朵交代一番，然后又对他说："你按我说的去见我的一个半朋友，朋友的含义你自然会懂得。"

儿子先去了父亲认定的"一个朋友"那里，对他说："我是某某的儿子，现在正被朝廷追杀，情急之下投身你处，希望予以搭救！"这人一听，容不得思索，赶忙叫来自己的儿子，喝令儿子速速将衣服换下，穿在这个并不相识的"朝廷要犯"身上，而让自己的儿子穿上"朝廷要犯"的衣服。

儿子明白了"一个朋友"的含义：在你生死攸关的时候，那个能与你肝胆相照，甚至不惜割舍自己的亲生骨肉来搭救你的人，可以称做你的一个朋友。

儿子又去了他父亲说的"半个朋友"那里，抱拳相求把同样的话说了一遍。这"半个朋友"听了，对眼前这个求救的"朝廷要犯"说："孩子，这等大事我可救不了你。我这里给你足够的盘缠，你远走高飞快快逃命，我保证不会告发你……"

儿子明白了"半个朋友"的含义：在你患难时刻，那个能够明哲保身、不落井下石加害你的人，可称做你的半个朋友。

103

你可以广交朋友,也不妨对朋友真诚相待,但你绝不能苛求朋友也给你同样的回报。真诚待人、与人为善是一件幸福的事,若你遇到像你一样善待你的人,你该庆幸那是你的福气;然而若遇到的是"半个朋友",那也不必太介意,因为给予与被给予本来就是两回事。

珍惜身边的朋友吧,不要让时间冲淡了那份友谊,不要让世俗磨灭了那份情感。

给老朋友的信

这位出租车司机读东西读得太投入了,因为直到默菲不得不急迫地敲击车窗玻璃,才引起了他的注意。"您的车可以用吗?"默菲问。司机点点头,默菲坐进了汽车的后座。

司机抱歉地说:"对不起,我刚刚在看一封信。"他的声音听起来像得了感冒。

"我理解,家书抵万金啊。"默菲说。

司机看上去大概 60 多岁了,因此默菲猜测道:"是您的孩子——您的孙子寄来的吧?"

"这不是家书,"他答道,"尽管也很像家书。爱德华是我的老朋友了。实际上,我们一直以来就互相叫'老朋友'来着——我是说,我们见面的时候。我的信写得不怎么好。"

"我猜他准是您的老相识。"

"差不多是一辈子的朋友了。我们上学时一直同班。"

"能维持这么长时间的友谊可不容易哟。"默菲说。

"事实上,"司机接着说,"在过去的 25 年中我每年只见他一两次,因为我搬家了,就有点儿失去联系了。爱德华曾是个了不起的家伙。"

"您说'曾是',意思是……"

他点点头:"是的,他几个星期以前过世了。"

"真叫人遗憾,"默菲说,"失去老朋友太叫人难过了。"

司机没有答话。他们默默地行驶了几分钟。接着,默菲听到司机几乎是自言自语地说:"我本该跟爱德华保持联系的。"

"嗯,"默菲表示同意,"我们都应该和老朋友保持至少比现在更密切的联系。不过不知怎么的,我们好像总是找不到时间。"

他耸耸肩。"我们过去都找得到时间的,这一点在这封信中也提到了。"他把信递给默菲,"看看吧。"

"谢谢,"默菲说,"不过我不想看您的信件,这可是个人隐私啊……"

"老爱德华死了。现在已经无所谓了。"他说,"看吧。"

信是用铅笔写的,称呼是"老朋友"。信的第一句话就是:我一直打算给你写信来着,可总是一再拖延。接着说,他常常回想起他们共同度过的美好时光。信中还提到这位司机终生难忘的事情——青少年时期的调皮捣蛋和昔日的美好时光。

"您和他在一个地方工作过?"默菲问。

"没有。不过我们单身的时候住在一块儿。后来我们都结了婚,有一段时间我们还不断互相拜访。但很长时间我们主要只是寄圣诞卡。当然,圣诞卡上总会加上一些寒暄话——比如孩子们在做什么事儿——但从来没写过一封正经八百的信。"

"这儿,这一段写得不错,"默菲说,"上面说,这些年来你的友谊对于我意义深远,超过我的言辞——因为我不大会说那种话。"默菲不自觉地点头表示认同,"这肯定会使您感觉好受些,不是吗?"

司机咕哝了一句令默菲摸不着头脑的话。

默菲接着说:"知道吗,我很想收到我的老朋友寄来的这样的信。"

他们快到目的地了,于是默菲跳到最后一段——"我想你知道我在思念着你。"结尾的落款是:"你的老朋友,汤姆。"

车子在默菲下榻的旅馆停下来,默菲把信递还给司机。"非常高兴和您交谈。"把手提箱提出汽车时,默菲说,但心底却突然产生了疑惑。

"您朋友的名字是爱德华,"默菲说,"为什么他在落款处写的却是'汤姆'呢?"

"这封信不是爱德华写给我的,"他解释说,"我叫汤姆。这封信是我在得知他的死讯前写的。我没来得及发出去……我想我该早点儿写才对。"

到旅馆之后，默菲没有马上打开行李——他得写封信，并立刻发出去。

生活悟语

朋友是什么？朋友是在你感到寂寞无助之时想起，给你一份力量和希望的人。在这个本就陌生的世界中，正因为有了朋友的出现，才让我们本就孤独的世界有了色彩。珍惜身边的朋友吧，不要让时间冲淡了那份友谊，不要让世俗磨灭了那份情感。

不论你多么坚强，多有成就，仍然要靠你和别人的关系，才能够保持你的重要性。

友情就像谷仓的顶一样

与旧友之交淡下来了。本来大家来往密切，却为一桩误会而心存芥蒂，由于自尊心作祟，我始终没有打电话给他。

多年来我目睹过不少友谊退色——有些出于误会，有些因为志趣各异，还有些是关山阻隔。随着人的逐渐成长，这显然是无可避免的。

常言道：你把旧衣服扔掉，把旧家具丢掉，也与旧朋友疏远。话虽如此，我这段友谊似乎不应该就此不了了之的。

有一天，我去看另一个老朋友，他是牧师，长期为人解决疑难问题。我们坐在他那间总有上千本藏书的书房里，海阔天空地从小型电脑谈到贝多芬饱受折磨的一生。

最后，我们谈到友谊，谈到今天的友谊看来多么脆弱。

"人与人之间的关系非常微妙，"他说，两眼凝视窗外青葱的山岭，"有些历久不衰，有些缘尽而散。"

他指着临近的农场慢慢说道："那里本来是个大谷仓，就在那座红色木框的房子旁边,是一座原本相当大的建筑物的地基。"

"那座建筑物本来很坚固,大概是 1870 年建造的。但是像这一带的其他地方一样,人们都去了中西部,这里就荒芜了。没有人定期整理谷仓。屋顶要修补,雨水沿着屋檐而下,滴进柱和梁内。

"有一天刮大风,整座谷仓都被吹得颤动起来。开始时嘎嘎作响,像艘旧帆船的船骨似的,然后是一阵爆裂的声音;最后是一声震天的轰隆巨响,刹那间,它变成了一堆废墟。

"风暴过后,我走下去一看,那些美丽的旧橡木仍然非常结实。我问那里的主人是怎么一回事。他说大概是雨水渗进连接榫头的木钉孔里。木钉腐烂了,就无法把巨梁连起来。"

我们凝视山下。谷仓只剩下原是地窖的洞和围着它的紫丁香花丛。

我的朋友说他不断想着这件事,终于悟出了一个道理:不论你多么坚强,多有成就,仍然要靠你和别人的关系,才能够保持你的重要性。

"要有健全的生命,既能为别人服务,又能发挥你的潜力,"他说,"就要记着,无论多大力量,都要靠与别人互相扶持,才能持久。自行其道只会垮下来。"

"友情是需要照顾的。"他又说,"像谷仓的顶一样。想写而没有写的信、想说而没有说的感谢、背弃别人的信任、没有和解的争执——这些都像是渗进木钉里的雨水,削弱了木梁之间的联系。"

我的朋友摇摇头不无深情地说:"这座本来是好好的谷仓,只需花很少工夫就能修好,现在也许永不会重建了。"

107

生活悟语

友情与世间所有的情感一样都需要细心的经营。朋友之间应该互相关心,互相照顾,互相体谅,在友人最需要的时候站出来拉他一把,在他生病的时候去看他一眼,在他不开心的时候和他聊聊心声……只有细心的关怀与真诚的付出,才能灌溉出友情这朵美丽的花。

很多时候，束缚我们的并不是外界的客观因素，而正是我们自己那颗不肯与人方便的心。

是谁束缚了我们

乡下堂哥送来两只活鸡，因为一时半会儿没工夫杀又怕它们跑了，我就想暂时把它们拴在一个固定的东西上。正在寻思拴在哪儿合适时，堂哥却说："看我的！"他把一根绳子的两头分别系在一只鸡的左腿和另一只鸡的右腿上，说："这样它们既能活动又逃不了。"再看那两只鸡，一只往右奔一只往左挣，忙得不亦乐乎，可惜还是在原地绕圈子——这办法果然灵。其实，如果这两只鸡肯相互配合、步调一致的话，它们可以轻易地逃走。所以说，束缚它们的并不是那根短短的绳子，而是它们的不团结。

人知道利用鸡的这种致命的弱点，但是人却常常会犯类似的错误。譬如一些技术尖子，分开来看每个人都是顶尖好手，可是把他们放在一起合作，却并没有做出与实力相符的成果，因为他们彼此不服气，或是自恃技高不屑于与别人配合，或是怕便宜了合作伙伴而不把自己的本领全使出来。再譬如运动健将，也许每一个都身手不凡，但是组成一支队伍却未必会出什么好成绩，因为他们没有团队精神，只想表现自己，不愿意成就大家的荣耀。本来应该是人多力量大，可有的时候，人多反而施展不开手脚。

自然界有许多与人方便与己方便的例子——

非洲大陆上有一种甜瓜，它的滋味十分适合土豚的口味，是土豚的最爱。然而，土豚并不是吃完甜瓜后拍拍屁股就走，而是把自己的粪便用泥土埋起来，因为那粪便中混有未消化的甜瓜种子。就这样，土豚又"种"下了很多甜瓜。那些种子有土有肥，来年会结出更多的甜瓜，土豚就有了更多的食物。土豚和甜瓜互利互惠，彼此都得以繁衍生息。

淡水龙虾被捉住后放在桶里，你可别以为它们不可能爬出来，要是不盖上网罩它们还真的就逃走了。你知道它们是怎样爬上高而光滑的桶壁的吗？

它们会一个顶着一个组成一架"虾梯"爬出桶外,齐心协力地摆脱即将成为盘中餐的命运。

螃蟹在陆地上也可以生存,但离开水的时间不能太久,所以,它们就不停地吐泡沫来弄湿自己和伙伴。一只螃蟹吐的泡沫是不大可能把自己完全掩盖起来的,但是几只螃蟹一起吐的泡沫连接起来就可形成一个大团,也就营造了一个能够容纳它们的富含水分的空间,彼此都争取到了生存的机会。

在与别人合作的时候,我们不妨想想自然界的这些例子。很多时候,束缚我们的并不是外界的客观因素,而正是我们自己那颗不肯与人方便的心。

(靳雪晴)

在生活中,我们避免不了要与他人接触,与他人交往,与他人合作,由此便产生了人际交往的烦恼和快乐。与人方便,与己方便,当我们与他人共同合作的时候,只有真诚相对,共同进退,才能收到好的效果。学会善待他人,也就是善待自己。

朋友的选择必须谨慎。有时候,地道的自私自利者,也会戴上友情的假面具,却又设好陷阱来坑害你。

鹿与豺的故事

在一个名叫金巴兰的大森林里,住着一只鹿和一只乌鸦,它们相处得很和睦。有一天,一只豺来到森林里,对鹿说:"你住在这座森林里,也没有一个伴儿,你如果和我交个朋友,那该多好啊。"鹿听了豺的话以后,便把豺领到了自己家里。乌鸦远远地看见豺走来的时候,就对豺有了戒心。它把鹿叫到一边,悄悄地对鹿说:"兄弟,你不了解豺的地位、身份和脾气就和它交朋友,可不太明智啊。"但是鹿没有听乌鸦的劝告,仍然同豺交了朋友。

一天,豺对鹿说:"朋友,离这儿不远的地方有一大片金黄的稻田,到那里去你可以吃到你最喜欢吃的食物。"鹿听了豺的话,就每天到那片稻田里去吃稻子。护田人发现鹿天天来吃稻子,就布了网,准备捉住它。有一天,鹿刚刚来到田里就陷进网里了。鹿在网里想:在这危难时刻,我的朋友豺如果能来帮我的忙该多好啊!这时,豺果然到稻田里寻找鹿,当它发现鹿陷进了护田人的网里时,心想:鹿终于陷进网里了,好哇,这回护田人剥了它的皮,我就可以吃肉了。

鹿突然发现了豺,急忙哀求道:"朋友,你能救我脱险吗?你不救我,我肯定活不了了,请你想办法咬破这个网,救救我吧。俗话说:'患难知朋友,战场显英雄。'你如果救了我,我是不会忘记你的恩情的。"

豺说:"朋友,我可怜你,我看到你落难,心里十分难过,我一定要咬破这张网。不过,今天是我的斋戒日,不能吃肉,这网是用羊肠做的,如果我一咬,便会破坏了我的斋戒,等明天早晨再说吧。明天一早,我就来救你。"豺说完就走了,然后到一个隐蔽的地方藏了起来。

天快黑了,乌鸦还不见鹿回家,心里非常着急。它四处寻找,最后发现鹿正陷在网里。乌鸦说:"朋友,你怎么会掉进网里?你的朋友豺在哪儿?"

鹿说:"兄弟,这就是我不听你的话,和豺交朋友的下场,真是,'不听好人言,遭殃在眼前'。"

"朋友,你赶快鼓起肚子躺在地上装死,听我大声叫的时候,你立刻爬起来逃走。"乌鸦说完,便飞到一棵树上去。鹿听了乌鸦的主意,就鼓起肚子躺在地上,假装死了。

护田人走近一看,以为鹿真的死了,便放下木棒,赶快去放网。在护田人收网的时候,乌鸦立刻呱呱地叫起来。鹿听到乌鸦的叫声,爬起来撒腿就逃。护田人发现鹿跑了,拾起木棒向鹿扔过去,木棒没有打中鹿,正好打着藏在树丛后面等着吃鹿肉的豺。

生活悟语

人不可能没有朋友,漫漫人生路,一个人走该是多么寂寞与无助。然而,朋友的选择却必须谨慎。有时候,地道的自私自利者,也会戴上友情的假面具,却又设好陷阱来坑你。误交损友,只会让你遗憾终生。

团结就是力量，很多微小的力量凝聚在一起有时也会产生很大的能量。

团结一致就多了一把成功的钥匙

一个在大学当宿舍管理员的人讲过一个有趣的故事。

在她管理的那个楼住着一群男生，每个宿舍四个人，每个人一把钥匙。这些学生很爱睡懒觉，总爱拖到快上课了才匆匆忙忙地起来刷牙洗脸，然后直奔教室。等到下课回来，一摸口袋，坏了，钥匙忘在宿舍里了，于是只能等其他同学回来开门。可总是有四个人全忘了带钥匙的时候，于是全被堵在宿舍外了。没办法，只能来找宿舍管理员，因为她保管着整个楼所有宿舍的备份钥匙。次数多了，管理员就觉得麻烦。她定了个规矩，每个宿舍每学期来找她要钥匙的次数不得超过三次，超过三次者，自己找工具把锁撬开，然后再掏钱买把新的。

学期末的时候，管理员把所有宿舍的情况做了一次统计，她发现了一个有趣的现象：5楼几个连在一起的宿舍，501到506，居然一次也没来麻烦她开过门！一次记录也没有的宿舍不是没有，可现在有6个宿舍，而且还是连在一起的。这引起了管理员的兴趣。

为了解开心里的疑团，她特地敲开了504的门，终于知道了他们的秘密。原来，他们每个宿舍都另外配了一把新的钥匙，存放到下一个宿舍中。这么说吧，把6个宿舍和6把钥匙分别编上号，他们的办法就是：把钥匙一存放到宿舍二，把钥匙二存放到宿舍三，依此类推，最后把钥匙六存放到宿舍一。这么一来，24个人中只要有一个人带了钥匙，那所有人都不会被堵在宿舍外，因为只要有一把钥匙，就能先打开一道门，然后取得第二把钥匙打开第二道门，就这样，一直到打开所有的门。

111

生活悟语

很多时候,别人尊重你或对你有所顾忌,并不是因为你本身,而是顾忌你所在的强大团队。如果你脱离了团队,可能会发现原来自己其实是非常弱小的。团结就是力量,很多微小的力量凝聚在一起有时也会产生很大的能量。

那一刻,他做出了一个思量多日的惊人决定:将善款转赠给坚强而善良的好兄弟彭敦辉!自己少活一段,可能成全他的一生。

生命的礼让

他们素不相识,却有着出奇相似的相貌;他们因为同样的疾病走进同一间病房;他们都已经找到了可配型的骨髓,却因为筹不到钱而无法手术;他们为了保留其中一人的生命,唱响了一曲生命礼让的赞歌。

"我们虽同样有着新婚妻子,同样有着年迈的父母,我们虽同样找到了可供移植的供者,我们虽同样为昂贵的移植费绞尽脑汁……但你还有一个出生刚刚几个月的活泼可爱的孩子,还有一大笔的债务等待着你去偿还……我决定在我生命走到最后的时候帮帮你,将我剩下的3.5万元人民币无偿捐赠给你。"

这是欧阳志成转赠生命的悲壮绝笔。他将这绝笔和3.5万元人民币留给病友彭敦辉,然后消失了。

湖南隆回县养古坳乡中团中学语文教师欧阳志成被确诊为白血病时,他只有27岁,他的爱人只有21岁,他们结婚仅仅9个月。

矫弱的妻子彭丽争分夺秒地向亲朋好友、乡教育办、学校筹款,但也只筹得不到万元。为了尽快筹到20万元实施移植手术,他们抱着求助牌,手捧玫瑰花,面对邵阳师院熙熙攘攘的人群跪倒在地。整个隆回县被震动了,在全县师生的共同努力下,他们很快筹措了近20万元。但一年多的化疗和寻找配型已经用去了12万元。配型找到了,他们却因为没钱而无法手术。

同一个病房的病友彭敦辉,也患有白血病,也找到了配型却因为筹不到钱而无法手术。这两个酷似双胞胎、同病相怜的病友,从此相互照料,相互鼓励,与病魔作斗争。望着一筹莫展的欧阳志成,彭敦辉曾安慰他说:"说不定我厂子新上的项目很快就能赚大钱,到时候,我借钱给你。"

彭敦辉的生意失败了,唯一的希望也破灭了。看着此前从未向病魔低过头的病友颓废地倒在病床上,望着他活泼可爱的小孩子,欧阳的心里一阵抽搐。那一刻,他做出了一个思量多日的惊人决定:将善款转赠给坚强而善良的好兄弟彭敦辉!自己少活一段,可能成全他的一生。

做了此决定后,欧阳志成写了两封信:一封给医院负责人——遗体捐赠给医院做医学解剖用;一封写给病友彭敦辉——然后他回到了隆回老家。

接下来的日子,远在长沙的彭敦辉和妻子开始竭尽所能寻找他的那位好病友、好兄弟。他们试图通过隆回114查询欧阳志成的住宅电话,但一无所获;他们查到欧阳志成所在学校的电话,可因为暑假总是没人接听……

两位护士感动地出主意:"打电视台的热线电话,呼吁大家寻找他!"

"转赠生命"的动人故事在电视台播出后,立即在省内掀起一股动人浪潮:一些长沙市民自费印刷寻人启事;虽然还没有找到欧阳志成,但越来越多的人已经通过特别账户为欧阳志成捐款。

终于,2005年8月,在热心市民的陪同下,欧阳志成终于回到了医院。生死之交的兄弟俩百感交集,相拥而泣……

现在,在社会的帮助下,两位患难兄弟已经远离病魔,踏上了绚丽人生的旅程。

生活悟语

　　每个人只有一次生命,但每个人对生命的理解却各有不同。有的人说,生命就是金钱;有的人说,生命就是享受……其实,生命的意义在于奉献,在于无私奉献的每一份价值与感动。

给予是一件很高兴的事情,以真心换真心,这样才会获得朋友的信赖和帮助,你的朋友才会越来越多。

孤零零的狐狸

黄牛看见狐狸在树下呜呜地哭,问他为什么悲伤。

狐狸抹了一把眼泪,说:"人家都有三朋四友,唯独我孤零零的,心里难受哇……"

黄牛问:"花猫不是你的朋友吗?"

狐狸叹口气,说:"花猫与我交友一载,没请过我一次客,这算什么朋友?我早跟他散伙了。"

黄牛问:"山羊不是你的朋友吗?"

狐狸摇摇头,说:"山羊与我结拜半年,从未给过我一分钱的好处,还有啥朋友味?我早跟他断绝来往了。"

黄牛长叹了一声,问:"听说你曾经跟大黑猪的关系还可以?"

狐狸气得直跺脚,说:"我早把他给踢了!你想想,大黑猪能帮我什么忙?当初我根本就不该认识那个蠢家伙。"

黄牛戏谑地一笑,调侃地说:"狐狸先生,我送你一样东西吧。"

狐狸眼睛一亮,心想这下可以讨到便宜了,立刻止住哭,问道:"什么东西?"

黄牛扭过头,扔下一句"贪鬼",头也不回地走了。

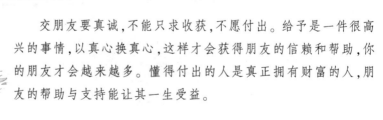

生活悟语

交朋友要真诚,不能只求收获,不愿付出。给予是一件很高兴的事情,以真心换真心,这样才会获得朋友的信赖和帮助,你的朋友才会越来越多。懂得付出的人是真正拥有财富的人,朋友的帮助与支持能让其一生受益。

首长用微微颤抖的手打开那染着班长鲜血的情报，默默地看了良久，大滴的泪珠落在那被鲜血染红的情报上。

在英雄的连队服役

那是抗日战争最艰苦的时期，在一次执行任务时，老马所在的特务班被敌军的一个连包围在一片密林里。他们仗着有利的地势，跟敌人展开了激战。但是，敌我的兵力太悬殊。后来，只剩下老马和班长两人了。

班长的左肩上中了一枪，老马替班长简单地包扎了一下。班长说："老马，咱俩都生还的可能已经没有了，我掩护，你撤走。"

"不！不管怎么样，咱俩都在一起。"老马是副班长，平时跟班长情同手足，绝不可能扔下负伤的班长自己撤走。

"我是班长，你得听命令！"

"不！"老马含着眼泪坚定地摇头。

班长沉默了片刻，猛地从上衣兜里掏出一叠被鲜血染红的纸对老马说："老马，这是一封对我军很重要的情报，我身上有伤，撤不出去了，你要亲手交给首长。"

"班长，不！"

"老马，不能再犹豫了！"班长的声音和握着那情报的手都在颤抖着。

老马别无选择地接过情报，小心地藏在贴身的衣服里。

老马成功地撤出了敌军的包围，这得益于班长的掩护和有利的地势。不幸的是，老马的腿上中了一枪，只能一点一点地向前爬行了。

那密林里的枪声停了，班长的情况可想而知。

老马当时很累，真想停下来歇歇。可是想到自己身上带着重要的情报，想到班长及全班的战士，他的心里像燃烧着一团火，爬行的速度快了起来。

终于看到我军的哨兵了，不知是太疲倦了还是失血过多，老马失去了知觉。

等醒来时老马已经躺在临时病房里了。

"我有一份重要的情报,要交给首长。"他吃力地对旁边的人说。

望着来到老马身边的首长,老马掏出那份情报说:"这是班长给您的重要情报,我们全班都……"老马说不下去了。

首长用微微颤抖的手打开那染着班长鲜血的情报,默默地看了良久,大滴的泪珠落在那被鲜血染红的情报上。

"首长,这情报真的很重要吗?"老马低声问。

"很重要,很重要!"首长深深地点头。

后来,老马才知道,那其实不是什么情报,只是几张白纸。

首长说:"这比任何情报都重要,它体现了班长以及全班无私的、忘我的战友情谊……"

生活悟语

爱是世界上最伟大的力量,它能焕发生命的力量,它能使人无往不胜。怀着一颗爱心与人交往吧,你会发现前进路上的许多困难将会不攻自破。你爱世人,世人也会爱你。

116

在别人困难的时候请不要犹豫是否该伸出援手,因为,聪明的人都明白一个道理:帮助别人实质就是帮助自己。

伸出援手才能化敌为友

美国 Real Networks 公司曾经向美国联邦法院提起诉讼,指控比尔·盖茨的微软公司违反《反垄断法》,并要求其赔偿10亿美元。

但在官司还没有结束的情况下,Real Networks 公司的首席执行官格拉塞却致电比尔·盖茨,希望得到微软的技术支持,以使自己的音乐文件能够在网络和便携设备上播放。所有的人都认为比尔·盖茨一定会拒绝他,但出人意料的是,比尔·盖茨对他的提议出奇的欢迎,他通过微软的发言人表示,如果对方真的想要整合软件的话,他将很有兴趣合作。

众所周知,微软和苹果两大公司自 20 世纪 80 年代起就一直处于敌对状态,约伯斯和比尔·盖茨为争夺个人计算机这一新兴市场的控制权展开了激烈的竞争。到了 90 年代中期,微软公司明显占据了领先优势,占领了约 90%的市场份额,而苹果公司则举步维艰。但让所有人大跌眼镜的是,1997 年,微软向苹果公司投资 1.5 亿美元,把苹果公司从倒闭的边缘拉了回来。2000年,微软为苹果推出 Office2001。自此,微软与苹果真正实现双赢,他们的合作伙伴关系进入了一个新时代。

生活悟语

　　与人交往要用"播种"的心态,因为朋友是你用爱播种、用感谢收获的田地。在别人困难的时候请不要犹豫是否该伸出援手,因为,聪明的人都明白一个道理:帮助别人实质就是帮助自己。

　　思想的火花只能在与人交往的过程中擦亮,因此,敞开你的心扉吧,你会获得更多、更优秀的生命体验。

爱因斯坦的朋友们

　　爱因斯坦堪称 20 世纪最伟大的科学家,他的相对论震惊了世界。年轻的爱因斯坦之所以能选择一个非常有价值的追求目标,并矢志不渝地为之奋斗,这与朋友的支持是分不开的。

　　一个偶然的机会,刚入大学的爱因斯坦在一次家庭晚会上结识了已经毕业的校友米凯尔·贝索。俩人因志同道合成了莫逆之交。贝索知识渊博,思想敏锐,喜欢批判哲学,经常兄弟般地对爱因斯坦进行鼓励和帮助。特别是当他把马赫的《力学史》推荐给爱因斯坦,并在一起研讨问题之后,爱因斯坦选择人生奋斗目标更为明确了。爱因斯坦说:"这本书对基本概念和基本定律的批判态度给了我深刻和持久的影响,我以前读过的《归纳法原理》远不如它。"又说:"我认为马赫的真正伟大就在于他不妥协的怀疑态度和独立性。"正是在贝索的帮助下,年轻的爱因斯坦才从此掌握了马赫的批判之剑,开始向已有的200多年的牛顿力学挑战,并在年轻时代就发展了狭义相对论。文中既无参考文献,也未提及任何名家指教,但在论文最后却加进了感谢朋友的热情帮助和有价值的建议方面的内容。可见贝索对爱因斯坦在人生追求上、目标选择上是起了多么重要的作用,这也是世人把贝索称之为相对论的"助产士"的基本依据。正因为如此,爱因斯坦在老年之后还一直不忘贝索对他的帮助,并高度评价说:"在整个欧洲,我找不出一个比他更好的知音。"

爱因斯坦年轻时候的科学思想进一步深化,同样受到身边朋友的帮助和影响。他说:"单凭自己来进行思考,而得不到别人思想和经验的激发,那么即使是在最好的情况下,他所想的也不会有什么价值,一定是单调乏味的。"年轻的爱因斯坦在尚未找到专职的工作以前,曾以私人讲授物理来挣钱糊口。后来,将与人讲授变成了年轻人的聚会、读书和研讨的场所。这些年轻人包括著名的索洛文、哈比希特、贝索等。他们把读书研讨小组戏称为"奥林匹克科学院"。聚会常从简单的晚餐开始,谈话交流的内容极其丰富,涉及当代哲学和科学中的许多重大的根本问题。他们常为一些问题争论不休,直到弄清为止。这种朋友间的讨论和相互学习不仅丰富了生活,加深了友谊,更使包括爱因斯坦在内的每个人的科学思想都得到了丰富和升华。正因为如此,爱因斯坦在老年的时候,还怀念"院士"那种互相学习、互相促进的生活。爱因斯坦逝世的前两年,还在给老友,哈比希特的回信中讲:"你的灿烂夺目的光辉,依然照耀着他们孤寂的人生道路……我永远忠于你,直到学术生命的最后一刻。"

生活悟语

　　列夫·托尔斯泰有句名言:"与人交谈一次,往往比多年闭门劳作更能启发心智。"思想的火花只能在与人交往的过程中擦亮,因此,敞开你的心扉吧,你会获得更多、更优秀的生命体验。

大汉想不到一郡尽空,竟有人愿舍己救友,颇为感动,便对随从们说:"我等不该入此有义之国,走!"

荀巨伯重义轻生

荀巨伯是汉桓帝时的贤士,一向恪守信义,笃于友情。他听说千里之外的一个好友得了重病,心急如焚,匆匆安排了家事,收拾好行装,便赶去探视。他晓行夜宿,戴月披星奔波了半个多月,才到达好友居住的县城。谁知进城以后,只见街上冷冷清清,悄无一人,觉得很奇怪。他好容易才找到好友的住处,发现好友躺在床上,面色惨白,连声低呼:

"水!水!"

荀巨伯忙从桌上取过土碗,四处寻水,好一会儿才在厨房的水缸里找到了一点儿水,马上装入碗内,递到友人口边。

友人呷了几口,精神稍好一些,抬头见是荀巨伯给他递水,惊喜地问道:"你什么时候来的?"

荀巨伯答道:"刚到。"

友人见荀巨伯满面风尘,为看望自己不惜千里奔波,深为感动。但想到目前情况紧急,又焦急地对荀巨伯说:"胡兵马上就要来攻城,城里的人都跑光了,你还是赶快走吧,晚了就走不了啦!"

荀巨伯诚挚而又坚定地说:"你重病在身,旁边没一个亲人,作为朋友,我现在能够离开吗?"

友人感动地说:"贤弟盛情,令人感动。我是将死的人了,怎么能够连累你呢?还是快点儿走吧!"说完,又吃力地把手一挥。

荀巨伯恳切地说:"我不远千里来看你,你却要我走。弃义以求生,我荀巨伯是那样的人吗?"

正说到这里,突然听到门外有人高喊:"这里有人!"

友人听见喊声,焦急地对荀巨伯说:"胡人来了!你快从后门逃走吧!"

说到这里，由于情绪激动，又禁不住连声咳嗽。

荀巨伯忙把土碗递到他口边。正在这时门突然被踢开，一个身材魁梧、身着胡装、手执钢刀的大汉，带领几个随从冲了进来。

友人十分着急，荀巨伯却镇定如常。

大汉见屋中只有两个男子，一个卧病在床，一个亲为递水，便走上前去，大声地问荀巨伯道："我大军一到，一郡尽空，你是何人，竟敢独自停留？"

荀巨伯从容不迫地回答道："在下荀巨伯，因友人重病在身，无人照顾，因此千里探视，不忍离去。望刀下留情，要杀就杀我，千万不要伤友人之命！"

大汉想不到一郡尽空，竟有人愿舍己救友，颇为感动，便对随从们说："我等不该入此有义之国，走！"

说完，向荀巨伯一拱手，转身出门而去。

友人此时方如释重负，紧紧拉住荀巨伯的手，一句话也说不出来，眼泪滚滚而下……

生活悟语

朋友是一种财富，有时纵使你倾尽所有也不及一个真正的朋友来得重要。友谊是要用爱来播种，用感谢来收获的。珍惜你所拥有的友情，真诚地对待你的朋友，理解他们，支持他们，用你的心和爱去灌溉并收获真正的友谊。

无论是谁，只要是真心实意，兴趣相投，我们都可以是好朋友。

大象和蜜蜂交朋友

大象和蜜蜂结下了深情厚谊，这是因为它们志趣相投，都乐意为人们出力。

蜜蜂想用最甜的蜜招待朋友，大象每次都婉言谢绝，它说："你们辛勤劳动所得,除了自己享受,多献一些给可爱的养蜂人。他们是受之无愧的。"

大象在搬运着沉重的木头。蜜蜂路过见到了,挤出一点儿空,在大象耳边奏一支"嗡嗡"短曲,让好朋友减轻疲劳,增添力量。

大象和蜜蜂的友谊被当做佳话四处流传。一只肥壮的狗熊听了,特地找到大象,责问道:"你和小蜜蜂交朋友,这是真的?"

"我从来没有保密。"大象幽默地回答。

"你这么个大个子,比我还大好几倍,竟然同一丁点儿大的飞虫交朋友,实在有失体面。"狗熊激动起来,大声说,"我以一头猛兽的身份奉劝你,快快同它们一刀两断。"

"不可能。"大象断然说道,"我佩服蜜蜂的品格,乐意和它们交往。有这样的朋友,我不但不降低身份,反而感到光荣。"

狗熊说不过大象,憋了一肚子气,悻悻地走了。

不久以后的一个深夜,大象从梦中被附近蜂房的骚动惊醒。它赶了过去,只听蜜蜂们怒叫着:"狠狠收拾这个偷蜜贼!再不要放过这下流坏子!"

在夜色中,大象看见蜜蜂们追刺着一个庞然大物。它大吼一声,奔上前,用鼻子把那家伙卷起,往远处一抛。到第二天天亮时,大伙才看清楚,被大象抛到泥塘里,陷在烂泥中的,正是极力反对大象和蜜蜂保持友谊的角色——狗熊!

生活悟语

友情让我们生活得更开心,忧愁时,可以尽情地倾诉;困难时,可以相互帮忙,相互鼓励。无论是谁,只要是真心实意,兴趣相投,我们都可以是好朋友。

　　交朋友要真诚,不能只求收获,不愿付出。给予是一件很高兴的事情,以真心换真心,这样才会获得朋友的信赖和帮助,你的朋友才会越来越多。懂得付出的人是真正拥有财富的人,朋友的帮助与支持能让其一生受益。

第六辑 生活是一道单项选择题

　　人的一生经历无数次的选择。正确的选择可以造就生命中灿烂的前程，错误的选择可以毁掉生活的梦想而品尝遗憾的苦果。因此，选择是欢悦的过程，也是痛苦的过程。

　　选择需要敏锐的洞察，需要谨慎的态度，还需要果敢的决断。选择了一棵树，必然要失去大片森林。不要只顾着在选择的路上来回奔跑，而忽略了生活本身。

> 这个老头可不是贾府门前的焦大,他选择了守门,拥有了一份权贵们不敢在他面前猖狂的自信。

选择的自信

来美国的有些亚洲新贵们,很快就发现他们身边少了一分熟悉的羡慕,多了一分失落。于是,他们随时分发印有董事长头衔的名片,并不管用。于是,又一掷千金,买下华屋名车。可气的是,竟然连那些居斗室、开破车的美国佬也"我自岿然不动",不肯景仰擦身而过的奔驰老总。当然更不会有人注意到他们袖口或领口的名牌。在美国,高薪、华屋、名车的群众号召力没有在新富国家那样大。

很多美国人身为粗工阶层,也是心满意足。当你出入豪华宾馆时,为你叫车的男孩不卑不亢,礼貌周到,你会感到他的自信。他未必羡慕你所选择的道路。千千万万的美国人按照自己的实际情况选择了职业,选择了生活的各个方面,也活出了一份自信。于是,那些在本国高高在上的贵人们到了美国就傲气顿失。

一个访美的亚洲官员讲:"我在国内时别人见我就点头哈腰,可是在美国连有些捡破烂的人腰板都挺得直直的。"

我原来工作的办公室里有个维修计算机系统的老美,大学毕业,工作10年了,很平常一个人。处久了,我们每天见面时也侃几句。一天,我开导他:"你为什么不去微软工作呢?几年下来光股票上就发了。"他说:"我不喜欢微软,这儿挺好。"

后来我发现他有一张合影照片,他,他姐姐、姐夫、比尔·盖茨。才知道他姐是早年跟比尔·盖茨一起打下微软的功臣,现担任 Microsoft 的副总裁,也是亿万身家了。一问,办公室里有人知道,却没人跟他套近乎,大家把他支来支去。他不求致富,有一份淡泊的安详。

你会发现,美国很多的博士们找工作,首选是做教授。做教授可比去公司穷,还辛苦,但有更多的学术和时间自由。我有个朋友,在一所大学任助理教授,美国几个最大的制药公司请他去主持一个 R&D 部门,开价是他在学校年薪的 3 倍,他不去,就要做教授,还劲头十足地约我写论文,回国开讲座,其乐陶陶。

最近他因为一项被美国医疗服务协会称为"挑战传统的发现",而受到美国主要媒体的关注。一个同系的老美教授告诉他说:"我搞了多年的研究,好希望自己的研究成果也能引起如此的反响。"并且还认真地给这位老兄出主意,怎么样把这事的影响扩大。如果我王伯庆是他的同事,我是否会像那位老美一样为他的成功真诚激动、锦上添花呢?

有一位朋友,拿到一个名牌大学的教授职位,高高兴兴地从麻省来加州赴任,先租公寓房住。自己是教授,住的公寓当然不差。隔壁邻居是一家墨西哥人,每天见面都打招呼。聊天时老墨底气十足,没什么文化,但神色之间透出对生活相当满足的自信。这位仁兄想,这老墨虽没有文化,敢跟我大教授谈笑风生,想来也是生意上有成之辈。

结果不然,这老墨没有工作,全靠 5 个小孩的政府补助过活,每人每月几百元钱,还有食品券。这位朋友感慨地讲,恐怕克林顿总统来了,这老墨也不会腿软。职务也许帮助不了你去吸引自信的朋友,话不投机半句多。

有一个故事,发生在 1997 年 12 月 11 日。美国著名的"悄悄话"专栏女记者辛迪·亚当,想约克林顿总统的夫人希拉里来个单独采访。多番努力,终于搞定,克太太同意在她出席了纽约曼哈顿大学俱乐部的一个妇女集会后,跟辛迪谈一个小时。

采访就定在曼哈顿俱乐部里。这个俱乐部有着百年历史,注重传统,古色古香。辛迪先到,在大厅候着。到了时间克太太还没来,她坐不稳了,悄悄地把大哥大拿出来,打个电话问一下,守门的老头过来了,说:"夫人,你在干什么?"

女记者说:"我跟克林顿夫人有个约会。"老头说:"你不可以在这个俱乐部里使用手机,请你出去。"说完后老头就走了,辛迪收起了手机。

一会儿老头又来了,看见这女人没走,还与克林顿夫人在大厅里高谈阔论,在场的有总统府的高级助理们。老头不乐意了,说:"这是不能容许的行为,你们必须离开。"克林顿夫人说:"咱们走。"乖巧地拉上辛迪就出去了。

这个老头可不是贾府门前的焦大,他选择了守门,拥有了一份权贵们不敢在他面前猖狂的自信。

权势人物的气度是制度和人民调教出来的,常常是有什么样的人民就有什么样的领袖。

知道吧，比尔·盖茨想参加哈佛的同班聚会，被有些同学拒绝了。是呀，你盖茨选择了中途退学，跟同学没多大关系，聚个吗劲？选择了在哈佛毕业的同学未必都选择了向金钱屈膝。

（王伯庆）

生活悟语

无论是面对位高权重的人还是富甲一方的神，我们都不必害怕，不必自卑。其实，每一个岗位都是平等的，履行好自己的职责，尽到自己的本分，同样能得到人们的敬重。保持选择的自信，才能维护自我的尊严。

如果你确定要钓什么鱼，你就准备着做一系列的选择吧。选择的正确与否决定你能否钓到，或者更准确地说能否钓到大鱼。

首先要准备做一系列的选择

周末，约翰和杰克来到一个鱼塘边来钓鱼。

不一会儿，杰克就钓了好几条大鱼，而约翰却一无所获。

约翰实在想不明白，便来到杰克身边，向他请教钓鱼的秘诀。

杰克一边将干蝇挂在渔钩上，一边对约翰说："如果你确定要钓什么鱼，你就准备着做一系列的选择吧。选择的正确与否决定你能否钓到，或者更准确地说能否钓到大鱼。"

杰克将渔钩准确而且有力地抛向水面，然后坐下来看着说："钓鱼也许应该靠运气的，不确定性的因素太多了。因为如果我们都做了对的选择，是否成功则要靠天意。但是，钓鱼不是傻瓜游戏，它更像是玩 21 点扑克牌。你对娱乐场所（栖息地）、游戏规则（鱼）和概率（水、食物供应量和天气状态）了解得越多,你赢的机会(钓到大鱼)就越大。

"首先,要挑选一片水域。如果你想钓鲤鱼或者鲫鱼,那么必须在淡水区域,比如在水库、鱼塘,或者在一条不大湍急的小河边。如果你想钓到鲸鱼,就需要驾着渔船进入深海,经受惊涛骇浪的考验。

"鱼并非均匀地分布在所有的水域,同一区域,有人能钓到大鲤鱼,而另一些人钓到的总是小鱼。因此,选择池塘变得十分重要了。在这个池塘钓鱼,我是经过反复的选择,而你则是完全盲目的,尽管我们碰巧遇在一起了,但是我们却有区别。这种区别在于我知道自己的选择;而你是随机,也许你能有好机会,但是机会不可能总是惠顾你。真正的成功需要积累和理智的选择。"

杰克的鱼又上钩了,又是一条大红尾鲤鱼。

杰克微微一笑,说:"你知道吗?为了选择这个鱼池,我做了长时间的观察和分析,了解水深和藻类的繁殖状况。也许你觉得这不过是一种娱乐,似乎应该更轻松些。但是,如果我们选错了池塘,拿着渔竿傻傻地坐在池塘边,那还不如坐在花园的长椅上眯着眼睛晒太阳呢!我们也许没必要将钓鱼当成一种体育比赛。但是也不能完全不用心思。这是一种人生态度,一旦你养成了这种态度,你就能从中获得某种乐趣——思考的乐趣。"

"选定了池塘,接下来你应该聘请一个教练。"杰克接着说,"许多人宁愿选择做一个失败者,也不愿意选择依靠他人的帮助和善意,无论是付费还是免费。如果你立即接受你是无知的,而且什么也不懂的事实,如果你闭上自己的嘴巴,那你的钓鱼技术也会迅速提高。

"最后,选择一个位置。与人生层次一样,鱼也有层次之分,当一个地方的鱼钓完了,我们必须不断地调整我们的位置。但并非盲目的,我们必须知道哪些位置会有鱼。鱼是游动的,机会也是在变化的。也许我们选对了一个好区域,并且选对了一个好池塘,但是我们却在一个只有小鱼的浅水区徘徊,我们又怎么能钓到大鱼呢?因此,我们必须不断变化位置来寻找大鱼,并且在其饥饿的时候投下鱼饵,将其钓上来。"

127

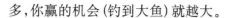

生活悟语

　　没有固定的目标,没有耐心的积淀,盲目的碰撞,只会竹篮打水一场空,什么也收获不了。只有朝着理想的方向,不断地调查、筛选,谨慎地选择、判断,当我们做好一切迎接成功的准备时,成功就会如期到来。

> 一个人要走自己的路，本身没有错，关键是怎样
> 走；走自己的路，让别人说，也没有错，关键是走的路
> 是否正确。

选择比努力更重要

有一个非常勤奋的青年，很想在各个方面都比身边的人强。经过多年努力，仍然没有长进，他很苦恼，就向智者请教。

智者叫来正在砍柴的三个弟子，嘱咐说："你们带这位施主到五里山，打一担自己认为最满意的柴来。"

年轻人和三个弟子沿着门前湍急的江水，直奔五里山。

等到他们返回时，智者正在原地迎接他们——年轻人满头大汗、气喘吁吁地扛着两捆柴，蹒跚而来；两个弟子一前一后，前面的弟子用扁担左右各担四捆柴，后面的弟子轻松地跟着。正在这时，从江面飞来一个木筏，载着小弟子和八捆柴，停在智者的面前。

年轻人和两个先到的弟子，你看看我，我看看你，沉默不语；唯独划木筏的小弟子，与智者坦然相对。

智者见状，问："怎么啦，你们对自己的表现不满意？"

"大师，让我们再砍一次吧！"那个年轻人请求说，"我一开始就砍了六捆，扛到半路，就扛不动了，扔了两捆；又走了一会儿，还是压得我喘不过气，又扔掉两捆；最后，我就把这两捆扛回来。可是，大师，我已经很努力了。"

"我和他恰恰相反，"那个大弟子与他齐头并进，"刚开始，我俩各砍两捆，将四捆柴一前一后挂在扁担上，跟着这个施主走。我和师弟轮换担柴，不但不觉得累，反倒觉得轻松了很多。最后，又把他丢弃的柴挑了回来。"

用木筏的小弟子抢过话，说："我的个子矮，力气小，别说两捆，就是一捆，这么远的路也挑不回来，所以，我选择走水路……"

智者用赞赏的目光看着弟子们，微微颔首，然后走到年轻人面前，拍着他

的肩膀,语重心长地说:"一个人要走自己的路,本身没有错,关键是怎样走;走自己的路,让别人说,也没有错,关键是走的路是否正确。年轻人,你要永远记住:选择比努力更重要。"

(闫金城)

生活悟语

　　面对人生的每一个路口,我们都要慎重考虑,选择最适合自己的,这样,才会走得更快、更好。如果走错路,无论付出多大的努力,都是走向绝境。如果走的是捷径,即使比别人少付出艰辛,也可能最先登上成功的高峰。

　　果断地选择,适时地收割,才会得到香甜的果实,人生才不会白白地走了一遭。

没有第二次选择

　　几个学生向苏格拉底请教时间的真谛。苏格拉底把他们带到果林边。"你们各顺着一行果树,从林子这头走到那头,每人摘一个自己认为最大、最好的果子。不许走回头路,不许做第二次选择。"苏格拉底吩咐说。学生们出发了。他们都十分认真地进行着选择。等他们到达果林的另一端时,老师已站在那里,等候着他们。

　　"你们是否都选择到自己满意的果子了?"苏格拉底问。

　　"老师,让我再选择一次吧!"一个学生请求说,"我走进果林时,就发现了一个很大、很好的果子,但是,我还想找一个更大、更好的。当我走到林子的尽头后,才发现第一次看见的果子,就是最大、最好的。"其他学生也请求再选择一次。苏格拉底摇了摇头:"孩子们,没有第二次选择,人生就是如此。"

优柔寡断，美好的东西就会在我们的脚下溜走，最后只会两手空空。果断地选择，适时地收割，才会得到香甜的果实，人生才不会白白地走了一遭。

我们只有懂得为自己选择，为自己的将来选择，才会冲出囚笼，翱翔于广阔的天地间。

从囚徒到明星

一个名叫 R·热佛尔的黑人青年，他在很差的环境——底特律的贫民区里长大。他的童年缺乏爱抚和指导，跟别的坏孩子学会了逃学、破坏财物和吸毒。

他刚满 12 岁就因为抢劫一家商店被逮捕了；15 岁时因为企图撬开办公室里的保险箱再次被捕；后来，又因为参与对邻近的一家酒吧的武装打劫，他第三次被送入监狱。

一天，监狱里一个年老的无期徒刑犯看到他在打垒球，便对他说："你是有能力的，你有机会做些你自己的事，不要自暴自弃！"

年轻人反复思索老囚犯的这席话，做出了决定。虽然他还在监狱里，但他突然意识到他具有一个囚犯能拥有的最大自由：他能够选择出狱之后干什么；他能够选择不再成为恶棍；他能够选择重新做人，当一个垒球手。

5 年后，这个年轻人成了全明星赛中底特律老虎队的队员。底特律垒球队当时的领队 B·马丁在友谊比赛时访问过监狱，由于他的努力使 R·热佛尔假释出狱。不到一年，R·热佛尔就成了垒球队的主力队员。

这个青年人尽管曾陷于生活的最底层，尽管曾是被关进监狱的囚犯，然而，他认识到了真正的自由，这种自由是我们人人都有的，它存在于自由选择的绝对权力之中。我们所有的人都有这种权力。

R·热佛尔也可以推脱说："现在我在监狱里,我无法选择,我能选择什么呢?"但他说的是:"我能够做出决定。"

这种自由选择的权力是你作为自己生活的总统所拥有的最有力的工具。这种权力是区别人和动物以及其他存在物的特征。

世界上许多人说无法选择,就不存在什么个性自由。他们认为决定人的行为的只是机遇。这种说法是比较偏激的。国际著名的精神病学家V·富兰克在第二次世界大战时曾被关进德国集中营。他研究了自己的思想,还与别人交谈。以后,他得出结论说:"只有一种东西是不可剥夺的:那就是人类的自由——在任何情况下选择自己态度的自由——选择自己独特的行为方式的自由。"

([美]鲍勃·摩尔)

生活悟语

　　暂时的人身限制,可能没有多少自由的空间。但人的思想是自由的,心情是开阔的,我们只有懂得为自己选择,为自己的将来选择,才会冲出囚笼,翱翔于广阔的天地间。

　　她们让我明白了一个道理:任何时候,都有两种迥然不同的生活态度供人选择。

十 字 路 口

　　几个月来,骑车经过离家不远的一个十字路口时,我总会遇到两个女人。

　　一个女人是乞丐。有时是一个人乞讨,有时还领着一个小男孩。看上去她也就30岁出头,却穿着一身破旧的衣服,蓬头垢面。她总是低着头躬着腰,一副很谦卑的模样,可要起钱来,她却十分理直气壮。看见路口哪个方向的车停下了,就急急忙忙跑过去,要钱时不说话,只是趴在车窗上往里窥视着,并用手使劲地拍打玻璃。有的司机摇下玻璃递了钱来,她一把抓过塞进口袋,也不道谢,就转身走向后面的车辆。有的司机不搭理她,她等上一阵子,觉得没有希望,就悻悻地走开。走开后总不忘嘟囔着骂几句,有时甚至会向车尾处吐口痰表示不满。显然,她已把别人的施舍当成了应得的回报。虽然每天都在不劳而获,可她一点儿都不快乐,我从没看见她笑过。

另一个女人已年过半百,满是皱纹的脸上总是荡漾着灿烂的笑容,仿佛平静的河面上洒满阳光。她穿的也是旧衣服,却很整洁,脚上不是半新的皮鞋就是半旧的旅游鞋,还都是好牌子。她左手捧着一摞报纸,最上面的几张错落有致地摆开,露出色彩鲜艳的报头。她是卖报纸的。她卖报纸只留意从北边驶来的车辆,从不在路口四处乱跑。车辆行驶着,她就静静地站在机动车道边。车辆停下了,她才慢悠悠地过去走上一圈,让每辆车上的人都看到自己。这样走动时,她和那些车辆总保持着一定距离,不像那个乞讨的女人那样没礼貌地往人家车窗上趴。如果有人探出头要报纸,她就兴奋地跑过去,送上报纸的同时,还简短地介绍一下上面的重大新闻。有时需要找人家零钱,她就很利索地数好递进车里,并笑着挥挥手道声谢。

我一直不知道,这两个女人遇到了什么样的困难,竟要在车流涌动、充满危险的十字路口乞讨和卖报。但她们让我明白了一个道理:任何时候,都有两种迥然不同的生活态度供人选择。

(张福龙)

生活悟语

人生总会遇到许多挫折,不顺心的事我们难以选择,但至少可以选择面对困难的态度。微笑着面对,才会减轻自己的痛苦,走出低谷;愁苦满面,只会让自己的心情越来越沮丧。

世界上一些事情，无论怎么努力，都不会成功的。因为，从一开始，就选择错了。

一只蜗牛的苦旅

春天到了，葡萄藤悄悄吐出了浅绿的嫩芽。一个雨后的傍晚，蜗牛们都出来活动，男蜗牛们暗恋的偶像孟依依说："我不要天上的星星，我我我……只是想吃几粒葡萄！"可是，一只蜗牛的生命只有100天左右，葡萄架那么高，谁能摘得到呢？况且，即使摘到了葡萄，生命也到了尽头。

"也许，我能……"这时，一只小小的蜗牛慢慢爬过来，怯怯地看着大家说。

"哇噻，老兄，你也太搞笑了吧！"几只蜗牛同时笑翻，在地上打起滚来。

"可是，没有试过，又怎知我不能呢？"这只蜗牛说完，背起自己沉重的壳，穿过目瞪口呆的蜗牛群，一步一步向葡萄藤爬去……

7天后，这只蜗牛已经爬了很高，以至他再也不敢低头往下看。17天后，一只黄鹂问道："喂，离葡萄成熟还早得很呢，现在上来干什么？""等我爬上去葡萄就成熟了！"蜗牛信心十足地回答。黄鹂鸟听后，笑得险些岔气。

第27天，他已经清楚地看见葡萄藤上的叶子了。然而，不幸的事情发生了。这天下午，可怜的蜗牛被两位美食家吓得一下子摔回了地面。

地上的蜗牛纷纷围上来，一起嘲笑他。但这只倔强的蜗牛决心从头开始……第54天，这只蜗牛终于又爬回到原来的位置。在浓密的叶子间，已经长出了一串串葡萄。

第97天，这只蜗牛终于爬到了葡萄架的顶端。这时候，他的生命只剩下最后几天时间了。可是，他觉得，只要能摘到葡萄，就会实现自己一直追求的梦想。于是，他继续奋力爬去……可是，经过最后的艰难跋涉，出现在他眼前的，却只有一架只剩下叶子的葡萄藤，上面已经没有葡萄了，因为葡萄刚刚被主人摘了。

在高高的葡萄架上，这只蜗牛静静地死掉了。临死前，他开始有些明白：世界上一些事情，无论怎么努力，都不会成功的。因为，从一开始，就选择错了。

（青衫浪子）

选择，不要意气用事；目标，要根据自己的实际能力而定。选择过高的目标，即使你付出很大的努力，直到生命最后一刻也不一定能够成功。量力而行，付出的劳动自然会有收获。

虽然生活中有某些事情是你一定要做的，但你也经常未曾自由选择你可以不必去做的事情。作为一个人，我们必须选择对我们有利的生活方式。

选择自己的生活方式

几年以前，有一位朋友对马尔登说："我喜欢我的工作，我爱我的家人，我的生活过得很舒服，我可以回到家里，轻松下来。我想我很幸运。但当我坐上车子，开上高速公路，奔向城里上班时，我立即感到全身紧张，要经过几个小时之后，才能把这种紧张的感觉摆脱掉。"

马尔登说："你用不着开车上班，你可以改搭火车或汽车去上班。既然你开车时心情紧张，那么开车对你有害。"

他接受了马尔登的建议，今天他的生活过得更为轻松愉快。

马尔登说："我现在并不是强调不要开车——开车虽然会令某些人感到紧张，但也会令某些人感到轻松，但最重要的是，尽量避免逼迫你自己。"

有许多人强迫自己做某些事情，是因为他们以为别人期望他们这样做。今天大多数人都自己开车，因此，马尔登的一位有成就的朋友也觉得他必须开车，即使他本人很痛恨开车。

你不能既想轻松，又想逼迫自己，这两种情况是无法同时存在的。虽然生活中有某些事情是你一定要做的，但你也经常未曾自由选择你可以不必去做的事情。作为一个人，我们必须选择对我们有利的生活方式。

生活悟语

为别人而活,为面子而活,自己很累,也得不到别人的认可。为自己而活,才会过得有滋有味;适合自己的生活方式,才会过得轻松自在。强迫自我,只会压抑自己的精神;释放自我,才会享受愉悦的快感。

太过挑剔,太过追求完满,往往得到最不满意的结局。

种子的愿望

在肥沃土壤的滋润下,一粒种子从漫长的冬天一觉醒来。大地母亲问他:"小种子呀,你想成为什么? 这一次,我允许你选择自己的命运。说吧,是想变成被人采食的蔬菜、水果,还是希望成为百花丛中的一员,供人流连赞美。"

"我希望自己是一株人见人爱的花儿,"种子不假思索地回答,"但一定要是山上长得最好看的那种。"

"好极了! "大地母亲温和地说,"你觉得玫瑰怎么样? "

"玫瑰确实十分漂亮,又有芬芳的气息,"种子琢磨着,"可是,它身上的刺会扎人的,这太煞风景了。花和刺可不能呆在一块儿。"

"我知道最适合你的是什么了,"大地母亲忽然眼睛一亮,"你应该成为百合花。她没有刺,而且洁白典雅。怎么样? 你会成为花中皇后的。"

种子左思右想,过了许久才说:"百合是没有刺,可是她的色彩太单调了。我想成为最艳丽、最光彩夺目的花儿。"

"啊哈,"大地母亲似乎恍然大悟,"你的最佳选择应该是紫罗兰,她那么艳丽,那么引人注目。"

"不行,不行,"种子反对,"紫罗兰太矮小了。我要成为更高更大的花,让所有的花儿都仰视我才行。"

135

"这么说，你喜欢剑兰？她可是长得高高的，而且能开出美丽动人的花儿。"大地母亲这时哈欠连连了。

"可惜她的花不能同时绽放。"

种子又低头寻思了半天，忽然她想到了一个好主意："我想……"可是，大地母亲呢？——哦，她走了，因为还有其他种子在等着她呢！

第二天早晨醒来，让种子无比气恼的是，自己竟变成了一株狗尾草。

([菲律宾]胡安·弗拉维尔)

生活悟语

当我们犹豫不决时，机会也失去了耐性。太过挑剔，太过追求完满，往往得到最不满意的结局。在人生的追求路上，要聪明判断，勇敢选择，才能定格美丽的一刻。

当你没办法选择幸运的时候，你至少可以选择勇敢。因为一个勇敢的人就是美丽的。

勇敢的美丽

从小她就是个丑孩子，再加上对哭一事尤为热衷，所以很不招人待见。其实这还没什么，最让人痛心疾首的是，她竟然一直都不为自己的丑感到难过，每日还傻乎乎地、不知愁地快活着。

因为她的世界一直都很少有人能介入，所以，对于别人对她的看法，她原本也从不关注。但直到有一天，她听到了一个亲戚口里吐出来的"瘟神"两个字时，有点儿不大开心了。她皱皱眉，撇撇嘴，很不高兴地看了那人一眼，后来又继续坐在椅子上玩自己的小皮球了。那次她是真的在意了，虽然她还不懂这两个字的意思，虽然她那时还不到 5 岁，但她从妈妈的眼睛里看出来了不满。她知道了那个词不是好词。所以从那以后不管那个人怎么逗她，她都不会朝他笑了。

从小她就是个与众不同的孩子,因为她长得丑,又不喜欢说话。还记得上小学的时候,有别的学校的老师来听课,她的班主任对她说:"阳阳,真对不起,老师知道你的歌唱得好,但是为了给其他同学多一点儿机会,待会儿上课你就不要表演了。"这节课是观摩课,对大家都很重要。她知道老师平时对她不错,所以很懂事地点点头,但她的自尊心却受到了伤害。

上中学的时候,她的自尊心又受到了更大的伤害。那是一次表演唱,老师对她说:"可不可以请你站在后排,让其他同学去替你领唱,但领唱的时候她不唱,你替她唱。如果得了奖品还是你的。"她不假思索地瞥了那个老师一眼,然后很郑重地告诉她:"不行。"老师很不满。那一年的联欢会上,每个班的班长都要讲几句话,然后拍成照片,贴在宣传栏里。而她也拍了,可是老师就是硬没给她贴出去。老师说没别的原因,就是看不惯她长得丑还不谦虚,这让她这个做老师的很不理解。

她记得很清楚,因为丑,上学时女生都嘲笑她,男生都欺负她,但美术老师却特别偏爱她,每天都要找她当模特画头像,她总是很好奇地问:"老师,为什么画我,我长得并不好看啊?"老师很认真地说:"不是啊,虽然你不算漂亮,但是你长得很有特点。"当时她真的很开心,虽然她也并不明白老师的意思,但至少老师没有说她长得丑。等她成名以后,她仍然还记得那个老师,因为那个老师的话,影响了她的一生。老师说:"漂亮不一定被人记得住,但是有特点的人一定会被人记住的。"

因为丑她曾经很自卑。直到有一天,她看到一个名人的传记,讲的是一个新西兰女作家怎么样从一个丑小鸭变成著名学者的故事,她才发现自卑只能让她失去更多的东西,她开始变得勇敢起来。当她把低垂的头昂起来的时候,当她把单纯自信的笑容挂在脸上的时候,当她不再想着自己是个丑丫头的时候,她发现自己变得漂亮了。

从那以后她始终坚信一个道理:当你没办法选择幸运的时候,你至少可以选择勇敢。因为一个勇敢的人就是美丽的。

(孙洛丹)

生活悟语

当不幸难以避免时,如果我们一味逃避,迟早会被无助吞噬。只有勇敢地面对人生的种种不幸,乐观承担,自信生活,美丽之花才会为我们绽放,快乐之声才会为我们奏响。

> 由于每个人看问题的角度不同，给出意见的动机也不尽相同，所以一味地注重听取别人的意见很容易让自己拿不定主意。

选择并非越多越好

有选择好，选择愈多愈好，这几乎成了人们生活中的常识。但是最近由美国哥伦比亚大学、斯坦福大学共同进行的研究表明：选项愈多反而可能造成负面结果。

科学家们曾经做了一系列实验，其中有一个让一组被测试者在 6 种巧克力中选择自己想买的，另外一组被测试者在 30 种巧克力中选择。结果，后一组中有更多人感到所选的巧克力不太好吃，对自己的选择有点儿后悔。

另一个实验是在加州斯坦福大学附近的一个以食品种类繁多闻名的超市进行的。工作人员在超市里设置了两个吃摊，一个有 6 种口味，另一个有 24 种口味。结果显示有 24 种口味的摊位吸引的顾客较多：242 位经过的客人中，60% 会停下试吃；而 260 个经过 6 种口味的摊位的客人中，停下试吃的只有 40%。不过最终的结果却是出乎意料：在有 6 种口味的摊位前停下的顾客 30% 都至少买了一瓶酱，而在有 24 种口味摊前的试吃者中只有 3% 的人购买东西。

太多的东西容易让人游移不定，拿不准主意。同理，对于管理者，太多的意见也会混淆视听。不要以为越多的人给出越多的意见就是好事，其实往往适得其反。由于每个人看问题的角度不同，给出意见的动机也不尽相同，所以一味地注重听取别人的意见很容易让自己拿不定主意。

(商　文)

138

　　在学习上、生活上，不要贪图热闹，太多的诱惑、太多的选择很容易让我们随波逐流，难以判断。所以在充满诱惑的社会里，我们要懂得分辨，小心选择。太过注重外在因素的左右，只会在潮流中迷失自我。

　　无论做什么事情，帮助他人应该成为选择的标准，义无反顾成为选择的力度。

徐本禹的选择

　　1999 年，徐本禹成为华中农业大学的一名学生。那年秋冬之交，天气很冷，他还只穿着一件单薄的军训服。一位同学的母亲送了他两件衣服。第一次远离家乡，第一次远离亲人，第一次在外地得到好心人的帮助……让徐本禹永远不能忘怀。

　　2003 年，徐本禹以高分考取了本校的硕士研究生。然而，2003 年 4 月 16 日，徐本禹却做出了让所有人大吃一惊的决定：放弃攻读研究生的机会，去岩洞小学支教……电话那头，听到这个消息的父亲哭了，父亲用发颤的声音说："全家尊重你的选择，孩子，你去吧，我们没有意见……"

　　徐本禹第一次知道贵州的狗吊岩是在 2001 年，当时他读大三，很偶然读到了一篇题为《当阳光洒进山洞里……》的文章："阳光洒进山洞，清脆的读书声响起，穿越杂乱的岩石，回荡在贵州大方县猫场镇这个名叫狗吊岩的地方。这里至今水电不通，全村只有一条泥泞的小道通往 18 公里外的镇子。1997 年，这里有了自己的小学——建在山上的岩洞里，5 个年级 146 名学生，3 个老师……"读着读着，徐本禹哭了。

　　读完这篇文章，他决定要用自己的方式帮助山洞里的孩子。徐本禹开始在学校为岩洞小学募捐，号召大家和他一起利用暑假时间到贵州支教，给孩子们带去一些希望。

在学校和同学们的支持下,2002年暑假,徐本禹带着募捐来的三大箱子衣服、一口袋书和500元钱,第一次和几个同学坐上了开往贵州的火车。

徐本禹第二次来到狗吊岩村,与他同来的还有7名志愿者。后来由于水土不服等种种原因,志愿者一个又一个离开了。8月1日这天,最后一个志愿者也坐上了返回武汉的长途车,车窗内外,去送行的徐本禹同他无语对视。"如果感觉真的坚持不下去,就回学校吧,要不,你在这里自己开伙做饭也行,你这样也坚持不下去的。"同学的一番话让他对自己有些担心。

徐本禹住在一间10多平方米的房子里,房间里很少见到阳光,这个小空间成了他学习的乐园——一张比较大的桌子上摆满了书籍,地上摆放着生活用品和好心人捐的物品,原本狭小的房间变得更加狭小。原来不吃辣椒的徐本禹到了这里之后,每天都要吃辣椒;而且这里的卫生条件很差,苍蝇到处乱飞,在吃饭的时候经常发现苍蝇在里面。"当地情况就是这样,刚开始很恶心。我对自己说,就当没看见罢了。饿的时候,一顿可以吃三碗玉米饭。只有吃饱了,身体才有保障,才能在这里支教下去。"

徐本禹在这里一周要上6天课,每天上课时间达8个小时。他自己负责五年级1个班,除了教语文、数学外,还要教英语、体育、音乐等。由于信息闭塞,学生不了解外面的任何东西。学生写一篇200多字的文章有20多个错别字是很正常的现象。"刚开始上课的时候,我问全班40名学生中有多少人听说过雷锋的名字,结果只有4个人知道;全班没有一个人听说过焦裕禄,只有一个学生听说过孔繁森。我心中有一种钻心的痛,我不知道这些孩子应该从什么地方教起。"

2004年4月,徐本禹回到母校华中农业大学作了一场报告。谁也没料到,他在台上讲的第一句话是:"我很孤独,很寂寞,内心十分痛苦,有几次在深夜醒来,泪水打湿了枕头,我坚持不住了……"本以为会听到激昂的豪言壮语的学生们惊呆了,沉默了。许多人的眼泪夺眶而出。

报告会后,他又返回了狗吊岩村,依然每天沿着那崎岖的山路,去给孩子们上课。

到需要帮助的地方去!

为了帮助贫困学生,他甘愿忍受孤独寂寞;为了支教,他毅然放弃了自己的美好前程。我们怎能不为他的精神所感动、为他的勇气所震撼呢?所以无论做什么事情,帮助他人应该成为选择的标准,义无反顾成为选择的力度。

没有人可以同时将双脚抵达南极和北极,只有懂得取舍的人,才可以将梦想走得更远。最终,我只选择了其中之一……

比尔·盖茨为什么成为世界首富

一家报纸举办一个有奖问答活动,问题只有一个:比尔·盖茨为什么成为世界首富?应征答案雪片般飞来,可谓千奇百怪。最后获得大奖的是一个刚刚大学毕业参加工作不久的年轻人。

年轻人的答案很简单:比尔·盖茨的成功是因为他没做很多事情。年轻人为他的答案给出这样的理由:"我的答案缘于我的一段经历。即将大学毕业时,因为我的学习成绩比较优异吧,很多公司都有意聘请我。其中有一家房地产公司给出的高薪让我不能不心动,毕竟我刚刚大学毕业,稳定而又富足的收入是我稳步生活和发展的必要;而一个朋友希望我能够和他共同创办一家软件开发公司的诱惑也让我非常向往,我在读大学时就梦想毕业后自己创业,以便可以更充分地发挥自己的想象力和创造力……我经过一番权衡和思考,最后做出一个决定,应聘到那家求贤若渴的房地产公司工作的同时,和朋友合力开办一家自己的软件公司。可当我兴奋地将自己的这个'一举两得'的决定说给老师时,老师却一脸严肃地告诉我:'以比尔·盖茨的实力,他可以买下纽约,可以去做房地产等等,但他始终专注在自己的操作系统和软件的研发,而不被市场中别的诱惑所吸引,所以,他才走到了所有人的前面。'老师的话让我明白了，没有人可以同时将双脚抵达南极和北极，只有懂得取舍的人，才可以将梦想走得更远。最终，我只选择了其中之一……"

不是每个人都可以成为比尔·盖茨，但每个人都可以拥有和比尔·盖茨一样的智慧：重要的不是做了什么，而是不做什么。

（澜　涛）

生活悟语

　　　分散自己的精力，一脚踏两船，最后只会船翻人沉。只有选择自己最喜欢的轮船，专心致志行驶，才会到达理想的彼岸。其实，舍弃生命中的枝枝叶叶，才会直上云霄，高人一筹。

　　美国一句谚语说得好："当一个人知道自己想要什么时，整个世界将为之让路。"

选择决定命运

英特尔公司前总裁格鲁夫说："人生最奢侈的事就是做你想做的事。"员工违心做事，有的是身不由己，更多的是可供的选择太多，不知道自己想做什么。英国心理学家萨盖做的实验证明：戴一块手表的人知道准确的时间，戴两块手表的人便不敢确定几点了。

美国洛杉矶加州大学经济学家韦奇观察到，即使一个人已有了主见，但如果有 10 个朋友的看法和他相反，他就很难不动摇。易趣公司 CEO 吴世雄对此深有体会："中国市场上的诱惑太多，机会太多，割舍最难。不是做什么，而是决定不做什么最难。"

公司的商业机会如此，员工的职业规划也如此，要选择员工所能达到的职场高度。拿亨利·福特来说吧，当年爱迪生公司许诺福特做主管，条件是福特要放弃内燃机车的研制，福特的选择很轻松："我早就知道我一定会选择汽车。"年轻的福特知道自己存在的价值,知道自己的路与众不同,他要做的就是汽车制造的先驱,而不是区区一个不知名的主管。如果福特当年选择做主管,很难说还有福特汽车公司,也难说美国是一个车轮上的国家。

再来看托马森·沃森,他被撵出公司时已经40岁了,而且拖家带口,但即使在那个时候,他选择职业也很严格。他先后拒绝了制造潜艇的电船公司和生产武器的雷明顿公司的邀请,他觉得这些红火的公司在二战后就没有什么前途了。道奇公司请他做总经理,但不能分红,沃森也没有接受。

如果沃森没有拒绝这些对别人来说十分诱人的职位,就没有了后来的IBM 公司。

教练法则:选择做什么工作,就是选择自己是什么人。有的员工半途而废,无所适从,没有成就感,都是因为不能解决这个根本问题而导致的。美国一句谚语说得好:"当一个人知道自己想要什么时,整个世界将为之让路。"

(吴仕逵)

生活悟语

抵挡不住利益的诱惑,三心二意地做出选择,一生只会碌碌无为。从事自己喜欢的事业,才会如鱼得水,开拓出自己的一片新大陆。有时候,选择直接决定我们成就的大小,决定我们一生的幸福和快乐。

143

不会选择,或者没有正确的选择,就不可能有成功的人生。

选　　择

"当年,我爹是土匪。"

在采访这个老革命时,他开门见山地对我说。

他的父亲在当地很有实力,也很有势力,拥有数百亩田,绵延的山林,几十条枪，还有 5 个儿子。

共产党的游击队来到他家乡的时候，最匮乏的是武器弹药，就将这个家庭的小少爷抓了去做人质，小少爷就是他。

他父亲最疼爱的小儿子突然失踪，整整一个月音信全无，急得不得了。终于接到游击队的口信，连忙将所需枪支如数奉上，但求赎回人质。

再说他，是在从县城学堂回家的轿子上被劫的。到了游击队扎营的那个山头上，发现都是些十七八岁和他一般大的小伙子，也不怎么为难他，只是不让他单独走，学习、练武、出操、喊口号，都带着他。他觉得蛮新鲜的，尤其学习的那些观念、理论，从未听过，十分好奇。

一个月后，游击队的长官对他说："你可以回家了。"他愣了一下："回家？我可不可以在山上再待些日子？"长官笑了："你爹把枪拿来了，我们该守信用，把你还给他呀。"

当然，结果你也料得到，他死活不肯下山，为了不下山，表现还特别的积极，就这样走上了革命道路。

这样戏剧性地走上革命道路，后来的事情你也料得到，他在各种运动中吃了不少苦头，甚至被诬陷成混进革命队伍的奸细，但他从未后悔过当初的选择，他的信念从未动摇。

接受采访时他说了一句很风趣的话："我本来就是革命的人质嘛！"

他的意思是不是说，当一个人选择了为某一目标奋斗终生时，当一个人终于找到他甘愿为之付出全部，包括生命的事业时，他就成了他的理想的人质，如果有一天他要赎回自己，就意味着放弃理想！

（莫小米）

生活悟语

人生就是不断选择的结果。不会选择，或者没有正确的选择，就不可能有成功的人生。任何一个人，他随时都会站在一个又一个十字路口。选择常常是和责任、信念连在一起的，我们要全力以赴，才能披荆斩棘勇往直前。

第七辑 珍惜，生活的加法

　　懂得珍惜的人不会挥金如土，不会忽略美好。从某个角度看，珍惜其实是给生活做加法。春雨淋湿了衣襟，那么请你珍惜雨中漫步的闲适与清寂；生活迫使挑灯夜战，那么请你珍惜夜晚的寂静与吹面不寒的凉风。

　　人生，是一部由一页页也许并不完美的生活画面装订成的线装书，懂得珍惜，懂得在生活中运用加法定律，那么即使你不能获得更多，但你也能拥有更多。

珍惜生命中的每一分钟,珍惜身边的每一个人,就能找到生命中最重要的东西。

隐士的回答

从前有位国王,他励精图治,想要改变日渐衰落的国力,经过思考他觉得有三个最重要的问题。这三个问题就是:第一,世界上最重要的时间是什么时候? 第二,世界上最重要的人是谁? 第三,世界上最重要的事情是什么?

国王把这三个问题提了出来,宣布谁能够给他满意的答案,谁就可以获得丰厚的奖赏。

于是,大臣和百姓纷纷献计献策。有的说,要想辨别最重要的时间,必须先列出一个表格;有的说,国家最重要的事是发展教育,培养科学家,尊师重教;有的说,对一个国家来说最重要的人物是领导。

国王对这些答案都不满意。这时他听说有一个隐士非常有智慧,于是亲自去请教他。国王化装成一个普通人,独自一人千里迢迢地找到这个隐士,向隐士请教这三个问题。

当时隐士正在地里忙得满头大汗,根本就没工夫理会他。国王并不恼怒,而是耐心地和隐士一起耕起地来。

夜幕降临了,国王请求在隐士家里住一晚,隐士同意了。

傍晚,一个受了重伤的人敲开隐士家的门,隐士给他开门后就回头进屋呼呼大睡。国王非常热心地替隐士接待了这名伤员,并且给他包扎伤口。

第二天早上,伤员告诉国王说:"坦白地说,我是你的敌人。我听说你要来拜访隐士,便埋伏在你回去的路上准备暗杀你,可是不幸被你的卫士发现了,我寡不敌众,受了重伤,才逃到此地。要不是你如此仁爱地救了我,我已经成为你的刀下之鬼了。你是一个好国王,我不会再与你为敌;相反,我决定为你效力,当你的卫士,你愿意吗? "

国王高兴地收下了这个曾经的"敌人",然后去辞别隐士,恳请他解答这三个问题,隐士说:"我已经回答你了。"

国王疑惑地问:"你回答了什么？我不明白。"

隐士笑着说:"最重要的时间是现在。你想一想,你来找我的时候,如果不立即帮我耕地,而是掉头就走,很可能被他在中途狙击;昨天晚上,你要是不热心地为他包扎伤口,你也会毫不设防地死于非命。你两次都把握住了最重要的时间,那就是现在,你说是吗？"

国王恍然大悟,继续问道:"那么,最重要的人怎么讲呢？"

隐士说:"最重要的人就是你身边的人。因为你和他们随时随地相互影响。"

隐士停顿了一下,意味深长地说:"至于世界上最重要的事情,那就是爱。没有了爱,前面的两个问题将毫无意义。"

生活悟语

也许,当我们拼命地寻找最珍贵的东西时,它们却正在悄悄地流失。其实,珍贵的东西不是在将来的寻找路上,而是珍惜现在所拥有的。我们只要珍惜生命中的每一分钟,珍惜身边的每一个人,就能找到生命中最重要的东西。

147

人和人之间竟有着千差万别,但是我们都有一样共同的东西,我们都需要爱。

珍 惜 拥 有

很久以前,有一个女孩儿,住在一个偏僻的乡村里。村子里只有几匹马,几朵花,一些村民。孩提时她就一直等啊等啊,等着自己长大了,真正可以离开村子,去看看外面的世界。她知道在她心里,有比马匹、花朵、村里的人们更重要的生活。她一直在攒着钱,一个子儿一个子儿地攒着,终于有一天,她有了足够的钱可以去外面的世界看看。

所有的村民都聚在村口送她。村长为她祈祷，希望她能平安健康地返回。

女孩踏上了一块陌生的土地，惊奇地发现了许许多多从未见过的新鲜玩意儿。这里有那么多新奇的动物和食物，有那么多陌生的声音和脸庞，让她应接不暇。她漫步在路上，想尽可能多地弄懂并记住她所看到的一切。

一天她路过一个马厩，马厩的主人正在给马洗澡，那真是女孩见过的最好的马。她停了下来。

"午安。"她说。

"午安。"马厩主人答道。

"你的马真是漂亮极了。"

"谢谢。你不是本地人，对吗？"

"是的。"

"你的家乡有良驹吗？"

"我曾经一直认为我们的马是世界上最好的，但是现在，我认为你的马更好。"

"养马可不是一件容易的差使，"马厩主人说，"过来，我领你看看这儿。"

他领着女孩参观马厩，让她看了自己养的各种品种和毛色的马。马的品种和毛色十分繁多，女孩确实吃了一惊。

"我从来不知道会有这么多不同种类的马。"

"这只是它们的外表。每一匹马的内心都不一样，你需要知道怎样阅读它们。"马厩主人说，"它们的内心藏在眼睛里。"

女孩深深地望着许许多多马的眼睛，发现马的内心真的比外表的差别还大。她从马厩主人那里学到了很多关于马的知识，对他表示感谢后，离开了。

当她回到村里，所做的第一件事就是去看马。她曾认为这些马是最好的，但从来没真正驻足留意，因为她每天都能看见它们。她深深地望着马的眼睛。这些马伴她一起长大，它们认得她。女孩第一次看见它们的内心，她笑了。

村民们围了过来，好奇地看着她。村长问她途中学到了什么。

她告诉他们："我学会了怎样阅读马匹。"

村民们互相看看，耸了耸肩。

"我们有最好最好的马。"女孩说。

她在马厩里找了份工作，训练喂养马匹。她一个子儿一个子儿地攒着钱，为她下一次的旅行。

当她攒够了钱，准备出发时，所有的村民都聚在村口送她。村长为她祈祷，希望她能平安健康地返回。

女孩踏上了第二块陌生的土地，惊奇地发现了许许多多从未见过的新鲜玩意儿。这里仍旧有那么多新奇的动物和食物，有陌生的声音和脸庞让她应接不暇，但与第一次相比已经少得多了。她漫步在路上，想尽可能多地弄懂并记住她所看到的一切。

一天她路过一个花园，花园里满是她闻过的最芬芳的花儿。她停了下来。

"午安。"她说。

"午安。"花匠答道。

"这真是最香的花。"

"谢谢。"花匠说，"你从哪儿来？"

"我来自一个遥远的国家，在一个遥远的小乡村。"

"你们那儿有花吗？"

"有的，但您的花闻起来更芳香。"

"这不是花的问题，"花匠倚着锄头，慢慢地说，"这取决于你怎样闻它。过来。"

女孩跟在花匠后面，看见了那么多的花，她甚至不敢相信那些花都是真的。

"你需要这样闻它。张开嘴巴，这样。"

花匠弯下身子，脸浸在花朵中，微微张开嘴巴，深深地呼吸。女孩照着花匠的样子做了。她嗅到了她能想象得到的最醇美的芳香。她走在花园里，迷失在各种香气里，每一种都有它独特的味道。

她从花匠那里学到了很多关于花儿的东西，对他表示了感谢，离开了。

当她回到村里，所做的第一件事就是去闻花。她曾认为这些花是最香的，但从来没真正驻足留意，因为她每天都能闻见它们的香气。她弯下身子，脸浸在花朵中，微微张开嘴巴，深深地呼吸。花闻起来比她记忆中的味道香了不少，由于这是她熟悉的味道，所以似乎这种味道比花匠那里所有的花香更美好。

村民们围了过来。村长问她学到了什么。

"我学会了怎样闻花香。"她说。

村民们互相看看，耸了耸肩。

"我们有最好最好的花儿。"女孩说。

她开始在花园里工作，种花锄草。她一个子儿一个子儿地攒着钱，为她又一次的旅行。

听到女孩要再次离去的消息，村民们很悲伤。他们失去了信心和希望。"她不会是我们中的一员的。"他们说。她永远不会安定下来，生儿育女，在这样的小村子里,享受快乐的生活,因为她见过了那么多,做过了那么多。所有的村民都聚在村口送她。

村长为她祈祷,希望她能平安健康地返回。

女孩踏上了第三块陌生的土地,看见了许多从前见过的东西,虽然还是有些新鲜玩意儿。她享受着经历新事物的快感:新奇的动物和食物,陌生的声音和脸庞,但渐渐发现它们和从前见过的也没有什么大的区别。她漫步在路上,发现她已经弄懂并记住了这一切。

一天她坐在路旁休息。她累了,一坐就是几个小时,看着眼前人们来来往往。一位老人在她旁边坐下。

"你不是本地人,对吗?"

"是的,"女孩说,"我来自一个遥远的国家,在另一个偏远的乡村。"

"那么你在这儿做什么呢?"

老人的眼睛清澈慈祥。

"我……"她欲言又止,"我不知道。"

老人叹了口气。

"这里的人拥有那么多好东西,您认为他们会为此而感到幸福吗?"女孩问道。

"因为东西幸福?不,不。"老人摆摆手,"只有人才会使人幸福。你只需要知道怎样爱他人。人不是物品,人会思考,会感觉。你要告诉他们你爱他们。你要表达出来。你要说赞美的词语,你要喜欢他们,你要懂得欣赏人们原本的样子。你不能期望他们会为你做事,给予你更多。不过最重要的,你要让他们也爱你。我们真是有趣的生物,人和人之间竟有着千差万别,但是我们都有一样共同的东西,我们都需要爱。"老人盯着街上出神,沉思了好一阵儿。"这就是你需要知道的。"

女孩点了点头。

"我从您这里学了很多,谢谢您。"

"找到爱你的人。"他说。

女孩回到了村里。村民们聚在村口,欢迎她。他们望着她,对着她笑。她第一次注意到他们的脸是多么友好和善良。她每天都能看见他们,但她从未真正留心过。她看到,他们是那样地爱她。

村长问她学到了什么。

"我学会了如何爱人。"她说着,幸福的泪水在眼中闪烁。

村民们点点头。

"这里有最好最好的人。"

村长走向女孩，用胳膊抱住她。

"你是否看见了所有你想见到的？"

女孩点点头。她深深地吸了一口气，挽起袖子。她得成个家，拥有自己的儿女了。

她想要教给他们许多许多。

（赵　南/译）

生活悟语

当旅途劳累，在外面漂泊困倦时，我们才终于明白：幸福的生活其实不是在别处，而恰恰是在我们身边。只要我们对周围的一切事物充满爱，用心欣赏，用心体会，芬芳的气息总是在我们的身边围绕。

珍惜和进取并不矛盾啊。因为珍惜，所以进取；进取是更好的珍惜，进取可量可质，重在拥有了一种好的心态。

151

因为懂得，所以珍惜

哈佛大学曾做过一个有趣的心理调查。调查很简单，只是几个电话测试而已。调查人员给调查的对象打了个电话，问道："你现在在干吗？""上班。""上班感觉怎样？""没劲儿极了，枯燥乏味。""那你希望干点儿什么？""还等两个小时下班就好了，我可以和同事一起去酒吧。"

两个小时后，调查人员又打了他的电话。"你现在在干吗？""和同事在酒吧。""感觉该好些了吧。""还是没劲儿，都是些无聊的话题，我正打算去找女朋友。"

过了一小时，调查人员再次拨通了他的电话。"和女朋友在一起快乐吗？""别说了，烦死啦。说话时，有个女同事打来电话，询问工作上的事情，女朋友硬是要我交代是不是有外遇了。你说这哪能不烦?得了,我还是回家休息吧。"

到了晚上,调查人员的电话刚拨通,这个被调查者就先开口了:"别问了,很没劲儿,杂志翻完了,影碟看完了,有点儿寂寞。""那你想怎样?""还是上班好,明天工作努力点儿,好让薪水多增加点儿。"

这是去年春天,我刚进一家著名外资食品企业做推销员时,企业培训师讲的一个案例。

培训师语重心长地说:"仁者见仁,智者见智。这个故事很简单,但是能悟出一些东西。谁悟得越多越深,谁就有可能干得更好。竞争很残酷,大家好好干吧。"

那次公司招聘的推销员有上百名,两个月后,有三分之二的人被淘汰。学历最低的我,却留下来了。我留下来还真得益于这个故事。

一开始促销真叫艰难,从早忙到晚也没搞定一份订单,有时真想不干了。这时我想到了那个职员不论干什么事情都觉得"没劲儿",那么要说艰难,其他工作也艰难。何况这个工作还是我好不容易通过层层考试面试争取来的。我对自己说,信念很重要。

咬咬牙坚持住,困难很快就过去,我最终通过了试用期。因为刻苦、诚信,我的客户越来越多。半年后,我当了销售主管,管理 15 个销售人员。事情杂了,矛盾也多了,心情也容易急躁了。但是我立马又想到那个心理测试,何不心平气和地生活?每一份工作其实都有它的乐趣,应该珍惜"现在"。

一年以后,就是现在,我有了自己的公司,代理几个食品品牌。跳槽时很多人都反对,干到销售经理很不容易的,要珍惜啊。但是,珍惜和进取并不矛盾啊。因为珍惜,所以进取;进取是更好的珍惜,进取可量可质,重在拥有了一种好的心态。那个被调查的职员最后不是说了一句"还是上班好,明天工作努力点儿,好让薪水多增加点儿"吗?其实这句话的后面还可以得到无数的暗示引申,"薪水多增加点儿,生活现状得到改善点儿,生活质量提高点儿,女友自然会爱我多一点儿,于是心情自然会 happy 点儿……"每个人都渴望进取,但并不是每一个人都学会了调整心态的真正进取。

有了自己的公司,有了自己的员工。我也给新招聘的他们说了那个心理测试,真的希望他们悟出的比我还要多还要深。

(布丁一)

珍惜不是一成不变的,懂得在生活中运用加法,加快发展,继续壮大,珍惜之树才会常青。没有营养的输送,没有雨露的补给,美好的东西只会在我们手中慢慢枯萎。

原来,生命中的种种至爱,在我心中的分量远远超过了我的想象。我的家人,我的事业,我的快乐的心情,对于我都是那么的重要!

痛苦的游戏

一次朋友聚会时,有一位正在某个心理咨询培训班学习的朋友提出要和我们大家玩一个游戏。他发给在座的每人一张纸片,请大家在上面写下五件他认为最珍贵的东西:比如生命、爱情、朋友等。最后他请大家一定要以认真的态度对待它。

我认真地考虑了一下,在自己的纸片上写下了:丈夫、女儿、快乐、满足感和父母。然后这位朋友请大家考虑放弃其中的一个。我轻轻地划去了"满足感"。我在这里写下的"满足感",其实是"事业有成"的代名词。从小所受的教育告诉我:碌碌无为是悲哀的。所以尽管只是一个中学教员,我还是希望能从小事做起,在平凡的工作中做出一番成绩来。然而,工作上的"满足感",并不是我生活的全部,就算工作上表现平平,我至少还拥有我的家人和快乐,他们于我何等重要,尽管在这样地宽慰着自己,心里隐隐约约地还是有些郁闷。毕竟我不是一个甘于平凡的人。我开始觉得这是一个不太好玩的游戏。

接下来朋友请大家在剩下的四件中放弃两件。我一下子懵了:放弃哪一个好像都是不可能的。我请求说游戏可不可以就此结束了?朋友说那哪行?哪里有半途而废的道理?忍痛割爱吧。真的,我的心里好痛苦,好矛盾。我以一种歉疚、负罪的心情划去了"父母"和"快乐"。亲爱的爸妈,如果你们能够看到这篇文章,就请你们原谅女儿吧,毕竟你们不可避免地要先我们而去。而"快乐",我一直都在争取拥有和保持的一种心情,没有了它,我的生活会不会呈现晦暗?

然而,这游戏还没有结束!朋友请大家在最后的两件中划去一件,保留最后一件。这真是太残忍了!我的丈夫和女儿,我怎么可能舍弃他们中的任何一个!我的丈夫,我生命中最亲密的伴侣,在我迷惘时为我指点迷津,在我失意时为我排忧解难,我的生命中不能没有他!而我的9个月大的小女儿,集聚了我所有的希望的小精灵,她的傻乎乎的笑脸,她的无所顾忌的大哭,都是那样深切地牵扯着我的心。我的生命中也不能没有她!如果要选择舍弃他们的哪一个,就让我先舍弃自己吧。

游戏结束了。朋友从心理学的角度讲述着这个游戏的现实意义,而我的头脑里一片空白,我陷在一种复杂的心情中:原来,生命中的种种至爱,在我心中的分量远远超过了我的想象。我的家人,我的事业,我的快乐的心情,对于我都是那么的重要!以至于尽管只是一个个假想的"放弃",仍然让我感觉痛苦和沉重。

一个游戏参加者在喃喃自语:什么呀!真是个无聊的游戏。我看了他一眼:不,朋友!这是我所参加的最有意义的游戏。让我们更诚挚地去爱,去珍惜吧,在我们还拥有着的时候!

(罗小俊)

生活悟语

日常生活中,事业、心情、家人……都是我们生命中重要的东西,拥有就是幸福的。要想把幸福留住,就要好好珍惜。不要等到失去时,留下痛苦空追忆。

珍惜,生活的加法

他一直保存着那三根树枝,终身学习三根树枝的精神,再也没有被挫折压垮过。

做一根懂得珍惜的树枝

一个年轻人遭受了极大的挫折想自杀。入夜后,他极度悲伤地带了根绳子,独自一人来到树林里爬上树想上吊。当他把绳子绑在树枝上后,树枝说话了:"亲爱的年轻人,别在我身上吊死吧!有一对小鸟此时正在我的枝头筑巢呢!我有责任保护它们。如果你在我身上上吊,我就会折断,鸟巢也保不住了,请你原谅我,并且可怜可怜那对小鸟吧!"

年轻人听了,体谅了它的爱心,就放弃了这根树枝,爬上了更高的另一根树枝。可是当他把绳子绑上去时,这根树枝也说话了:"年轻人,请你谅解我吧!春天就要到了,不久以后我就要开花,成群的蜜蜂会飞来嬉戏、采蜜,这会带给我极大的快乐。如果你在我身上上吊,我就会被折断到地上,花蕾也会被摧残而死,那样蜜蜂们会非常失望!"

年轻人听了,只好默默地攀上了第三根树枝。"原谅我吧!"他还没绑绳子呢,树枝就开口了:"年轻的朋友啊!我自己正远远地伸到路上,目的就是想让疲惫的旅行者在我的底下得到一些阴凉,这带给我很大的快乐。如果你吊死在我身上,会使我折断,以后,我再也不可能享有这种喜悦了!"

这时,年轻的上吊者沉思了一会儿,他问自己:"我为什么要自杀,只因为我承受痛苦吗?难道我就不能学学这些树枝,用我的生命去帮助别人,为别人服务吗?"一念之间,他把焦点由自己身上转向了无数他所认识的需要帮助的人身上……他从三根对他说话的树枝上各折了一小段细枝,爬下了树,快快乐乐地离开了。

他一直保存着那三根树枝,终身学习三根树枝的精神,再也没有被挫折压垮过。

这则寓言的含义很清楚:人不能只在意自己。只在意自己受了什么伤害、委屈,承受了多少重担、压力,结果只能愈来愈缺乏活力,愈来愈萎靡不振。将目光从自己身上移开,就像那三根树枝一样,多注意别人的需求,以帮助别人、使别人得到益处为志向,摆脱绝望的纠缠——如此,眼界将会逐渐开阔,生活自然日益丰富,生命也将日益蓬勃。记住,只有珍惜身边的一切,才能拥有真正的幸福和快乐。

生活悟语

人的一生之中,不要总是想着自己,而要多关心别人。专注自己的利益,只会被名利的缰绳束缚手脚,越发感到生命的空虚;多为别人谋利,才会更加珍惜生命的宝贵,体验人生的价值。其实,把目光投得远些,眼界才会开阔,生命才会丰富多彩。

对于生活在城市里的小皇帝,应该进行一些艰苦教育,使他们知道付出辛勤的劳动才会有所收获。

懂得珍惜才能真正获益

美国的天堂动物园里,新去了一个喂河马的饲养员。老饲养员告诉他,不要喂河马过多的食物,不要怕它饿着,以免它长不大。新去的饲养员听了这话,十分纳闷儿。心想,世上怎么会有这种道理,为了让动物长大,而不要喂过多的食物。他没听老饲养员的话,拼命地喂他的那只河马。在他喂养的河马身边,到处都是食物。

但两个月后,他终于发现,他养的这只河马真的没有长多大;而老饲养员不怎么喂的那一只却长得飞快。他以为是两只河马自身的素质有差别。老饲养员不说什么,跟他换着喂。不久,老饲养员的那只河马又超过了他喂的河马。他大惑不解。

老饲养员这时才一语道破天机:你喂的那只河马是太不缺食物,反而拿食物不当回事,根本不好好吃食,自然长不大。我的这一只,总是在食物缺乏中过生活，因此，它十分懂得珍惜，是珍惜使它有所获得，有了健壮。

无独有偶。在日本的一家动物园里，一个常年喂养猴子的人不是将食物好好地摆在那儿，而是费尽心思将食物放在一个树洞里，猴子很难吃到。正因为吃不到，猴子反而想尽了办法要去吃，猴子整天为吃而琢磨，后来终于学会了用树枝努力地去够，把东西从树洞里够出来。

别人都很奇怪，指责养猴子的人，说他不该如此喂养猴子。养猴子的人却说，这种食物是很没有胃口的。平时，你把这种食物摆在猴子跟前，它连看都懒得看，更别说吃了。你只有用这种办法去喂它，让它很费劲地够着吃，它才会去吃。你越是让它够不着，它越会努力去够。正因为猴子们很难得到它，在得到它时，才会珍惜。

生活悟语

越难得到的，就越会珍惜；越容易得到的，反而不会爱护。所以对于生活在城市里的小皇帝，应该进行一些艰苦教育，使他们知道付出辛勤的劳动才会有所收获。珍惜劳动成果，才会努力去争取、去创造。

如果有一天，你的父母离开了你，你是否愿意他们带着愧疚和遗憾来到这里？

终 极 追 问

那一天，妻子过生日，向来不会做饭的丈夫决定给妻子炒一个菜。菜炒到一半的时候，3岁的儿子跑过来捣乱，妻子赶紧追上去抱孩子，孩子拼命挣扎，大家都手忙脚乱，结果把锅从煤油炉上碰下来，孩子的下巴上溅了一些滚烫的油，落下一个触目惊心的伤疤。

若干年后，孩子上了小学和中学，在学校里常常受到其他同伴的嘲笑；再后来，孩子上了大学，追了很多女朋友，人家都嫌他脸上有一个伤疤。这让他心里很不是滋味。接着,孩子大学毕业了,但一直没有找到工作。他的专业是英语,可是与外国人打交道,形象很重要,他无法埋怨接收单位,于是把责任追到父母身上。如果父母当年精心一些,哪里有自己后来遭遇的这一连串不公平待遇。他越想越生气,甚至不愿意再见到自己的父母。大学毕业后的两年时间里,他都不回家,连电话也不肯打,就那么一个人在外面孤独地漂泊着。

其实,父亲比他更难过。几次与儿子联系也没有结果,只好去求助一位心理医生。

心理医生听父亲介绍了情况后,决定帮这位父亲一个忙。他费了很大的劲,才找到那个小伙子。医生说:"这个世界上,没有一个父母会有意去伤害自己的孩子,事出偶然,儿子应该理解他们……"但是,一个下午的时间,小伙子始终听不进医生的话。两个人边走边聊,来到郊外一个墓地。

抬头望去,满眼都是郁郁葱葱的松柏,一阵风吹过,刷刷地,让人感到浑身从外往里发冷。一个又一个坟茔,呆呆地站立着,更增添了一丝肃穆和悲凉,静得可怕。医生忽然想到了什么,他问小伙子:"你真的不能原谅你的父母吗?"小伙子点点头。医生说:"如果有一天,你的父母离开了你,你是否愿意他们带着愧疚和遗憾来到这里?"小伙子愣了一下。医生接着说:"即使那时你原谅了父母,那么,那时的原谅还有什么意义呢?"

当面临终极追问的时候,所有恩恩怨怨都豁然而解了。泪水盈满了小伙子的双眼。他疯狂地跑回宿舍,拨通了家里的电话号码……我的同龄上司,今天给我讲起他自己的这个故事,依然是情绪难平:"我庆幸,在我的亲人还健在的时候,自己学会了珍惜。"

(王国华)

生活悟语

不要让仇恨模糊我们的双眼,不要让怨气覆盖我们的良心,珍惜友情、爱情、亲情,恨意才会在爱意中消失得无影无踪。同样,珍惜相聚的时光,别离才不会变得漫长。

珍惜，生活的加法

是苦是甜，是成是败，大多时候只在自己的转念之间。

做最美的梦

洛阳达明电脑城的女老板王辉，今年才 40 岁出头，身价就已经过亿。但很少有人知道这样一个事业有成的女人，在 28 岁时患过严重的抑郁症，几次有过自杀的念头。

王辉的妈妈是一个明智刚强的女人，在王辉患病期间，百般劝慰女儿，带女儿去过很多大医院，但都没能治好。最后，她劝女儿去找一位很有名气的心理医生去试试。王辉认为心理医生也治不了她的病。可是母亲再三苦劝，她拗不过，勉强答应。她想自杀，就把自杀的理由写了下来，主要有五条：她生得不够美丽；她读了研究生竟找不到可心的工作；她失恋了；她的理想都破灭了；她的抑郁症必须用针灸配合治疗，她从小就最怕扎针。她拿着写好的理由去见那个心理医生，不指望有救，而是看心理医生怎么应对这五个很具体的尖锐问题。

医生看过之后笑着说："你有这么多自杀的理由，但现在你还好好地活着，说明你心里面有一个阻止你自杀的更大的理由，说给我听听吧。"她一惊，这位心理医生居然看得这么透，一下子看穿了她的心思。她终于道出了隐情，她坚持活着只是为了她的妈妈，妈妈是退休教师，苦了一生，爸爸在她上小学时就去世了，妈妈供她上了二十多年学，还没享她一天福。

医生问："你做过的最美的梦是什么？"

她想了一会儿说："小时候好像有过，但记不清了……这么多年从没做过什么美梦，都是苦苦挣扎寻寻觅觅的噩梦……"

医生说："你的病我大致了解了，其实不难治，不用担心，你一个月后来拿处方吧。"

王辉虽然将信将疑，但这一个月，处方成了王辉的美梦，她天天盼着处方,像抓到了一根救命稻草,她停止吃药和扎针,病好像减轻了不少,失眠的情况也少了,常常梦见一张处方花蝴蝶似的飘呀飘,她笑着喊着追呀追,就和童年时快乐的梦一样。

一个月后的一天,王辉很早就来找医生拿处方。医生递给了她四张纸,说这就是你的处方。她伸手接过来,发现是四份问卷的答卷,还打了分数,都是满分。题目是:最美的梦是什么?四张答卷分别答了四句话:梦见我看见了妈妈,梦见我听到了小鸟的歌唱,梦见我和人赛跑,梦见我两手捧着鲜花。

她不明白。

医生带她去见回答这四份问卷的人。这四个人都是洛阳残联的名人:一个从小双目失明,一个是聋子,一个下肢瘫痪,一个生下来就没有两只手。可这四个人都很快乐:第一个人在盲人大学工作,第二个人正在办个人画展,第三个人早已是闻名的歌手,第四个人是书法大师——用双脚!

她被深深地震撼了,开始深思。

医生又给了她一张答卷,还是那道题,所答是——我最美的梦:梦见我童年时的女儿了。答卷的字迹她很熟悉,不是别人的,正是她的妈妈。

王辉的泪怎么也止不住了。她想妈妈为自己付出了那么多,能让妈妈快乐是不难做到的,自己多笑多说话就行了。笑多了说多了也就忘了许多烦恼事,她的病也就一天一天地好了起来。她出来打工了,和一群乡下打工妹在一个车间做手工包装,一个月 600 元。当初,她研究生毕业后有单位给她每月2000 元她都不干,嫌掉价,现在,她发现 600 元的活儿她还要认真地学才能干好。老板终于在车间里发现了她的与众不同,很快调她到了文员办公室。她在文员这个岗位上工作得非常出色,但总觉得离梦想挺远。不久,她辞了职,做起了电脑生意,开办了电脑城,她大学所学的计算机知识真正派上了用场。数年过去,她现在已是名震洛阳的大财女,远大理想和最美的梦终于实现了。

人生是苦是甜,是成是败,大多时候只在自己的转念之间。坚持美梦可以成真,抱定噩梦也能成真,何不多做美梦?而人每一天都可以做最美的梦——能看见妈妈,能听到鸟儿歌唱,能和人赛跑,能两手捧满鲜花,能永葆童心从而珍惜所有,感恩所得,这就足够美梦一生了。

(曾艳方)

人生的每一次经历，都是生命中不可多得的体验。工作着，生活着，总有美好的事情向我们走来。只有我们懂得感恩和珍惜，才会创造出美好的日子。生命的真谛就在于感恩生活，珍惜现在。随着时间的流逝，常常保持这种心境，你就会拥有快乐的人生。

人生好比一个旅程，从拥有生命的那一刻起，我们就驮上了一种叫生存的使命。

珍惜自己

有一个小沙弥，不知是受不了梵宫的寂寞、寺院的冷清，还是六根未净、心有旁骛，他患了一种严重的抑郁症，甚至有了轻生的念头。

这一天，他独自一人走上了寺院后面的一个悬崖险峰，就在他紧闭双眼，准备纵身跳下时，一只大手按住了他的肩膀。他转身一看，原来是老方丈。小沙弥的眼泪马上就流出来了，他告诉方丈，他已经万念俱灰，真的"看破红尘，四大皆空"，什么牵挂都没有了，只想一死了之。

老方丈异常关切地说："你这是误导你自己，你拥有的东西还有很多很多，你先看看你手背上有什么。"

小沙弥抬手看了看，呐呐地说："没什么呀？"

"那不满是眼泪吗？"老方丈语气沉重地说。

小沙弥眨巴眨巴眼睛，又是串串热泪。

老方丈又说："再看看你的手心。"

小沙弥又摊开双手，看自己的手心。看了一阵，不无疑惑地说："没什么呀！"

老方丈呵呵一笑说："那不满是阳光吗？"

小沙弥愣怔了一下,脸上也泛起丝丝的笑容。

老方丈又循循善诱地说:"你再抬头看看。"

这回小沙弥开窍了,没等方丈开导,就心悦诚服地说:"还有蓝天,我还有蓝天!"

老方丈舒心地叹了口气,对小沙弥说:"其实,你除了眼泪、阳光和蓝天,还有一颗勇敢顽强的心、健康的身体……"

事实上,我们每个人的存在都是一个伟大的奇迹。虽然每个人的生命——下里巴人或唐宗宋祖,都只不过是宇宙大气中之微微一息,但我们每个人都是亿万年来亿万个生命演化的结果,像星星一样拥有闪耀的希望,都可以用自己的双手和智慧创造幸福,为世界留下最美最亮的烙印。

你曾经注意过蚂蚁搬家的情景吗?一只小小的蚂蚁,凭着一份自信、一份执著,用它细如游丝的臂膀,在地下挖掘一大堆泥土,而后千万次一粒一粒地把它们搬到巢外的空地上去。作为同样的一个生命,你不能不为它锲而不舍的精神由衷地感叹:虽然它一无所有,甚至渺小得足以被一阵风吹得无影无踪,可它却深深地懂得,既然世界有了自己,就该好好珍惜这个"自己",让它有滋有味地生活下去。

人生好比一个旅程,从拥有生命的那一刻起,我们就驶上了一种叫生存的使命。也许父母在给我们生命的时候,并没有给我们别的什么;也许生活并不像我们期望的那样没有暴雨雷电,只有芳草斜阳。但是只要一息尚存,生命就该奋斗不止。不是每一道江河都能流入大海,但不流动的一定会成为死湖;不是每一粒种子都能长成参天大树,但不生长的种子一定会成为空壳。

(游宇明)

生活悟语

短暂人生,百般滋味,余味绵长。人生的辛劳中包含着许多痛苦,只因为这样,才有闪亮的年华、光辉的业绩。善待生命,珍惜自己,享受人生的成功与失败、欢乐与痛苦,这是人生中最闪亮的经历,是永恒的回忆。

第八辑 生活中的金钱哲学

　　父母应该教会孩子关于金钱的哲学，对金钱没有概念的孩子不会关心家里的经济状况，只关心能从父母那得到多少零花钱。这样就会使孩子变得自私，把自己的幸福建立在金钱的基础上。

　　孩子也应该掌握生活中的金钱哲学，应该懂得什么是你需要的，应该懂得你将来是为什么而工作的，应该懂得什么是金钱买不到的……有了正确的金钱哲学你才不会在金钱的世界里迷路。

我看着她开心的样子，点点头说：“当然，现在是知本时代，知识就是资本，就是最大的财富。”

教女儿学赚钱

为了让女儿学会理财，我给她开了一个个人账户，把一年的零用钱、买衣物的钱以及旅游费，存在个人账户里，让她自己管理，支配。我的本意是想让她有计划地用钱，别大手大脚，随心所欲。没想到适得其反。她以前就想买MP3，理由是上学、放学乘公共汽车太无聊，还说班里同学大都有。我没同意，现在有了个人账户，又动起买MP3的念头。因为用她自己的钱，我不能横加反对，只能劝说诱导。但这一次，她说什么也不听我的，执意取了1000元钱，圆了她的MP3梦。

看着她一边听MP3，一边摇头晃脑、乐在其中的样子，我给她泼冷水：我说这1000元缺口怎么办？她满不在乎地说：“从零用钱里省。以后上学不买冰红茶了，从家里带水。”我心想：如果MP3真有这么大魅力，那这笔钱花的还是很值得的。可惜，她只带了3天水，就反悔了，把矿泉水瓶扔到一边，继续买冰红茶喝。

日子一天天过去，这1000元缺口仍无从着落，女儿开始耍赖，想让我给她填补“赤字”。我一口回绝了。她生气地噘着嘴，问我：“你是我亲妈吗？”我告诉她，正因为是亲妈，所以不能“心太软”，我要对你的未来负责。她见此计不成，索性认输。说攒钱太难了，不攒了。干脆，她今年不去苏杭了，从那2000元旅游经费中拿出1000元顶MP3，剩下1000元买电子词典。

我一听，心里连连叫苦，本来设立个人账户是为了控制她花钱，现在倒好，不到3个月，钱已花去一半，眼看暑假将至，早已计划好苏杭之行，莫非把她一个人扔在家里，我自己去不成？

我这边愁眉不展，女儿那头也心事重重。她忽然想起什么，问：“妈妈，我可不可以贷款啊？”

"你要贷款? 干什么?"我吓了一跳,不知她又要买什么。

"去游苏杭啊! 其实我特别想去看苏州园林,还有杭州断桥。"

我一听,心里十分不是滋味,真想立刻答应下来,不用贷款、攒钱,妈妈带你去好了。但转而一想,好不容易制定的计划,不能半途而废。于是,心一横,摇摇头说:"不行,贷款需要抵押,你拿什么抵押呢? 再说,哪有只贷 2000 元的?"

女儿一听,满脸失望,耸了下肩膀:"那怎么办? 你帮我想想办法吧。"

"你既不能贷款,又不想攒钱,那就只有一个办法——赚钱。"

"你是说打工? 可我才 15 岁,谁敢用我? 这不是非法雇佣童工吗?"女儿睁大眼睛,充满疑惑地看着我。

"谁说让你去打工啦? 再说那也赚不了几个钱。你可以像妈妈一样,写文章赚稿费呀!"

我早就发现女儿有写作天赋,读小学时就有两篇作文被老师推荐到杂志发表,她曾一度雄心勃勃,想当韩寒、郭敬明,但后来又喜欢上漫画,把写作的事丢一边去了。现在经我提醒,她又来了劲头,加上赚钱心切,路上就和我商量写什么。回到家,饭也顾不上吃,一头扎到电脑前,一鼓作气写了 3000 字。写完让我看,虽然文笔有些稚嫩,不够简练,但改一改还是可以用。

在我的指导下,女儿把文章改好,投给一家杂志,很快就采用了。收到样刊时,她捧着杂志一溜烟儿跑进自己房间,关上门给同学们打电话炫耀。一个月后,杂志社寄来 600 元稿酬,女儿简直欣喜若狂,冲着汇款单来了个 Kiss,搂着我激动地说:"妈妈,我现在知道为什么学习了,原来知识可以赚钱啊!"

我看着她开心的样子,点点头说:"当然,现在是知本时代,知识就是资本,就是最大的财富。"

(林 夕)

生活悟语

省钱是理财的一种方式,而赚钱更是理财的有效方法。其实知识就是财富的源泉,如果懂得运用自己的知识,学以致用,就能将知识转化成财富。

165

> 詹森说:"经过这些事,我终于明白了,金钱只认得金钱,它不会认得人。以前我失败的原因是,我总认为金钱是认得我的。"

金钱只认得金钱

美国著名的《财富》期刊曾经在封面上登过一位年仅 19 岁的年轻人的照片。

他叫詹森·斯维斯彭,一位网站拥有者。他因为在投资家的资助下推出一个名叫"心想事成"的网站而一举成名,在短短数个月内,网页的访问量达到了 900 万人次。

这在美国是绝无仅有的,有人惊叹:"难道他是下一个比尔·盖茨吗?"

詹森在网站上收益了上亿美元的资金,成为美国的一位网络新贵。

他陷入巨大的成功中,认为自己有非凡的能力,也能办到一切事情。在当时许多人认为这绝不是狂言,因为他的年龄和成就甚至超过了当年的比尔·盖茨。有不少预言家也断定他必然会累积巨大的财富,成为类似于比尔·盖茨那样的影响全球的人物。

不久,美国许多金融机构主动向他提供贷款,给予巨大的财力支持,他的公司很快上市。财富的累积量像雪球一样越滚越大,从原来的 1 亿多美元扩增到 26 亿美元。

这简直就是一个财富神话。

他成了美女、媒体追逐的对象,他和世界级的超级模特拍拖约会,和大量的媒体接触,甚至准备拍一部反映他的创业史的电影。他的生活也极尽奢华,他一共花去了 3.24 亿美元。

不久,美国股市风云突变,詹森公司的股票从原来的每股 168 美元狂跌到 2 美元,公司被宣布破产。

仅仅两年后,他变成了一个身无分文的普通人。那些曾经与他热恋的模特和像苍蝇一样追逐他的电影公司全都不见了。

詹森现正在四处筹款准备东山再起,但他发现,原来借钱竟然如此困难。没有一家公司和金融机构愿意借钱给他,这让人觉得不可思议。

最后,他从他的叔叔那里借到了钱,他又注册了一个网站,但风光不再。

詹森说:"经过这些事,我终于明白了,金钱只认得金钱,它不会认得人。以前我失败的原因是,我总认为金钱是认得我的。"

有媒体评价说,这位 20 岁的年轻人,以后可以成为一位哲学家。

生活悟语

有时候,世界就是那么残酷,人们只认得金钱,不会记住落魄时的人,所以无论怎样富有,我们都要勤俭节约,居安思危。金钱和财富本身是无辜的,关键是人面对它们时的态度是否正确。

他找了一个偏僻的地方,将金子埋进了深深的地下,他不想让这金子再迷惑他人。

牧童捡到金子

在一片峡谷里,住着一个牧童和他的妈妈。为了维持生计,牧童每天都要上山砍柴、放羊,日子很是艰苦。牧童真希望自己能得到一块金子,哪怕是很小的一块。

这天,牧童又上山了。

望着人迹罕至的峡谷,荒凉贫瘠的土地,以及颤巍巍地立在山坡上的可怜的小木屋子,他禁不住叹了口气,一屁股坐了下来。"哎哟!"牧童突然跳了起来。只见地上隐约射来一束金光——金子!牧童瞪大了眼睛,一挥袖子,使劲地挖起来。好大的一块!牧童兴奋地抱起金子,飞一般的跑下山去了。

"我挖到金子了!"牧童一边喊着,一边跑进屋,双手把金子捧到妈妈面前。

妈妈注视着牧童，没有说一句话，只是轻轻将他拉到身边……

牧童迷惑地望着妈妈。

妈妈感叹道："那不是属于你的金子，它没有任何价值；相反，它可能会给你带来厄运。"

"不，它能使我们富裕。"牧童争辩着。妈妈摇了摇头。

牧童感到愤怒、失望，他抱紧金子，说："我要证明给你看。"然后，他冲出了家门。

牧童来到镇上。他将金子包起来背在背上，手里只攥着敲下的一小块，走进一家首饰店。老板将这一小块金子举到眼前，用怀疑的目光瞟了牧童一眼，说："你从哪儿弄来的？"

"山上捡来的。"牧童随口说道，接着赶紧闭了嘴，抢过金子，快步走出店铺。

他走进酒店，走进裁缝铺，走进大街小巷，发现处处都有人投来狐疑的目光。牧童渐渐害怕起来。

夜幕降临，牧童心惊胆战地走在空无一人的街上，心中涌起不祥的预感。

"把你的包放下。"一个阴险而又可怕的声音突然从背后传来。

牧童猛地一回头。那人伸手就要抢他的包，牧童赶忙护住。几个回合，牧童体力有些不支。就在此时，只见一位道士一闪而出，弹指一击，那人立即倒地。牧童惊得目瞪口呆，赶紧跪下来向道士道谢。道士却已渐渐远去，只给他留下了一句话：

"只有自己创造的东西才属于自己。"

猛然间，牧童想起了妈妈的话，懊悔万分。

当晚，牧童离开了小镇。他找了一个偏僻的地方，将金子埋进深深的地下，他不想让这金子再迷惑他人。

牧童又回到了山沟里。他不再梦想得到金子，而是开始用自己的双手创造生活：植树种草，开荒种田，放羊养牛，还养花种果树……凡是能做的，他都尽全力去做。

……

秋天，牧童爬上高高的山顶，遥望洒满自己汗水的山谷。多美啊！生机盎然的山林里，处处是鸟语花香；碧绿的草地上，成群的牛羊在悠闲地吃草；美丽的果林散发着浓浓的芳香；争奇斗艳的花圃把山坡装点得格外迷人，当年山坡上的木屋如今变成了"美丽的花园洋房"……一切都变了。

"我的金子。"牧童自豪地说。

整天不想工作,幻想着发横财,就算你真的得到意外之财,也会担惊受怕。只有辛勤地工作,踏踏实实地耕耘,安安心心地生活,才能创造属于自己的财富,享受到真正的幸福。

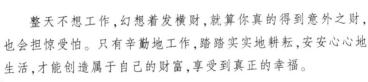

窗子和镜子都是玻璃做的,区别只在于镜子多了一层薄薄的银子。但就是因为这一点儿银子,便叫你只看到自己而看不到世界了。

在金钱与世界之间

一个富人去拜访一位哲学家,请教他为什么自己有钱后变得越发狭隘自私了。哲学家将他带到窗前,问:"向外看,告诉我你看到了什么?"富人说:"我看到了外面世界的很多人。"哲学家又将他带到一面镜子前,问:"现在你又看到了什么?"富人回答:"我自己。"哲学家一笑说:"窗子和镜子都是玻璃做的,区别只在于镜子多了一层薄薄的银子。但就是因为这一点儿银子,便叫你只看到自己而看不到世界了。"

人们都知道石油大王洛克菲勒是个著名的慈善家,但很少有人知道洛克菲勒也曾被薄薄的一层银子蒙住了双眼。

洛克菲勒出身贫寒,创业初期勤劳肯干,人们都夸他是个好青年。可当他富甲一方后,便变得贪婪冷酷,宾夕法尼亚州油田地带的居民深受其害,对他恨之入骨。有的居民做成他的木偶像,然后将那木偶像模拟处以绞刑,以解心头之恨。无数充满憎恨和诅咒的威胁信被送进他的办公室,连他的兄弟也不齿他的行径,而将儿子的坟墓从洛克菲勒家族的墓园中迁出,说:"在洛克菲勒支配的土地内,我的儿子无法安眠!"洛克菲勒的前半生就在众叛亲离中度过。

洛克菲勒 53 岁时,疾病缠身,人瘦得像木乃伊。医生们向他宣告了一个残酷的事实：他必须在金钱、烦恼、生命三者中选择一个。这时他才开始领悟到，是贪婪的恶魔控制了他的身心。他听从了医生的劝告，退休回家，开始学打高尔夫球，去剧院看喜剧，还常常跟邻居闲聊。他开始过一种与世无争的平淡生活。

后来，洛克菲勒开始考虑如何把巨额财产捐给别人。起初人们并不接受，说那是肮脏的金钱。可是通过他的努力，人们慢慢地相信了他的诚意。密歇根湖畔一家学校因资不抵债行将倒闭，他马上捐出数百万美元，从而促成了如今的芝加哥大学的诞生；北京著名的协和医院也是洛克菲勒基金会赞助而建成的；1932 年中国发生了霍乱，幸亏洛克菲勒基金会资助，才有足够的疫苗预防而不致成灾；此外，洛克菲勒还创办了不少福利事业，帮助黑人。从这以后，人们开始用另一种眼光来看他。

洛克菲勒的前半生为金钱迷失了方向，后半生千金散尽，才重返生命的正道。他一生至少赚进了 10 亿美元，捐出的就有 7.5 亿。他用一生的时间才找回曾经丢失的世界，那里有用金钱买不到的平静、快乐、健康和长寿，以及别人的尊敬和爱戴。做到这些，享年 98 岁的洛克菲勒无憾了。

我们无须像洛克菲勒走一生的弯路去寻找生命的真谛，我们只要不远离生活中的真善美，不被金钱所奴役，那么世界就属于我们。而那颗不被铜臭玷污的心，就会如天上的明月晶莹剔透，与美丽的世界交相辉映。

（包利民）

生活悟语

当生命被金钱占据时，我们就失去了对人生美好价值的瞻望。只有坦然地对待金钱，淡泊名利，才能保持心之纯洁、情之真挚。以一颗善良的爱心面对金钱，金钱才会给我们带来真正的幸福。

妈妈停下手中的活，抬头盯着我笑了："什么存款？这一辈子我从没进过银行的大门。"

妈妈的银行存款

每到周六的晚上，全家人都会聚在饭桌前，看妈妈分配父亲一周微薄的工资。

钱被分成几摞搁在饭桌上。"这一份是房租，"妈妈说，"这一份是给食品店的……"

"我的鞋坏了，得重新买一双，它的补丁多得不能再补了。"孩子中有人说道。妈妈想了想，又取出了3个银币。

"我得在这周买支铅笔。"又有人说道。于是妈妈又皱着眉头取出一个5分的硬币。

这堆银币越变越少，直到父亲说："没什么了吧？"妈妈点点头，边把钱放进柜里边说："我想这能够应付下周的生活，不会动用存款。"这时大家才高兴地松了口气。

一想到妈妈在银行里有存款，我们就感到无比的兴奋和骄傲，一种暖融融的安全感油然而生。在全家面临困难时，它便给了我们努力奋斗的动力和勇气。

蓬斯进入商校学习，大家都同意了。我们便又急切地聚在桌子前，妈妈捧出一个红色的小木盒放在桌上，那是我们一家人的小存款，在遇到紧急事情时妈妈就会打开它。我记得以前父亲生病买药时，麦肯得了肝炎请医生时，都用里面的钱解了急。当然我们在银行还有一笔大存款，但还从来没动过。

蓬斯早已列出了上学所需费用的全部清单，妈妈这次倒出了小木盒里所有的钱，一个银币一个银币地数了起来，但是还不够，妈妈又皱起了眉头："难道我们要用银行存款吗？"全家人都紧锁眉头想着办法。

"我可以去埃文大嫂家帮她照看婴儿，这样能获得一笔钱。"卡里第一个想出了办法。"对,我会到德伦的商店里干活。"哈瑞紧接着说道。

妈妈赞赏地望了他俩一眼,飞快地在清单上做了一番加减,可是还差些。

大家沉默了,我忽然想到了以前曾帮加油站的史密斯擦过车,他还夸我能干呢,于是我忙说:"我想到史密斯那儿看看,说不定他能给我一份擦车之类的工作呢,这样可以挣不少钱。"

妈妈低下头又算了一番,终于露出了笑脸:"我想这下应该差不多了。"

太好了,全家人差点儿欢呼起来,我们又一次避免了动用存款。

生活就这样过下去了,不知什么时候,哥哥姐姐们一个个都工作、结婚了,父亲似乎变矮了,妈妈的头发也白了不少。

我们买下了居住的这所房子,生活现在宽裕多了。但我们一直没碰过妈妈的存款。前几天我把第一月的工资递给妈妈,让她存在那笔存款上。妈妈停下手中的活,抬头盯着我笑了:"什么存款? 这一辈子我从没进过银行的大门。"

生活悟语

妈妈善意的谎言使全家保持着自尊和自信,保持着生活的勇气。有时候,钱也是一种动力,激励着我们努力奋斗,渡过难关,走出困境,过上富裕幸福的生活。

在这个世界上,金钱一旦被作为某种筹码,就不会再买到任何东西。

悬　赏

一位富翁家的狗在散步时跑丢了,于是他就在当地电视台发了一则启事:有狗丢失,归还者,付酬金1万元。并有小狗的一张彩照布满大半个屏幕。

启事播出后,送狗者络绎不绝,但都不是富翁家的。富翁太太说,肯定是真正捡狗的人嫌给的钱少,那可是一只纯正的爱尔兰名犬。于是富翁就把电话打到电视台,把酬金改为2万元。

一位沿街流浪的乞丐看到这则启事,他立即跑回他住的一个窑洞,因为前天他在公园的躺椅上打盹时,拣到了一只狗,现在这只狗就在他住的那个窑洞里拴着。果然是富翁家的狗。乞丐第二天一大早就抱着狗出了门,准备去领2万元酬金。当他经过一家大百货公司的墙体屏幕时,又看到那则启事,不过赏金已变成3万元。乞丐看罢,折回他的窑洞,把狗重新拴在那儿。第四天,悬赏额果然又涨了。

在接下来的几天时间里,他一刻也没有离开过这只大屏幕,当酬金涨到使全城的市民都感到惊讶时,这位乞丐返回他的窑洞。可是那只狗已经死了,因为这只狗在富翁家吃的都是鲜牛奶和烧牛肉,对这位乞丐从垃圾筒里拣来的东西根本受不了。

在这个世界上,金钱一旦被作为某种筹码,就不会再买到任何东西。

(刘燕敏)

生活悟语

面对金钱,应该抱有一种客观平和的心态,不要让贪欲支配了心灵。贪得无厌,最后只会一无所获。

当人们把羡慕的目光投向成功人士名利光环的时候,却往往忽略了他们身上隐藏的精神财富,那才是他们动力的源泉、制胜的要素、成功的秘诀。

财   富

目前,著名导演张艺谋接受了中国有线电视新闻网(CNN)记者的专访。问起他的成功经历时,记者插了一句题外话:"张导演,能不能问您一个私人问题？这几年，您的《英雄》、《十面埋伏》在国际国内都取得了很高的票房，您已经是国际上知名的大导演了。有人传言，在当今电影界，仅'张艺谋'这三个字，就是一个聚财的品牌，能不能透露一下，您现在到底有多少财富呢？"

张艺谋仔细思考了一下，然后认真地对记者说："说来你也许不信，我的财富，只是一架旧式照相机。"记者睁大了眼睛："这怎么可能？您不会是在蒙我吧？"

"我说的是真心话，"张艺谋笑着说，"由于家庭出身原因，从小到大，我们家一直生活在一个受人歧视的环境里。18岁那年，我迷上了摄影，可在当时，家里连吃饱饭都困难，哪里还拿得出钱给我买照相机，供我学摄影呢？有一天，我听人说，卖血可以赚钱，于是我瞒着家人，偷偷地到城里去卖血。一连卖了5个月，终于攒够了买一架照相机的钱。"记者接过话头儿说："您是说，是那一架照相机引导您踏上了艺术之路？"

张艺谋深情地说："是的，凭着那架照相机给我的艺术积累，1978年我考入了北京电影学院摄影系……可以这样说，是那架照相机，或者说是那段卖血的经历，给了我特殊的人生体验，鼓励我不断挑战逆境，打破宿命，去实现人生的最大价值。所以，不管到哪里，我一直保留着它，那才是我真正意义上的财富！"

事后，记者在专访上写上了这样的话：当人们把羡慕的目光投向成功人士名利光环的时候，却往往忽略了他们身上隐藏的精神财富，那才是他们动力的源泉、制胜的要素、成功的秘诀。

（蒋　平）

生活悟语

金钱可以让一个人赢得众人的羡慕，但只有精神财富才更令他显得耀眼，让他更值得别人去敬服。人需要有精神食粮，有了它才有坚持的力量，才能让我们在困境中仍能保持一种进取的积极心态，才能让我们淡泊名利，走向成功。

金钱可以为我们带来无限的物质财富，但同时可能也会令我们失去身边原有的更为宝贵的东西。

两个淘金者

两个墨西哥人沿密西西比河淘金，他们从下游一路上行，到一个河汊子时分了手。因为一个认为入阿肯色河可以淘到更多的金子，一个认为去俄亥俄河发财的机会更大。这两条河都是密西西比河的支流，一条在东一条在西。

10 年后，入俄亥俄河的人果然发了财，在那儿他不仅找到了大量的金沙，而且建了码头，修了公路，还使他落脚的地方成了一个大集镇。现在俄亥俄河岸边的匹兹堡市商业繁荣、工业发达，无不起因于他的拓荒和早期开发。

进入阿肯色河的人似乎没有那么幸运，自分手后就没了音信。有的说已葬身鱼腹，有的说已回了墨西哥。直到 50 年后，一个重 2.7 公斤的自然金块在匹兹堡引起轰动，人们才知道了他的一些情况。当时，匹兹堡《新闻周刊》的一位记者曾对这块金子进行过追踪，他写道：这颗全美最大的自然金块来自于阿肯色，是一位年轻人在他屋后的鱼塘里捡到的，从他祖父留下的日记看，这块金子是他祖父扔进去的。

随后，《新闻周刊》刊登了那位祖父的日记，其中一篇是这样的：

昨天，在溪水里又发现一块金子，比去年淘到的那块更大。进城卖掉它吗？那就会有成百上千的人拥向这儿，我和妻子亲手用一根根圆木搭建的棚屋，我们挥洒汗水开垦的菜园和屋后的池塘，还有傍晚的火堆、忠诚的猎狗、美味的炖肉，山雀、树木、天空、草原，大自然赠给我们的珍贵的静谧和自由都将不复存在。我宁愿看到它被扔进鱼塘时荡起的水花，也不愿眼睁睁地望着这一切从我眼前消失。

18 世纪 60 年代正是美国开始创造百万富翁的年代，全国上下每一个人都在疯狂地追求金钱和财富。可是,这位淘金者却把淘到的金子扔掉了。有很多人认为这是天方夜谭,据说,直到今天还有人怀疑它的真实性。可是我始终认为它是真的,因为在我的心目中,这位淘金者是一个真正淘到金子的人。

(刘燕敏)

生活悟语

金钱可以为我们带来无限的物质财富,但同时可能也会令我们失去身边原有的更为宝贵的东西。如果到头来是要以更大的代价来换取身边的幸福,那么我们又何苦要苦苦去追求?不要被金钱所禁锢,没有什么比我们过得舒坦和自在更重要,要珍惜值得我们去珍惜的一切。

最贫穷的人也可以是最富有的人,最富有的人也可能是内心贫穷的人。

这个世界的贫穷与富有

(1)一位叔叔领着侄子到北方某肿瘤医院看眼疾,由于手术费太高,无力承担,只好沿街乞讨。

某报记者获知此情况后,就他们的处境写了长篇报道刊发在报纸上,呼吁社会各界给他们叔侄俩以帮助。

没想到的是,这篇报道刊出的第二天,就有许多人来报社捐款。更没想到的是,竟有一个下岗工人,领着自己残疾的儿子来捐款。报社记者趁机采访这位下岗工人,问他为何在自己如此窘迫的情况下还要去救助别人。

那位下岗工人岁数并不大,但看起来苍老了许多。他只说了一句话,却让那位记者回味了许久:

穷人再拿出一点儿来,还是穷人,这是不会改变的。不同的是,当我看到被救助的人眉头舒展开的那一刻,我感觉到了自己内心的富有。

(2)腾格尔是憨厚的。

在那一晚的《艺术人生》节目里,坐在朱军旁边的,就是歌手腾格尔。或许,那天他感冒了,一边吸溜着鼻子,一边接受着朱军的采访。

没有任何掩饰和矫情,腾格尔尽显蒙古人的性格,率直而又豪爽,有什么说什么。采访过半程的时候,朱军突然问他,假如,将来有一天,你没有了房子,没有了车,一无所有的时候,你怎么办?

腾格尔微微一笑,说:"那我就回老家去,那里有一片牧场,在那里活着,不需要钱……"

腾格尔的这句话给我留下了很深的印象。我想,如果这个世界上还有一方净土,不用为钱而拼争,不为物质所左右,能够活出心灵的自由,或许,只会是屋檐下端坐着母亲的那个老家。

(3)网上有一组震撼人心的照片,我选取其中的两幅。

其一是:安徽省临泉县城关镇刘老家村 11 岁的刘小环为了能上学,每天去给一家窑厂背砖坯,她每次背 16 块,重 40 公斤,走 140 米,只得 3 分 3 厘工钱。城里的孩子吃一次麦当劳,如果花去 33 元,刘小环要赚这些钱,就要背着 80 斤重的砖坯走 1000 趟,负重走 140 公里。

其二是:王致中,17 岁,在贵州以背煤为生。一筐煤 40 公斤,从煤坑向上爬 100 米,然后再走 1000 米山路,挣 1 元人民币。

我把它写出来,并不想引起有钱人的悲悯,这两个孩子,靠自己的力量活着,即便艰难,即便卑微,但一样顶天立地。

我只是想说,当你在温暖中花天酒地的时候,你要想着,还有人在寒冷中瑟瑟发抖;当你在事业上春风得意的时候,你要想着,还有人正在生活中苦苦支撑。

也就是说,你能时时刻刻保持着对这个世界细微的感知,而不至于变得冷漠麻木就够了。

(4)一个富人在他的回忆录中写过这样一个故事。

有一天,他到远郊外去看一片空地,想在那里继续扩展他的房地产业。就在他将要返程的时候,他看到一块墓地。那是很简陋的一块墓地,坟丘上荒草摇曳。墓前,立着一块石碑,碑上刻着 8 个字:不名一文,唯余快乐。

或许,就是这样的几个字给了他某种触动。回来后,他便宣布暂停了自己的事业,领着父母以及妻儿一大家人开始环球旅行。那一次的旅行,他除了领略到数不清的秀山丽水外,更重要的是,在愉悦中,他也安享到了内心中的许许多多胜景。

那一年,他刚刚 36 岁。

我坚持着把那本并不算薄的回忆录看完了,引领我把这本书看到最后的唯一原因是:那个富翁,是一个快乐的有钱人。

(5)他小的时候,常常被这样的情景煎熬着。

每到冬天,父母的哮喘病就犯了,趴在炕上起不来。家里没有钱用来买药,父母只好用身体硬抗着。一阵又一阵的剧烈咳嗽过后,汗水几乎都湿透了他们厚厚的棉衣。看着父母痛苦的样子,他在心底暗暗发誓,长大了一定要挣许许多多的钱,为父母买最好的药,医好他们的病。

然而,等他挣到钱的时候,等到他富有的时候,父母已经双双亡故了。

后来,他也有了自己的子女,他常常给他们讲自己小时候的故事,希望他们有所触动,但衣食无忧的子女们似乎并不懂贫穷的事情。再后来,他的子女们也有了属于自己的事业,而且越做越大。他知道,如果现在再和子女们谈小时候的事情,已经无济于事了。因为富有的脑袋里不可能再容得下贫穷的故事了。

他在晚年的时候,没有追随子女生活在都市里,而是回到了生他养他的故乡。他说,这一辈子最让他欣慰的是,他对富有的追逐,始终是基于对一种爱的感恩和报答。

也许,在他的心目中,那才是对金钱最纯净的仰望。

(马　德)

生活悟语

最贫穷的人也可以是最富有的人,最富有的人也可能是内心贫穷的人。只要有一种高尚的品格在,只要不强迫自己无休止地去获取金钱,只要追求心灵的安逸,只要不被金钱所麻木,只要有钱并懂得享受精神快乐,那么无论什么时候,我们都是富有的,因为我们已经得到了精神上最大的满足。

他懂得认真地对待属于自己的每一分钱。懂得取回属于自己的 50 美分和慷慨捐赠出 5000 万美元,是同样值得重视的。

50 美分与 5000 万美元

迈克是纽约一家小报的普通记者,他非常敬佩当时事业正如日中天的"汽车大王"福特,很想从福特那里学到一些成功的经验。

一个周末,迈克正在一家不大的酒店里与几位朋友小酌。忽然,他眼前一亮,只见几位身份显赫的企业家正从一个房间里走出,其中一位正是福特,他手里拿着一张菜单径直走向那位服务生,微笑道:"小伙子,你再算一下,看看是不是有一点儿误差。"

年轻的服务生飞快地瞟了一眼那菜单上的一串数字,很自信地回答:"尊敬的福特先生,没有错啊。"

"请别着急,你再仔细算一算。"那几位福特宴请的企业家已朝门口走去,他却很有耐心地站在柜台前。

看着福特那认真的样子,年轻的服务生没有再核算,而是不以为然道:"是的,因为零钱准备得很少,我便多收了您 50 美分,但我认为像您这样富有的人是肯定不会在意的。"

"恰恰相反,我非常在意。"福特很认真地纠正道。

"那就算您付给我的小费吧。"服务生被福特如此斤斤计较搞得有些难为情了,忙给自己找了一个摆脱尴尬的借口。

"不,小费我已经付给你了,这 50 美分是你应该找给我的零头。"福特固执地坚持道。

服务生只得低头花了一番辛苦凑够了 50 美分,满怀歉意地递到一脸坦然的福特手中,而此时,福特宴请的朋友已坐到车子里面了。

对着福特快步离去的背影,年轻的服务生低声嘀咕了一句:"真是太小气

179

了,连 50 美分也这么看重。"

"不,小伙子,你说错了,他绝对是一个慷慨的人。"目睹了刚才那幕情景的迈克抑制不住激动地站了起来。

"他是一个慷慨的人?"服务生一脸的困惑不解。

"是的,他刚刚向慈善机构一次捐出 5000 万美元的善款。"迈克拿出一张两周前的报纸,将上面的一则报道指给服务生看。

"可是他刚才……"服务生仍不明白如此大方的福特,为何还要当着那么多朋友的面,去计较那区区的 50 美分。

"他懂得认真地对待属于自己的每一分钱。懂得取回属于自己的 50 美分和慷慨捐赠 5000 万美元,是同样值得重视的。"就在福特这一看似不经意的小事中,迈克忽然领悟到了自己渴望已久的成功经验,那就是——没有任何理由不认真地对待眼前的每一件事,无论它多么重大还是多么微小。

后来,经过多年艰苦的打拼,迈克终于成为美国报界的名家,而那位服务生也成了芝加哥一家五星级酒店的老板。多年后,两人再次邂逅,一开口,他们便不约而同地感慨起当年的幸运——没错,是福特教他们走上了成功之路。

现实生活中,人们往往只注意到那些成功者所取得的辉煌业绩,却很少留意他们的一些琐屑的举止,其实那里面正蕴藏着成功的秘诀。福特"吝啬"与慷慨的故事,再次提醒我们——只有时刻保持赢得属于自己的 50 美分的认真与执著,才会不断地获得馈赠 5000 万美元的自豪与光荣。

(崔修建)

生活悟语

拥有了金钱,还要学会支配和使用金钱,既要懂得"吝啬",又要懂得"慷慨"。即使腰缠万贯,也要把小钱放在眼内,这是我们做人应有的严谨。但也不要把钱看得那么重,适当时候把它用在恰当的事情上,才能够发挥它真正的价值。

拿金钱来作攀比，没人会羡慕你的富有；唯有踏实去做对人们有意义的事情，才值得别人尊敬。

富翁和经济学家

一天，一位富翁忽然心血来潮，想去拜见一位老同学——一位著名的经济学教授，于是他便叫上秘书，带上司机，一同前往。

老同学已是两鬓染霜，甚至有些腰弯背驼的样子，一身普通的衣裤，脚上穿一双布鞋。同样，他的居室也有些简陋，是一幢老楼，两居，六七十平方米的样子。依旧是白灰墙、水泥地面，就连一些简单的装修都没有做。其中一间是他和相濡以沫几十年的老伴的卧室，另一间属于爱子。不大的客厅里，多一半的空间被各种书籍占着，倒像是个书房。

回去的路上，富翁得意地问秘书和司机："一个那么学识渊博的教授，却住在几十平方米的旧楼里，看样子也不会有太多的积蓄；而我没有多少学问，却住两三百平方米的别墅，有着上千万的资产，那么，我们两人到底谁应该算是成功者呢？也就是说，我们两个谁更高贵、更值得尊重呢？"秘书一脸沉思状，没有回答他。

司机善于察言观色，说："当然是您了，您的财富是他的几百甚至上千倍。您看他的样子，除了几本破书还有什么！当然您是高贵的了。"富翁听罢，哈哈大笑起来，满脸得意。

第二天，秘书没有来上班，他托人送来一封辞职信，告诉富翁：财富是成功的一部分，也是组成高贵的一部分。经济学家虽没你富有，但他却用知识使很多人致富，当上了亿万富翁，甚至使整个国家走出了经济低谷。我不想再和一个财产富有而思想浅薄的人一起工作，我要回到老师的身边去，和老师一起去研究经济学……

生活悟语

我们透过金钱的魔力，揭开它那神秘的面纱，就会发现钱仅仅是一种物质富有的象征。用金钱来定义成功，只是看到了问题的表面。拿金钱来作攀比，没人会羡慕你的富有；唯有踏实去做对人们有意义的事情，才值得别人尊敬，也才真正实现了你的人生价值。

天下没有不劳而获的事情，只有靠自己的一双手才能得到需要的物质和金钱。给懒惰找理由的人，永远是最贫穷的人。

贫穷永远是自己的错

齐国有个人上无片瓦，下无立锥之地，自己又没有一技之长。因为没有谋生的手段，他每天只有靠在城里乞讨度日，生活十分困窘。

刚好在此时，有个马医因为活儿太多，忙不过来，需要找一个帮手。这个乞丐便主动找上门去，请求在马厩里给马医打打杂工，以此换取一日三餐。

可是，有人却取笑他说："马医本来就是一个被人瞧不起的职业，而你不过是为了混口饭吃，就去给马医打杂，当下手，这不是你莫大的耻辱吗？"

这个昔日的乞丐平静地回答："依我看，天下最大的耻辱莫过于寄生虫，靠乞讨度日。过去，我为了活命，连讨饭都不感到羞耻；如今能帮马医干活，用自己的劳动养活自己，还能学到东西，这又怎么能说是耻辱呢？"

没有多少人能生来就处于社会上层，更多的人都是靠从底层工作奋斗成功的。只要肯吃苦、肯干，必定会有自己的一片天地。

尤希在底特律时是个铅管匠，努力了许多年，想发展自己的事业，然而他缺少资金。

为此，他3年前带着老婆孩子搬到了新奥尔良，希望有更好的机会。然而,第一天他找了 8 家铅管公司,可是没有人愿意雇佣他,他们告诉他人手已经够了。

第二天尤希跳上一辆公共汽车,走过一条长长的、繁华的大街。那条街上有几家快餐店。最后,总算第 5 家的经理对他有点儿兴趣。但经理告诉他,报酬相当低。尤希向经理表示这不成问题,他会提供一流的服务。

他工作很努力,结果在几个星期之内就成为那家连锁店的夜间部经理。

9 个月后,连锁店的老板将他叫到办公室去,对他说:"我要派你到城西一座有 90 户住户的大厦去当助理经理。"这时尤希才知道老板在房地产方面也搞得有声有色。

尤希告诉老板他只当过铅管匠,对管理大厦一无所知。老板笑着对他说:"我查过你在快餐店的记录,利润增加了 55%。管理大厦与管理快餐店的道理是一样的——乐于助人、良好服务和优质高效。我想你一定能让大厦保持客满,准时收到房租,而且保养良好。"

结果尤希接受了那个工作——工资是他在快餐店时的 3 倍,还有一间漂亮的公寓。

如今抱怨找不到工作的大部分人,并不是真正找不到工作,而是他们不愿从底层干起。他们的态度就像社会欠他们一份工作一样。他们总以为,政府或公司必须为他们的困苦负责任,许多人从不想自己奋斗一番。事实上,绝大多数人只要肯从底层奋斗,都能有一番作为。

你要记住的是:

自食其力远胜过无所事事。

从最底层做起,也会爬到最高处。

贫穷永远是自己的错。

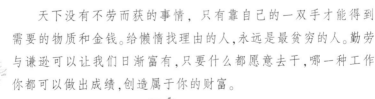

生活悟语

天下没有不劳而获的事情,只有靠自己的一双手才能得到需要的物质和金钱。给懒惰找理由的人,永远是最贫穷的人。勤劳与谦逊可以让我们日渐富有,只要什么都愿意去干,哪一种工作你都可以做出成绩,创造属于你的财富。

> 钱对每一个人都很重要，但我们要靠自己的能力去获取，也要知道每一分钱都来之不易。

洛克菲勒与一毛钱

石油大王约翰·洛克菲勒，是美国 19 世纪的三大富翁之一。

洛克菲勒享有 98 岁高寿，他一生至少赚进了 10 亿美元，捐出的就有 7.5 亿。但他平时花钱却十分节俭。

有一次，他下班想搭公车回家，缺一毛零钱，就向他秘书借，并说："你一定要提醒我还，免得我忘了。"

秘书说："请别介意，一毛钱算不了什么。"洛克菲勒听了正色说："你怎能说算不了什么，把一块钱存在银行里，要整整两年才有一毛钱的利息啊！"

还有一件事。洛克菲勒习惯到一家熟识的餐厅用餐，餐后，给服务生一毛五分钱的小费。有一天，不知何故，他只给了五分。

服务生不禁埋怨说："如果我像你那么有钱的话，我绝不吝惜那一毛钱。"

洛克菲勒笑了笑说："这就是你为何一辈子当服务生的缘故。"

这位亿万富翁对金钱的看法是：我非但不做钱财的奴隶，而且要把钱财当做奴隶来使用。

生活悟语

对于金钱，俗话说得好：君子爱财，取之有道，用之有度。生活中，钱对每一个人都很重要，但我们要靠自己的能力去获取，也要知道每一分钱都来之不易。在使用金钱时，该节俭时就节俭，该慷慨时就慷慨，既要珍惜它，又不能做它的奴隶。

第九辑　感恩让你富有

　　带着一颗虔诚的心感谢上苍的赋予，感谢生命的存在，感谢阳光的照耀，感谢丰富多彩的生活。时时怀着感恩的心，便会觉得世间可爱、富有。《诗经》里有句珍珠般的词句：投我以木桃，报之以琼瑶。从"木桃"到"琼瑶"，是一枚感谢的种子——缘于爱与被爱。

　　一个不懂得感恩的人，即使家财万贯，他仍是个贫穷的人；懂得感恩并知恩报恩的人，才是天下最富有的人。

> 没有一种给予是理所应当的，没有什么是必须和应该的；所以，没有一种领受是可以无动于衷、心安理得的，都应心存感激。

没有一种给予是理所应当的

老人是菲律宾华侨，在海外奋斗半生。几经浮沉，衣锦还乡的他萌生了济世助人、造福桑梓的念头。

于是，老人分别给家乡几所学校的校长写了信，希望每个校长能提供十来个学生的名单，以便他从中确定人选，作为资助的对象。

家人嗔怪他的愚昧，既是捐赠，何必把程序搞得这样复杂？不如来个快捷方式，譬如通过"希望工程"或者"春蕾计划"，干净利落地了却一桩心愿，岂不是更好？

老人摇摇头说："我的血汗钱只给那些配得到它的孩子。"哪些孩子才有资格得到资助？是那些家庭贫困的孩子还是优秀生，抑或是特长生？谁也不知道老人心里的答案。

名单很快就到了老人手里。老人让家人买来了许多书，有《泰戈尔诗集》、《纪伯伦诗集》、《十万个为什么》等，分门别类地包装好，准备寄给名单上的孩子。家人面面相觑：这样微薄的礼物是不是太寒碜了？大家断定书中自有"黄金屋"。可翻来覆去也没有找到夹在书中的纸钞。只在书的第一页看到了老人的亲笔赠言：赠给品学兼优的学生×××。落款处是老人的住址、姓名、电话和电子信箱。

家人大惑不解，却也不愿忤逆老人的意愿，只好替他一一寄出那些书。

光阴荏苒，老人常常对着电话发呆，又莫名其妙地唉声叹气。从黄叶凋零到瑞雪飘飞，谁也猜不透老人所为何事。

家人读懂老人的心，缘于新年前收到的一张很普通的贺卡，上面写着：感谢您给我寄来的书，虽然我不认识您，但我会记着您。祝您新年快乐！没想到老人竟然兴奋得大呼小叫:"有回音了,有回音了,终于找到一个可资助的孩子。"

家人恍然大悟,终于明白老人这些日子郁郁寡欢的原因,他寄出去的书原来是块"试金石",只有心存感激的人才会有资格得到他的资助。

老人说:"土地失去水分滋润会变成沙漠,人心没有感激滋养会变得荒芜。不知感恩的人,注定是个冷漠自私的人;不知关爱别人,纵使给他阳光,日后也不会放射出自身的温暖,也不配得到别人的爱。"

想来也是,没有一种给予是理所应当的,没有什么是必须和应该的;所以,没有一种领受是可以无动于衷、心安理得的,都应心存感激。一朵花会为一滴雨露鲜艳妩媚,一株草会因一缕春风摇曳多姿,一湖水也会因一片落叶荡漾清波;一颗心更应对另一颗关爱的心充满感激之情。

(兰质慧心)

生活悟语

没有谁就应该给予我们恩赐,我们更没理由和权利去向他人索取。虽说施恩不图报,但这恩情受赐者却不应该忘记。其实,只需报以帮助过我们的人一句感激的话,他们就可以收获和我们一样的快乐与激动。

自己无数次埋怨这里简直是可怕的地狱,而对克利夫种植的玫瑰花却从未留意过。自己究竟错过了什么?错过了多少?

一朵玫瑰花

在这个平凡的小镇上,有一道美丽的玫瑰花墙——它足有半人多高,每到春天便开满了美丽的玫瑰花,它是这家的男主人克利夫先生生前种植的。可是,克利夫太太的脾气却是出了名的不好,她常常和克利夫先生为了一些琐事争吵。克利夫先生去世后,她的脾气更坏了,而且经常自己生闷气,因此镇上的人都尽量避免招惹她。

一个阳光明媚的午后,克利夫太太正坐在院子里小憩,玫瑰花墙上缀满了美丽的玫瑰花。突然,她被一阵窸窸窣窣的响声惊醒,睁眼一看,玫瑰花墙外有一个人影闪过。克利夫太太厉声喝道:"是谁? 站住!"那人站住了——是个孩子。克利夫太太又喝道:"过来!"那孩子慢慢挪了出来。克利夫太太认出他是7岁的小吉米,住在街对面拐角处的穷孩子,他的身后似乎藏着什么东西。

"那是什么?"克利夫太太厉声问道。小男孩犹犹豫豫地把身后的东西拿了出来——一朵玫瑰花,一朵已经快要凋谢的玫瑰花,那耷拉着的花瓣显示出它的虚弱。

"你是来偷花的吗?"克利夫太太严厉地问道。小男孩低着头,局促不安地搓弄着衣角,一言不发。

克利夫太太有些不耐烦了,她挥挥手说:"你走吧!"这时,小男孩抬起头来,怯生生地问道:"请问,我可以把它带走吗?""就是那朵快要凋谢的玫瑰花,似乎轻轻一碰,花瓣就会落了的玫瑰花?"克利夫太太有些奇怪。

"那你先告诉我你要它干什么? 送人?"

"是……是的,夫人。"

"女孩子?"

"……"

"你不应该送给她这样一朵玫瑰花。"克利夫太太的语气温和了些,"告诉我,你把它送给谁?"

吉米迟疑了一会儿,用手指了指不远处的一个小阁楼,那是他的家。克利夫太太这才想起他有一个5岁的小妹妹,一生下来就有病,一直躺在床上。

"你妹妹?"

"是的,夫人。"

"为什么?"

"因……因为妹妹能从床边的窗户看到这道玫瑰花墙,她每天都出神地看着这里。有一天,她说:'那里就是天堂吧,真想去那里闻闻天堂的气味啊!'"

克利夫太太怔住了——天堂? 这里——低矮的木屋? 从前,自己整天与克利夫为了一些琐事争吵,不停地抱怨这低矮的木屋、破旧的家具、难看的瓷器……一切的一切,自己无数次埋怨这里简直是可怕的地狱,而对克利夫种植的玫瑰花却从未留意过。自己究竟错过了什么? 错过了多少?

天堂,原来可以如此接近!

(谢沁珏)

生活悟语

我们有太多的抱怨，那是我们一直没有用心关注我们周围的一切，其实这一切都是那么的美好。很多时候，等到所有的都不复存在了，我们才知道，原来我们早就已经拥有，我们本就应该珍惜。生活，要懂得感激，才能知足，才能不错失生命中最宝贵的东西。

美金中间，还夹着一张纸条：师傅，这是爱的利息，请您务必收下。本金无价，永远都会存在我心里。

滴 水 之 恩

特殊的乘客

朱师傅5点半交车，看看表已经5点一刻，便把"暂停载客"的牌子竖了起来。正是周末，40中门口涌出大批的寄宿生。朱师傅忍不住习惯性地把车停了下来，盯着来来往往的学生。他们一律穿着朴素的校服，脸上的笑容格外灿烂。

"师傅，我，我想坐您的车。"一个跛足女孩背着书包走了过来，看看左右，急急地说。

朱师傅说得交车了，他只是停下来歇一会儿。女孩低下头，过了几秒钟，她又恳切地说："谢谢您了，师傅。我只坐一站地，就一站地。"

那一声"谢谢"让朱师傅动了心。他看看女孩身上洗得发白的校服，一个旧得不能再旧的书包，忍不住叹了口气，说："上车吧。"

女孩高兴地上了车。到了转弯处，她突然嗫嚅着说："师傅，我只有3元钱，所以，半站地也可以。"

朱师傅从后视镜里看到女孩通红的脸，没说话。这个城市的出租车，起步

189

价可是 5 元啊。

开到最近的公交站台,朱师傅把车停了下来。女孩在关上车门时高兴地说:"真是谢谢您了,师傅!"

朱师傅看着她一瘸一拐地往前走,突然有些心酸。

也就是从那个周末起,朱师傅每个周末都看到女孩等在学校门口。几辆出租车过去,女孩看都不看,只是跷着脚等。女孩在等自己?朱师傅猜测着,心里突然暖暖的。他把车开了过去,女孩远远地朝他招手。朱师傅诧异,他的红色桑塔纳与别人的并无不同,女孩怎么一眼就能认出来?

还是 3 块钱,还是一站地。朱师傅没有问她为什么专门等自己的车,也没有问为什么只坐一站地。女孩心里都有自己的小秘密,朱师傅很清楚这一点。

最后一次乘车

一次,两次,三次,渐渐地,朱师傅养成了习惯。周末交车前拉的最后一个人,一定是 40 中的跛脚女孩。他竖起"暂停载客"的牌子,专心等在校门口。女孩不过十四五岁吧,见到他,像只小鹿般跳过来,大声地和同学道"再见"。不过 5 分钟的路,女孩下车,最后一句总是:"谢谢您,师傅。"

似乎专为等这句话,周末无论跑出多远,朱师傅也要开车过来。有时候哪怕误了交车被罚钱,他也一定要拉女孩一程。

时间过得很快,这情形持续了一年,转眼到了第二年的夏天。看着女孩拎着沉重的书包上车,朱师傅突然感到失落,他知道,女孩快要初中毕业了。她会去哪儿读高中?

"师傅,谢谢您了。这可能是我最后一次坐您的车,给您添麻烦了。我考上了辛集一中,可能半年才会回一次家。"女孩说。朱师傅从后视镜中看了一眼女孩,心里很不是滋味儿。女孩果然很优秀,辛集一中是省重点,考进去了就等于是半只脚跨进了大学校门。

"那我就送你回家吧。"朱师傅说。

女孩摇摇头,说自己只有 3 块钱。

"这次不收钱。"朱师傅说着看看表,送女孩回家一定会错过交车时间,可罚点儿钱又有什么关系?他想多和女孩待一会儿,再多待一会儿。女孩说出了地址,很远,还有 7 站地。

半小时后,朱师傅停下了车。女孩拎着书包下来,朱师傅从车里捧出一只盒子,说:"这是送你的礼物。"

女孩诧异,接过礼物,然后朝着朱师傅鞠了一躬,说:"谢谢您,师傅。"

看着女孩一瘸一拐地走进楼里,朱师傅长长叹了口气。女孩,从此就再也见不到了?他甚至不知道她的名字。

寻找 10 年前的好人

一晃过了 10 年。

朱师傅还在开出租车。这天,活儿不多,他正擦着车,听到交通音乐台播出一则"寻人启事',寻找 10 年前胜利出租车公司车牌照为"冀 AZ ××××"的司机。朱师傅一听,愣住了,有人在找他?10 年前,他开的就是那辆车。

电话打到了电台,主持人惊喜地给了他一个电话号码,说是有个女人找他。朱师傅疑惑了,会是谁呢?每天忙于生计,除了老伴他几乎都不认识别的女人了。

拨通电话,朱师傅听到一个年轻女孩的声音。她惊喜地问:"是您吗?师傅!"朱师傅愣了一下,这声音,这语速,如此熟悉!他却一下子想不起是谁。

"谢谢您了,师傅!"女孩又说。

朱师傅一拍脑门,终于记了起来,是他载过的那个跛脚女孩。是她!朱师傅的眼睛突然模糊了,10 年了,那个女孩还记着他!

两人约在一家咖啡馆见面,再见到女孩时,朱师傅几乎认不出了,眼前亭亭玉立的这个女孩,是 10 年前那个只有 3 元钱坐车的女孩?女孩站起身,朝朱师傅深深鞠了一躬,说:"我从心底感谢您,师傅。"

喝着咖啡,女孩讲起了往事。12 年前,她父亲也是一名出租车司机。父亲很疼她,每逢周末,无论多忙他都会开车接她回家。春节到了,一家人回老家过年,为了多载些东西,父亲借了朋友的面包车。走到半路,天突然下起了大雪,不慎与一辆大货车相撞。面包车被撞得面目全非,父亲当场身亡。就是那次,女孩的脚受了重伤。

安葬了父亲,母亲为了赔朋友的车款,为了她的手术费,没日没夜地工作。而她,伤愈后则拼命读书,一心想快些长大。她很坚强,什么都能忍受,却唯独不能忍受别人的怜悯。

所以,她没告诉任何人路上发生的事故。放学回家,当被同学问起现在为什么坐公共汽车?她谎称父亲出远门了。谎言维持了半年多,直到有一天遇到朱师傅。她见那辆出租车停在路边,一动不动,就像父亲开车过来,等在学校门口。

她只有3块钱坐公共汽车,可她全拿出来坐出租车,只坐一站地,然后花一个半小时徒步走回家去。虽然路很远,但她走得坦然,因为没有人再猜测她失去了父亲。

"您一定不知道,您的出租车就是我父亲生前开的那辆。车牌号,一直印在我的脑海里。"

女孩说着,眼里淌出泪花:"所以,远远地,只一眼,我就能认出来。"

朱师傅鼻子一酸,差点儿掉下泪来。

"这块奖牌,我一直戴在身边。我不知道,如果没有它,我会不会走到今天。还有,您退还我的车费,我一直都存着。有了这些钱,我觉得自己什么困难都能克服。虽然失去了父亲,但我依旧有一份父爱。"说着,女孩从口袋里拿出一枚奖牌,挂到了身上。那是一块边缘已经发黑的金牌,奖牌的背面,有一行小字:预祝你的人生也像这块金牌。

这块金牌,就是10年前朱师傅送给女孩的礼物。

滴水之恩,何以言报

女孩挽着朱师傅的胳膊走出咖啡馆。看到女孩开车走远,朱师傅将车停在路边,让眼泪流了个够。那个跛脚女孩,那个现在他才知道叫林美霞的女孩,她和自己10年前因癌症去世的女儿,简直是一个模子印出来的!女儿生前每个周末,朱师傅都去40中接她。女儿上车前那一句"谢谢爸爸"和下车时那一句"谢谢您,老爸"让他感受过多少甜蜜和幸福。

那块奖牌,是女儿在奥林匹克竞赛中得到的金牌,曾是他的全部骄傲和希望。可女儿突然间就走了,几乎让他猝不及防。再到周末,路过40中,他总忍不住停下车,似乎女儿还能从校门口走出来,上车,喊一声:谢谢爸爸。

就在女孩坐他车的那段时间,他觉得女儿又回到了自己身边,他的日子还有希望,他又重新找回了幸福!只是,这情形持续的时间太短,太短……

在回家的路上,朱师傅顺便买了份报纸。一展开报纸,朱师傅就看到了跛脚女孩的照片。

她对着朱师傅微笑,醒目的大标题是:林美霞——最年轻的跨国公司副总裁,S市的骄傲……朱师傅吃惊地张大嘴巴,一目十行地读下去。边读报纸,他边习惯地从口袋里掏烟。

突然,他的手触到了一个信封。拿出来看,里面装着厚厚的一沓美金。朱师傅愣住了,他想不出,林美霞何时把钱放进了自己外套口袋?就在她挽起自已胳膊的瞬间？

美金中间，还夹着一张纸条：师傅，这是爱的利息，请您务必收下。本金无价，永远都会存在我心里。谢谢您，师傅！

朱师傅的眼睛再一次模糊了。

（毛汉珍）

生活悟语

　　成功之时，别忘了在我们最困难的时候，曾经帮助过我们的人，这恩惠值得我们用一生去铭记。也许只是一个微小的帮助，但我们接受的可能是别人传递的一颗珍贵的爱心。滴水之恩，涌泉相报；受施于人，永远珍惜。

　　在那个下雨的夜晚发生了一个不折不扣的生命奇迹，而我会永远感激上帝与孩子交换的神奇礼物……

与上帝互换的礼物

　　那年，我和孩子们把家安在了一个温暖舒适的拖车房里，就在华盛顿湖边的一片林间空地上。随着感恩节的临近，一家人的心情也愉快起来。

　　整个 12 月，最小的孩子马蒂是情绪最高、忙得最欢的一个。这个乐天顽皮的金发小家伙有个古怪而有趣的习惯——听你说话的时候，他总是像小狗似的歪着脑袋仰视你。原因其实很简单，因为他的左耳听不见声音，但他从未对此抱怨过什么。

　　几周来，我一直在观察马蒂，他好像在秘密策划着什么。他热心地叠被子、倒垃圾、摆放桌椅，帮哥哥姐姐准备晚餐。我还看见他默默地积攒着少得可怜的零用钱，一分钱也舍不得花。我猜这十有八九和肯尼有关。

　　肯尼是马蒂的朋友，他们在春天认识之后便形影不离。肯尼家和我家隔着一小片牧场，中间有道电篱。他们在牧场捉青蛙、逗小松鼠，还试图寻找箭头标记发现宝藏……

我们的日子总是紧巴巴的,但我变着法儿地把生活过得精致一点儿。而肯尼家就不一样了,两个孩子能吃饱穿暖已属不易,只是肯尼的母亲是个骄傲的女人,相当骄傲,她的家规很严。

感恩节前几天的晚上,我正在做坚果状的小曲奇饼,马蒂走过来,愉快而自豪地说:"妈妈,我给肯尼买了件节日礼物,想看看吗?"原来他一直在策划的就是这个啊,我暗想。

"他想要这件东西很久了,妈妈。"他把双手在擦碗巾上仔细揩干,从口袋里掏出一个小盒子。我惊讶地看到了一只袖珍指南针,这可是儿子省下所有的零用钱买下来的! 有了这只指南针,8 岁的小冒险家就能穿越树林了。

"真是件可爱的礼物,马蒂。"我赞道。但我知道肯尼的妈妈是怎样看待自己的贫穷的。他们几乎没有钱来互赠礼物,更不用说送礼物给别人了。我敢肯定这位骄傲的母亲不会允许儿子接受一份她无力回赠的礼品。

我小心地向马蒂解释了这个问题。他立刻明白了我在说什么。"我懂,妈妈。我懂……可假如这是个秘密呢? 假如他们永远不知道是谁送的呢?"我不知道该怎么回答他。

感恩节前一天是个阴冷的雨天。我从窗户望出去,感到莫名的忧伤。这样一个下雨的节前夜晚是多么乏味啊。

我收回目光,转身检查烤炉时,看见马蒂溜出了房门。他在睡衣外披了件外套,手里紧握着那个精美的小盒子。他走过湿漉漉的草场,敏捷地钻过电篱,穿过肯尼家的院子;踮着脚尖走上房子的台阶,轻轻把纱门打开一点点,把礼物放了进去;然后他深吸一口气,用力按了一下门铃,转身就跑。他狂奔出院子,突然,他猛地撞上了电篱! 马蒂被电击倒在湿地上,他浑身刺痛,大口喘着气。稍后,他慢慢地爬起来,拖着瘫软的身体迷迷糊糊地走回了家。

"马蒂!"当他跌跌撞撞地进门时,我们都叫了起来。他嘴唇颤抖,泪眼盈盈:"我忘了那道电篱,被击倒了!"

我把浑身泥水的小家伙搂进怀里。他的脸上有一道红印,从嘴角直通到左耳。我赶紧为他处理了烫伤。安顿他上床时,他抬头看着我说:"妈妈,肯尼没看见我,我肯定他没看见我。"

那个夜晚,我是带着不快与困惑的心情上床休息的。我不明白为什么一个小男孩在履行感恩节最纯洁的使命时,却发生了这样残酷的事。他在做上帝希望所有人都能做的事——给予他人,而且是默默给予。

然而,我错了。

早上,雨过天晴,阳光灿烂。马蒂脸上的印痕很红,但看得出灼伤并不严重。不出所料,肯尼来敲门了。他急切地把指南针拿给马蒂看,激动地讲述着礼物从天而降的经过。马蒂只是一边听,一边不住地笑着。当两个孩子比画着说话时,我注意到马蒂没有像往常那样歪着脑袋,他似乎在用两只耳朵听。几周后,医生的检验报告出来了,证明了我们已经知晓的事实——马蒂的左耳恢复了听力!

马蒂是如何恢复听力的,从医学的角度看仍然是一个谜。当然,医生猜测和电击有关。不管怎样,在那个下雨的夜晚发生了一个不折不扣的生命奇迹,而我会永远感激上帝与孩子交换的神奇礼物……

([美]迪亚娜·瑞讷　刘宇婷/编译)

生活悟语

虽然生命遭遇不幸,但我们依然可以怀着一颗纯洁的心,衷心地感恩生活,向身边的人传达至真的爱。肯为别人给予的人,上帝不会再对他残酷。只要真心爱人,他会得到上帝的怜悯,感动命运之神来填补他生命中缺失的部分。

195

最亲的人,更是需要我们去感谢的人,就只因为只有他们是我们生命中最重要的部分,就因为他们给予我们的爱是最唯一和最深的。

谁是应感谢的人

尊敬别人的人,同样会受到别人的尊敬。正像站在镜子前面一样,你怒他也怒,你笑他也笑。

一位在纽约任教的老师决定告诉她的学生,他们是如何重要,来表达对他们的赞许。

她决定采用这样一种做法:将学生逐一叫到讲台上,然后告诉大家这位同学对整个班级和对她的重要性，再给每人一条蓝色缎带，上面以金色的字写着：我是重要的。

之后，那位老师想做一个班上的研究计划，来看看这样的行动对一个社区会造成什么样的冲击。她给每个学生 3 个缎带别针，教他们出去给别人相同的感谢仪式，然后观察所产生的结果，一个星期后回到班级报告。

班上一个男孩子到邻近的公司去找一位年轻的主管，因他曾经指导他完成生活规划。

那个男孩子将一条蓝色缎带别在他的衬衫上，并且再多给了 2 个别针，接着解释道："我们正在做一项研究，我们必须出去把蓝色缎带送给应该感谢的人，再给你们多余的别针，让你们也能向别人进行相同的感谢仪式。下次请告诉我，这么做产生的结果。"

过了几天，这位年轻主管去看他的老板。从某些角度而言，他的老板是个易怒、不易相处的同事，但极富才华，他向老板表示十分仰慕他的创作天分，老板听了十分惊讶。

这个年轻主管接着要求他接受蓝色缎带，并允许他帮他别上。一脸吃惊的老板爽快地答应了。

那年轻人将缎带别在老板外套、心脏正上方的位置，并将所剩的别针送给他，然后问他："您是否能帮我个忙？把这缎带也送给您所感谢的人。这是一个男孩子送我的，他正在进行一项研究。我们想让这个感谢的仪式延续下去，看看对大家会产生什么样的效果。"

那天晚上，那位老板回到家中，坐在 14 岁儿子的身旁，告诉他："今天发生了一件不可思议的事。在办公室的时候，有一个年轻的同事告诉我，他十分仰慕我的创造天分，还送我一条蓝色缎带。想想看，他认为我的创造天分如此值得尊敬，甚至将印有'我是重要的'的缎带别在我的夹克上，还多送我一个别针，让我能送给自己感谢的人。当我今晚开车回家时，就开始思索要把别针送给谁呢？我想到了你，你就是我要感谢的人。

"这些日子以来，我回到家里并没有花许多精力来照顾你、陪你，我真是感到惭愧。有时我会因你的学习成绩不够好，房间太过脏乱而对你大吼大叫。但今晚，我只想坐在这儿，让你知道你对我有多重要，除了你妈妈之外，你是我一生中最重要的人。好孩子，我爱你。"

他的孩子听了十分惊讶，他开始呜咽啜泣，最后哭得无法自制，身体一直颤抖。他看着父亲，泪流满面地说："爸，我原本计划明天要自杀，我以为你根本不爱我，现在我想那已经没有必要了。"

生活悟语

很多时候，我们最容易忽略的往往是身边至亲的人，于是在不知不觉间与他们有了心的距离，甚至成了最熟悉的陌生人。最亲的人，更是需要我们去感谢和关爱的人，因为他们是我们生命中最重要的部分，也因为他们给予我们的爱是最唯一和最无私的。

感恩的心，会看到生活细微处的美妙和动人，会听到风在空气里流动的音乐。因为，这颗心懂得，生活原本十分美妙，而感恩是最幸福的事情。

感恩是一件幸福的事

那日，去北京拜访一位大书画家，之前早就听说过他的名字，简直是如雷贯耳，以为这等人物一定高傲尊贵，因为，他的一张画可以卖到几十万。

去的时候，朋友介绍他苦难的历史，说"文革"中差点儿死掉，但终于隐忍地活了下来。那时，他养菊花，妻子死了，儿女下乡了，他每天对着菊花说话，于是，人就活了下来。

我觉得这种历经了沧海桑田的人一定寡言，或者，喜欢独处沉默。但一切恰恰相反。

开了门，先看到他和蔼可亲的笑，然后说早泡好了铁观音等着我们呢。屋里有很多只猫和狗，洋溢着兰花的清香，他笑着说，全是我闺女和儿子，天天围着我。

那些书法和绘画作品，有的还有猫爪子印。那可是几十万的东西。他叫着它们的名字：东东、娇娇，爸爸有客人，去那边玩儿好不好？难怪人家叫他老顽童啊。

我名字中有个莲字，他说，莲字好啊，出污泥而不染，来，我送你一个"莲"字。他的字价值不低，我岂敢要？他却说，别嫌不好，算我们初次见面的礼物。

我感动得不知说什么好。阳台上，有盛开的各式各样的花，全是他养的，还有几只并不名贵的鸟。屋里，播放着张火丁的《春闺梦》。他说，下个月火丁在长安上演《春闺梦》，喜欢吗？喜欢我就等你们一起看。

问他怎么会有这样的心情？他只用两个字回答我：感恩。

一切已经很好了，他说，"文革"中没有死，而且生活越来越好，讨画的人越来越多，活着是多么有意思的事情。

已经很好？受了很多的苦却说已经很好，讨画的人多也好？若是别人，烦也烦死了。

中午请他去外面吃饭，朋友带了1万块钱，准备去王府吃。但是他说，不去，没那个必要，你们实在不理解我。姑娘，他转过头问我，会做手擀面吗？当然会，我说。那好，咱吃面条！你相信吗？在老书画家家里我亲自操刀上阵，一个小时之后吃上了热乎乎的面条！

外面春光正好，屋里鸟语花香。猫和狗在周围来回溜达着，老书画家时不时哼一段京剧。那是一个多么美妙的下午，我仿佛听到了禅意，看到了芬芳。

老书画家告诉我，不懂得感恩的人不知道幸福的滋味。

想想自己，每天忙些什么，名？利？房子？车子？永远嫌钱挣得太少，永远抱怨生活给予的不慷慨，永远说别人在亏欠自己。痛苦总比幸福来得快来得多。老公不够浪漫，房子住得太小了，车子应该换了，同学有的当上了处长，朋友有的赚了千万……我总在拿别人的长处和自己的短处比。其实，和自己比呢，10年前我没有爱情，现在我有了；10年前我住单位宿舍，现在我住120平方米的房子，而且是这个城市中最贵的房子；我虽然没有宝马良驹，可有一辆还能开的富康；我虽然没有当多大官，可在单位中人缘挺好……原来我这么幸福！

就像我的一个朋友，他曾经是临时工，可有一个机会突然转成了公务员，他高兴得不行，天天和我说这件事。最后我都听烦了，但是他说，我觉得好日子总是没完没了地重复！

看看人家的心态，人家一直觉得好日子没完没了地重复，我却总觉得生活欠缺了我什么！

不懂得感恩的人怎么会懂得幸福？老人说得多对啊。

如果没有感恩的心，他能活到现在吗？和他同时代受重创的人有的自杀有的早逝，只有他，如一株顽强的草一样生长着！

如果不懂得感恩他会画出那么好的画吗？会写出那么灵秀的字吗？那得要有一颗大气的慈悲的心才行啊！不然，那些猫爪抓了他的画还不得被剁了爪子？可是他顶多笑骂一句它们不乖，好像说着自己调皮的孩子。

感恩的心，会看到生活细微处的美妙和动人，会听到风在空气里流动的音乐，会等待着春天到来，会期盼着一个约会，会想念远方的朋友，会在突然的刹那就轻轻笑了。因为，这颗心懂得，生活原本十分美妙，而感恩是最幸福的事情。

（雪小禅）

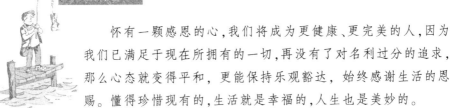

生活悟语

怀有一颗感恩的心，我们将成为更健康、更完美的人，因为我们已满足于现在所拥有的一切，再没有了对名利过分的追求，那么心态就变得平和，更能保持乐观豁达，始终感谢生活的恩赐。懂得珍惜现有的，生活就是幸福的，人生也是美妙的。

我们很少对身边的人说"你好"、"请"或"谢谢"。要知道，也许身边的某个人就是包装你的降落伞的人——掌握你命运的人。

谁包装了你的降落伞

查尔斯·普拉姆是参加过越战的一名美国飞行员。在一次作战任务中，普拉姆的飞机被一枚炮弹击中，他被抛出机舱。普拉姆打开降落伞安全降落，不幸落到越南军手中，在越南被关了6年。普拉姆经历了严峻的考验才得以生存下来，现在他作为一个演讲者，经常向人们讲述他在那次经历中的教训。

一天，普拉姆和他的妻子正在餐馆吃饭，邻桌的一名男子走过来问："嗨，你是普拉姆？你是越战中小鹰号航空母舰上的战斗机驾驶员，在一次执行任务时你的战斗机被击落了。"

"你怎么知道得那么清楚呢？"普拉姆惊讶地问。

"你的降落伞是我包装的，我是那艘航母上的一名普通水手。"那个男子答道。普拉姆紧紧地抓住他的手表示谢意。男子抽出手,平和地说:"我一直在猜测你的降落伞是否能正常运作。"普拉姆肯定地回答:"当然! 如果降落伞不能正常运作,我今天也不会站在这里。"

那天晚上,普拉姆一直没有睡着,他的脑海中一直在想着那名水手在一张长长的木桌前仔细地折叠降落伞,握在他手里的不知是哪个人的命运。也许他时常与那个穿着一身海军制服的水手擦肩而过,但他从来没对水手说过"早晨好"、"你好",只因为他是飞行员而那人是一名普通的水手。

这天,普拉姆在讲演时把这次奇遇告诉听众,大家都很惊讶。普拉姆问他的听众:"你们说说,谁是包装你降落伞的人呢?"一刹那间,大家都沉默了。

普拉姆继续说道:"生活中,有时我们太过于注重竞争,而错过真正重要的东西。我们很少对身边的人说'你好'、'请'或'谢谢'。要知道,也许身边的某个人就是包装你的降落伞的人——掌握你命运的人。"

(李 孟/编译)

生活悟语

　　身边每一个人都可能是将来帮助我们的人,我们不是为了可以从别人身上获取什么才去尊重别人,而是时刻都要怀着感恩的心去对待身边的所有人,这样在我们真正需要他们的时候,他们就会义不容辞地向我们伸出援手。

200

　　生活中,很多人都怀有一颗善良的心,主动去帮助比自己更穷困的人,而受帮助的人也总是尽自己的所能来给予回报。

门口的棉衣和玫瑰

在小镇最阴湿寒冷的街角,住着约翰和妻子珍妮。约翰在铁路局干一份扳道工兼维修的活儿,又苦又累;珍妮在做家务之余就去附近的花市做点儿杂活,以补贴家用。生活是清贫的,但他们是相爱的一对。

冬天的一个傍晚,小两口正在吃晚饭,突然响起了敲门声。珍妮打开门,门外站着一个冻僵了似的老头,手里提着一个菜篮。

"夫人,我今天刚搬到这里,就住在对街。您需要一些菜吗?"老人的目光落到珍妮缀着补丁的围裙上,神情有些黯然了。"要啊,"珍妮微笑着递过几个便士,"胡萝卜很新鲜呢。"老人浑浊的声音里又有了几分激动:"谢谢您了。"

关上门,珍妮轻轻地对丈夫说:"当年我爸爸也是这样挣钱养家的。"

第二天,小镇下了很大的雪。傍晚的时候,珍妮提着一罐热汤,踏过厚厚的积雪,敲开了对街的房门。

两家很快结成了好邻居。每天傍晚,当约翰家的木门响起卖菜老人笃笃的敲门声时,珍妮就会捧着一碗热汤从厨房里迎出来。

圣诞节快来时,珍妮与约翰商量着从开支中省出一部分来给老人置件棉衣:"他穿得太单薄了,这么大的年纪每天出去挨冻,怎么受得了。"约翰点头默许了。

珍妮终于在平安夜的前一天把棉衣赶成了。铺着厚厚的棉絮,针脚密密的。平安夜那天,珍妮还特意从花店带回一枝处理玫瑰,插在放棉衣的纸袋里,趁着老人出门购菜,放到了他家门口。

两小时后,约翰家的木门响起了熟悉的笃笃声,珍妮一边说着圣诞快乐一边快乐地打开门,然而,这回老人却没有提着菜篮子。

"嗨,珍妮,"老人兴奋地微微摇晃着身子,"圣诞快乐!平时总是受你们的帮助,今天我终于可以送你们礼物了。"说着老人从身后拿出一个大纸袋,"不知哪个好心人送在我家门口的,是很不错的棉衣呢。我这把老骨头冻惯了,送给约翰穿吧,他上夜班用得着。还有,"老人略带羞涩地把一枝玫瑰递到珍妮面前,"这个给你。也是插在这纸袋里的,我淋了些水,它美得像你一样。"

娇艳的玫瑰上,一闪一闪的,是晶莹的水滴。

生活悟语

因为有了彼此的关怀和问候,即使贫穷也可以让人的心更温暖。生活中,很多人都怀有一颗善良的心,主动去帮助比自己更穷困的人;而受帮助的人也总是尽自己的所能来给予回报。他们都是懂得感恩的人,一方懂得感激生活,即使并不富有;另一方懂得用最好的去回赠别人,即使自己能得到的也是那么少。

常怀一颗感恩的心，就会让心灵装得更满、更多。

常怀一颗感恩的心

霍金博士，是一位举世闻名的科学家。他是智慧的英雄，更是生命的斗士。

有一次，在学术报告结束之际，一位年轻的女记者面对这位已在轮椅上生活了30余年的科学巨匠，深深敬仰之余，又不无悲悯地问："霍金先生，卢枷雷病已将你永远固定在轮椅上，你不认为命运让你失去太多了吗？"

这个问题显然有些突兀和尖锐，报告厅内顿时鸦雀无声，一片静谧。

霍金的脸庞却依然充满恬静的微笑，他用还能活动的手指，艰难地敲击键盘，于是，随着合成器发出的标准伦敦音，宽大的投影屏上缓慢而醒目地显示出如下一段文字：

我的手指还能活动，

我的大脑还能思维；

我有终生追求的理想，

有我爱和爱我的亲人和朋友；

对了，我还有一颗感恩的心……

在几秒钟的静默之后，掌声雷动。人们含着感动的泪水，簇拥着这位非凡的科学家，心中满溢着对这位不朽伟人的由衷敬意。

生活悟语

用心感受，世界依然美好，我们依然拥有很多。别人有的，我们不必去计较自己是否也有，我们只需拥有生命中最有意义的那些，就可以活得精彩。常怀一颗感恩的心，就会让心灵装得更满、更多。

> 生活常常不会因我们的抱怨而变得美好起来，有的时候，还会因为我们的抱怨而变得更加糟糕。经历了不如意，我学会了感恩生活。

学会感恩生活

男孩子格林的父母离异了。家庭的变故使他变得郁郁寡欢，不但学习成绩下降，还动不动就对同学发脾气。也许是为了平衡自己内心的混乱，每天吃完晚饭他就一个人在操场上转圈，一圈又一圈。

谁都知道他的痛苦，可是，就是没有人能够安慰他。就在这个时候，班里一个并不起眼的同学杰克出现在他的身边。于是，在学校的操场上经常能够看到两个并肩而行的身影。就这样，又过了一段时间，格林完全从父母离婚的阴影中走了出来，又融入了温暖的大家庭。

在前不久的一次同学聚会上见到了杰克，当同学们提起那段往事的时候，杰克微笑着对大家说："其实没什么神秘的，你们并不知道，我父母在我上中学的时候就离婚了。在那段痛苦的日子里，我发奋学习，结果考上了大学。回首那段生活，我发现自己成熟了，独立了，坚强了。我只不过是把自己的这段经历告诉了他而已。"

这样的答案让大家很吃惊。因为，整整四年，全班同学没有一个人知道杰克的身世，而且，他还一直生活得那么快乐、豁达。

当大家问他为什么会做到这样时，杰克说："我们需要感谢生活吗？在生活中，很多人会自觉或不自觉地问起这个问题，尤其是当我们面对生活中的种种不如意的时候。我想当好运来临的时候，我们都会感恩生活；可是，当生活不尽如人意的时候，我们大多数人会抱怨生活。但是，生活常常不会因我们的抱怨而变得美好起来，有的时候，还会因为我们的抱怨而变得更加糟糕。经历了不如意，我学会了感恩生活。因为，正是那段家庭的变故，才成就了今天的我。"

感谢苦难的命运,是苦难给了我磨炼,给了我这样一份与众不同的人生。

感　恩

他的话讲完了。整个会场一片沉静,是那种每个人都受到震撼之后的沉静。许久,才有人想起鼓掌。

掌声响亮。

那是大陆和台湾两岸的十大杰出青年的一次座谈会,地点在北京的西苑饭店。先他发言的是大陆的陈章良、孙雯和台湾的一个青年科学家。三位明星人物的发言都挺精彩,但就是太报告化了,拖的时间太长。轮到他发言时,已过了预定的会议结束时间,于是主持人宣布让他讲3分钟。

他的第一句话是"日本有个阿信,台湾有个阿进,阿进就是我"。接着这句开场白,他给大家讲了他的故事:

他的父亲是个瞎子,母亲也是个瞎子且弱智,除了姐姐和他,几个弟弟妹妹也都是瞎子。瞎眼的父亲和母亲只能当乞丐,住的是乱坟岗里的墓穴,他一生下来就和死人的白骨相伴,能走路了就和父母一起去乞讨。他9岁的时候,有人对他父亲说,你该让儿子去读书,要不他长大了还是要当乞丐。父亲就送他去读书。上学第一天,老师看他脏得不成样子,给他洗了澡。这是他生命中第一次洗澡。为了供他读书,才13岁的姐姐忍受屈辱去挣钱。照顾瞎眼父母和弟妹的重担落到了他小小的肩上。他从不缺一天课，每天一放学就去讨饭，讨饭回来就跪着喂父母。后来，他上了一所中专学校，竟然获得了一个女同学的爱情。但未来的丈母娘说"天底下找不出他家那样的一窝窝人"，把女儿锁在了家里，用扁担把他打出了门……

故事讲到这里，他说，由于时间的关系，今天就不讲太多了。然后，他提高了声音："但是，我要说，我对生活充满感恩的心情。我感谢我的父母，他们虽然瞎，但他们给了我生命，至今我都还是跪着给他们喂饭；我还感谢苦难的命运，是苦难给了我磨炼，给了我这样一份与众不同的人生；我也感谢我的丈母娘，是她用扁担打我，让我知道要想得到爱情，我必须奋斗、必须有出息……"

座谈会结束后，我才知道他叫赖东进，是台湾第 37 届十大杰出青年、一家专门生产消防器材的大公司的厂长。

(彭明榜)

生活悟语

与其哀叹命运的不公，不如想想，其实每一种苦难对我们都是磨炼，是苦难激励我们与命运抗争并走向成功。所以痛苦是自己给自己的，我们要学会感激所有的苦难，那我们就可以没有抱怨，没有放弃和消极，生活也会变得明媚起来。

这副根雕眼镜是我酝酿多年的作品，现在敬献给您。它不是一副眼镜，而是我感恩的心……

根 雕 眼 镜

我从邮局取回一个邮包。那是我的一个搞雕塑的学生寄来的，里面放着一副由树根雕成的眼镜，非常精美。我心中一动——这么多年了，他还记着那件事！

那是 20 年前，我在一个小城市的中学任教。他来自农村，在学校住读。高一时他的成绩在班上遥遥领先，可到了高二下学期，他的成绩却下降了不少。这让我觉得很奇怪，因为这个孩子虽然来自农村，却自尊自强，学习非常努力,从不肯落在别人后面。我试着找他谈了几次话,想问出原因,可他总是低着头,红着脸,嗫嚅着不肯说什么。

后来我问了一位和他很要好的同学,才知道他最近一段时间总是看不清黑板上的字。他曾去医院检查了一下视力,居然两眼都近视到 400 度了。

我思虑了几天。他家中比较贫困,显然他是不忍心向父母开口要钱配眼镜。我拿钱给他配一副眼镜其实并不难,但让这个自尊心很强的孩子接受却不是件容易的事。他对别人的同情怜悯一向特别敏感,稍有不慎,便会使他的心灵受到伤害。

一周后的一个星期天,我约他到我寝室来,说要给他补习一下古文。我认真地为他讲了一会儿,便起身假装到书架上找资料,顺便碰掉了那副早已准备好的眼镜,然后漫不经心地说:"哎,我这儿东西太多了,乱七八糟的,好多以前的东西还堆在这儿呢。"看到他正抬头望着我,我便说:"哦,你看,这是我几年前配的眼镜,一直没戴,结果现在都不合适了。你戴上试试,让老师看看好不好看!"说着,我把眼镜递给了他,又回过身继续在书架上找东西。

再回头,他已经戴上了眼镜,正在翻我的教学辅导书。

"不错啊,很像个大学者哦!感觉怎么样?"

"我觉得……挺清楚的。"

"那太好了,你止好戴着它吧,连眼镜盒也拿去吧,省得放在这儿占地方。"我心中一阵暗喜。

"老师,我……"

"怎么?嫌我的眼镜不好啊?"我假装有些生气地说,"都没怎么戴过,你看,还挺新的呢。"

"没,没有。"他红了一下脸,不再做声了。

后来,他的成绩又如同以前一样优秀了。他顺利地考上了一所名牌大学,如今已是著名的雕塑家……

时隔多年,我教过的学生一批又一批,这件事情我几乎已经忘记了,直到收到这个邮包。在邮包里有他的一封信,信中写道:"20 年前,您送我的那副眼镜让我能够看清黑板,而夹在您教学辅导书里的那张记有我近视度数的纸条,则让我看清了您的良苦用心。您让我体会到了人间真情,更安抚了我稚嫩自卑的心灵。这副根雕眼镜是我酝酿多年的作品,现在敬献给您。它不是一副眼镜,而是我感恩的心……"

(贺　伟)

是老师,为我们的学习尽心尽力;是老师,在我们的生活上给予我们母亲般的关怀。他对学生总是用心良苦,他总是小心翼翼地保护着我们容易受伤的幼小心灵,鼓励我们自强不息。师恩不能忘,需要我们默默记在心中。

一个不懂得爱的孩子,就像不会呼吸的鱼,出了家族的水箱,在干燥的社会上,他不爱人,也不自爱,必将焦渴而死。

爱的回音壁

现今中年以下的夫妻,几乎都是一个孩子,关爱之心,大概达到中国有史以来的最高值。家的感情像个苹果,姐妹兄弟多了,就会分成好几瓣;若是千亩一苗,孩子在父母的乾坤里,便独步天下了。

在前所未有的爱意中浸泡的孩子,是否物有所值,感到莫大幸福?我好奇地问过。孩子们撇嘴说,不,没觉着谁爱我们。

我大惊,循循善诱道,你看,妈妈工作那么忙,还要给你洗衣做饭;爸爸在外面挣钱养家,多不容易! 他们多么爱你们啊……

孩子很漠然地说,那算什么呀!谁让他们当了爸爸妈妈呢?也不能白当啊,他们应该的。我以后做了爸爸妈妈也会这样。这难道就是爱吗? 爱也太平常了!

我震住了。一个不懂得爱的孩子,就像不会呼吸的鱼,出了家族的水箱,在干燥的社会上,他不爱人,也不自爱,必将焦渴而死。

可是,你怎样让由你一手哺育长大的孩子,懂得什么是爱呢?从他的眼睛接受第一缕光线时,已被无微不至的呵护包绕,早已对关照体贴熟视无睹。生物学上有一条规律,当某种物质过于浓烈时,感觉迅速迟钝麻痹。

如果把爱定位于关怀,随着孩子年龄的增长,对他的看顾渐次减少,孩子

207

就会抱怨爱的衰减。"爱就是照料"这个简陋的命题，把许多成人和孩子一同领入误区。

寒霜陡降也能使人感悟幸福，比如父母离异或是早逝。但它是灾变的副产品，带着天力人力难违的僵冷。孩子虽然在追忆中，明白了什么是被爱，那却是一间正常人家不愿走进的课堂。

孩子降生人间，原应一手承接爱的乳汁，一手播撒爱的甘霖，爱是一本收支平衡的账簿。可惜从一开始，成人就间不容发地倾注了所有爱的储备，劈头盖脸砸下，把孩子的一只手塞得太满。全是收入，没有支出，爱沉淀着，淤积着，从神奇化为腐朽，反让孩子成了无法感知爱意的精神残疾。

我又问一群孩子，那你们什么时候感到别人是爱你的呢？

没指望得到像样的回答。一个成人都争执不休的问题，孩子能懂多少？比如你问一位热恋中的女人，何时感受被男友所爱？回答一定光怪陆离。

没想到孩子的答案晴朗坚定。

我帮妈妈买醋来着。她看我没打了瓶子，也没洒了醋，就说，闺女能帮妈干活了……我特高兴，从那会儿，我知道她是爱我的。翘翘辫女孩说。

我爸下班回来，我给他倒了一杯水，因为我们刚在幼儿园里学了一首歌，词里说的是给妈妈倒水，可我妈还没回来呢，我就先给我爸倒了。我爸只说了一句，好儿子……就流泪了。从那次起，我知道他是爱我的。光头小男孩说。

我给我奶奶耳朵上夹了一朵花，要是别人，她才不让呢，马上就得揪下来。可我插的，她一直带着，见着人就说，看，这是我孙女打扮我呢……我知道她最爱我了……另一个女孩说。

我大大地惊异了。讶然这些事的碎小和孩子铁的逻辑，更感动他们谈论时的郑重神气和结论的斩钉截铁。爱与被爱高度简化了，统一了。孩子在被他人需要时，感觉到了一个幼小生命的意义。成人注视并强调了这种价值，他们就感悟到深深的爱意，在尝试给予的同时，他们懂得了什么是接受。爱是一面辽阔光滑的回音壁，微小的爱意反复回响着，折射着，变成巨大的轰鸣。当付出的爱被隆重接受并珍藏时，孩子终于强烈地感觉到了被爱的尊贵与神圣。

被太多的爱压得麻木，腾不出左手的孩子，只得用右手，完成给予和领悟爱的双重任务。

天下的父母，如果你爱孩子，一定让他从力所能及的时候，开始爱你和周围的人。这绝非成人的自私，而是为孩子一世着想的远见。不要抱怨孩子天生无爱，爱与被爱是铁杵成针百年树人的本领，就像走路一样，需反复练习，才会举步如飞。

如果把孩子在无边无际的爱里泡得口眼翻白,早早剥夺了他感知爱的能力,育出一个爱的低能儿,即使不算弥天大错,也是成人权力的滥施,或许要遭天谴的。

在爱中领略被爱,会有加倍的丰收。孩子渐渐长大,一个爱自己爱世界爱人类也爱自然的青年,便喷薄欲出了。

(毕淑敏)

生活悟语

爱给予太多太盲目,就会失去它本身的价值和意义,这反而是对爱的一种糟蹋。我们不能指望父母把所有的爱都倾注在我们身上,那样我们会不懂得珍惜父母给予的爱。我们在接受父母付出的爱的同时,也要以爱回报父母,只有这样,我们才能深刻理解被爱的感觉。

因这条路上的门市拆迁,小伙子搬到别处去了,可人们还会想起他来。我敢肯定人们所挂念的不是小伙子的鲜花,而是他的那一颗感恩经营的心。

感 恩 经 营

在我常去图书馆的一条路上,看到一家花店,每天早上8时,花店门一开,便挤满了前来买花的人。有好几次,我总想近前看个明白——这家花店为何生意如此红火?后来从买花人口中得知,开花店的是一位年轻的小伙子,他每天早8时开花店门,第一笔生意都是照本钱卖给顾客。

有一天,我想为妻子即将到来的生日买一束郁金香,我也赶早上8时挤进了这家花店。我果然买到一束我想要的黄色郁金香,昨天午后他开价80元,今天以开门第一笔生意的价钱只花了45元钱就买到了。我对小伙子这种独特的经营方式很感兴趣。

一个夕阳西下的傍晚，我见小伙子忙完了一笔生意，正悠闲地修花剪叶，我连忙近前向他点头致意。然后，我问他："为什么会有开市第一笔生意照本卖的想法呢？"

他微微一笑说："最重要的还是感恩吧！记得我刚在这条路上开花店时，我的父亲急需钱动手术，花店每进一个人我总跟人说出我赚的钱只是为父亲看病，奇怪的是人们听后很爽快且十分信任地和我做生意。后来我父亲用我花店赚的钱动了手术，身体日益康复。于是我就想，鲜花不能吃不能穿，只是人们用来传递美好的感情，鲜花又不是人们生活的必需品，我思前想后就定下了这个规定，每天以此形式答谢顾客。"

噢，原来如此。他恐怕做梦也没想到，正是那颗感恩的心使他的生意得到更大的回馈。

后来，因这条路上的门市拆迁，小伙子搬到别处去了，可人们还会想起他来。我敢肯定人们所挂念的不是小伙子的鲜花，而是他的那一颗感恩经营的心。

（胥加山）

生活悟语

在别人身上撒下爱的种子，就会孕育出爱的花朵，会给他人带来芳香。每一个接受爱的种子的人都应心存感激，把爱延续下去。别人把爱投到你身上，你就得把它藏在心底，再把它传播出去，让更多的人嗅到爱的气味和感受爱的温暖。

一生中我们每个人都有需要感谢的东西，其中不仅仅有物质上的给予，而且也包括精神（心灵）上的支持，比如得到了自信和机会。

感谢那只手

前不久看到一则美国故事：感恩节前夕，芝加哥的一家报纸向一位小学女教师约稿,希望得到一些家境贫寒的孩子的图画,图画的内容是他们想感谢的东西。

孩子们高兴地在白纸上描绘起来。女教师猜想这些贫民区的孩子们想要感谢的东西是很少的,可能大多数孩子会画上餐桌上的火鸡或冰淇淋等。

当小道格拉斯交上他的画时,她吃了一惊:他画的是一只大手。

是谁的手?这个抽象的表现使她迷惑不解。孩子们也纷纷猜测。一个说:"这准是上帝的手。"另一个说:"是农夫的手,因为农夫喂养了火鸡。"

女教师走到小道格拉斯——这个皮肤棕黑、又瘦又小、头发鬈曲的孩子面前,低头问他:"能告诉我你画的是谁的手吗?"

"这是你的手呀,老师。"孩子小声答道。

她回想起来了,在放学后,她常常拉着他黏糊糊的小手,送孩子们走一段。他家很穷,父亲常喝酒,母亲体弱多病,没工作,小道格拉斯破旧的衣服总是脏兮兮的。当然,她也常拉别的孩子的手。可这只老师的手对小道格拉斯却有非凡的意义,他要感谢这只手……

的确,一生中我们每个人都有需要感谢的东西,其中不仅仅有物质上的给予,而且也包括精神(心灵)上的支持,比如得到了自信和机会。对很多给予者来说,也许这种给予是微不足道的,可它的作用却常常难以估量。

(郑　凌)

生活悟语

在生命中,总有些人和事对于我们来说,有着重要的意义。有时,别人眼中不经意的,却是最能触动我们心灵深处的,让我们得到力量的。爱的方式很多,即虽是简单,也是最温馨和最真诚的,最值得感谢的就是那些如此般爱着我们的人。

211

一句言谢虽然简单，但它就像在人与人之间搭建起的一座桥梁，可以为双方互送温暖。

莫 忘 致 谢

依琳娜、莎拉和德鲁还小的时候，每当他们要向人家致谢，就口述感谢词句由我笔记。但是到孩子长大一些，有能力自己写谢柬了，却必须我三催四请才肯动笔。

我会问："你写了信给爷爷，谢谢他送你那本书没有？"或问，"陶乐思阿姨送了你那件毛线衫，你可有向她道谢？"他们的回应总是含糊其辞，或耸耸肩膀。

有一年，我在圣诞节过后催促了几天，儿女竟一直毫无反应，我大为气恼，便宣布：谢柬写妥投邮之前，谁也不准玩新玩具或穿新衣。他们依旧拖延，还出言抱怨。

我忽然灵机一动，就说："大家上车。"

"要去哪里？"莎拉问，觉得好奇怪。

"去买圣诞礼物。"

"圣诞节已经过去了。"她反驳。

"不要啰嗦。"我斩钉截铁地说。

待孩子都上了车，我说："我要让你们知道，人家为了送你们礼物，要花多少时间。"

我对德鲁说："麻烦你记下我们离家的时间。"

来到镇里，德鲁记下抵达的时刻。三个孩子随我走进一家商店，帮我选购礼物送给我的姐妹。然后我们回家。三个孩子一下车便向雪橇走过去。我说："不许玩，还要包礼物。"孩子们垂头丧气回到屋里。

"德鲁，记下到家的时间没有？"他点点头。

"好，请你记录包礼物的时间。"

孩子包礼物时,我替他们冲泡可可。终于最后一个蝶形结也系好了。"一共花了多少时间?"我问德鲁。

他说:"到镇上去,用了28分钟,买礼物花了15分钟,回家用了38分钟。"

"包这几个盒子用了多少时间?"依琳娜问。

"你们两人都是两分钟包一个。"德鲁说。

"把礼物拿去邮寄,要花多少时间?"我问。

德鲁计算了一下,答道:"一来一去56分钟,加上在邮局排队的时间,要71分钟。"

"那么,送别人一件礼物总共花多少时间?"

德鲁又计算了一阵。"2小时34分钟。"

我在每个孩子的可可杯旁放一页信纸、一个信封和一支笔。"现在请写谢柬。写明礼物是什么,说已经拿来用了,用得很开心。"

他们沉默构思,接着响起了笔尖在纸面上的声音。

"花了我们3分钟。"德鲁一面说一面把信封封好。

"人家选购一件情意浓厚的礼物,然后邮寄给你,所花时间也许超过两个半小时,我要你们花3分钟时间道谢,这难道是过分要求吗?"我问。三人低头望着桌面,摇摇头。

"你们最好现在就养成这习惯。早晚你们要为很多事情写谢柬的。"

"你小时候也写这东西吗?"德鲁问。

"当然。"

213

我想起了亚瑟老爷爷。他是我曾祖父最小的弟弟,家住马塞诸塞州,我从没见过他,可是每年圣诞节他都送我一份礼物。他双目失明,由住在隔壁的侄女贝嘉过来帮他开出一批5美元的支票,分别寄给每一个曾侄孙和玄侄孙。我每次都回信致谢,并且告诉他这5美元是怎么用的。

后来我去马塞诸塞州就学,这才有机会探望亚瑟老爷爷。闲谈间,他说很欣赏我写的谢柬。我告诉三个孩子,亚瑟老爷爷每年都送我礼物,我也每年都给他写谢柬。

"那时你漂亮不漂亮?"莎拉问。

"我的男朋友说我漂亮。"我说着就走到书架前,取下一本照片簿翻开。在照片中,我站在自己家里的壁炉前面,身穿黑丝绒晚礼服,头发结成精致的法国贵妇髻。旁边有个英俊青年。

"原来是爸爸!"依琳娜有点儿惊讶。

我微笑点头。三个孩子坐下来继续写谢柬。今年圣诞节,我丈夫和我庆祝了结婚 36 周年。

谢谢你,亚瑟老爷爷。

生活悟语

一句言谢虽然简单,但它就像在人与人之间搭建起的一座桥梁,可以为双方互送温暖。对别人表示由衷的感谢,这不是没必要的。如果连给予别人这么一点儿的回报都不愿意,那么我们又何尝想过去爱其他人呢?只是一声"谢谢",我们为何要如此吝啬?

在这个世界上,有些人把生活的减法计算成加法,把人生的重负当做温暖的行囊,用感恩的心灵缝补幸福的漏洞。那些幸福的时刻,才是生活对他们最纯粹的至高奖赏。

幸福的时刻

中午我到邮局取稿费。将一沓取款单交给工作人员后,旁边一位正在埋头填写汇款单的人引起了我的注意。他戴着安全帽,穿着沾有白灰的旧衣服,粗糙的手指用力地握住纤细的圆珠笔,指缝间黑黑的污垢清晰可见。

我顺眼看了看他的收款人地址,是江西的一个农村。这让我想起了远在家乡的也曾是民工的哥哥。或许有些着急,或许因为不怎么写字,他的字写的歪歪扭扭,连写了 3 张汇款单,填了又撕,撕了又填。看到我在注视,他的耳根儿红了起来。忽然他抬头问:可不可以帮个忙?我说:行啊。他说:在汇款附言栏里写句话,不要多,字多了收钱哩。我问:写什么?他羞涩地捏着手指说:我很好,勿念,种好庄稼,祝你们幸福。我很快给他写好附言。他双手捏紧汇款单,郑重地递给工作人员。仿佛完成了一件特别有意义的庄重事业,他连声对我说：谢谢，谢谢兄弟。接着给我发了一根廉价香烟。

出于写作的敏感，我问他：你眼里的幸福是什么？他说：简单得很！就是我平平安安干活不生病，家人顺顺利利把庄稼收进粮仓，孩子好好学习考出好成绩。说了你别笑话，我汇款时附言少写几个字，就能节省几毛钱，用这几毛钱我媳妇可以打一斤酱油，孩子可以买一根冰棍。一想到他们有滋味地过日子，我能按时拿到工钱，有时我做梦都能笑醒来⋯⋯

他的话就像泥土，素面朝天，没有任何修饰；他眼里的幸福就像一滴草叶上的露珠，晶莹剔透，没有任何杂质。

我接过稿酬，平时不怎么在乎轻飘飘的稿酬却有了一种异样的分量。

在这个世界上，有些人把生活的减法计算成加法，把人生的重负当做温暖的行囊，用感恩的心灵缝补幸福的漏洞。那些幸福的时刻，才是生活对他们最纯粹的至高奖赏。

（青海马）

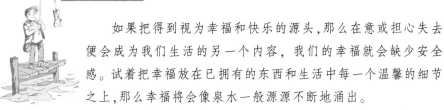

生活悟语

如果把得到视为幸福和快乐的源头，那么在意或担心失去便会成为我们生活的另一个内容，我们的幸福就会缺少安全感。试着把幸福放在已拥有的东西和生活中每一个温馨的细节之上，那么幸福将会像泉水一般源源不断地涌出。

　　没有一种给予是理所应当的，没有什么是必须和应该的；所以，没有一种领受是可以无动于衷、心安理得的，都应心存感激。一朵花会为一滴雨露鲜艳妩媚，一株草会因一缕春风摇曳多姿，一湖水也会因一片落叶荡漾清波；一颗心更应对另一颗关爱的心充满感激之情。

第十辑 快乐是生命开出的一朵花

　　生活本来就充满情趣，就看我们以什么样的方式去享受这种快乐。英国作家萨克雷认为："生活就是一面镜子,你笑,它也笑;你哭,它也哭。"

　　快乐其实就是生活的源泉,有了她,你将不再悲观,只有坚强。她像春天的雨露滋润着干涸的土地,源源不断地供给你营养,直到你长高;披着七彩的霞衣,迎着朝阳上路。

> 这个城市很喧嚣，很世俗。但是，这位司机让我觉得他十分可爱，他为别人播放音乐，他希望带给别人快乐，然后他会因为别人的快乐而快乐。

统 计 快 乐

我在杭州打的，很幸运，遇上了一位健谈和乐观的司机。

我刚坐上副驾驶座位，司机说："这音乐喜欢吗？"我听到，车载 CD 正在播放一段打击乐，很舒缓的那种。

我说："好啊，我也蛮喜欢。"

车子在车流中穿行，不时地堵车，但那段节奏感很强的打击乐让我不由得轻轻摇摆起了自己的身体，头慢慢地随着音乐的鼓点摇着。

司机笑了，说："今天你是第二十个喜欢这段音乐的客人。"我非常诧异，我经常遇到一堵车就马上拿出一沓小钞，一张张数，然后心满意足的司机。但像他这样，统计一段音乐能给多少乘客带来快乐的司机，我还是第一次遇到。

司机微胖，40 岁光景的年纪，脸上有点儿凹凸不平，他年轻的时候肯定长过青春痘。

他很快乐。

于是，我由衷赞赏他的音乐，后来又问他这 CD 是从哪里买来的。他告诉我，这是进口 CD，在杭州还没有出售，有一次他到朋友家做客，听到这张 CD 后，就千方百计要了来。

司机说："那是抢，我也不管他同不同意了。"

司机笑了。

司机拉开储物盒，我发现里面全是 CD。司机对我说："我还储备了这些，有些乘客喜欢听女声的，有些喜欢听男声的。但是，这段打击乐是最多人喜欢听的。"

司机也开始摇头晃脑。

十几分钟后,我的目的地到了。我下车,又有一位年轻人一路小跑过来,然后坐上了副驾驶座位,车子启动了,我依稀听到那司机在问:"这段音乐你喜欢吗?"

车子滑入了滚滚车流中,我仿佛听到那个司机开心地在说:"你是今天第二十一个喜欢这段音乐的人。"

这个城市很喧嚣,很世俗。但是,这位司机让我觉得他十分可爱,他为别人播放音乐,他希望带给别人快乐,然后他会因为别人的快乐而快乐。

这样的快乐,既普通如水,又隽永如醇酒。

(流　沙)

生活悟语

把自己的一份快乐分成两份,就成了两个人的快乐;再把它分成无数份,就有了无数人的快乐。快乐是可以传染的,把它带到哪里,哪里就弥漫着它的芬芳。为别人带去快乐,其实是一件举手之劳的事情,与其独乐,不如让更多的人同乐。

不论你是百万富翁还是穷光蛋,每一天都应该有一个基本的目标,就是衷心喜悦地享受生活。

不要为快乐制订条件

心理学家告诉我们,为了获得真正的快乐,千万不要为自己的快乐制订条件。

别说:"只要我赚到1万元,我就开心了。"

别说:"我只要搭上去往巴黎、罗马、维也纳的飞机,就快乐了。"

别说:"我到60岁退休的时候,只要卧在躺椅上晒晒太阳,就满足了。"

生活中的快乐,不应该有条件。

不论你是百万富翁还是穷光蛋,每一天都应该有一个基本的目标,就是衷心喜悦地享受生活。患得患失的百万富豪会对自己说："有人会偷走我的钱，然后就没有人理睬我了。"意志坚强的穷光蛋却会对自己说："债主在街上追我的时候，我正好可以运动一下。"

不要愚弄你自己，如果你真的想要得到生活的乐趣，你能够找到，但要有一个先决条件：你必须有这份福气消受。有许多无福消受生活乐趣的人，他们在功成名就之后，非但不能松弛，反而更趋紧张。在他们心目中，似乎老是受到各种追逐——疾病、诉讼、意外、赋税，甚至还包括了亲戚的纠缠。

学习快乐的追求，而非痛苦；尊崇快乐的效力，因而产生自我的价值感。

生活悟语

一个人心中有太多的如果，就永远得不到快乐，因为当他实现了这个"如果"之后，又会有那个"如果"。人有各种各样的要求，永无休止地为快乐制订条件，我们只能痛苦于半路。其实，路没有尽头，快乐地走过每一段，那么一路上都是阳光普照。

后悔常常使我们陷于苦恼之中，错失往往令我们自责难过。回头看，无济于事，那么我们就向前看，等待在下一次中做得更好。

最精炼的智慧

一位心理医生每天的工作就是帮助自己的病人解决所有的心理难题，他工作了整整30年，几乎大半生都用在倾听别人的烦恼和困惑上。

他快要退休的时候，决定把自己一生的经验总结成书，这样不但能够让人们少走许多弯路，也对自己的工作是一份完整的总结。于是，他开始着手创作，最终完成了一本心理学的专著，其中不但有各种心理疾病的症状表现和治疗方法，还加入了自己的临床实践经历，可以说是一本经历了时间考验的心理百科全书。

这位老医生也被心理学界公认为权威。很多学校、企业纷纷邀请他去讲课。一次，他在一家大学的课堂上，拿出了自己的那本专著，望着台下同学们崇拜的目光，他轻轻说："我这本书共有 200 万字，讲了 3000 种以上的治疗方法和药物，可是这所有的内容可以总结成为几个字。"

同学们睁大了眼睛，用几个字总结心理专家一生的结晶，那一定是充满智慧的语言。只见专家转身在黑板上写下了几个字："如果，下一次。"学生们都在期待着解释。专家说："我多年的心理治疗，都是从倾听病人的烦恼开始的。我发现很多病人之所以受到精神困扰，是因为'如果'这两个字，很多人都长久地被这两个字折磨着，他们总是在诉说完自己的苦恼之后，加上一句'如果我当初好好努力'、'如果我没有选择离开'、'如果我抓住了那次机会'……有些人会为了这个'如果'寝食难安、捶胸顿足，甚至有些人因此产生自杀倾向。"

专家顿了一顿，接着说："我的治疗，不管是采用什么方法，最终的目的就是把他们引出'如果'的深渊，让他们去发现'下一次'。当人们能够被下一次所吸引时，所有的精神困扰都会消失。他们开始说'下一次我会选择好好进修'、'下一次我一定不会再错过'、'下一次我一定抓住机会'……的时候，我就知道，他们马上就会痊愈了。"

生活悟语

后悔常常使我们陷于苦恼之中，错失往往令我们自责难过。但我们明知不能回头，却偏要把过去的痛苦带到现在。回头看，无济于事，那么我们就向前看，等待在下一次中做得更好。不要自找一些不必要的痛苦，把希望放在未来，我们就能快乐地过好每一天。

22

　　猛然间,欢欢大叫起来:"我找到快乐了!"原来,在别人快乐的时候,自己就能得到快乐。

寻 找 快 乐

　　小兔欢欢在森林小学里上学。这天,梅花鹿老师布置了一项作业,让每个学生都去寻找一种叫快乐的东西。这可急坏了欢欢、小猴子奇奇和小熊猫聪聪。

　　一放学,欢欢便跑回家问妈妈:"妈妈,快乐是什么东西?"妈妈和蔼地说:"欢欢,这快乐的答案只有你自己才能找到。"

　　第二天,欢欢、奇奇、聪聪聚在一起,准备出发去寻找快乐的秘密。它们穿过树林,来到一条小河边,发现河里有个东西在沉浮,还隐隐约约传来一阵哭声。欢欢的耳朵最灵,一下子就听出了这是小猫咪咪的哭声。大家望着湍急的河水,十分着急。一向被称为"智多星"的奇奇灵机一动,想出了一个好主意。它跳上一棵大树,把树枝压下来垂到河面上,咪咪很快拉住枝条爬上了岸。

　　大家一起护送咪咪回家。咪咪的妈妈十分感激地告诉它们:"咪咪这几天发高烧,净说胡话,吃了很多药都不见效,今天一大早便出去了……"聪聪急中生智,一边把手提电脑打开一边说:"别急,我们可以向全世界求助。"聪聪很快进入了医疗网站,向世界各地的医生发出了求援信。欢欢和奇奇也没闲着,一会儿给咪咪倒水,一会儿给咪咪换毛巾,忙得不亦乐乎。很快,聪聪就收到来自世界各地的许多教授开的药方。吃了药,咪咪的病很快就好转了。

　　欢欢、奇奇、聪聪都乐得一蹦三尺高,猛然间,欢欢大叫起来:"我找到快乐了!"原来,在别人快乐的时候,自己就能得到快乐。

生活悟语

快乐是具体的,它是你帮助别人之后的满足,它是你为别人付出之后的自豪。在别人困难的时候帮助别人就会获得快乐,而这份快乐不单单是属于我们的,也是属于被我们帮助的人的。其实,看到别人快乐,自己也在享受快乐。

一位真正懂得从生活经验中找到人生乐趣的人,才不会觉得自己的日子充满压力及忧虑。

小和尚磨豆子

从前,山中有座庙,庙里没有石磨,因此,庙里每天都要派和尚挑豆子到山下农庄去磨。

一天,有个小和尚被派去磨豆子。在离开前,厨房的大和尚交给他满满的一担豆子,并严厉警告:"你千万要小心,庙里最近收入很不理想,路上绝对不可以把豆浆撒出来。"

小和尚答应后就下山去磨豆子了。在回庙的山路上,他一想到大和尚凶恶的表情及严厉的告诫,愈想愈觉得紧张。小和尚小心翼翼地挑着装满豆浆的大桶,一步一步地走在山路上,生怕有什么闪失。

不幸的是,就在快到厨房的转弯处时,前面走来一位冒冒失失的施主,撞得前面那只桶的豆浆倒掉了一大半。小和尚非常害怕,紧张得直冒冷汗。

大和尚看到小和尚挑回的豆浆时,当然非常生气,指着小和尚大骂:"你这个笨蛋!我不是说要小心吗?浪费了这么多豆浆,去喝西北风啊!"

一位老和尚听闻,安抚好大和尚的情绪,并私下对小和尚说:"明天你再下山去,观察一下沿途的人和事,回来给我写个报告,顺便挑担豆子下去磨吧。"

小和尚推却，说自己只是磨豆子都做不好，哪可能既要担豆浆，又要看风景，回来后还要作报告。

在老和尚的一再坚持下，第二天，他只好勉强上路了。在回来的路上，小和尚发现其实山路旁的风景真的很美，远方看得到雄伟的山峰，又有农夫在梯田上耕种。走不久，又看到一群小孩子在路边的空地上玩得很开心，而且还有两位老先生在下棋。这样一边走一边看风景，不知不觉就回到庙里了。当小和尚把豆浆交给大和尚时，发现两只桶都装得满满的，一点儿都没有溢出。

其实，与其天天在乎自己的功名和利益，不如每天在上学、工作或生活的努力中，享受每一个过程的快乐，并从中学习成长。

一位真正懂得从生活经验中找到人生乐趣的人，才不会觉得自己的日子充满压力及忧虑。

（宋玉莲）

生活悟语

我们不住地往自己肩上加重，到达一定负荷时，就会把自己压得透不过气。这样做人实在太累了。越是给自己压力，事情越是办不好。适当为自己减压，从生活中去寻找乐趣，在放松的状态下，做事情反而更能收到事半功倍的效果。

无论什么时候，面对别人的冷嘲热讽和威胁，不必为之生气，无需急于辩驳，更不要做愚蠢的反抗，始终保持镇定的微笑，要用智慧来化解烦恼。

用幽默塑造智慧

罗斯福在当选美国总统之前，家里被窃，朋友写信安慰他。罗斯福回信说："谢谢你的来信，我现在心中很平静，因为：第一，窃贼只偷走了我的财物，并没有伤害我的生命。第二，窃贼只偷走一部分东西，而非全部。第三，最值得庆幸的是：做贼的是他，而不是我。"

美国前总统里根，在任初期，有一次被枪击中，子弹穿入了胸部，情况危急。在生死攸关的时刻，里根面对赶来探视的太太说的第一句话竟是："亲爱的，我忘记躲开了。"美国民众得知总统在身受重伤时仍能保持幽默本色，康复应该指日可待。他的幽默稳定了因受伤而可能产生的动荡局势。

美国总统威尔逊，在一次演讲中，在刚刚进行到一半时，台下突然有个捣蛋分子高声打断了他："狗屎！垃圾！"威尔逊虽然受到了干扰，但他急中生智，不慌不忙地说："这位先生，请少安毋躁，我马上就会讲到你所提出的关于环保的问题。"全场人不禁为他的机智反应鼓掌喝彩。

一次，英国首相丘吉尔在公开场合演讲，从台下递上一张纸条，上面只写了两个字"笨蛋"。丘吉尔知道台下有反对他的人等着看他出丑，便神色从容地对大家说："刚才我收到一封信，可惜写信人只记得署名，忘了写内容。"丘吉尔不但没有受到不快情绪的控制，反而用幽默将了对方一军，实在是高！

有一次，萧伯纳在街上行走，被一个冒失鬼骑车撞倒在地，幸好没有大碍。肇事者急忙扶起他，连说抱歉，萧伯纳拍拍屁股诙谐地说："你的运气真不好，先生，如果你把我撞死了，就可以名扬四海了。"

天才幽默大师卓别林曾被歹徒用枪指着头打劫。卓别林知道自己处于劣势，所以不做无谓抵抗，乖乖奉上钱包。但是，他对劫匪说："这些钱不是我的，是我老板的，现在这些钱被你拿走了，老板一定认为我私吞公款。兄弟，我想和你商量一下，拜托你在我帽子上开两枪，证明我被打劫了。"歹徒心想，有了这笔钱，这个小小的要求当然可以满足了，于是便对着帽子开了两枪。卓别林再次恳求："兄弟，可否在我衣服和裤子上再各补一枪，让我老板更深信不疑。"头脑简单、被钱冲昏头的劫匪统统照做。6 发子弹全部打光了，这时，卓别林一拳挥去，打昏了劫匪，取回钱包喜笑颜开地离去了。

生活悟语

无论什么时候，面对别人的冷嘲热讽和威胁，不必为之生气，无需急于辩驳，更不要做愚蠢的反抗，始终保持镇定的微笑，要用智慧来化解烦恼，让他知道我们没有因为他们而影响我们的快乐，这是进行还击的最有效方法。

225

> 我从那小女孩身上，从我父亲身上，读懂了这句诗的美和内涵：飞翔的目的不是为了留下痕迹，而是在飞翔中尽情地享受自由和快乐。

快乐是生命开出的一朵花

一

小时候，我梦想成为一个画家，一有空闲就开始画画。父亲见我如此痴迷画画，便领我去拜访一位老画家。老画家看了我的画后，问："孩子，你为什么要学画画呢？"

"我想成为一个画家。"我说。

"但不是每一个学画画的人最后都能成为画家。"老画家提醒我说，"孩子，你画画时觉得快乐吗？"

"快乐。"我回答说。

"有快乐就够了！"

老画家还告诉我，世界上有两种花，一种花能结果，一种花不能结果。而不能结果的花却更加美丽，比如玫瑰，又比如郁金香，它们从不因为不能结果而放弃绽放自身的快乐和美丽。人也像花一样，有一种人能结果，成就一番事业；而有一种人不能结果，一生没有什么建树，只是一个普通人而已。但普通人只要心中有快乐，脸上有欢笑，照样可以像玫瑰和郁金香那样，得到人们的欣赏和喜爱。临走时，老画家拍拍我的肩膀，鼓励我说："孩子，去做一个快乐的人吧，因为有快乐人生就有幸福，有快乐生活就充满阳光。"

现在，我仍然保持画画的习惯，但目的再也不是为了成为一个画家，而是在画画的过程中去领略和享受人生的快乐。就像老画家说的那样，有快乐就够了，有快乐人生就有幸福，有快乐生活就充满阳光。

二

春天,我见一女孩站在阳台上,她手持一根木棍,木棍的一端系着一根漂亮的红丝线,红丝线在窗外轻盈地飘着。我问小女孩在干什么,小女孩说,她在钓蝴蝶。我问,没有钩怎么能钓着蝴蝶呢?小女孩说,她不是在钓蝴蝶的身子,而是在享受钓蝴蝶的快乐。

小女孩的话,让我想起父亲。父亲爱好钓鱼,每天一大早出门,傍晚时候才回来。一次,我见他拎回的鱼篓空空的,一条鱼也没有,可父亲仍是一路欢歌。我不解地问父亲:"你都等了一天,也没有等来一条上钩的鱼,怎么还这么快乐?"父亲回答:"鱼不咬我的钩那是它的事,我却钓上来了一天的快乐!"

原来,对真正的钓者而言,最好的那条鱼便是快乐。

"天空不留下鸟的痕迹,但我已飞过。"这句诗我很早就读过,那时,我只感到这诗很美,但不知道美在哪里。现在,我从那小女孩身上,从我父亲身上,读懂了这句诗的美和内涵:飞翔的目的不是为了留下痕迹,而是在飞翔中尽情地享受自由和快乐。

同样,生活也不会留下我们曾经快乐的痕迹,但只要我们快乐过,这就足够了,因为对于人生来说,最好的那条鱼,是快乐!

三

最近,读到一份介绍冰岛的资料:冰岛位于寒冷的北大西洋,约13%的土地为冰雪覆盖,也是世界上活火山最多的国家之一,堪称"水深火热"!冬天更是漫漫长夜,每天有20小时是黑夜,可谓"暗无天日"!可是,冰岛的死亡率位于世界之末,人均寿命居世界之首。

生活在如此恶劣环境下的冰岛人,为什么死亡率位于世界之末而人均寿命居于世界之首呢?

带着这个疑问,美国一个名叫盖洛普的民意测验组织,对世界18个国家的居民做了一次抽样调查。结果表明,冰岛的居民是世界上最快乐的人,参加测试的27万冰岛人,82%的人都表示满意自己的生活。

原来,冰岛人长寿的秘诀是快乐。快乐是最好的药,快乐是生命开出的一朵花,它不仅能延缓我们生理机能的衰老,而且还可以让我们通过快乐这扇心窗,在逆境中,依然看到世界的美丽和阳光。

(黄小平)

227

生活悟语

真正健康的人，应该是一个内心快乐的人。保持心境的开朗，哪管世界变得怎么样，我们依然过我们轻松而自在的生活。尽情感受过程中的快乐，让我们不再为得不到而耿耿于怀，即使结果一无所有，也要让我们的精神享受多于物质的收获。

228

我们每一个人都有承受工作和学习压力的时候，这时候让心情放飞的最好办法是给别人制造快乐；如果你能够给别人带去快乐，那么他们也会给你带来快乐的！

制 造 快 乐

故事开始于一次心血来潮之举。许多年前，我在一家公司上班。我上班的办公室有一面落地大窗户面对着繁华的大街。有一天工间休息的时候，我站在窗户前，一位坐在一辆敞篷车里的女人正仰着头朝上面看，我们刚好四目相对。我很自然地招了招手。我发现车子开远了，她还回头朝我看，显然是试图辨认出我到底是谁。我乐得哈哈大笑。从此，我就开始了为期一年的窗前滑稽表演。

每到工间休息的时候，我就会站在窗户前朝大街上的行人招手。这些行人的反应各式各样，逗得我忍俊不禁，工作的压力也随之一扫而光。同事们对我的举动也有了兴趣。他们会躲在一边悄悄地观察，津津乐道于街上行人的反应。

过了不长时间，我的行为就引起了一些每天在这个时间经过的行人的注意。他们走到这里，都会抬头看一看。有一个开卡车的司机经过这里时总会将前灯亮两下回应我的招手。有一辆班车在这个时间总是坐着同样一群人，他们成了我的忠实"粉丝"。

后来，我感到招手已经不新鲜了，于是我又换了新节目。我写了一些标语："你好"、"好心情"、"祝你快乐"等等,贴在窗户上,同时站在窗前向行人招手。我还设计了一些滑稽的造型,有时戴着纸做的帽子,有时扮着鬼脸,有时手舞足蹈。

圣诞节快来了,我的一些同事开始沮丧起来,因为圣诞旺季一过,公司就要裁员了。办公室里弥漫着悲凉的气氛,让人透不过气来。

晚上回到家,一张废弃的纸箱壳引起了我的注意。我用它做成圣诞老人的帽子,又用旧挂历纸剪成纸条做成大胡子和帽檐装饰。第二天,我悄悄地将这副行头带进办公室。工间休息的时候,我勇敢地用这副行头将自己装扮起来,然后捧着肚子,模仿圣诞老人的笑声。同事们乐得前仰后合,笑得喘不过气来。这是他们几周来头一次这么快乐。

后来,老板从门口经过,听到笑声,就走了进来,看到我的样子,他摇了摇头,转身离开。我担心有麻烦了。果然,过了一会儿,他打来电话,叫我到他的办公室去一趟。

我惴惴不安地走进老板的办公室。"迈克尔……"老板严肃地说,然后停了停,接着他紧绷的脸忽然一下子松开,只听得椅子笑得咯吱咯吱响,桌子笑得直跺脚。过了好一会儿,老板才控制住自己,说:"迈克尔,谢谢你!眼看就要裁员了,要让大家在这个圣诞节开开心心非常不容易。谢谢你给大家带来了笑声。我需要这样的笑声!"

整个圣诞节期间的每一天的工间休息时间,我都骄傲地站在窗前,向我的粉丝们招手致意。乘班车的人朝我欢呼,来往的孩子向我喊叫。他们很快乐,我也很快乐。我的同事们暂时忘掉了即将裁员的不愉快,与我一道享受好心情。不过,这种快乐带来的人与人之间的友善和关怀,我是在圣诞节过后的春季才得到了更加深刻的感受。

那年春天,我的妻子将要分娩了。我想让全世界都知道这个幸福的时刻。预产期前不到一个月的时候,我写了一幅标语贴在窗上:"离我的……还有25天!"我的粉丝们经过窗前时都会迷茫地耸耸肩。第二天标语变成了"离我的……还有24天!"每一天数字都会变小,经过窗前的人也变得更加困惑。

一天,一辆班车的窗户上出现了一幅标语,上面写道:"离你的什么?"我只是笑着朝他们招招手。

后来有一天,我在窗户上写着这样的标语:"离我的宝……还有10天!"大家还是不解。第二天标语变成了:"离我的宝贝……还有9天!"再接着成了:"离我的宝贝诞生还有8天!"这下,我的粉丝们都知道我要做父亲了。

我看到越来越多的人都在关心我妻子分娩的情况,随着天数的减少,他们也似乎变得越来越激动。当数字应该为"0"的时候,他们没有看到我宣布孩子的诞生,便明显地表现出失望来。

第二天,我的标语写道:"宝贝的诞生推迟一天。"数字每变化一次,路人的关心也随之增加一分。

我的妻子在预产期后第 14 天清晨生下了女儿。我忙完了一些照应母女的事情之后,想到了我的粉丝们,当天的那个固定时刻,我出现在办公室的窗户前。然而,我发现我的同事们已经将一面旗帜贴在窗户上,旗面上写着:"是一个女儿!"

我看到行人们驻足冲我的方向鼓掌,司机们在堵车或等待亮绿灯时向我招手,乘客们朝我做起各种表示胜利的手势。一种幸福感从我心底油然而生。接着,一件事情发生了。一辆班车忽然亮出了一幅标语,上面写道:"祝贺宝贝诞生!"班车开走了,我的眼泪却在流淌。我知道,由于我的女儿晚出生了 14 天,他们就有可能不厌其烦地将这幅标语随班车带在身边 14 天。

我们每一个人都有承受工作和学习压力的时候,这时候让心情放飞的最好办法是给别人制造快乐;因为自己的快乐是有限的,但众人的快乐却是无止境的。如果你能够给别人带去快乐,那么他们也会给你带来快乐的! 一年来,我的粉丝们显然是欢迎我给他们带去的快乐的,因为他们在我女儿出生的那天送给了我一份特别的礼物。

([美]迈克尔·史密斯 邓 笛/编译)

生活悟语

生活、学习为我们带来太大的压力,使我们长期处在压抑的状态下,似乎忘记了笑是如何的一个表情。生活的脚步匆匆,停一停,欣赏生活带给我们的每一个精彩瞬间吧!即使短暂,也能够使我们紧皱的眉头得到舒展,使绷紧的神经得到松弛。

> 每天都是不同的一天，只要我们看它是充满快乐的，那它就是快乐的。

没有一样的旅途

坐在去往考艾岛机场的汽车上，本尼特暗暗地笑了笑。汽车到总站的路途很短，往返一圈也就15公里。

本尼特把包放在行李架上，找个座位坐下来，冲司机点了点头。司机关了车门，然后慢慢地加大油门，开动了车子。本尼特开玩笑地说："我敢打赌，每天一成不变地在这同一条路上兜圈子，你肯定烦透了。"

那位老兄轻轻地转过头来，礼貌地笑了笑，回答道："我从不重复同一旅程。"

本尼特奇怪地"噢"了一声，然后问对方这是为什么？

"我在汽车上总是遇到各种有趣的人，"他补充说，"我喜欢和他们交谈，了解他们从哪里来。他们总是讲些关于自己旅程的有趣故事。我喜欢这项工作。"

这位司机给我们上了生动的一课。他满脸带着喜悦，他的工作经常是单调乏味的，但是他却把它转变成为一项他永远赢的游戏。

生活悟语

日子总是重复而单调的，不去注意身边新变化的话，只能每天机械地重复昨天的脚步，人生也就没有一点儿乐趣可言。从乏味中寻找新鲜和刺激，那么每天都是新的一天，每天都是不同的一天，只要我们看它是充满快乐的，那它就是快乐的。

231

> 不生气不仅是一种风度，还是一种精神力量。我们要真正地改变自己，让不生气变成自己的一种生活习惯。

不生气的人是聪明人

乔治·罗纳住在瑞典的艾普苏那。他在维也纳当了很多年律师，但是在第二次世界大战期间，他逃到瑞典，一文不名，需要找份工作。因为他能说并能写好几国的语言，所以希望在一家进出口公司找一份秘书的工作。绝大多数公司都回信告诉他，因为正在打仗，他们不需要用这一类的人，但他们会把他的名字存在档案里……不过有一个人在写给乔治·罗纳的信上说："你对我生意的了解完全错误。你既蠢又笨，我根本不需要任何替我写信的秘书。即使我需要，也不会请你，因为你甚至连瑞典文也写不好，信里全是错字。"

当乔治·罗纳看到这封信的时候，简直气得发疯。那个瑞典人写信说他不懂瑞典文是什么意思？那个瑞典人自己的信上就错误百出。

乔治·罗纳当时就写了一封信，目的是使那个人大发脾气。后来，他停下来对自己说："等一等，我怎么知道他说的是不是对的？我修过瑞典文，可是这并不是我的母语，也许我确实犯了很多我并不知道的错误。如果是那样的话，那么我想要得到一份工作，就必须继续努力学习。这个人可能帮了我一个大忙，虽然他本意并非如此。他用这么难听的话来表达他的意见，并不表示我就不亏欠他，所以应该写封信给他，在信上感谢他一番。"乔治·罗纳撕掉了他刚刚写过的那封骂人的信。

乔治·罗纳另外写了一封信说："你这样不嫌麻烦地写信给我实在是太好了。对于我把贵公司的业务弄错的事我觉得非常抱歉，我之所以写信给你，是因为我向别人打听，而别人把你介绍给我，说你是这一行的领导人物。我并不知道我的信上有很多语法上的错误，我觉得很惭愧，也很难过。我现在打算更努力地去学习瑞典文，以改正我的错误，谢谢你帮助我走上改进之路。"

没过几天,乔治·罗纳就收到那个人的信,请罗纳去找他。罗纳去了,而且得到了一份工作,乔治·罗纳由此发现"温和的回答能消除怒气"。

有句古话说:"不能生气的人是笨蛋,而不去生气的人才是聪明人。"伟大的德国哲学家,"悲观论"的提出者叔本华认为生命就是一种毫无价值而又痛苦的冒险,当他走过的时候好像全身都散发着痛苦,可是在他绝望的深处,叔本华叫道:"如果可能的话,不应该对任何人有怨恨的心理。"

不生气不仅是一种风度,还是一种精神力量,我们要真正地改变自己,让不生气变成自己的一种生活习惯。

生活悟语

生别人的气,不但没有为我们带来好处,而且还令自己处于不愉快的情绪之中。对别人动怒,也就是跟自己过不去。没必要自寻这样的烦恼,要懂得用笑容去面对别人的呵斥甚至是唾骂,那既让别人没有再反击的机会,也让自己一直保持愉快的心情。

他竭力去追求那个并无实质意义的"1",不惜付出失去快乐的代价,这就是99一族。

99 一 族

有位国王,天下尽在手中,照理,应该满足了吧,但事实并非如此。

国王自己也纳闷儿,为什么对自己的生活还不满意,尽管他也有意识地参加一些有意思的晚宴和聚会,但都无济于事,总觉得缺点儿什么。

一天,国王起个大早,决定在王宫中四处转转。当国王走到御膳房时,他听到有人在快乐地哼着小曲。循着声音,国王看到一个厨子在唱歌,脸上洋溢着幸福和快乐。

国王甚是奇怪,他问厨子为什么如此快乐。厨子答道:"陛下,我虽然只不过是个厨子,但我一直尽我所能让我的妻小快乐,我们所需不多,头顶有间草屋,肚里不缺暖食,便够了。我的妻子和孩子是我的精神支柱,而我带回家哪怕一件小东西都能让他们满足。我之所以天天如此快乐,是因为我的家人天天都快乐。"

听到这里,国王让厨子先退下,然后向宰相询问此事。宰相答道:"陛下,我相信这个厨子还没有成为 99 一族。"

国王诧异地问道:"99 一族?什么是 99 一族?"

宰相答道:"陛下,想确切地知道什么是 99 一族,请您先做这样一件事情。在一个包里,放进去 99 枚金币,然后把这个包放在那个厨子的家门口,您很快就会明白什么是 99 一族了。"

国王按照宰相所言,令人将装了 99 枚金币的布包放在了那个快乐的厨子门前。

厨子回家的时候发现了门前的布包,好奇心让他将包拿到房间里。当他打开包,先是惊诧,然后狂喜:金币!全是金币!这么多的金币!厨子将包里的金币全部倒在桌上,开始清点金币,99 枚?厨子认为不应该是这个数,于是他数了一遍又一遍,的确是 99 枚。他开始纳闷儿:没理由只有 99 枚啊,没有人会只装 99 枚啊,那么那一枚金币哪里去了?厨子开始寻找,他找遍了整个房间,又找遍了整个院子,直到筋疲力尽,他才彻底绝望了,心情沮丧到了极点。

他决定从明天起,加倍努力工作,早日挣回一枚金币,以使他的财富达到 100 枚金币。

由于晚上找金币太辛苦,第二天早上他起来得有点儿晚,情绪也极坏,对妻子和孩子大吼大叫,责怪他们没有及时叫醒他,影响了他早日挣到一枚金币这一宏伟目标的实现。他匆匆来到御膳房,不再像往日那样兴高采烈,既不哼小曲也不吹口哨了,只是埋头拼命地干活,一点儿也没有注意到国王正悄悄地观察着他。

看到厨子心绪变化如此巨大,国王大为不解,得到那么多的金币应该欣喜若狂才对啊。他再次询问宰相。

宰相答道:"陛下,这个厨子现在已经正式加入 99 一族了。99 一族是这样一类人:他们拥有很多,但从来不会满足。他们拼命工作,为了额外的那个'1',他们苦苦努力,渴望尽早实现'100'。原本生活中那么多值得高兴和满足的事情,因为忽然出现了凑足 100 的可能性,一切都被打破了。他竭力去追求那个并无实质意义的'1',不惜付出失去快乐的代价,这就是 99 一族。"

(尹玉生/编译)

234

人在拥有不多的时候,反而懂得知足和珍惜。而一旦欲望在心里树立了目标,很多人就会变得贪婪和不满足,陷入盲目的贪欲漩涡。保持一种知足常乐的心态,无论什么时候,都不要受世俗的浸染,不被金钱所蒙蔽,要让我们的品质永远是那么纯洁。

凡事放开一点儿,少一点儿执著和贪心,做到量力而为适可而止,快乐就是这么简单。

沙鼠的焦虑

在撒哈拉大沙漠中,有一种土灰色的沙鼠,每当旱季到来之时,这种沙鼠都要囤积大量的草根。

一只沙鼠在旱季里需要吃掉两公斤草根,而沙鼠一般都要运回10公斤草根心里才踏实,否则便会焦躁不安,吱吱叫个不停。经过研究证明,这一现象是由于一代又一代沙鼠的遗传基因所决定的,是沙鼠出于一种本能的担心。

曾有不少医学界的人士想用沙鼠来代替小白鼠做医学实验,因为沙鼠的个头很大,更能准确地反映出药物的特性。但所有的医生在实践中都觉得沙鼠并不好用,其问题在于沙鼠一到笼子里,就到处找草根。尽管笼子里的沙鼠可以用"丰衣足食"来形容它们的生活,但它们还是一个个很快就死去了。医生发现,这些沙鼠是因为没有囤积到足够多草根的缘故。确切地说,他们是因为极度的焦虑而死亡,是来自一种心理的威胁。

在现实生活里,常让人们深感不安的事情,往往并不是眼前的事情,而是那些所谓的"明天"和"后天",那些还没有到来,或永远也不会到来的事物。

看一看沙鼠,也许对我们倒是一种意外的提醒。

(何　府)

235

生活悟语

事事都强求自己非要做到不可,如果越是做不到,失落感越是强烈,甚至有的人不能原谅自己。长期处于精神高度紧张的状态中,会让人产生许多不良的心理反应。凡事放开一点儿,少一点儿执著和贪心,做到量力而为适可而止,快乐就是这么简单。

心灵的空间无限大,在那里,我们可以任意翱翔,自由飞舞。做到心中有物,一切尽在心中,那就没有什么可以阻止我们快乐。

心中的球洞

詹姆斯·纳斯美瑟少校梦想着自己的高尔夫球技突飞猛进——他也发明了一种独特的方法以达到目标。在此之前,他打得和一般在周末才练上几杆的人差不多,水平在中下游之间,90杆左右;而他也有7年时间没碰过球杆、没踏上过球场了。

无疑,这7年间纳斯美瑟少校一定用了令人惊叹的先进技术来增进他的球技——这个技术人人都可以效法。事实上,在他复出后第一次踏上高尔夫球场,他就打出了叫人惊讶的74杆!虽然比自己以前打的平均杆数还低20杆,但他已7年未上场!真是难以置信。不仅如此,他的身体状况也比7年前好。

纳斯美瑟少校的秘密何在?

纳斯美瑟少校这7年是在德国战俘营中度过的。7年间,他被关在一个只有4尺半高、5尺长的笼子里。

绝大部分的时间他都被囚禁着,看不到任何人,没有人和他说话,也没有任何体能活动,前几个月他什么也没做,只祈求着赶快脱身。后来他了解他必须找到某种方式,使之占据心灵,不然他会发疯或死掉,于是他学习建立"心像"。

在他的心中,他选择了他最喜欢的高尔夫球,并开始打起高尔夫球。每天,他在梦想中的高尔夫乡村俱乐部打 18 洞。他体验了一切,包括细节。他看见自己穿了高尔夫球装,闻到绿树的芬芳和草的香。他体验了不同的天气和状况——有风的春天、昏暗的冬天和阳光普照的夏日早晨。在他的想象中,球台、草、树、鸣叫的鸟、跳来跳去的松鼠、球场的地形都历历在目了。

他感觉自己的手握着球杆,练习各种推杆与挥杆的技巧。他看到球落在修整过的草坪上,跳了几下,滚到他已选择的特定点上,一切都在他心中发生。

在真正的世界中,他无处可去。所以在他心中他步步向着小白球走,好像他的身体真的在打高尔夫球一样。在他心中打完 18 洞的时间和现实中一样。一个细节也不能省略。他一次也没有错过挥杆左曲球、右曲球和推杆的机会。

一周 7 天,一天 4 个小时,18 个洞,7 年,少了 20 杆,他打出 74 杆的成绩。

生活悟语

无论在怎样的环境下,只要我们的心不受束缚,没有事情是我们无法做到的。心灵的空间无限大,在那里,我们可以任意翱翔,自由飞舞。做到心中有物,一切尽在心中,那就没有什么可以阻止我们快乐。

一切往好的方面看,我们就能乐观地面对,无论结果如何,我们都可以觉得已经是幸运的一个。

挂在悬崖上的人

一个印度人在森林中徒步旅游时,突然遇见了一只饥饿的孟加拉老虎。老虎一看见他,大吼一声迫不及待地就扑了上来。他立即使尽平生的力气以最快的速度逃跑,但是老虎饥饿非常,紧追不舍。他不断地向前奔跑,最后被凶恶的老虎逼到了悬崖边上。站在危险的悬崖边上，他飞快地转动脑筋："与其被老虎抓到，生吞活剥，还不如跳入悬崖，说不定还有一线生机。"

于是，他闭上双眼，纵身跳入悬崖，幸运的是，他卡在了一棵梅树上。那是一棵从断崖上生长出的梅树，树上结满了可人的梅子。正在暗自庆幸之时，他听到断崖深处传来震天的吼声，往崖底望去，原来有一只同样凶猛贪婪的狮子正抬头看着他，狮子巨大的吼声使他的心狂颤，但转念一想："狮子与老虎是相同的猛兽，被什么吃掉，都是一样的。"

刚舒缓了一口气，又听见了一阵索索的声音，仔细一看，两只老鼠正用力地啃咬着梅树的树干。他先是一阵惊慌，立刻又放心了，自我安慰道："被老鼠咬断树干摔死，总比被狮子咬死好。"

情绪安定下来以后，他看到梅子长得很是诱人，于是采了一些大个的吃起来。他觉得一辈子也没有吃过这样好吃的梅子。吃了一通，填饱肚子之后，他找到一个树杈休息，心想："既然迟早都得死，不如死前好好睡上一觉！"于是靠在树上心安理得地睡去。

睡醒之后，他惊奇地发现老鼠不见了，老虎和狮子也不见了。他顺着树枝，小心翼翼地爬上悬崖，深深地吸了一口气，终于脱离了险境。原来就在他熟睡的时候，饥饿的老虎按捺不住饥饿，大吼一声，跳下了悬崖。

老鼠听到老虎的吼声，惊慌地逃走了。跳下悬崖的老虎与崖下的狮子展开了激烈的打斗，两败俱伤，各自逃走了。

生活悟语

当我们遭遇不幸的时候，更应庆幸自己的情况没有更糟糕，而不是一味地悲观抱怨。一切往好的方面看，我们就能乐观地面对，无论结果如何，我们都可以觉得已经是幸运的一个。要为自己做心理治疗，在适当的时候给自己一个积极的暗示，很可能我们真会看到奇迹的出现。

其实，我们并不是那么的脆弱，很多事情我们都能去独自承受。

迎接第一缕阳光

在一棵高大茂密的松树下，有一朵看似弱不禁风的小花。

风来了，有松树的壮硕的枝干挡着；雨来了，有松树茂密的枝叶遮着；火辣辣的烈日骄阳烤不到她，令人惊心动魄的闪电也伤不到她。小花十分庆幸有大松树充当她的保护伞，为她挡风遮雨，使她得以每天高枕无忧。

突然有一天，来了一群伐木工人，他们用电锯、绳子，两三个小时的工夫，就把松树整个锯了下来。

小花看着光秃秃的树桩，又伤心又恐惧，号啕大哭道："天哪！我失去了所有的保护，那些嚣张的狂风会把我吹倒，滂沱的大雨会把我打倒，烈日和闪电也会随时来伤害我。我该怎么办呢？"

远处的另一棵树听到小花的哭诉，安慰她道："你不要这么想，在我看来刚好相反，没有大树的阻挡，第一缕阳光会照耀你，第一滴甘霖会滋润你；你四周将环绕着充足的空气。可以肯定，你弱小的身躯将长得更加苗壮，你盛开的花瓣将一一呈现在灿烂的阳光下。人们来到这里，一眼就会看见你，并且赞美你说，这朵可爱的小花开得真美丽啊！"

生活悟语

失去依靠并不可怕，最可怕的是自己不肯变得坚强。其实，我们并不是那么的脆弱，很多事情我们都能去独自承受。学着去长大是一件多么快乐的事情，经历风雨的洗礼之后，我们可以站得更高、更稳，所以我们没有理由不去接受一切成长的锻炼。

> 下一次我会怎样怎样。这是一句指向未来与新生活的睿语，能够愈合心灵的创伤，带来健康和积极的心态。

生活不需要假如

亚瑟·戈登是位颇受欢迎的美国作家。一天，他去拜访老朋友——精神病学专家布兰顿博士，他们约好在饭店共进午餐。亚瑟先到了一步，在独自等待的间隙里，他开始不自觉地回忆往事。当布兰顿博士到达时，只见亚瑟正眉头紧锁，面色凝重地坐在那儿发呆。

"怎么了？亚瑟。"博士问。

"哦，"亚瑟道，"我只是想起了过去的经历，有很多事假如当初不那么做就好了。"

博士若有所思地说："吃过饭顺便去我的办公室坐坐吧，我想给你听些东西。"

在博士的办公室里，他拿出一盘录音带："我想让你听听这3个人的谈话，他们患有各不相同的精神疾病。仔细听。"

一个小时过去了，磁带放完了，博士问："告诉我这3个人的谈话有什么共同点。"

亚瑟冥思苦想了好一会儿，最后摇头说："我听不出任何共同之处。"

"那么，让我告诉你吧，"博士开口道，"他们都不由自主地重复着同一句话——'假如当初怎样怎样就好了'。这句话就像导致精神疾病的毒药，必须学会用另一句话取而代之，那就是——下一次我会怎样怎样。这是一句指向未来与新生活的睿语，能够愈合心灵的创伤，带来健康和积极的心态。"

生活不需要假如，让我们把过去交给时间，把眼光投向未来吧！

（刘宇婷/编译）

生活悟语

挫折和失败的结果,不是我们后悔、抱怨、止步不前的理由。我们永远无法预知将来,所以也不必后悔过去。为自己多积攒一点儿快乐,让自己忘记过去,不断地期待下一次,我们也就不怕一次次地去尝试,生活也就少了郁闷和懊恼。

唯有内外都柔软,没有预设立场的人,才能一心一境,情景交融,达到心境一体的境界。

内外皆柔软

日本京都大仙寺的住持尾关宗园,是当代著名的禅师,也是著名的演说家。

由于对自己的经验极有信心,有一次他接受了一个中学的演讲邀约,并没有约定题目,他心想大概和平常一样,谈一些教化的演讲。

演讲当天,学校的老师开车来接他,他同学校的老师说:"请问今天演讲的题目是什么?"

老师说:"学校的毕业旅行准备参观大仙寺和市内的主要寺院,所以想请你对学生谈谈京都的历史、古寺和名胜的由来。"

尾关宗园听了大吃一惊,非常紧张,手心出汗,一直发抖。因为他对京都的历史、古寺、名胜的认识浅薄,实在没有内容可以告诉学生。

中学老师看他不知所措的样子,便笑着安慰他说:"你别想得太难,只要放轻松就可以了。"

尾关宗园内心直打寒战,眼前一片迷蒙,感觉到学校的路上时间好像一个世纪那么长,直到和学校校长、老师打招呼时,心里还在想:"我究竟该说些什么?"

他在毫无准备的情形下上台演讲,因为太紧张,上阶梯时,突然绊了一

241

跤。

全场学生哄然大笑,这一笑,使他释然了,他心想:"再也不会有比跌跤更糟的事了。"

于是,他说:"说真的,临时要我介绍京都的历史、古寺、名胜的由来,真是太难了,所以,我在半途就好想逃回去。"

学生又是一阵笑声,这次不是轻视的笑了。

尾关禅师完全释然放松,做了一次成功的演讲。

由于在讲台绊倒的那一跤,使他恢复了平常心,从"非这么做不可"转换成"这样做也可以"、"那样做也可以",本来因对立而产生的恐惧,也因为无心的跌跤而消失了。

这是尾关宗园在他的著作《大安心》中的一段回忆,他的结论是:"因为时钟的滴答声而睡不着,心里总是惦记着时钟的声音,这是一个缺乏安定感的自己。在不知不觉中睡着,而不在乎时钟的声音,就等于与它合而为一、变为一体了。"

平常心也是无心的妙用,心里想着"要睡一个好觉"的人,往往容易失眠。心里计划着"要有一个美好人生"的人,总是饱受折磨。

"外刚内柔"的人,一旦受到挫折,就容易走极端。

"外柔内刚"的人,则会自我挣扎,难以放松。

唯有内外都柔软,没有预设立场的人,才能一心一境,情景交融,达到心境一体的境界。

我和尾关禅师一样,也常常去参加不知题目的演讲,也有惶恐、紧张的时候,我总是想到这句话就释怀了:"再也不会有比跌跤更糟的事了。"

生活悟语

很多事情,只是我们没有勇气去做,迎难而上,一切未必像我们想象中的那么难。放松自己,什么都不怕,什么都不用去顾虑,我们就会把事情做好。只要把心放开,就没有什么可以打击我们勇往直前的信心。

242

> 即使达不到预期的目的，也不要放弃去收获过程中的快乐。

有苹果也好

老和尚太老了，想从他的弟子中挑选一个做他的传人，于是他想到了一个主意。这一天，他嘱咐弟子们每人去南山打一担柴回来。弟子们匆匆行至离山不远的河边时，人人目瞪口呆，只见滔滔洪水从山上奔泻而下，无论如何也休想渡河打柴了。

无功而返，弟子们都显得垂头丧气。唯独一个小和尚与师父坦然相对。师父问其故，小和尚从怀中掏出一个苹果，递给师父说："过不了河，打不了柴，见河边有棵苹果树，我就顺手将树上唯一的一个苹果摘回来了。"

后来，这位小和尚成了师父的衣钵传人。

（林清玄）

243

生活悟语

即使达不到预期的目的，也不要放弃去收获过程中的快乐。不固执于追求唯一，只要有机会就去争取，就会有意外的收获。那么，当别人为什么都得不到而苦恼的时候，我们最起码可以自喜于我们不是一无所获。

> 快乐没有一成不变的定义，自己觉得快乐就是快乐的全部奥秘。

快乐是单纯的

年末一个冰冷的早晨，我因看错表而起早了，骑车赶到游泳馆时还没有开门。可门前已经黑糊糊地挤站着一堆人，走近细看，几乎都是老年泳友，却像小学生等着开校门一样，紧紧挤挨着铁栅栏。有人还不停地吱呀怪叫："到点儿了，到点儿喽！"

离规定的开馆时间还有一刻钟，老头们闹得更欢了，就在这欢闹声中铁栅栏自动打开，有人暴叫一声："冲啊！"

呼啦啦大家争先往里拥。进了大门还要穿过一个大院子，然后进大厅，穿过大厅再冲上二楼，才是更衣间和游泳池。老头们能跑多快就跑多快，跑不太快的一溜小跑，不能小跑的就疾走。

我看他们的样子，是真的都想争当第一个进馆的人。这让我感到好奇，游泳馆早进一会儿晚进一会儿有什么关系呢？

原来这些一年365天天天早来的人，每天早晨要争好几个第一，第一个进馆的人，第一个冲进更衣间占到自己喜欢的更衣箱，第一个跳进游泳池，第一个冲进厕所占个好茅坑。

无论争到哪一种第一，老头们都很快乐；没有争到第一的谈论这个争第一的过程中的洋相，也是一种乐事，同时还夹杂着许多可供大家一乐的其他话题。一旦进了游泳馆，大家仿佛特别爱逗趣、爱说爱笑，无论谁说什么都很容易引起哄堂大笑。就这样，老先生们每天的快乐从一进游泳馆就开始了。而且这快乐的情绪会延续一早晨，甚至能影响一整天。你看看，快乐就是如此单纯！没有高级和低级之分。

天下之乐无穷，许多小事就能给人以大快乐。老人们到游泳馆来游泳是为了健身，而快乐就是百验百灵的健身妙招。而且根据哲学家梁漱溟的说法，

244

"老小孩儿"是一种很高的境界。他说人生有三种态度:逐求、厌离和郑重,若能经历逐求和厌离而跨入郑重,即为人生之化境。他之所谓的郑重,即自觉听其生命的自然流行,求其自然合理,"如儿童之能将生活放在当下,无前无后,一心一意,绝不知回头反看,一味听从生命之自然发挥……"

当个这样的"老小孩儿"岂是容易的事吗?一个人当"老小孩儿"不容易,大家一起当"老小孩儿'就比较轻松了,快乐也会更多些。

记得冰心老人似也说过这样的话,你简单,世界就简单。简单就更容易接受和储存阳光,而心灵上有阳光就是快乐之源。

快乐没有一成不变的定义,自己觉得快乐就是快乐的全部奥秘。而上了一定年岁的人凑在一起集体找乐,比一个人偷着乐还有个大好处,这好处就是能够传染快乐,也能够战胜快乐,即以最大的可能减少乐极生悲的事情发生。

(蒋子龙)

生活悟语

快乐是一种顿悟后的轻松如意,更是一种人生练达的智慧。它就隐藏在生活每一个平平凡凡的细节之中,只需我们用心去发现。试着每天给自己一个微笑的理由,快乐将常伴你左右。

　　原来,冰岛人长寿的秘诀是快乐。快乐是最好的药,快乐是生命开出的一朵花,它不仅能延缓我们生理机能的衰老,而且还可以让我们通过快乐这扇心窗,在逆境中,依然看到世界的美丽和阳光。

第十一辑 挫折是生活最好的礼物

生活就是要享受上帝给你的一切,包括不幸和痛苦。人生之路从来就不是平坦的,困难和挫折是一种人生在受益、受损中波浪运行的前进。

对于困难和挫折,只有两种选择:把它扛在肩上,让它成为你永远的负担;把它踩在脚下,使你的人生越来越高,越来越精彩。困难打磨的是我们的智慧,挫折打磨的是我们的坚韧。只有毫无惧色,才能到达成功的顶峰。

　　他把父亲的"别拿自己太当人"和母亲的"别拿自己不当人"两句话写在了日记本的扉页上,当做自己的座右铭。

戴高乐:在夹缝里长大的总统

　　上小学时的他,是个聪明的孩子。比如说解数学题,在老师还没得出答案的时候,他往往已经找到了两种解答方法;比如说玩走迷宫的游戏,别人才走出两三个岔道口的时候,他却总是自信地得出答案,举起了手。因此,那段时间里的他很自负,觉得自己无人可及。尤其是当他连续两次拿了学校三年来都没有被其他同学拿走过的奖学金后,他更是已经到了目空一切的地步。

　　在他第二次拿到奖学金的那天下午,他早早地回到家,取出获奖证书,把它摆在了客厅桌上最醒目的地方。他知道,这样一来,晚上下班回家的父亲一定会最先看到他的证书,他要让父亲因为有他这么一个聪明的儿子而感到骄傲。

　　好不容易等到了黄昏,父亲终于推开了门。果然,刚一进门,父亲的视线就被桌上朱红色的证书所吸引。父亲立即走近桌子,把证书捏在手里观看。这时候,他的心激动到几乎就要跳出嗓子眼儿了!然而,出乎意料的是,父亲看过之后却把证书甩回了桌上,只冷冷地抛给他一句话:"没什么了不起,别拿自己太当人!"

　　听了父亲的话,他的心一下子掉进了冰窟!"别拿自己太当人",难道这就是获奖后父亲给自己的奖励吗?他委屈得哭了起来。没过多久,母亲回来了,母亲得知事情经过后安慰他说:"别委屈了,孩子,你父亲只是不想你太骄傲、太自负。"

　　几年后,凭着自己的聪明,他考上了重点中学。到了重点中学之后他才明白,原来自己真的并不像他曾经想象中的那么绝顶聪明。班上的同学都是从各个地方考进来的优等生,稍微放松一点儿,自己的成绩便会远远地落在其他同学后面。进重点中学后的第一次大型考试,他的名次竟然排在了班上的

30名以后。

这一次,他真正明白了父亲所说的"别拿自己太当人"这句话的含义。他在自己的日记本上写满了"窝囊废",回到家里后他晚饭也没吃便哭着躲进了卧室。这时候,又是母亲来安慰他,在明白了他哭泣的原因后,母亲对他说:"没什么大不了的,孩子,你也别拿自己不当人!"在母亲的一番劝解后,他终于明白了做人不可以自负但也不可以自贱的道理,他把父亲的"别拿自己太当人"和母亲的"别拿自己不当人"两句话写在了日记本的扉页上,当做自己的座右铭。几年之后,通过自己的努力,他终于考上了法国最有名气的军事学府——圣西尔陆军学校。

他就是法国著名的军事家、政治家、法兰西第五共和国的创建者夏尔·戴高乐。第一次世界大战时,他在凡尔登作战,曾3次在战报中受到了表扬,但他并未自负;他也曾3次负伤被俘,并被囚禁了两年零八个月,而他也从未因此而自贱过。第二次世界大战爆发后,他任过国防部副国务秘书、法兰西民族解放委员会主席、临时政府主席兼国防部长,1959年和1965年他还两次当选为法兰西共和国总统,然而他也同样有过两次因为对政府不满和在公民投票中失败而被迫辞职的尴尬经历。

在谈到自己的成长经历时,戴高乐总统总喜欢把自己称为"在夹缝里长大的总统"。他总是说,自己是在父亲的"别拿自己太当人"和母亲的"别拿自己不当人"这两道墙的夹缝中成长起来的。"我真不敢想象,如果不是拥着这样的一道夹缝,法兰西的历史上还会不会有夏尔·戴高乐这个名字。"

(艾 桦)

249

生活悟语

中国有一个成语"宠辱不惊",说的就是无论被人追捧,还是被人羞辱,都要保持内心的淡定,对自己有一个清醒的认识,而不要让一时的得失影响自己的判断。人要有所成就,就必须能承受宠和辱带来的各种压力。

> 上帝点点头说："你已经得到了成功的入场券——挫折。现在你得到了它，成功便成为挫折给你的礼物。"

挫折的礼物

有一个博学的人遇见上帝，他生气地问上帝："我是个博学的人，为什么你不给我成名的机会呢？"上帝无奈地回答："你虽然博学，但样样都只尝试了一点儿，不够深入，用什么去成名呢？"

那个人听后便开始苦练钢琴，后来虽然弹得一手好琴却还是没有出名。他又去问上帝："上帝啊！我已经精通了钢琴，为什么您还不给我机会让我出名呢？"

上帝摇摇头说："并不是我不给你机会，而是你抓不住机会。第一次我暗中帮助你去参加钢琴比赛，你缺乏信心；第二次缺乏勇气，又怎么能怪我呢？"

那人听完上帝的话，又苦练数年，建立了自信心，并且鼓足了勇气去参加比赛。他弹得非常出色，却由于裁判的不公正而被别人占去了成名的机会。

那个人心灰意冷地对上帝说："上帝，这一次我已经尽力了，看来上天注定，我不会出名了。"上帝微笑着对他说："其实你已经快成功了，只需最后一跃。"

"最后一跃？"他瞪大了双眼。

上帝点点头说："你已经得到了成功的入场券——挫折。现在你得到了它，成功便成为挫折给你的礼物。"

这一次那个人牢牢记住上帝的话，他果然成功了。

251

生活悟语

　　每个人都希望成功，但很多时候，我们的眼里只有成功，却忽略了从梦想到实现之间的跨度。每一个成功的产生，中间都是隔着各种各样的难题，只有能经受挫折和失败考验的人，才有资格摘取成功的果实。

　　如果当初没有那只肯退一步的蜂鸟，蜂鸟的种类就不可能得以延续。

倒 飞 的 鸟

　　在茫茫的亚马孙热带丛林，生活着一种倒着飞翔的鸟，它的名字叫蜂鸟。相传，这种鸟以前并不是倒飞的，而是和其他鸟一样往前飞。虽然蜂鸟的体形很小，但它的家族非常兴旺，如果全体出动，那将是一个庞大的阵容。它们扇动着翅膀，可以遮云蔽日，让大片的森林笼罩在它们的阴影之下。

　　蜂鸟的家族还有一个规矩，那就是只准向前飞不准退后，如果有胆小的蜂鸟临阵退缩，就会遭到其他蜂鸟的围攻，最终被自己的同类啄死。那时，蜂鸟并不像如今的蜂鸟只吃蜂蜜，只要是它们想吃的东西，它们就一定能吃到。整个热带丛林，没有哪种动物没有遭到过蜂鸟的攻击，并且也没有哪种动物不害怕蜂鸟，蜂鸟已经成了亚马孙之王。

　　一个偶然的机会，改变了蜂鸟雄霸亚马孙的局面。那是一次森林失火，由于蜂鸟天生敢于搏斗不怕牺牲，尤其是容不得比它们更厉害的东西存在，它们看见烈火在丛林中乱舞，大片地占据了它们的领地，最终愤怒了。在蜂鸟王的指挥下，蜂鸟们一群群地向烈火扑去。结果蜂鸟一群群地死在了烈火中。

　　但蜂鸟们不能退缩，依然再次冲锋，结果死伤惨重。眼看蜂鸟家族就要全军覆灭，这时蜂鸟群中有一只蜂鸟动摇了，它试图往后退。蜂鸟王一眼就看见了那只临阵退缩的蜂鸟，当它狂怒地指挥其他蜂鸟向那只临阵退缩的蜂鸟扑去时,其他蜂鸟并没有像往常那样向那个背叛者扑去。

令蜂鸟王不解的是,还有一部分蜂鸟也跟着那只蜂鸟一起向后飞去。蜂鸟王和更多的蜂鸟成了那次烈火的牺牲品,而那一小部分蜂鸟则活了下来,并延续了蜂鸟的种类。后来的蜂鸟便一直倒着飞翔,并且不再动辄攻击其他小动物,它们性情温和,只吃蜂蜜。如今,尽管蜂鸟弱小,但在那片丛林中也有它们的一处生存空间,它们与整个丛林的生灵同在。

如果当初没有那只肯退一步的蜂鸟,蜂鸟的种类就不可能得以延续。很多时候,人们都会陷入一种盲目的追求中而不知省悟,如果人人都懂得"退一步海阔天空"的道理,那么人生还有什么坎过不去呢?

(沈岳明)

生活悟语

退避并不全是怯懦无能,有时恰是继续前进的一种策略,退是为了更快、更有冲击力的前进。正如跳高、跳远,我们退出的距离,也正是我们冲刺的跑道;适当的后退能让我们向前跳得更远,跃得更高。

在挫折当中,可以学到的东西更多;在遭到所谓"伤害"的同时,你将会得到更好的成长机会!

挫折的神奇魅力

我们每个人身上都存在着惰性,如果没有挫折的激发,就会耽于安逸,使得潜能隐没于体内,终生得不到发掘。挫折可以促使一个人发愤图强,甚至挑战生命的极限。

传说中,在中国远古的战场上,曾经有一名士兵被敌人的一种小箭射中了,他的同僚赶忙过去救他。

当同僚赶到时,他们发现,这个被小箭射中的士兵,不但没有死,甚至也没有受伤;更离奇的是,他的伤口并不是很痛,也没有流出很多的血。

这名士兵的同僚们,把他的箭拔出来,送他回后方养伤。经过一段日子,发现他原先早已罹患的某些疾病,在这一次箭伤之后,居然发生慢慢改善的现象。

没多久,在战场上,另外一名士兵也被箭射中了,竟然又出现同样的现象;经过战场上的军医观察发现,有许多士兵都出现了这样的情况。

有几位比较敏感的军医,他们注意到这样的一种现象,深入地加以研究,慢慢得到结论,就依照他们的研究成果,发展成为今天中医学上独具特色的针灸疗法。

据说,这场因箭伤而发展成针灸医术的战役,已经是 2600 年前的事情了。

从一个小小的箭伤,而发展成为今日中医重要医术的针灸。在生命当中,不断隐藏着大自然将要启示我们的重要奥秘,就看我们自己是不是有足够的细心与智慧,能够正确地将它发掘出来。

下一次,若是有人故意用恶毒言语的小箭射中你,你是要沉溺在伤口的痛苦当中,还是要试着从其中找出可以医治更多人的绝妙医术呢?

或许,人生当中有许多遭受"伤害"的机会;更有许多人,喜欢用"受到伤害"作为借口,来逃避许多自己必须面对的重要责任。但是,千万别忘了,除非你自己愿意,否则没有任何人可以伤害你。

但愿你能记住,在挫折当中,可以学到的东西更多;在遭到所谓"伤害"的同时,你将会得到更好的成长机会!

生活悟语

挫折就像医生在我们手臂上注射的疾病疫苗,虽然在短时间内,种疫苗的地方会出现难忍的疼痛,甚至还会流血,但在伤口痊愈的同时,也把那些可怕的疾病挡在了身体之外。每经历一次挫折,就代表我们在成长的道路上迈进一步。

> 真正的生活强者，是那些在历经无数打击之后仍然能坚强站立，仍然能笑看挫折的人。

英雄不哭

五轮淘汰过后，上千名应聘者只剩下了四名。毫无疑问，这四名是高手中的高手，能人中的能人，可上九天揽月，可下五洋捉鳖，各个有飞天入地的本事。

然而老板到底是老板，一道题便将他们卡住了：谁能在一分钟内哭出来就留用谁。

几个人你望望我，我望望你，顿时都显得有点儿傻里傻气，怎么哭得出来啊？然而倒计时刚刚数完时，四个人有三个一下子都哭了，而且哭得好伤心。

老板奇怪地问："商场如战场，半秒也不能差，怎么叫你们哭你们不哭，时间一过就哭了呢？"

1号抽抽噎噎地说："我并不想哭，但我的确伤心。这是我第9次应聘，前几次都在最后一轮被刷了下来，这次也不例外。"

2号抹了一把眼泪："你们用人单位也太荒唐，处处都用偏题、怪题刁难我们，我从小学到大学，几番大考，十年寒窗，谁知到头来仍落个怀才不遇。"

3号默默地吞着眼泪："老板，我没有什么可说的，我们几个竞争了好几天，结果什么也没有，你请我们吃顿晚饭吧。"

老板问4号："你这是第几次应聘？"

"第10次。"

"在校学得还可以吧？"

"年年都拿奖学金。"

"那么，生活过得还可以吧？"

"借钱度日。"

老板奇怪了："那你怎么不哭呢？"

254

4号看了看众人,不但没哭,反而忍不住笑了,笑过之后他也有些尴尬,挠挠后脑勺:"不至于吧。"

老板眼圈却红了:"大家的遭遇,我很理解。社会就是这样,我也不知流了多少泪才有今天,现在我愿意收下你们这些流泪的才子,并荣幸地为你们找到一个优秀的榜样,一位不哭的英雄!"

在大家惊讶的目光中,他走向了4号。

(冷　空)

生活悟语

　　真正的生活强者,是那些在历经无数打击之后仍然能坚强站立,仍然能笑看挫折的人。他们总是在别人遭遇挫折、难过伤心、埋怨一切的时候,继续前行,继续挑战,他们看淡了挫折,于是成功看重了他们。

　　生活总是用困境来考验人们的生存能力和对挫折的承受能力,脆弱的人只知道抱怨,坚强的人则会在挫折中更懂得珍惜。

你的问题到底在哪里

1959年的夏天,罗伯特在一家餐馆打工,做夜班服务台值班员,兼在马厩协助看管马匹。

旅馆老板是瑞士人,他对待员工的做法是欧洲式的。罗伯特和他合不来,觉得他是一个法西斯主义者,只想雇用安分守己的农民。

有一个星期,员工每天的晚餐都是同样的东西:两根维也纳香肠、一堆泡菜和不新鲜的面包卷。伙食费要从薪水中扣除。罗伯特觉得异常愤慨。

整个星期都很难过。到了星期五晚上11点左右,罗伯特在服务台当班。当走进厨房时,他看到一张便条,是写给厨师的,告诉其他员工还要多吃两天小香肠及泡菜。

罗伯特勃然大怒。因为当时没有其他更好的听众，他就把所有不满一股脑儿向刚来上班的夜班查账员沃尔曼宣泄。罗伯特说："我已经忍无可忍了！我要去拿一碟小香肠和泡菜，吵醒老板，用那碟东西掷他。什么人也没有权力要我整个星期吃小香肠和泡菜，而且还要我付账。我讨厌吃小香肠和泡菜，要我再吃一天都难受！整家旅馆都糟透了！我要卷铺盖不干了……"罗伯特就这么痛骂了 20 分钟，还不时拍打桌子，踢椅子，不停地咒骂。

当罗伯特大吵大闹时，沃尔曼一直安静地坐在凳子上，用忧郁的眼神望着他。

沃尔曼曾在奥斯威辛纳粹德国集中营关过 3 年，最后死里逃生。他是一名德国犹太人，身材瘦小，经常咳嗽。他喜欢上夜班，因为他孤身一人，既可沉思默想，又可以享受安静，更可以随时走进厨房吃点儿东西——维也纳小香肠和泡菜对他来说是美味佳肴。

"听着，罗伯特，听我说，你知道你的问题在哪里吗？不是小香肠和泡菜，不是老板，也不是这份工作。"

"那么，到底我的问题在哪里？"

"罗伯特，你以为自己无所不知。但你不知道不便和困难的分别。若你弄折了颈骨，或者食不果腹，或者你的房子起火，那么你的确有困难；其他的都只是不便。生命就是不便，生命中充满种种坎坷。学习把不便和困难分开，你就会活得长久些，而且不会惹太多的烦恼。晚安。"

他挥手叫罗伯特去睡觉，那手势既像打发，又像祝福。

有生以来很少有人这样给自己当头一棒。那天深夜，沃尔曼使罗伯特茅塞顿开。

生活悟语

生活总是用困境来考验人们的生存能力和对挫折的承受能力，也许我们认为是非常痛苦的挫折，在承受过更大打击的人眼中，也许是小菜一碟，不值一提。脆弱的人只知道抱怨，坚强的人则会在挫折中更懂得珍惜。

伤害，对他来说是一种原动力，让他在一扇门关闭
之际，用心去敲开人生中的另一扇门。

化伤害为动力

谁说受伤害的心最脆弱，受伤害的人最无助？世上有一种健康的伤害非但不会致人以无助的境地，反倒能够让受伤的心坚强起来，让受伤的人豁达起来。

我有个朋友，他天生是块搞文学的料，曾是中学文学社的社长，年纪轻轻就发表了很多让人羡慕的文章。因严重偏科，他只考上一所不起眼的中专学校，学财务会计。他很不情愿地走进那所学校，但想起可以有大量的时间看书、写作，他又心安了。

不可否认，他的文字功夫在全校都是数一数二的，但是，他在进校文学社的时候却受到阻碍。他递交申请书的时候，接待他的老社长扫了一眼他的文章后，说："是抄的吧？"朋友火了，顶了一句："你懂不懂欣赏文章？"老社长将朋友的文章扔在地上，同时也把文学社的大门关上了，拒不让朋友进。朋友临走时，老社长还奚落他："你那几篇狗屁文章，谁稀罕？"

朋友愤怒了，转而到校报，学写新闻。他不相信，在这么一个学校，就没有自己的容身之地。他很勤奋，在保证每期在校报副刊上发表一篇文学作品的前提下，必有数篇新闻上报。后来，他成为学校最活跃的"学生记者"，有几篇新闻稿件还刊登在学校所在市的日报上。成功之后，他庆幸自己没有进文学社，还打心眼里感谢那个曾深深地伤害过自己的文学社头头。伤害，对他来说是一种原动力，让他在一扇门关闭之际，用心去敲开人生中的另一扇门。

毕业的时候，朋友到学校所在市的那家日报应聘，接待他的总编哈哈大笑："你也太不知天高地厚了吧？就凭你能进我们报社当记者？"朋友被老总"扁"了一通后，异常恼怒，转而细想又觉得自己一无是处。这一日，他受到极大的打击，那种伤害是刻骨铭心的。

他找到校报主编诉说心中的苦闷，主编的一番话让他深受启发，他决定南下，发誓不干出一番大事业给那老总看看，绝不罢休。在南方，他成了一名打工记者，专搞体验新闻，抖出一个又一个绝对内幕。一年后，他的名字上了全国各地的报纸。

据说，拒绝他的那位老总在转载他的稿件时，说了一句话："咦，这小子还真有点儿本事！"

（陈志宏）

生活悟语

伤害和打击就好比一把双刃剑，如果你一直沉浸于伤害带来的痛苦之中，整天苦闷埋怨，那么你将永远站不起来。但是如果你用打击激起内心的斗志，那么打击带来的耻辱将成为你重新站立的力量。

挫折就像一只纸老虎，不管它看起来是如何栩栩如生、威风凛凛，它也只是一只假老虎。

再试一次

高三上学期，学校召开"招飞动员大会"，号召全校理科毕业班男生踊跃参加空军组织的招飞体检。同学们跃跃欲试，谁都可以报名，但谁都没信心。因为自我校成立以来，年年参加飞行体检，却从来没有人被录取过。大家都知道招飞体检要求之严、标准之高非我们这些乡下孩子所能达到。但是，我们这些正处在做梦年龄的大男孩哪个不向往驾着战鹰遨游蓝天，当一个威风凛凛人人羡慕的空军飞行员呢？就算通不过，也要去试一试！

于是我和同学一起报了名，也轻而易举地通过了学校和南阳地区组织的初检。这没什么可高兴的，因为每年都是初检通过一大堆，到全面体检时全县只有两三个通过甚至全军覆没。

盼望已久的全面体检终于来临了。我们乘长途汽车来到省会郑州,准备参加激烈的角逐。从小到大一直生活在农村的我第一次来到繁华的大都市,简直惊呆了,高楼大厦,霓虹闪烁,这样精彩的世界,我却只能坐在车上看看!"要是我能当上飞行员……"心里想着,暗暗为自己鼓劲:一定要全力以赴!

遗憾的是我的美梦还没做到一半就彻底破灭了。当我坐上电动转椅边摆头边转动了60圈后,就感到天旋地转、头晕目眩,甚至还恶心,不多时就冒冷汗、呕吐。体检的女军医遗憾地对我说:"小伙子,看来你不适合开飞机,要知道开飞机是不能有任何差错的。回去好好读书,考别的大学也一样。"

我的眼泪夺眶而出,默默地走回住处,对带队老师说我想一个人先回去。当晚我就坐火车到南阳,又转乘汽车回到学校。

回到课堂我无心学习,虽然失败是意料中的事,但我仍觉得不甘心。一天后,我隐约感到自己的身体状态比体检时好了,会不会是因身体不舒服而遭淘汰?我清楚地记得体检前一天晚上由于感冒,便吃了一粒康泰克。天哪,如果真是因为这,那我就太亏了!

正当我呆呆地抱怨命运的不公时,一个念头在我脑海中一闪而过:请求复检!这在当时大多数人的眼里,简直是一个天大的玩笑。我自己也觉得是。因为除了带队老师,没有一个人能帮我说得上话,而带队老师的作用在体检中几乎可以忽略不计。而且我已经回来了,等我再赶去,说不定都结束了……但所有这些统统被我越来越强烈的念头压倒了:我一定要再试试!当机会还没有完全溜走时,我还可以回去,冲过去抓住它!

我立即找来一张稿纸,给主检官写一封言辞恳切的信:"主检官同志,我从700里外借路费赶来,因为我的一生中这样的机会只有一次,所以我要珍惜,请再给我一次机会……"

中午下了课我就向同学借了80元钱,怀揣那封信,下午从南阳坐火车,晚上赶到郑州。

到达住宿地点华豫宾馆后,却被告知我们县的带队老师和学生刚刚退房返校,这下傻眼了,本来还指望他帮我说说情。没办法,只好先找地方住下。第二天一大早我就赶到体检中心,一位学生告诉我:"你们南阳地区的体检早结束了,现在是漯河和许昌地区。"又一记闷棍!这下难度更大了。

我鼓足勇气,硬着头皮敲开了主检官的办公室。年纪较大的主检官和几名中年军官不约而同地把目光投向我。由于紧张,我结结巴巴地无法流利表达。幸亏我早有准备,从怀里掏出课堂上写的那封信,递给那位老者。老者看完信后递给另一位军官看,并微笑着问:"主检官同志,怎么样,能否再给一次机会？"军官点点头："那好吧。"

听到这句话，我欣喜若狂。主检官叫来一位年轻的军官，吩咐："把这个叫王戈的学生的体检表找出来，再让他试试。"于是，我的体检表又被从一堆行将销毁的废纸堆中扒了出来。

如我所料，转椅轻松过关，之后我一路过关斩将，几乎全是绿灯，毫无阻拦地通过了全面体检。3天后我一人凯旋返校，同学们都伸出大拇指："真是士别三日，当刮目相看啊！"

就凭着那勇敢的再试一次，我考上了空军飞行学院，几年后我有幸成为一名空军军官。

当机会将去未去时，不要被暂时的挫折击倒，鼓起勇气，再试一次！

(王　戈)

生活悟语

挫折就像一只纸老虎，不管它看起来是如何栩栩如生、威风凛凛，它也只是一只假老虎，如果不加分辨就望风而逃，那么成功也就离我们越来越远。善于分析，敢于尝试，才能在打倒纸老虎的同时，抓住成功的机会。

阿费烈德将这种现象称为"跨栏定律"，即一个人的成就大小往往取决于他所遇到的困难程度。

跨 栏 定 律

一位名叫阿费烈德的外科医生在解剖尸体时，发现一个奇怪的现象：那些患病器官并不如人们想象的那样糟，相反在与疾病的抗争中，为了抵御病变，它们往往要代偿性地比正常的器官机能更强。

最早的发现是从肾病患者的遗体中发现的，当他从死者的体内取出那只患病的肾时，他发现那只肾要比正常的大。当他再去分析另外一只肾时，他发现另外一只肾也大得超乎寻常。在多年的医学解剖过程中,他不断地发现包括心脏、肺等几乎所有人体器官都存在着类似的情况。

他为此撰写了一篇颇具影响的论文,从医学的角度进行了分析。他认为患病器官因为和病毒作斗争而使器官的功能不断增强。假如有两只相同的器官,当其中一只器官死亡后,另一只器官就会努力承担起全部的责任,从而使健全的器官变得强壮起来。

他在给美术学生治病时又发现了一个奇怪现象,这些搞艺术的学生的视力大不如常人,有的甚至还是色盲。阿费烈德便觉得这就是病理现象在社会现实中的重复,他把自己的思维触角延伸到更广泛的层面。

在对艺术院校教授的调研过程中,结果与他的预测完全相同。一些颇有成就的教授之所以走上艺术道路,原来大都是受了生理缺陷的影响,缺陷不是阻止了他们,相反促进他们走上了艺术道路。

阿费烈德将这种现象称为"跨栏定律",即一个人的成就大小往往取决于他所遇到的困难程度。

其实,按照阿费烈德的"跨栏定律",可以解释生活中许多现象,譬如盲人的听觉、触觉、嗅觉都要比一般人灵敏;失去双臂的人的平衡感更强,双脚更灵巧。所有这一切,仿佛都是上帝安排好的,如果你不缺少这些,你就无法得到它们。竖在你面前的栏越高,你跳得也越高。

一个人的缺陷有时候就是上苍给他的成功信息。

(晓　语)

261

生活悟语

挫折和缺憾的巨大压力,对于很多人而言,意味着痛苦和无奈,这是因为我们只看到了它不利的一面。从另一个角度看,我们会发现,挫折和缺憾其实更是我们成长的动力和提升能力的机会。

> 人生之所以值得喝彩，是因为在艰难困苦中依然昂首挺胸，屹立不摇。

用光挫折感

有个女孩在澎湖列岛出生后就被父母送给别人寄养。15岁时，好赌成性的养父决定把她卖掉，可是，这女孩偷偷离开养父母只身到了台湾。因为她觉得"为什么自己的命运要掌握在别人手里"。这女孩到台湾后，打零工、织毛衣、摆水果摊、卖鱼、开小吃店……拼命赚钱，也倒赔了很多钱。

如今，她是50多岁的妇人了。但是，她也成为一家直销公司年薪千万的超级业务员。

这妇人常对别人说："我的挫折感早在年轻时都用光了！"这句话真给我十足的震撼！

是的，她没什么学历，她曾一无所有还差点儿被卖。她不敢奢望有"金手指"，只是脚踏实地、积极乐观地工作，也不畏惧跌倒失败，因为"挫折感早在年轻时用光了"。现在她对挫折"已经免疫"了。

人生是一场面对种种困难的无休止挑战，也是多事多难的"漫长战役"，所以不可能有"心想事成"的事。试想如果点石能成金、心想能事成，人生还有什么乐趣可言？

假如大家都是"亿万富翁"，打篮球投篮时每个人都能"百发百中"，打棒球时阿猫阿狗都可以击出"全垒打"，那还有什么意思呢？球场早就关门了！

篮球之所以吸引人，是超级运动员在"不可能投进的角度"仍然扭腰挺身，擦板得分。人生之所以值得喝彩，是因为在艰难困苦中依然昂首挺胸，屹立不摇。再说，如果人人都能"心想事成"也不是件多好的事！

生活悟语

一个人如果最痛苦的事情都经历过了,那么对于他而言,世界上就没有什么痛苦不能面对了。人生的道路上,我们会经历各种磨难,只要我们能积极乐观地对待这一切,振作过后重新再来,丰富的经历将变成一种幸福的洗礼,成为人生的一笔财富。

遇见困难,努力了,无法消灭它,不如像流水一样,在大山旁边寻找较低处突围,依山而行。

水一样流淌

从小,他就有从大学中文系到职业作家的绚丽规划,然而,命运和他开了一个玩笑。

1955年,他的哥哥要考师范了。但是,父亲靠卖树的微薄收入根本无法供兄弟俩一起读书,父亲只好让年幼的他先休学一年,让哥哥考上师范后他再去读书。看着一向坚强、不向子女哭穷的父亲如此说,他立刻决定休学一年。不过,就是这停滞的一年,他和哥哥的命运,一个天上,一个地下。1962年,他20岁时高中毕业。"大跃进"造成的大饥荒和经济严重困难迫使高等学校大大减少了招生名额。1961年这个学校有50%的学生考取了大学;仅一年之隔,4个班考上大学的人数却成了个位数。结果,成绩在班上排前三名的他名落孙山。

高考结束后他经历了青春岁月中最痛苦的两个月,几十个日夜的惶恐紧张等来的是一张不被录取的通知书,所有的理想、前途和未来在瞬间崩塌。他只盯着头顶的那一小块天空。天空飘来一片乌云,他的世界便黯淡了。他不知所措,六神无主,记不清多少个深夜,他从用烂木头搭成的临时床上惊叫着跌到床下。

沉默寡言的父亲开始担心儿子"考不上大学,再弄个精神病怎么办"? 就问他："你知道水怎么流出大山的吗？"他茫然地摇摇头。父亲缓缓说道："水遇到大山，碰撞一次后，不能把它冲垮，不能越过它，就学会转弯，绕道而行，借势取径。记住，困难的旁边就是出路，是机遇，是希望！父亲又说："即便流动过程中遇见了深潭，即便暂时遇到了困境，只要我们不忘流淌，不断积蓄活水，就一定能够找到出口，柳暗花明。"

一语惊醒梦中人。

1962年，他在西安郊区毛西公社将村小学任教；1964年，他在西安郊区毛西公社农业中学任教。后来，又历任文化馆副馆长、馆长。1982年，他终于流出大山，进入陕西省作家协会工作。1992年，正是这40年农村生活的积累，使他写出了大气磅礴、颇具史诗感的《白鹿原》。

他就是陈忠实。

后来有人问他："怎么面对困难与挫折？"老先生总淡淡地说："像水一样流淌。"

像水一样流淌，这是岁月积淀的智慧。遇见困难，努力了，无法消灭它，不如像流水一样，在大山旁边寻找较低处突围，依山而行。只要我们不忘努力，不断奔突，也一样能够走出困境，到达远方，实现梦想。

（张建伟）

生活悟语

我们无法控制挫折的强度，无法估算挫折来临的时间，更不能拒绝挫折到来，但我们可以选择自己对待挫折的方式和心态。只要我们还渴望成功，只要我们不放弃努力，任何挫折都不能阻挡我们前行。

那时候,谁也不相信她能够平安长大,更不要说成为奥运冠军了。

磨难之后是成功

在奥运历史上,记载着一位曾经三次获得奥运会冠军的黑人长跑运动员,她就是被誉为"黑色瞪羚"的威尔玛·鲁道夫。她在赛场上的矫健身姿曾经让无数人为之欢呼呐喊,但是令人无法置信的是,她小时候曾经左腿瘫痪,还拄过拐杖。

威尔玛出生在美国田纳西州一个普通的铁路工人家庭,家里人口众多,家境十分贫寒。家里一共有 22 个孩子,她排行二十,根本不可能得到特殊的照顾。家里的众多兄弟姐妹都听天由命地成长,而她在出生时是早产,几乎丧命,身体十分羸弱。在她长到 4 岁的时候,肺炎和猩红热袭击了她,尽管家里人想办法给她一些关照,但是毕竟条件太艰苦了,她只能在死亡线上苦苦挣扎。幸运的是,最后她终于挺了过来,逃脱了死亡。能够逃脱死亡是侥幸的,而她的一条左腿因此瘫痪。她成为一个瘸子,只能借助于金属支架艰难地行走。那时候,谁也不相信她能够平安长大,更不要说成为奥运冠军了。一个残疾人,在那样的家庭里,只能吃更多的苦,这是命运对她的一次大考验。

到了 9 岁的时候,她开始努力挣脱金属支架,她要自己站起来行走。无数次摔跤,无数次汗水湿透了衣服,但是她还是成功地扔掉了金属支架,终于站起来了。在更多次的流汗之后,她终于能够正常行走。所有的医生都认为这是一个奇迹。这时候,她已经 13 岁。她做出了一个疯狂的决定,她要成为一名长跑运动员。谁都可以预料到,这是一场艰苦的考验,而且旷日持久。

她开始了训练,参加了她的第一次比赛。那次,她是最后一名,被人们无情地嘲笑,但是她仍然艰苦地练习着。一次又一次参加比赛,始终是最后一名。在所有人的劝说中,她不为所动,仍然坚持着。直到有一天,她赢得了一个小小的胜利。她欣喜若狂,看到了希望,继续不懈地坚持。最终,她成功了;而后,不断地成功,直到站到了奥运会的领奖台上。

生活悟语

当我们看见没有脚的人仍在顽强地奔跑的时候，我们还会为自己没有鞋穿而懊恼吗？生活中的不幸诚然会让我们遭受痛苦，但如果我们把它作为哀叹的借口，作为我们放弃奋斗的理由，那才是真正的不幸。

温德尔·菲利普斯曾经说过："失败是迈向成功的第一步。"许多人最终迈向了成功，就是因为他们经历了无数次失败。

爬起来比跌倒多一次

在首都华盛顿的一次演讲中，西奥多·罗斯福说："我希望每一个美国人都有坚强的意志，绝不被生活中暂时的挫折所吓倒。每一个人都会遇到打击，请你从失败中奋起，去拥抱胜利吧！"

"从失败中奋起，去拥抱胜利。"这就是千百万勇敢而高贵的人取得成功的秘诀。

在拿破仑的 12 万军队被奥地利的 75 万军队打败后，他对他的士兵们说："我对你们非常失望。你们既没有纪律，也没有勇气。这里本应一夫当关，万夫莫开，而你们却一败涂地。你们不配做法兰西的战士。"

这些面容凄惨的老兵眼含热泪回答说："您错怪我们了，敌人的军队是我们的几倍啊！再给我们一次机会，派我们去最危险的地方，看我们是不是勇敢的法兰西战士。"在第二次战役中，他们成了先锋部队。

一次龙卷风过后的第二天，我沿着龙卷风扫过的路线走过。我发现龙卷风摧毁了一切脆弱的东西。腐烂的树干或者不坚硬的树木被折断了。只有那些真正结实的树才经受住了考验。

村中的房屋除了那些地基深厚的以外，都被摧毁了。那些建造时只花了很少的钱,又是由那些没有经验、品质不高的人建造的房屋都倒塌了;那些投资很大、精心建造的房屋经受住了考验。同样,当危机来临的时候,那些意志薄弱、毫无斗志的人最先倒下。困难使弱者更弱,强者更强。

温德尔·菲利普斯曾经说过:"失败是迈向成功的第一步。"许多人最终迈向了成功,就是因为他们经历了无数次失败。如果他不曾失败过,就不会取得更辉煌的胜利。每一次失败都会使一个勇敢的人更加坚定。如果没有失败的刺激,他或许甘做一个平庸的人。失败让他发愤图强。经历了失败的痛苦,他才找到了真正的自我,感受到了自己真正的力量。

([美]奥里森·马登)

生活悟语

成功自始至终都是一个未知数,而挫折,正是为下次成功而埋下的伏笔。关键在于永保自信,微笑面对。挫折并不可怕,可怕的是一味地坠落悲伤,一再地自暴自弃。

只要我们拥有一颗明朗的心,勇敢地面对现实,鼓起勇气咬紧牙关坚持走下去,就一定会有柳暗花明的一天。

最伟大的倒霉蛋

一个伟大而倒霉的作家,他出生在一个穷医生家里。小时候没有受过很好的教育,但他脑子里有一股狂热的报国理想。他参加了无敌舰队,参与了抗击土耳其侵略的战争。他身体不够强壮,武艺不够高强。在和土耳其军队作战时,他迫不及待地首先跳上敌人的军舰,而后继者没有跟来。他被土耳其士兵包围,身负重伤,左手致残。而后,他屡立战功,得到元帅的嘉奖。可是当他拿着元帅的保荐书,做着即将成为将军的美梦时,在归国途中遇到海盗,被俘后卖到阿尔及利亚,在那里做了5年苦工。这个做着将军梦的人沦为了奴隶。后来还是一个神父募集了一些钱把这个年轻人赎了回来。当他回到祖国的时候,很不幸,他的国家已经忘记了这位英雄,他连一个普通的工作都找不到,好不容易才在无敌舰队找到一个军需职位。一次他下乡催征,因不肯为乡绅通融减税,被乡绅诬陷入狱。从监狱出来以后,他改做税吏。一次他把税款交给一家银行保管,偏偏银行倒闭。他第二次入狱。第二次出狱,他贫困潦倒,不名一文,而且家里妻子、妹妹、女儿一帮子人都靠他一个人养着。他住的地方,环境是如此恶劣,楼下是酒馆,楼上是妓院。一天,酒馆里有人斗殴,一人倒在地上奄奄一息。他出于同情把他背到家里。谁知救人未活,他涉嫌谋杀再次入狱。在此之后,他妻子死去了,他又因为女儿的事情被法庭传讯。

就这么一个两次被俘三次入狱的人,命运从来不肯眷顾他,但恶劣的环境没有击垮他,倒霉的境遇没有打倒他,反而丰富了他。他的智慧是把倒霉当做生命的一个必然结果加以接受,而化为生命的财富。凭着他对生活的反思和那个国家斗牛士的精神,他写出了名震世界的长篇小说——《堂吉诃德》。这个最伟大的倒霉蛋就是西班牙作家塞万提斯。当时在西班牙一些城市的街头,如果碰见一个人拿着书,一边看着一边笑,如果不是疯子,就一定是在读《堂吉诃德》。作品的主人公仿佛是作者的一个自我嘲讽,也是对命运的一个嘲讽。他证明了承受倒霉时的痛苦和顺风时的欢乐都是人生的收入,他的账本上没有支出。

生活悟语

生活并没有所谓的绝境,只要我们拥有一颗明朗的心,勇敢地面对现实,鼓起勇气咬紧牙关坚持走下去,就一定会有柳暗花明的一天。因为人是在征服自己之后才征服命运的。

> 人生没有绝境，即使到了山穷水尽、无路可走时，只要坚定信念、不妄自菲薄，从"心"出发，坚持不懈，愈挫愈勇，就一定能赢得光明的未来。

从 心 出 发

美国的吉姆·史都瓦从小患"少年黄斑变性"，在 17 岁时被医生断言"视力将逐渐消失，终至失明"。

后来，吉姆凭着顽强的毅力，进入了欧若·罗伯特乔大学就读。当时他只剩下一点儿视力，为了赶上老师讲课的进度，吉姆必须每天熬夜到半夜三四点，可是这对只剩下一点儿视力，而且视力还在快速流失中的吉姆来说，真是太痛苦了。所以，吉姆在上了 10 天课后，就决定放弃大学新鲜的生活，休学了。

离校前，他去看望给他上了两次课的教授保罗博士。保罗博士对他说："你内心深处有无穷的潜力，有一天，当你回首看时就会知道，这绝对是真的。"

休学以后，吉姆到一个建筑工地当了工人，他负责铲混凝土，因这是"剩下微弱视力"的他唯一能做的事。两三个月后，一个阴冷、刮着强风的冬晨，吉姆站在壕沟里，用水桶不住地将积水往外舀。天气转晴，就可以开始将混凝土倒进沟里了。

吉姆的手又湿又凉，浑身冻得打战，饥寒交迫。此时，工寮(liáo)的门突然打开，一个老工人向吉姆走来，劝他道："我们刚才讨论过了，我们希望你离开这里！"

"啊，为什么？"吉姆惊愕地问，"我做错了什么吗？"

老工人说："是的，我们都知道，你非常努力，但是吉姆，我们来这里是因为我们没有一技之长，也没地方可去。你跟我们不一样，如果你不离开这里，有一天，也会无路可走；但你该有更大的成就，所以，我们决定让你离开这里，你一生不应该只呆在这工地上！"

269

老工人这席话深深地震撼了吉姆："是的，我难道只能一辈子当铲土工人吗？"他的心被敲醒了。他含着泪水，谢过工寮里的工人。他兴奋地打电话给保罗博士："我决定复学，我决定要重回学校读书！"

后来，吉姆发愤图强，以"心理学"和"社会学"双学位从大学毕业，并获学校最高荣誉奖。29 岁时吉姆双目失明，但他因发明了帮助视障朋友"看"电视的方法而获得美国最高荣誉奖——"艾美奖"和美国"十大杰出青年杰西奖"。目前，他是"教育电视网"的创办人，该电视台在北美有 1000 多家有线系统加入，收视户高达 2500 多万户。

人生没有绝境，即使到了山穷水尽、无路可走时，只要坚定信念、不妄自菲薄，从"心"出发，坚持不懈，愈挫愈勇，就一定能赢得光明的未来。

（崔鹤同）

生活悟语

世界上有一种人，常常得到幸运之神的眷顾：他们从来不肯在困难面前低头，从不在失败之后坐着叹息，从来不放弃每一个希望，从不怕浪费每一分努力。

一个人，只要不丧失希望，生活就不会让他丧失成功。

伟人就是具有无比决心的普通人

这天，罗伯特·斯契勒来到芝加哥，向一群中西部农民发表演说。虽然他满腔热诚，但很快便被他们凝重的面色泼了一盆冷水。他们强作热情地接待罗伯特，其中有位农民告诉他说："我们正过着艰苦的日子。我们需要帮助。我们最需要的是希望。给我们希望吧。"

在罗伯特开始演讲前，主持人向这些听众作介绍，他把罗伯特形容为一个成功的人。但是听众不知道,罗伯特也曾走过他们现在所走的路。

罗伯特的童年是在中西部的一个小农场里度过的。他的父亲本来是一个雇农,后来积攒够了钱才买了一个 65 公顷的农场。经济大萧条时,罗伯特还只有两岁。那年冬天,他们有时连买煤也没钱。那时候罗伯特也要工作,他要爬进猪栏,捡拾猪吃剩后的玉米棒子,用来做燃料。那些日子真苦啊!

第二年春天,又遇到严重春旱。罗伯特的父亲准备把辛辛苦苦留起来的几斗宝贵玉米用做种子。

"种了可能枯死,何必还要冒险去种呢?"罗伯特问。

他父亲却说:"不冒险的人永无前途。"

于是,他父亲把留起来的最后一些玉米粒和燕麦,全都拿出来种了。可是,第四个星期过去了,还不见有雨来临,父亲的脸绷得紧紧的。他和其他农民聚在一起祈祷,请求上帝拯救他们的田地和作物。后来,雷声终于响起。天下雨了!虽然罗伯特雀跃万分,但是他的父母知道雨下得不够。骄阳不久就再次出现,天气又热起来了。他父亲掐了一把泥土,只有上面四分之一是湿的,下面全是粉状的干泥。

那年夏天,罗伯特看见弗洛德河逐渐干涸了,小水坑变成泥坑,平时来去扭动的鲶鱼都死了。他父亲的收成只有半车玉米,这个收成和他所播的种子数量刚好相等。父亲在晚餐祈祷时说:"慈爱的主,谢谢你,我今年没有损失,你把我的种子都还给我了。"当时并不是所有的农民都像他父亲那么有信心,一家又一家的农场挂起了"出售"的牌子。他父亲当时请求银行给予帮助,银行信任他,而且帮助了他。

罗伯特还记得童年时穿着补缀的大衣跟父亲去爱阿华银行,他记得那银行的日历上有这样一句格言:"伟人就是具有无比决心的普通人。"他觉得父亲就是这种积极态度的榜样。

若干年后 6 月里的一个寂静下午,罗伯特家遭到龙卷风的侵袭。他们起初听到一阵可怕的怒吼声;慢慢的,风暴逐渐逼近了。忽然天上有一堆黑云凸了出来,像个灰色长漏斗般伸向地面。它在半空中悬吊了一阵子,像一条蛇似的蓄势待发。父亲对母亲喊道:"是龙卷风,珍妮!我们得赶快离开这里!"转瞬间,他们便已慌慌张张地开车上路了。南行 3 公里之后,他们把车子停好,观看那凶暴的旋风在他们后面肆虐⋯⋯到他们返回家后,发现一切都没有了,半小时前那里还有九幢刚刷过的房屋,现在一幢也不存在,只留下地基。父亲坐在那里惊愕得双手紧握驾驶盘。这时,罗伯特注意到父亲满头白发,身体由于艰辛劳作而显得瘦弱不堪。突然间,父亲的双手猛拍在驾驶盘上,他哭了:"一切都完了！珍妮！26年的心血在几分钟内全完了！"

但是，他父亲不肯服输。两星期后，他们在附近小镇上找到一幢正在拆卸的房子，他们花了50美元买下其中一截，然后一块块地把它拆下来。就是用这些零碎东西，他们在旧地基上建了一幢很小的新房子。以后几年，又建筑了一幢幢房屋。结果，他父亲在有生之年，看到了他的农场经营得非常成功。

讲完了自己的故事，罗伯特告诉听众："苦难不会持久，强者却可长存！"听众顿时响起热烈掌声。那些已经失去希望以及曾与沮丧情绪搏斗的人，重新获得了希望。他们有了新的憧憬，再度开始梦想未来。

生活悟语

一个人，只要不丧失希望，生活就不会让他丧失成功。失败的人生，是源于将所有的精力消耗在生活路上的痛苦和挫折之上，而不去为改变付出努力。

人生多经历一些苦难和磨炼不是坏事，对年轻人来说，更是难能可贵的！

人生贵在磨炼

在美国，有这样一个年轻人：他是个大学生，每逢学校过礼拜或放假，他都得赶到他父亲开设的工厂去上班。他用打工的工资去偿还父母为他垫付的学费和伙食开支。在厂里，他跟其他工人一样排队打卡上下班，月底就凭车间给他评定的质量分和完成工作的情况结算工资。有一次，他因公车晚点而迟到了两分钟，那月的奖金就被扣除了一半。

当他终于熬到大学毕业，认为自己可以接管父亲的公司时，父亲不但不让他接管公司，反而对他更加苛刻。他想不明白，父亲是一家公司的董事长，他家并不缺钱花，还经常捐钱给福利院，可就是舍不得多给他一分钱，就连生活费也得定期向父亲索要。他终于被父亲逼出了家门，他觉得自己肯定不是父亲的亲生儿子,要不然怎么会这样对待他呢?他想反正自己跟父亲已经没关系,不如去外面另谋生路。

他想去银行贷款做生意,可父亲坚决不给他担保。没有担保人,他就没有办法向银行贷到一分钱。于是他只得去给别人打工,因为复杂的人际关系,他被人挤出了小公司。失业后,他用打工积累的一点儿资金开了家小店。小店的生意不错,他又开了家小公司。小公司慢慢地变成了大公司。

令他万分痛心的是,公司因为经营管理不善倒闭了。他想过跳楼,但他实在不甘心就这样离开人世。他认真地思索了自己的过去,思索父亲为什么对自己这么冷酷,思索自己在打工和经商中为什么屡遭惨败,他总结了自己失败的教训。他没有灰心丧气,决心咬紧牙关挺起胸膛从头再来。就在他振作精神准备再干一番的时候,他的父亲出人意料地找到了他,张开双臂紧紧地拥抱了他,并决定让他来接管自己的公司。

对于父亲的决定他非常不解,他说:"我现在是个一无所有甚至是个失败的人,你为什么还要我接管你的公司呢?"父亲说:"不,孩子,你虽然跟几年前一样,依然没有钱,但你有了一段可贵的经历,这段经历对你来说是一场艰苦的磨炼,然而它却是可贵的。如果我前几年就将公司交给你,你很难把公司经营管理好,也可能迟早会失去公司,最终变得一无所有。可是现在你拥有了这段经历,你会珍惜它,而且会把公司管好,还会让它不断发展壮大。孩子,无论干什么事情,不经受一番磨炼是干不好的。"

果然,他不负父亲的期望,将规模不大的公司发展成了一家令全球瞩目的大公司。他就是伯克希尔公司总裁,有着"美国股神"称号的沃伦·巴菲特。他的资产仅次于比尔·盖茨,他的父亲叫霍华德·巴菲特。

受父亲的影响,沃伦·巴菲特一生节俭,谨慎从事。他的西服是旧的,钱包是旧的,汽车也是旧的,甚至他住的房子也是旧的。他现在拥有350多亿美元资产,是个真正的富翁,负债率几乎为零。

从沃伦·巴菲特的故事我们可以看出,经历苦难、经历磨炼对于一个人是多么重要。不是说不经历苦难、不经历磨炼就不能成功成才,但经历了苦难、经历了磨炼至少使人积累了经验,增强了毅力,从而使人更懂得热爱和珍惜自己的事业和生活,也更懂得如何做人与处世,更懂得如何做好、做大、做强自己的事业。所以说,人生多经历一些苦难和磨炼不是坏事,对年轻人来说,更是难能可贵的!

(沈岳明)

生活悟语

俗话说：吃一堑长一智。意思就是说我们总是在吃了苦头遭受挫折之后才明白道理。世上的很多道理，看起来很简单的事情，其实里面有很多学问。所以，有时候阅历比靠幸运得来的成功更重要。

在我们的人生路上，几乎所有的人都会背负屈辱。有的人明白了屈辱一旦化为希望，就是成功的动力；而有的人则不明白这个道理，最终背负屈辱消极地沉寂下来，让自己的人生变得一无所有。

屈辱是一种力量

在美国，有一位叫库帕的大学生因找不到工作，就在弹尽粮绝的时候，他决定去乔治的公司试试。库帕是一位无线电爱好者，从小就崇拜无线电界的资深人乔治，如果乔治能够接受他，他想，他肯定能够学到很多的东西，日后也能像乔治一样在无线电产业上取得巨大的成绩。当库帕敲开乔治的房门时，乔治正在专心研究无线电话，也就是我们目前日常生活中不可缺少的手机。

库帕将自己在心里想了很久的话，小心翼翼地在乔治的面前讲了出来。他说："尊敬的乔治先生，我很想成为您公司的一员，如果能够留在您的身边，当您的助手，那就更好了。当然，我不求待遇……"谁知，还没等库帕说完，乔治便粗暴地将他的话打断了。乔治用不屑的眼神看着库帕说："请问你是哪一年毕业的大学生？干无线电多长时间了？"

库帕坦率地说："乔治先生，我是今年刚毕业的大学生，还从没有干过无线电工作，但是我很喜欢这项工作……"

乔治再次粗暴地打断了库帕的话："年轻人，就凭你也够资格进我的公司？还想当我的助手？我看你还是请吧，我不想再见到你了，也请你别再耽误我的时间。"

原本诚惶诚恐心里忐忑不安的库帕,这时心情倒平静了下来,他不慌不忙地说:"乔治先生,我知道您现在正在忙什么,您在研究无线移动电话是吗?也许我能够帮上您的忙呢?"虽然对库帕能够猜出自己正在研究的项目而感到惊讶,但乔治还是觉得面前的这个年轻人太幼稚,还不足以为自己所用,所以他坚决下了逐客令。最后,库帕说:"乔治先生,终有一天,您会正眼看我的!"不久,库帕在摩托罗拉公司谋到了一份工作。

1973 年的一天,一名男子站在纽约的街头,掏出一个约有两块砖头大的无线电话,并打了一通,引得过路人纷纷驻足侧目。这个人就是手机的发明者马丁·库帕。当时,库帕是美国摩托罗拉公司的工程技术人员。库帕说:"乔治,我现在用一部便携式无线电话跟您通话。"

乔治怎么也想不到,当年被自己拒之门外的年轻人真的在自己之前研制出了无线移动电话——手机。现在,手机已成为人们日常生活中不可缺少的通讯工具,而马丁·库帕的大名也被人们所熟知。有记者采访马丁·库帕时问:"如果当时您被乔治收留,您肯定会协助乔治完成手机的研制,而这一功劳也肯定会是乔治的,是不是?"马丁·库帕回答说:"不,如果当时乔治收留了我,我成了乔治的助手,我们也许永远也研制不出现在的手机来。正因为他拒绝了我,掐断了让我想向他学习的念头,所以我才重新开辟出了一条研制手机的道路,并且成功了。那条道路的名字就叫屈辱,我将乔治对我的污辱化成了前进的动力。如果没有这种动力,就是我跟乔治联手也不一定能完成这项研制工作。"

是的,在我们的人生路上,几乎所有的人都会背负屈辱。有的人明白了屈辱一旦化为希望,就是成功的动力;而有的人则不明白这个道理,最终背负屈辱消极地沉寂下来,让自己的人生变得一无所有。马丁·库帕选择了前者,所以他成功了。

(小 丑)

275

生活悟语

受挫其实也是生活对我们的一种忠告和提醒,首先它告诉我们正在走的这条路是行不通的,其次它告诉我们要达到目标还有很多条路可以走。

在这个世界上,很多人之所以没有成功,并不是因为他们缺少智慧,而是因为他们面对事情的艰难而没有做下去的勇气。

永抱"必胜"之心

1883 年,富有创造精神的工程师约翰·罗布林雄心勃勃地意欲着手建造一座横跨曼哈顿和布鲁克林的大桥。然而桥梁专家们却劝他说这个计划纯属天方夜谭,不如趁早放弃。罗布林的儿子华盛顿·罗布林——一个很有前途的工程师,也确信这座大桥可以建成。父子俩克服了种种困难,在构思着建桥方案的同时,也说服了银行家们投资该项目。

然而大桥开工仅几个月,施工现场就发生了灾难性的事故。父亲约翰·罗布林在事故中不幸身亡,华盛顿的大脑也严重受伤。许多人都以为这项工程会因此而泡汤,因为只有罗布林父子才知道如何把这座大桥建成。

尽管华盛顿·罗布林丧失了活动和说话的能力,他的思维还同以往一样敏锐,他决心要把父子俩费了很多心血的大桥建成。一天,他脑中忽然一闪,想出一种用他唯一能动的一个手指和别人交流的方式,他用那根手指敲击他妻子的手臂,通过这种密码方式由妻子把他的设计意图转达给仍在建桥的工程师们。整整 13 年,华盛顿就这样用一根手指指挥工程,直到雄伟壮观的布鲁克林大桥最终落成。

无独有偶。法国有一名记者叫博迪,在年轻的时候,他因一场病导致四肢瘫痪:在全身的器官中,唯一能动的只有左眼。可是,他还是决心要把自己在病倒前就构思好的作品完成。

博迪只会眨眼,所以就只有通过眨动左眼与助手沟通,逐个字母地向助手背出他的腹稿,然后由助手抄录出来。助手每一次都要按顺序把法语的常用字母读出来,让博迪来选择,当她读到的字母正是文中的字母时,博迪就眨一下眼表示正确。由于博迪是靠记忆来判断词语的,有时不一定准确,他们需要查辞典,所以每天只能录一两页。可以想象两个人的工作是多么的艰难!几个月后,他们历经艰辛终于完成了这部著作。为了写这本书,博迪共眨了20多万次眼。这本不平凡的书有150页,它的名字叫《潜水衣与蝴蝶》。

在这个世界上,很多人之所以没有成功,并不是因为他们缺少智慧,而是因为他们面对事情的艰难而没有做下去的勇气。波德莱尔说过:"没有一件工作是旷日持久的,除了那件你不敢着手进行的工作。"一根手指就可以建造一座大桥,一只眼睛就可以出一本书,还有什么是不可能的呢?

(简 单)

生活悟语

生活道路上,每个人都可能遇到各种各样的困境,此时,成功的关键就在于对待困境的态度。说出"不可能"三个字调头就放弃的人,成功也会将"不可能"回赠给他;只有那些不轻言放弃,百折不挠的人才可能成为最后的成功者。

277

像水一样流淌，这是岁月积淀的智慧。遇见困难，努力了，无法消灭它，不如像流水一样，在大山旁边寻找较低处突围，依山而行。只要我们不忘努力，不断奔突，也一样能够走出困境，到达远方，实现梦想。

第十二辑 自立，做生活的主人

　　人的成长过程，是一个不断提高自立能力的过程。从学会走路开始，我们就获得了身体的自立；当能够自己吃饭、穿衣时，我们就有了自立生活的体验；直到将来走上工作岗位，能够养活自己了，我们就获得了基本自立的人生。易卜生说过："世界上最坚强的人就是独立的人。"

　　我们可以接受他人的帮助，但不能依赖他人的帮助。汉字中的"人"字，是一撇一捺支撑起来的，它说明作为一个人，需要靠自己的双腿撑起自己的天空，需要靠自己走完人生的道路。

> 金钱、机遇都比不上这个重要。我所获得的一切，全都是靠双手辛勤劳动的结果啊！

最重要的是什么

诗人和歌唱家争论不休，争的是幸福取决于什么。诗人认为金钱会带来幸福，歌唱家认为命运将决定一切。争来争去没有结果，两个人就一同出外闲逛。

两人来到城郊，看见一座破茅屋，有一个青年坐在门口弹六弦琴。

诗人说：

"朋友，你生活得真是无忧无虑啊！"

青年叹口气道：

"明天我就要饿肚皮了，哪儿谈得上什么无忧无虑哩。"

歌唱家问道：

"那你怎么还在弹六弦琴呢？"

青年回答道：

"我叫阿尔其岱，这琴是我父亲唯一的遗产啊！"

为了证明谁说得对，诗人和歌唱家各自拿出 50 枚小金币给青年，说道：

"这钱到底会不会对你有帮助呢？我们明年再来看你吧。"

阿尔其岱把钱币塞在软帽的衬垫里，到小食品店去买香肠。不料才走几步远，一只乌鸦飞扑下来，攫住他的软帽，飞走了。

第二年，诗人和歌唱家来了，一问，知道有这种怪事，惊讶不已。诗人又拿出 100 枚小金币给他，说明年再来看他。

阿尔其岱学乖了，他拿了一枚小金币去买香肠，把 99 个小金币放在屋角的一只破鞋子里面。不料有一只小老鼠被猫追急了，躲进这只破鞋里，猫一拨弄，小金币顿时滚落一地，猫又拨又推玩着，把那些小金币都弄进老鼠洞里去了。

阿尔其岱回到家，一看破鞋子翻着，小金币没有了，十分惊讶，也没有办法可想。

第三年，诗人和歌唱家来了，一问，知道有这种怪事，惊讶不已。歌唱家拿出一粒小铅球给他，说好明年再来看他。

阿尔其岱想，这有什么用呢？卖吧，不值钱；丢掉，又可惜……想来想去，忽然叫道："这可以做钓鱼钩子上的沉子呀！"

阿尔其岱做了一个针钩，扣着沉子，扎在长竿上去钓鱼，钓了半天，也没鱼；但他耐心地等着，一直等到傍晚时，竟然钓上了不少鱼。他快活地煮了整整一锅的鱼汤，喝了。

第二天，他把剩下的鱼卖了，又去钓鱼。

每天钓上的鱼都很多，他就卖掉其中的一部分；积聚些钱他就买网、买船。后来他成为一个真正的渔夫了。

5年以后，诗人和歌唱家重新相遇，他们又来到阿尔其岱家。可是，一切都变了，这儿已经换成一幢新房子了，有一位年轻的女人站在门口，两个小孩在门外嬉戏。他们走向前问道："请问，这儿有一个弹六弦琴的阿尔其岱吗？"

那女人笑道："他是我的丈夫呀。"

这时，阿尔其岱走了出来。他快活地把两位客人请进屋里，捧出200枚小金币，说道："我靠勤劳地钓鱼成为真正的渔夫，娶了柔凡娜，生了两个孩子。在我造这新房子时，动手拆茅屋，发现烟囱上有一个乌鸦窠，窠里放着我放100枚小金币的软帽。我拆地板，在屋角的老鼠洞里找到了99枚小金币。我曾拿一枚买了香肠，今天已补上了，谢谢你们，请拿回去吧！"

柔凡娜捧出一样又一样的佳肴，款待了两位尊客，而客人们正争得面红耳赤——阿尔其岱所以得到今天的幸福，靠什么呢？

歌唱家说："命运！"

诗人叫道："金钱！"

阿尔其岱听了以后，说道："金钱是重要的，命运也是重要的。不过，请相信我，最重要的是一个人的劳动和毅力。诗人先生，你从没停止过写诗，才使你成为诗人；歌唱家先生，你一直没有停止过练嗓，才使你成为歌唱家。金钱、命运都比不上这个重要。我所获得的一切，全都是靠双手辛勤劳动的结果啊！"

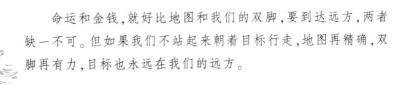

生活悟语

命运和金钱，就好比地图和我们的双脚，要到达远方，两者缺一不可。但如果我们不站起来朝着目标行走，地图再精确，双脚再有力，目标也永远在我们的远方。

　　　　只有自己通过努力和辛勤的汗水换来的收获才是
最真实的。

不要只为面包而祈祷

　　小克莱门斯的老师玛丽是一位虔诚的基督徒,每次上课之前,她都要领着孩子们进行祈祷。有一天,玛丽老师给孩子们讲解《圣经》,当讲到"祈祷,就会获得一切"的时候,小克莱门斯忍不住站了起来,他问道:"如果我祈祷上帝,他会给我想要的东西吗?""是的,孩子,只要你愿意虔诚地祈祷,你就会得到你想要的东西。"

　　小克莱门斯当时的梦想是得到一块很大很大的面包,因为他从来没有吃过那样诱人的面包;而他的同桌,一个金头发的小姑娘每天都会带着一块这么诱人的面包来到学校。她常常问小克莱门斯要不要尝一口,小克莱门斯每次都坚定地摇头,但他的内心是痛苦的。

　　放学的时候,小克莱门斯对小姑娘说:"明天我也会有一块大面包。"回到家后,小克莱门斯关起门,无比虔诚地进行祈祷,他相信上帝已经看见了自己的表情,上帝一定会被自己的诚心感动的! 然而,第二天起床后,当他把手伸进书包的时候,除了一本破旧的课本什么也没有发现。他决定每天晚上坚持祈祷,一定要等到面包降临。

　　后来,金头发的小姑娘笑着问小克莱门斯:"你的面包呢?"

　　小克莱门斯已经无法继续自己的祈祷了。他告诉小姑娘,上帝也许根本就没有看见自己在进行多么虔诚的祈祷,因为,每天肯定有无数的孩子都进行着这样的祈祷,而上帝只有一个,他怎么会忙得过来? 小姑娘笑着说:"原来祈祷的人都是为了一块面包,但一块面包用几个硬币就可以买到,人们为什么要花费这么多的时间去祈祷,而不是去赚钱买面包呢?"

　　小克莱门斯决定不再祈祷。他相信小姑娘所说的正是自己想要知道的——只有通过实际的工作来获得自己想要的东西。而祈祷,永远只能让你停留在等待中。小克莱门斯对自己说:"我不要再为一件卑微的小东西祈祷了。"他带着对生活的坚定信心走向了新的道路。

多年以后,小克莱门斯长大成人,当他用笔名马克·吐温发表作品的时候,他已经是勤奋而且多产的作家了。他再没有祈祷上帝,因为在无数个艰难的日子中,他都记着:不要为卑微的东西祈祷!只有自己通过努力和辛勤的汗水换来的收获才是最真实的。

生活悟语

每个人的双手都是神奇的,只要赋予它勤劳的动力,它就能创造出我们想要的一切。但是,如果用它来乞讨,那么它的神奇功能将消失。

从根本上说,人人都是自己命运的设计师,最可依靠的不是任何人的权力和威望,而是自己的力量。

靠 自 己

283

有一天,大仲马得知自己的儿子小仲马寄出的稿子接连碰壁,便对小仲马说:"如果你能在寄稿时,随稿给编辑先生们附上一封短信,或者只是一句话,说'我是大仲马的儿子',或许情况就会好多了。"

小仲马倔强地说:"不,我不想坐在你的肩头上摘苹果,那样摘来的苹果没味道。"年轻的小仲马不但拒绝以父亲的盛名做自己事业的敲门砖,而且不露声色地给自己取了十几个其他姓氏的笔名,以避免那些编辑先生们把他和大名鼎鼎的父亲联系起来。

面对那一张张冷酷无情的退稿笺,小仲马没有沮丧,仍在屡败屡战地坚持创作自己的作品。

他的长篇小说《茶花女》寄出后,终于以其绝妙的构思和精彩的文笔震撼了一位资深的编辑。这位编辑曾和大仲马有着多年的书信来往。他看到寄稿人的地址同大仲马的地址丝毫不差,怀疑是大仲马另取的笔名,但作品的风格却和大仲马的迥然不同。这位编辑带着兴奋和疑问,迫不及待地乘车造访大仲马。

令他大吃一惊的是,《茶花女》这部伟大的作品,作者竟是名不见经传的大仲马的儿子小仲马。

"您为何不在稿子上署上您的真实姓名呢?"这位编辑疑惑地问小仲马。

小仲马说:"我只想拥有真实的高度。"

这位编辑对小仲马的做法赞叹不已。

《茶花女》出版后,法国文坛的评论家一致认为,这部作品的价值远远超过了大仲马的代表作《基度山恩仇记》。小仲马靠自己的力量攀登到文坛的高峰。

美国物理学家富兰克林,是家中 12 个男孩中最小的。由于家境贫寒,他 12 岁就到哥哥开的小印刷所去当学徒。他把排字当做学习写作的好机会,从不叫苦。

不久,富兰克林认识了几个在书店当学徒的小伙伴,经常通过他们借书看。随着阅读数量的增加,他逐渐能学着写些小文章了。

在富兰克林 15 岁时,他哥哥筹办了一份报纸《新英格兰新闻》,报上常登载一些文学小品,很受读者欢迎。

富兰克林也想试一试文笔,但又不想通过哥哥来采用自己的文章。为此,富兰克林化名写了一篇小品,趁半夜没人时把稿子悄悄地放在印刷所的门口。

第二天一早,他哥哥看到那篇稿件,便请来一些经常写作的朋友审阅评论。那些人一致称赞是篇好文章。有一位诗人竟断定,这是出自名家的手笔。

从此,富兰克林的文章经常在报上发表,但他的哥哥一直不知道真正的作者是谁。后来,他哥哥决心要识破这个谜,在半夜时藏在印刷所门口。他哥哥做梦也没想到,这位"名家"竟是自己的弟弟小富兰克林。

……

"滴自己的汗,吃自己的饭。自己的事,自己干。靠人、靠天、靠祖上,不算是好汉。"陶行知的这些话,当然不是主张忽视前进中借用的力量,而是强调千靠万靠不如自靠的主张。

从根本上说,人人都是自己命运的设计师,最可依靠的不是任何人的权力和威望,而是自己的力量。

(蒋光宇)

284

靠着自己的拼搏赢来的成功，才是最牢固、最真实的成功。走一条自己的路，虽然很辛苦，也有风险，但你得到的都是别人未曾得到的东西。

只要我们心存坚毅，我们就能克服一个又一个艰难险阻，驰向理想的目的地。

学习长颈鹿重新站起来

把一只长颈鹿带到世上是一个艰难的过程。长颈鹿胎儿从母亲的子宫里掉出来，落到大约 3 米下的地面上，通常后背着地。几秒钟内，它翻过身，把四肢蜷在身体下。依靠这个姿势，它第一次得以审视这个世界，并甩掉眼睛和耳朵里最后残存的一点儿羊水。然后，长颈鹿母亲便用粗暴的方式把它的孩子带到现实生活中。

加里·里士满在他的著作《动物园观察》中描绘了一只新生的长颈鹿如何学习它的第一课。

长颈鹿母亲低下头，以看清小长颈鹿的位置，将自己确定在小长颈鹿的正上方。她等待了大约一分钟，然后做出最不合常理的事——她抬起长长的腿，踢向她的孩子，让它翻了一个跟斗后，四肢摊开。

如果小长颈鹿不能站起身，这个粗暴的动作就被长颈鹿妈妈不断地重复。小长颈鹿为站起来，拼命努力。因为疲倦，小长颈鹿有时会停止努力。母亲看到，就会再次踢向它，迫使它继续努力。最后，小长颈鹿终于第一次用它颤动的双腿站起身来。

这时，长颈鹿母亲做出更不合常理的举动，她再次把小长颈鹿踢倒。为什么？她想让它记住自己是怎么站起来的。在荒野中，小长颈鹿必须能够以最快的速度站起来,以免使自己与鹿群脱离,因为在鹿群里它才是安全的。狮子、土狼等野兽都喜欢猎食小长颈鹿,如果长颈鹿母亲不教会她的孩子尽快站起来,与大部队保持一致,那么它就会成为这些野兽的猎物。

已故著名作家欧文·斯通懂得这一点。他毕生研究伟人,为许多人写过传记,其中包括米开朗琪罗、凡·高、弗洛伊德和达尔文。

斯通曾经被问及是否发现了贯穿所有这些杰出人物生命的线索。他说:"我写的这些人,在他们的生命中,总有一个既定的大目标或者梦想,然后他们就为了实现它们而努力。他们都曾遭遇当头一击,一度被彻底打倒,然后在接下来的许多年里,他们走投无路。但是每次被击倒后,他们总会站起来。你不能摧毁这些人。"

生活悟语

生活道路上隐藏着许许多多的坎坷,趁我们不注意的时候把我们绊倒,让我们重重地摔跟头。但只要我们心存坚毅,我们就能克服一个又一个艰难险阻,驰向理想的目的地。

只要我们敢于面对生活,拥有坚强的信念,我们就可以在黑暗中不停止摸索,在失败中不放弃奋斗,在挫折中不忘却追求。

"金砖"的秘密

石诚高考落榜的那年,父母离异了,他憎恨爸爸妈妈都是"冷血动物",跑向山里跟爷爷一起过日子。真是船破又遭顶头风,爷爷的小山村在一次山洪暴发中被冲走了半片村子,白发苍苍的老人在山洪中只抢了一个用包袱包着的"砖头"出来,竟然毫无哀伤之色。

石诚面对一片废墟伤心地流泪,他灰心极了,今后的日子该怎么过?爷爷却抱着那块"砖头"说:"去把那些没冲走的东西扒出来吧,那里有斧子、柴刀、镢头、犁铧呢。"石诚没好气地说:"要那些破家什有啥用?"爷爷反问:"你要什么东西?"石诚一气,冲口而出:"我要前途!要财富!要尊严!要幸福!"

爷爷哈哈一笑,指着怀中的"砖头"说:"孩子,你着什么急,你要的这些,我这里都有!"石诚惊愕地睁大眼睛:"你骗人?"

爷爷正色道:"我教了一辈子书,从没对谁说过谎话,我为什么要骗自己的孙子?"石诚低下了头,眼角却在窥视那块"砖头",他判断那可能是一块价值连城的金砖吧。

爷爷说:"如果我欺骗了你,你可以不认我这个爷爷;不过,你要想得到它,必须先拿四种东西跟爷爷交换!""我有吗?"石诚惶惑地问。

"你应该有!"爷爷伸出四根指头说:"一是勤劳,二是智慧,三是忠诚,四是友善。你能说你没有?"

石诚深深地吸了一口气,坚定地说:"有!"

接下来,爷爷让石诚从废墟中扒出镢头同村民们一起开荒自救,扒出斧子同大伙一起重建家园,用铁锤、凿子辟开一条出山的路,用架子车把满山的药材运向市场。

当然,这需要付出十倍百倍的血汗与辛劳,石诚累得骨瘦如柴,小腿肚上青筋隆起。他被村民们推选为村长,村民的期望、肩头的责任使他忘记生活的艰辛和劳累,也忘记了爷爷怀中的那块"金砖"。5年后,他们的药材不再出山了,他从城里请来了技术人员,在乡政府的支持下同市里的医院联合办起了制药厂……村里的楼房建起来了,自来水厂也开始供水了,VCD、DVD在每家每户唱起来了。再往后,石诚当上了制药厂的董事长,每天忙得脚不沾地。

那天,81岁的爷爷午饭后笑眯眯地去睡午觉,竟悄悄地长辞人世了。石诚哭成了泪人,办完丧事后,他在清点爷爷的遗物时,无意中发现了爷爷枕下的那块"砖头"。他小心翼翼地打开包袱,万没有想到是一部上世纪60年代初期出版的四角号码词典。词典中夹着爷爷写的一张纸条:

"孙儿,'前途'在8022页,'财富'在7480页,'尊严'在8034页,'幸福'在4040页。孩子,爷爷全都给你了……"

　　我们每一个平凡的人都能主宰自己的命运,只要我们敢于面对生活,拥有坚强的信念,我们就可以在黑暗中不停止摸索,在失败中不放弃奋斗,在挫折中不忘却追求。

　　人生难免会有一些失落,但生活总是要向前的,只要我们还有力量,就还有希望。

调整心态,走出困境

　　美国从事个性分析的专家罗伯特·菲利浦有一次在办公室接待了一个因自己开办的企业倒闭、负债累累、离开妻女到处为家的流浪者。那人进门打招呼说:"我来这儿,是想见见这本书的作者。"说着,他从口袋中拿出一本名为《自信心》的书,那是罗伯特许多年前写的。流浪者继续说:"一定是命运之神在昨天下午把这本书放入我的口袋中的,因为我当时决定跳到密歇根湖,了此残生。我已经看破一切,认为一切已经绝望,所有的人(包括上帝在内)已经抛弃了我。但还好,我看到了这本书,它使我产生新的看法,为我带来了勇气及希望,并支持我度过昨天晚上。我已下定决心,只要我能见到这本书的作者,他一定能协助我再度站起来。现在,我来了,我想知道你能替我这样的人做些什么。"

　　在他说话的时候,罗伯特从头到脚打量流浪者,发现他茫然的眼神、沮丧的皱纹、十来天未刮的胡须以及紧张的神态,这一切都显示,他已经无药可救了。但罗伯特不忍心对他这样说,因此,请他坐下,要他把他的故事完完整整地说出来。

　　听完流浪汉的故事,罗伯特想了想,说:"虽然我没有办法帮助你,但如果你愿意的话,我可以介绍你去见本大楼的一个人,他可以帮助你赚回你所损失的钱，并且协助你东山再起。"罗伯特刚说完，流浪汉立刻跳了起来，抓住他的手，说道："看在上天的分上，请带我去见这个人。"

他会为了"上天的分上"而做此要求，显示他心中仍然存在着一丝希望。所以，罗伯特拉着他的手，引导他来到从事个性分析的心理试验室里，和他一起站在一块窗帘布之前，罗伯特把窗帘布拉开，露出一面高大的镜子，罗伯特指着镜子里的流浪汉说："就是这个人。在这世界上，只有一个人能够使你东山再起，除非你坐下来，彻底认识这个人——当做你从前并未认识他——否则，你只能跳进密歇根湖里，因为在你对这个人作充分的认识之前，对于你自己或这个世界来说，你都将是一个没有任何价值的废物。"

他朝着镜子走了几步，用手摸摸他长满胡须的脸孔，对着镜子里的人从头到脚打量了几分钟，然后后退几步，低下头，开始哭泣起来。过了一会儿，罗伯特领他走出电梯间，送他离去。

几天后，罗伯特在街上碰到了这个人，他不再是一个流浪汉，他西装革履，步伐轻快有力，头抬得高高的，原来那种衰老、不安、紧张的姿态已经消失不见。他说，他感谢罗伯特先生，让他找回了自己，并很快找到了工作。

后来，那个人真的东山再起，成为芝加哥的富翁。

生活悟语

　　人生难免会有一些失落，但生活总是要向前的，只要我们还有力量，就还有希望。把人生的失落埋进春天的泥土里，让它滋养我们的人生记忆，开出下一个靠自己打拼的花季。

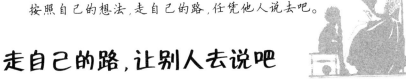

按照自己的想法，走自己的路，任凭他人说去吧。

走自己的路，让别人去说吧

有两位法国诗人是无话不谈的忘年交，一位是年纪较大的马莱伯，一位是年轻的拉冈。

有一天,拉冈跑来请教马莱伯:"我想向您请教一下,您人生阅历丰富,一定对人生的世事沧桑有着独到的见解。现在,我正面临着一个选择的难题,我苦苦思考却无法决定,依您看,我应该怎么选择呢?您对我的家世、门第、财产以及能力都很清楚,那我是否应该到外省去?或者去投身军队或者去朝廷供职?人间充满喜怒哀乐,战争里也可能会有温暖,婚姻里也许潜藏着危机。要是只凭内心的愿望,我很清楚自己应该做什么,可现在我必须要让家人、国家以及人民对我的行为感到满意。"

听了拉冈的这一番话,马莱伯并没有正面回答他:"确实,你要让所有人都对你感到满意,在我回答你以前,先听我给你讲一个故事吧:

"从前,有位磨坊主和他十几岁的儿子,打算去集市上卖掉自家的驴子。为了让驴子保存体力,卖个好价钱,爷俩就把驴腿扎上,一前一后抬着驴走。一个路人看到此情景不禁大笑起来:'真是一对白痴,太可笑了,驴子不是让人骑的吗?现在竟然要抬着它。'听到这肆无忌惮的话语,磨坊主也觉得抬驴的行为有些不妥,于是就赶紧把驴子放下,让儿子骑驴,自己跟在后面走。驴子倒是挺喜欢被主人抬着走的,没想到才享受了一小会儿,还是得驮着人走路,驴子边走边打着响鼻来发泄内心的不满。

"没走多远,迎面走来三个商人,年纪较大的那位冲着男孩大声喊道:'年轻人,你怎么好意思自己骑着驴,难道那花白胡子的老人是你的仆人吗?赶紧下来,让老人骑着驴!'磨坊主赶紧解释道:'先生们,是我让孩子骑驴的,不要责怪孩子。'说着就让儿子下来,自己骑到驴背上。

"又走了一段路,走来了三位姑娘,其中一个指责老人说:'你这老头真是过分啊!自己舒舒服服地骑在驴上像个绅士,却眼睁睁地看着一个小孩子走得那么辛苦!'磨坊主赶紧让驴放慢了脚步,心想:'我一把年纪了,名声最重要,可不能让人骂我又懒又无情啊。'经过一次次的嘲骂,磨坊主还是认为自己做得不够妥当,于是干脆和儿子一起骑到了驴背上,他乐滋滋地想:这下大家该没什么可说的了吧!

"可刚走了十几步,迎面走来了一群人,有个人恶狠狠地说:'这两人真够狠的!竟然这样压迫可怜的驴子。等他们走到市场,估计驴已经死了,他们也只能出售驴肉了。'磨坊主抱着头喊道:'只有疯子才会以为可以不遭受大家的指责!我还是再试试别的办法。'这回两人谁都不骑驴了,而是让驴子走在他们的前面。

"又有个人对他们说:'这是什么风俗?让驴子自由自在地走在前面,主人却跟在后头,驴子和主人谁觉得更舒服,你们现在和驴唱的是哪一出戏啊?可真够逗的!我看你们还是把驴子抬起来,虽然会把鞋底磨破,却能保护驴蹄.'磨坊主回答说:'你笑话我是驴,我就是驴,那又怎样?以后不管别人怎么说,我还是坚持自己的主意.'打那以后,磨坊主做事情再不受他人的左右。至于你,拉冈朋友,究竟是参军,还是为朝廷服务,还是结婚,不论你做出什么选择,都请记住:按照自己的想法,走自己的路,任凭他人说去吧。"

　　要想成为一个独立自主的孩子,凡事都要有主见。不要去做效颦的东施,徒增笑谈;更不要去做人云亦云、随波逐流的骑驴又抬驴的父子。只要是力所能及,都要学会独立思考、解决。轻信别人的观点往往使人失去独立性,而没有自己独立的人格,只依赖别人,永远不会成功。

生活悟语

　　在别人眼中是宝贝的东西,在我们眼中可能一文不值;令我们很激动的事情,在别人眼中可能微不足道。每个人都有自己看待事物的标准,勉强自己去接受别人的标准,就会失去我们自己的判断力和独立自主的快乐!

　　自立,就好比支撑我们身体的骨架,使我们能站立,能自由行走,而不需要靠别人或拐杖的搀扶。

学 会 自 立

　　有这样一个美国小男孩,父母在生活上对他要求很严,平时很少给他零花钱。8岁的时候,有一天他想去看电影,身上却分文全无。是向爸妈要钱还是自己挣钱?他第一次开始思考这样的问题。最后,他选择了后者。他自己调制了一种汽水,把它放在街边,向过路的行人出售。可那时正是寒冷的冬天,没有人购买,最后只等到两个顾客——他的爸爸和妈妈。

　　他偶然得到了和一个成功商人谈话的机会,当他对商人讲述了自己的

"破产史"后,商人给了他两个重要的建议:第一,尝试为别人解决一个难题,那么你就能赚到许多钱;第二,把精力集中在"你知道的、你会的和你拥有的"东西上。

这两个建议很关键,因为对于一个8岁的男孩而言,他不会做的事情还很多。于是他穿过大街小巷,不停地思考:人们会有什么难题,如何为他们解决难题。

这其实很不容易,好点子似乎都躲起来了,他什么办法都想不出来。但是有一天,父亲无意中激发了他的灵感火花。

一天吃早饭时,父亲让他去取报纸——美国的送报员总是把报纸从花园篱笆中一个特制的管子里塞进来。假如你想穿着睡衣,一边舒服地吃早饭,一边悠闲地看报纸,就必须先离开温暖的房间到房子的入口处去取报,即使在天气不好的时候也必须如此。虽然有时候只需要走二三十步路,但也是非常麻烦的事情。

当他为父亲取回报纸的时候,一个主意诞生了。当天他就挨个按响邻居的门铃,对他们说每个月只需付给他1美元,他就每天早晨把报纸塞到他们的房门下面。大多数人都同意了,这个小男孩很快就有了70多个顾客。当他在一个月后第一次赚到一大笔钱的时候,他觉得简直是飞上了天。

高兴的同时他并没有满足现状,他还在寻找新的赚钱机会。经过一段时间的思考,他决定让他的顾客每天把垃圾袋放在门前,然后由他早晨送报时顺便运到垃圾桶里——每个月另加1美元。他的客户们很赞成这个点子,于是他的月收入增加了一倍。后来他还为别人喂宠物、看房子、给植物浇水,他的月收入随之直线上升。

9岁时,他开始学习使用父亲的电脑。他学着写广告,而且开始把小孩子能够挣钱的方法全部写下来。因为他不断有新的主意,有了新主意就马上实施,所以很快他就有了丰厚的积蓄。他母亲帮他记账,好让他知道什么时候该向谁收钱。

随着业务的扩大,他必须雇佣别的孩子为他帮忙,然后把收入的一半付给他们。如此一来,钱便潮水般涌进了他的腰包。

一个出版商注意到了他,并说服他写了一本书,书名叫《儿童挣钱的250个主意》。因此,他在12岁的时候,就成了一名畅销书作家。

后来电视台发现了他,邀请他参加许多儿童谈话节目。他在电视里表现得非常自然,受到许多观众的喜爱。到15岁的时候,他有了自己的谈话节目,通过做电视节目和电视广告,他已经发展到日进斗金的程度。

他17岁的时候,已经成了百万富翁。

当我们还在父母身边,饭来张口、衣来伸手的时候,我们的同龄人却自立自强,成了百万富翁。他所做的一切也是每个人都能做到的,但缺乏自立的生活能力使我们只能继续过着依赖别人的生活。学会独立,学会生活,这种能力是应该努力培养的。

生活悟语

自立,就好比支撑我们身体的骨架,使我们能站立,能自由行走,而不需要靠别人或拐杖的搀扶。依赖就像一个正常人挂拐杖,虽然可以借用拐杖的力量使自己舒服,但时间长了,骨架就会退化,我们可能永远无法自己站立。

求人不如求己,自己才是自己的观音菩萨!

自己的菩萨

一位风雨飘摇一世的苦行僧,在苍老得再也没有一点儿力气跋涉奔波的时候,便用自己化缘的钱修了一座小庙栖身。

庙舍修好,苦行僧便找来一个泥塑匠为庙里菩萨塑像。泥塑匠一生为几百个寺庙塑过栩栩如生的菩萨,菩萨大慈大悲的端庄模样对他来说早已烂熟于心,他调好泥,很快就依照心中的菩萨形象着手塑起来,很快就塑好了。泥塑匠对自己的这尊菩萨像十分满意,这是他一生雕塑得最出色的一尊塑像。完工后,他立刻请苦行僧对塑像品头论足,满以为苦行僧看了会十分满意的,但苦行僧看罢,却摇摇头说:"这根本不是我的菩萨。"

泥塑匠很惊讶:"天下的观音菩萨难道不是一模一样吗?寺主为什么有自己的菩萨?"苦行僧听了,只是摇头不语,对泥塑匠说:"来,我怎么说你就怎么塑吧。"

没办法,泥塑匠只好重新调泥,然后苦行僧怎么说,他就怎么塑。泥像终于塑好了,苦行僧很满意,而泥塑匠一看,就禁不住哑然苦笑:"这哪里还是观音菩萨呢?弯腰佝背,满脸沧桑,我走南闯北,见过成千上万尊观音菩萨,哪里有这样的菩萨呢?"

泥塑匠苦笑着摇摇头,当他转过身来看见苦行僧时,不禁愣了,那尊观音塑像怎么和苦行僧一模一样呢?

泥塑匠觉得苦行僧太可笑了,一个行脚僧人怎么能随随便便把自己供为观音菩萨呢?泥塑匠讥笑说:"我走南闯北,一辈子朝拜过多少古刹名寺,见识过多少得道的高僧,可还从未见过有谁敢像寺主这样自己把自己供做菩萨的!"

苦行僧听了,淡然一笑说:"我托钵云游天下,一辈子见庙叩头见佛焚香,可每遇大灾大难时,没有谁来救助过我,帮我化险为夷,遇难呈祥的。"苦行僧指指自己的雕像接着说:"只是他了,难道他不是我的观音菩萨吗?"

求人不如求己,自己才是自己的观音菩萨!

(李雪峰)

生活悟语

如果真的有菩萨存在的话,他们也只是指给我们一条路,而不会直接把我们送到路的终点。每一步都需要我们自己去行走,自己去体验。他们给了我们机会,如何才能拥有把握机会的能力,就看我们自己的了。

那年凯特11岁,他刻骨铭心地记住了邻居餐桌上的谜底和妈妈说的"吃苦"两个字。

吃苦与吃肉

每晚吃饭的时候,凯特总要瞧准时机,站在自家门口,闻对门邻居餐桌上飘出的肉香,然后抽动鼻子,把香气吸进肚子里去。

久而久之,凯特甚至能分辨出邻居家吃的是什么肉,凯特不解邻居家的餐桌上为什么总有鱼肉,而他们家十天半月才能吃上一次肉。

凯特经常习惯性地吮着手指头站在门边看邻居一家吃鱼肉,口水从手指缝中流出。

邻居常常会夹上一块肉放在凯特的手心,然后说:"回去吧,回去叫你妈也买一点儿肉吃。"有时凯特弟妹几个也去,搅得邻居好烦。

有一天,凯特终于问妈妈:"邻居的餐桌上为什么总有鱼肉?"他想知道这个谜底。

妈妈没有回答凯特。

一个星期天,妈妈问:"你今晚想不想吃肉?"

凯特说:"当然想,做梦都想。"

妈妈说:"好吧,你跟我走。"

妈妈带凯特到一家建筑工地,她向工头要了一截土方,工头在土方上画了白灰线,挖完了线内的土方,给工钱10元。

妈妈说:"挖吧,挖完了,今晚就有肉吃了。"

凯特只挖了一会儿,手就磨出了泡,妈妈比画着说:"得1元钱了。挖吧,再挖又得1元钱了。"

凯特又支撑了一会儿,终于挖不动了。凯特说:"妈妈,这太辛苦了,我吃不了这种苦。"

妈妈说:"歇一下吧,你歇一下再干。"

凯特就这样歇一会儿又干一会儿,而妈妈总是不停地干。

那是初秋,天气仍然很热,妈妈的衣服湿了干,干了又湿,衣服上都能看到盐渍了。

这么苦,凯特甚至想今晚不吃肉了。

凯特试探着把话说出去,妈妈说:"孩子,没有付出,就不会有收获。"

一天下来,他们终于把土方挖完了。妈妈从工头那儿领了10元钱。这时候,凯特连走路的力气都没有了。

妈妈背上凯特,到集市上,问凯特喜欢吃鱼还是吃肉。

凯特说都喜欢。妈妈就买了3元钱鱼、3元钱肉,留下4元钱买油盐酱醋。

晚上,餐桌上摆上了香喷喷的大鱼大肉,弟妹们吃得香极了。

妈妈对凯特说:"孩子,我想你知道邻居餐桌上的谜底了。"

妈妈又说:"这也叫吃苦,孩子,你知道吗?"

凯特的心灵为之一震。面对餐桌上的鱼和肉,还有吃得正香的弟妹,凯特哭了。

那年凯特 11 岁，他刻骨铭心地记住了邻居餐桌上的谜底和妈妈说的"吃苦"两个字。

生活悟语

天下没有免费的午餐，我们总是一边在得到，另一边又在失去。就好比我们获得好成绩的同时，花费了大量的时间，付出了许多辛劳，错过了许多玩乐的机会。没有付出，就不会有收获。

只要我们心存希望，坚持努力，生活将会毫不吝啬地给我们实现愿望的机会。

人生没有乞丐

凯蒂的朋友玛利亚从南站办事回来，给她讲了这样一个故事：

那天正是中午，又下着小雨，车厢里的乘客稀稀落落的。车子行驶至桥头站时，上来了一老一小两位惹人注目的乘客。从相似的容貌很容易看得出，他们两人是父子，而且都是残疾人。中年的男子双目失明，而那大约八九岁的男孩则是一只眼紧闭着，只有另一只眼能微微睁开些。小男孩牵引着他父亲，一步一步地摸索着上车来，径直走到车厢中央。当车子缓缓继续前行时，小男孩的声音也随之响起："各位先生、女士你们好，我叫汤姆。我现在唱几首歌给大家听。"

这时候，音质很一般的电子琴声响了起来，小男孩自弹自唱，孩子的歌声有天然童音的甜美。唱完了几首歌曲之后，男孩走到车厢头，正如人们所预料的那样，他开始"行乞"了。他没有托着盘子，也没直接把手伸到你前面，只是轻轻地走到你身旁，叫一声"先生，小姐"什么的，然后默默地站立着。所有人都知道他的意思，但都装出不明白的样子，或干脆把头转向另一侧……

当男孩空着小手走到车厢尾时，坐在玛利亚身旁的一位中年妇女很气恼地尖声大叫起来："怎么搞的，纽约这么多乞丐，连车上都有？"

顿时，所有的目光都集中到他俩的身上。没想到，小男孩小小的脸上竟显现出与年龄极不相称的冷峻，声音不大不小、不紧也不慢地说："小姐，我不是乞丐，我是卖唱的。"

霎时间，所有淡漠的目光都变得生动起来，不知是谁带头鼓起了掌，片刻，车厢里掌声连成一片。

说到这儿，玛利亚的声音变得很低沉："一个没有生存能力的小男孩却在不屈地承受生命的考验，他怎么可能是乞丐呢？"

那一刻，凯蒂的眼睛亦飘浮着一层雾水。有一天，凯蒂路过广场，一阵悠扬的琴声飘来，是一位少年在拉小提琴。她一眼就看出，他就是朋友提过的那个卖唱的小男孩。当凯蒂把微薄的钱币以完全没有施舍者的心态郑重地放在小男孩的手心时，凯蒂相信它同时还伴随着一个沉甸甸的信念——人生无乞丐。

生活悟语

生活从来就不会放弃谁，只有人自己放弃自己。再大的困境也不能作为我们放弃追求美好生活的借口。只要我们心存希望，坚持努力，生活将会毫不吝啬地给我们实现愿望的机会。

跌进坑里，别急着向上看，一心寻求别人的帮助，常常会使人看不见自己脚下最方便的路。

掉进坑里之后

那还是孩提时代的事。小学四年级时，我们的班主任姓李，是个相貌平平的老头，心肠挺好，教学也很有一套，可就是脾气怪怪的。

这天下午有节劳动课。李老师带着我们到学校的后山捡柴，让我们捡地上的枯树枝。

我和三名同学跑向后山顶,边跑边捡。在一棵大树旁,我发现了一堆枯干的小树枝,急忙奔过去。跑着跑着,我脚一滑跌进一个深深的坑里。坑太深,三名同学吓得大呼小叫,想尽办法也没能把我拉上来。

同学喊来了老师。李老师站在坑边上,盯了我许久,才沉着脸坚决地说:"跌进坑里,别急着向上看!我们不拉你上来!"全班同学面面相觑,都没敢吱声。"老师,老师,我上不去!"我在坑里急得大叫。"在里面待着吧,我们走!"李老师像陌生人一样大声扔给我一句话,带着同学们走了。

老师硬生生地走了,不管我的死活。我一屁股瘫坐在坑里,嘴一张,"哇哇"地大哭起来:"老师!老师!我出不去!"一边哭一边生气地在坑里打滚,滚着滚着无意间我看见了一道亮光。擦干眼泪,我坐起来向亮光处爬去。透出亮光的地方有一个洞,我钻了进去,越钻越亮,不一会儿到了山坡上,一挺身我跳了出来。

李老师和同学们都站在山坡上,随着我的出现,山坡上响起了真诚而热烈的掌声,久久不息。老师猛地抱起我原地转了两圈。

我所有的不快一扫而光,不解地问:"老师,你怎么知道坑里有洞能出来?"

"老师看你没摔坏。""老师在上面就看见光了。""老师想让你自己出来。"没等老师开口,阳光下同学们晃动着聪明的小脑袋争着抢着告诉我。

李老师蹲在我面前伸出宽大的手掌拍掉我身上的尘土,亲切地抚摸着我的脑袋,重重地点着头。同学们探着身子,咧开小嘴上下打量我。这时,老师慢慢地站起来,环视一下四周,将一个手指竖到嘴边,示意我们安静。然后,他走到高处一字一句地说:"孩子们,记住,跌进坑里,别急着向上看,一心寻求别人的帮助,常常会使人看不见自己脚下最方便的路。"

30多年过去了,我还无法忘记儿时跌进坑里自己爬出来的经历,老师的话一直印在我的脑海里。直到今天,每当生活中遇到失败和意想不到的打击时,我总是这样提醒和勉励自己:跌进坑里,别急着向上看,一心寻求别人的帮助,常常会使人看不见自己脚下最方便的路。

生活悟语

每一次跌倒都有人把你拉起来,时间长了,我们就会失去自己站起来的能力,一旦没有人伸手,我们就只能永远趴在地上,一跌不起。

> 让我们每个人将目光投向自己心灵选定的前方，找到真正属于自己的道路，坚定而执著地走下去，那样的人生才是真正幸福的。

找到自己的路

去年国庆节的一天，乡下的小学老师在千里之外焦虑万分地向我求援，让我这位如今在高校教书的得意门生，好好劝说劝说她那放弃了名牌大学博士研究生的学业、着了魔似的去外企做推销的儿子，劝他赶紧回到课堂上去。

我嘴上一边安慰着老师，心里一边叹息着——现在的年轻人真不知道心里都想些什么，做事怎么能那样草率？怎么能随随便便地就放弃了多少人孜孜以求的读博士的机会，甘愿去做一个出苦力的推销员？若是仅仅为着眼前的一点儿经济利益，那目光简直就太短浅了。

坐在大学运动场的看台上，我精心准备的一大堆逻辑严谨的理由和具体生动的实例尚未出口，老师的儿子便一脸坚毅地告诉我："老师，你不用劝我，我的决定是经过深思熟虑的。"

"你还年轻，以后的路……"我想说以我和他父亲多年的经验，还是稳妥一些，等拿到博士学位后，再去做他喜欢的工作会更好一些。

"是的，正因为我现在还年轻，才更应该选准自己的路。不能再像过去那样按着别人设计的读书、考研、考博……一路盲从着走下去了，我的人生之路要自己主动地去走，不仅要用双脚去走，还要用自己的大脑去走，而不是毫无主见地让别人牵着被动地往前挪动。而且，我发现沿着自己选定的道路往前走，我浑身都充满了激情和力量，我相信成功会在前方等着我，纵然失败了，我也充分享受了追求与奋斗的快乐，也会无悔无怨的。"年轻人以一种命运在握的坚定与从容，向我解释着自己不可动摇的选择。

"也许你的选择没有错，但一定要谨慎行事。"我本想要说服他的，反倒被他说服了。

"谢谢老师的提醒,做事谨慎固然重要,但必要的果断更为重要,以往我就是因为总是瞻前顾后地思虑过多而错过了许多难得的时机。"年轻人显然已真正成熟得要让我辈自惭形秽了。

在与老师的儿子对话后的好几天里,我细细地检视了一下自己和周围一些人的生活,我不无惊讶地发现:我们很多人所走的路,其实都并非是自己选定的道路,大都是受了他人观念或意见的影响;虽然走得比较稳当,比较顺利,也不乏成功,但终究不是发自内心的选择,因缺乏挑战的磨砺,缺乏激情的推动,到后来多是被机械地裹挟着前行,甚至陷入无端的盲动之中,不知不觉地失去了本应该朝气蓬勃的自我。

今年国庆节,大半辈子没有走出偏远山村的我的小学老师,托儿子的福,游览了沿海六省市的美景。归途中,她特意在哈尔滨做短暂停留,向我讲述起她儿子这一年来在事业上创造的不可思议的奇迹时,我的老师满脸的自豪一览无余。

"多亏当初他有主见,没有听我们那自以为是的意见啊!"我不禁由衷地慨叹道。

"是啊,孩子说得对,最重要的是选准自己的路。"老师和我一样让年轻人给补上了生动的一课。

很多的时候,我们许多人往往懒于动脑,疏于思考,喜欢抄袭别人的已有的成功之路,喜欢为别人设计一些自以为是最正确的人生之路,但很少扪心自问:那些道路是不是最合适的?是不是别人最愿意走的?只是想当然地、盲目地随着某些世俗的观念或潮流,让人亦步亦趋地往前走着,劳心劳力地奔波忙碌着,失去了很多的乐趣,甚至完全迷失了自我,还浑然不知。

如是,且让我们每个人都大声地提醒自己——将目光投向自己心灵选定的前方,找到真正属于自己的道路,坚定而执著地走下去,那样的人生才是真正幸福的。

(崔修建)

生活悟语

每个人都有自己独特的生活方式,总能找到属于自己的成就感,都有自己对快乐或者幸福的定义。因此,如果你找到了属于自己的人生之路,那就坚持走下去吧。

总有一把钥匙属于自己,有了它,我们就可以解除阻碍我们前行的任何障碍,引领我们走进梦寐以求的理想之门、智慧之门和成功之门。

总有一把钥匙属于你自己

19世纪末的美国洛杉矶,有一位伯兰先生,他是当地首屈一指的富翁、慈善家,许多人都敬重他,以他的财产和豪宅为毕生追求的目标。

一天傍晚,伯兰先生在自家的门口发现一个衣衫褴褛的年轻人,他缩在院墙的一角,当伯兰先生看到他时,他正在数天上若隐若现的星星。伯兰先生问:年轻人,你在做什么?年轻人回答他:我在数星星,有多少星星就有多少梦想。

伯兰先生笑了,他继续问:那么,你的梦想是什么?

实不相瞒,先生,我最大的梦想就是拥有一个豪华的房间,拥有一张超过自己身体两倍的大床,让我美美地睡上一觉。年轻人说着,眼睛里流露出无限渴望。

热衷于慈善事业的伯兰立即答应了年轻人的要求,他领着他来到自己的豪宅里,将一把钥匙交给他,并且告诉他房间的位置,伯兰先生说今晚你就是这个房间的主人,说完,他充满爱心地走开了。

第二天早晨,伯兰先生过来看望年轻人时,却发现钥匙放在窗台上,房间并没有被打开的痕迹,里面的物件整齐有序地维持着原来的风貌,也就是说,那个年轻人根本没进房间。伯兰先生诧异地想了想,忽然间他想到了这间房的锁是保险锁,除了用钥匙外,还需要输进密码才能打开。昨晚,由于疏忽,他竟然忘记了告诉年轻人开门的方法,他为此后悔不迭,出门寻找时,年轻人早已不知去向。

之后的几天,伯兰先生一直在为自己的不负责任感到遗憾,由于自己的大意,破坏了一个年轻人毕生的梦想,而这些,不是用金钱可以换取的,他最终没能找到年轻人的下落。

10年后的一天，华盛顿郊区有一位富翁给伯兰先生来了一封信，请他去自己的豪宅参加一场别开生面的酒会。他感到很纳闷儿，自己在华盛顿地区没有几个朋友，再加上这个住所挺陌生的，他怀着好奇心驱车前往目的地。

酒会上，一位中年富翁正在招待来宾。当伯兰先生到达时，中年人迎上前来，热情洋溢地拥抱伯兰。中年人说，伯兰先生，你还记得10年前你家门前的那个年轻人吗？

伯兰先生努力搜索着记忆，当他终于明白面前的中年人是那晚的年轻人时，他一脸愧疚地握着对方的手说道：对不起，先生，当时我确实疏忽啦！

不，伯兰先生，我要特别感谢你，当我将钥匙插进门锁时，无论我怎么努力，我都无法打开通往理想的大门，我只有隔着窗户欣赏着里面的豪华。后来，我想明白了，这把钥匙是不适合我的，如果我能够如愿以偿地进入房间里面，那么，我会瞬间失去梦想，终日生活在安逸的牢笼里。庆幸的是，不能打开房门的钥匙使我明白，那些荣华和富丽不属于我，我没有资格去得到它们。从那时起，我就告诫自己：梦想仍在延续，总会有一把钥匙属于自己。

年轻人名叫格桑，通过近10年的努力，他已经成为华盛顿地区最富有的大亨。"现在，让我们共同干杯，为我们的梦想和友谊干杯。"伯兰和格桑的酒杯碰在一起。

是的，总有一把钥匙属于自己，有了它，我们就可以解除阻碍我们前行的任何障碍，引领我们走进梦寐以求的理想之门、智慧之门和成功之门。

（古保祥）

生活悟语

生活中每个人都有自己的成功方法，但没有任何一个人是全凭运气成功的，因为没有付出就不会有收获。不用去羡慕他人的成功，只要用心奋斗，努力挖掘自己的潜力，你也能拥有打开成功大门的钥匙。

第十三辑 拥抱生活，拥抱大自然

　　斗转星移，草长莺飞，美丽神奇的大自然，无不使人产生连绵的遐想。凝望着天空，我们可以感受宇宙的高远与深邃；凝视花朵，我们可以感受生命的绚丽和易碎；亲近动物，我们可以发现生命的残酷和坚韧……

　　亲近自然，善待生命，与大自然和谐共处，我们从中可以获得生活的顿悟。

一只小野鸭影响到国家的对外政策，我们可能觉得小题大做，然而这是事实。

一只小野鸭的超能量

卢塞恩处在瑞士的中部，是瑞士的第三大城市，因毗邻卢塞恩湖而得名。该城依山傍水，湖光山色，环境非常优美。

前不久，在城中的五谷广场发生了这么一件事：一只野鸭在花坛边做了一个窝，并孵了一只小野鸭。这本来是一件喜事。起初，卢塞恩的居民也是这么认为的，因为自《卢塞恩报》报道了这件事后，有许多居民在网上表示祝贺，市长甚至还亲自前往探视。

如果那只小野鸭出壳后，茁壮成长，然后随鸭妈妈飞回卢塞恩湖，也许这个新闻就此结束了。可是事情偏偏不是如此发展：小野鸭在出壳后的第七天，意外地死掉了。

这一死不得了啦！一个民间鸟类保护组织首先发难，责问市长：你有什么权利去探望那只小野鸭？他们推测，是市长扰乱了它们的宁静，致使小鸭受到惊吓。市长这种树形象、拉选票的做法，严重侵犯了动物的生存权，市长应该向全市居民道歉。

这一抗议发出之后，市长坐不住了，因为每天都有许多记者拥向市政大厅，请市长谈谈对小野鸭之死的看法。为了平息事态，市长不得不对自己的行为作出解释，并向小野鸭的死表示愧疚；同时，向市民道歉。

这件事到此，应该说算是比较圆满了，因为此事的主角毕竟是一只野鸭子。可是，并没有完。就在市长出面道歉的第二天，一个民间环保组织又发难了：一只野鸭子为什么要跑到市政广场上来孵它的小鸭，难道卢塞恩湖没有它们的位置吗？说不定湖水已经被污染了，要不然，它怎么会跑到广场上来？

这一问，更不得了啦，因为卢塞恩居民的饮用水全来自卢塞恩湖，如果它被污染了，全城居民的生命不是就没有保障了吗？连百姓的生命都不能保证，你市长拿着纳税人的钱，是干什么吃的啊？

居民开始到市政广场游行，环境监测部门也立即出动，对卢塞恩湖的水质进行鉴定。鉴定的结果是，卢塞恩湖果然被污染了，虽然污染的程度不是想象的那么严重，但污染度毕竟上升了 0.1‰！这是在这任市长任期内上升的，就要承担责任。他们要求市议会拨专款整治卢塞恩湖，并要求市长立即写出辞呈。

市议会不敢怠慢，立即召集会议研究此事，市长也非常严肃地道歉。可是，局面已难以挽回，因为水的问题关系到国计民生，关系到百姓的性命。最后的结果是，市议会拨出了 2000 万法郎专门用于减污工作，市长引咎辞职。

由一只小鸭子引起的风波，到此总该结束了吧？因为卢塞恩居民要求还我青山绿水的愿望达到了。可是，大事还在后头呢！

市长辞职后的第 45 天，瑞士为了发展旅游业，就加入《申根协定》进行全民投票。这个协定是 1985 年 6 月，由法国、德国、荷兰、比利时、卢森堡 5 国发起，在卢森堡小镇申根签订的。它是一个关于相互开放边境的协定，一个国家只要在这一协定上签了字，本国公民不需要过境签证，就可以自由进出其他协定国。

众所周知，在欧洲，瑞士虽然国土面积狭小，但在旅游方面却是一个大国。如果加入《申根协定》，势必给国家的旅游业带来更大的推动。可是，正是由于那只小野鸭，93% 的卢塞恩人投了反对票。他们认为，加入《申根协定》后，会有更多的外国游客拥向卢塞恩湖。到那时，将不只是一只野鸭飞向市政广场，可能是 3 只、5 只、10 只甚至是 100 只，居民的饮水也将会更加糟糕。最后，《申根协定》没有被通过。

一只小野鸭影响到国家的对外政策，我们可能觉得小题大做，然而这是事实。

（刘燕敏）

305

生活悟语

大自然不会说话，它常常是通过许多相关联的事物作为向我们传递信息的方式，而那些事情又往往是微不足道的，如果我们熟视无睹，那么，大自然的信息就会被忽略，我们就可能会受到大自然的惩罚。

需要吃多少，就点多少！钱是你自己的，但资源是全社会的，世界上有很多人还缺少资源，你们不能够也没有理由浪费！

浪费资源就等于浪费生命

德国是个工业化程度很高的国家，说到"奔驰"、"宝马"、"西门子"，世界上几乎没有人不知道。在这样一个发达国家，人们的生活一定是纸醉金迷、灯红酒绿吧。带着这样的幻想，一个中国的考察团出发去德国考察了。到达港口城市汉堡之时，考察团习惯性地先去了餐馆，公派的驻地同事为他们接风洗尘。

走进餐馆，他们就对餐厅的状况非常疑惑：这样冷清清的场面，饭店能开下去吗？更可笑的是一对用餐情侣的桌子上只摆有一个碟子，里面只放着两种菜，两罐啤酒，如此简单，不会影响他们的甜蜜的聚会吗？如果是男士买单，也显得太小气了。

另外一桌是几位白人老太太在悠闲地用餐，每道菜上桌后，服务生很快给她们分掉，然后被她们吃光。考察团不再过多注意她们，而是盼着自己的大餐快点儿上来。餐馆客人不多，上菜很快，他们的桌子很快被碟碗堆满，看来，今天考察团的人是这里的大富豪了。狼吞虎咽之后，想到后面还有活动，就不再恋酒菜，这一餐很快就结束了。结果还有 1／3 没有吃掉，剩在桌面上。结完账，个个剔着牙，歪歪扭扭地出了餐馆大门。

可是，出门没走几步，餐馆里就有人叫住了他们。大家都不知道是怎么回事，还以为是谁的东西落下了，纷纷回头去看看。原来是那几个白人老太太在和饭店老板叽里呱啦说着什么，好像是针对考察团的。看到他们都围来了，老太太改说英文，大家也就都能听懂了。原来老太太觉得考察团的人浪费了太多的食物。考察团的人都觉得好笑，德国老太太多管闲事！"我们花钱吃饭买单，剩多少关你老太太什么事？"其中一个同事同她争吵了起来，老太太更生气了，立马掏出手机，拨打着什么电话。

一会儿,一个穿制服的人开车来了,他自称是社会保障机构的工作人员。问完情况后,这位工作人员居然拿出罚单,开出 50 马克的罚款。这下子所有人都不吭气了,驻地的同事只好拿出 50 马克,并一再说:"对不起!"

这位工作人员收下马克,郑重地对我们说:"需要吃多少,就点多少!钱是你自己的,但资源是全社会的,世界上有很多人还缺少资源,你们不能够也没有理由浪费!"

所有人的脸都红了,但是所有人在心里却都认同这句话。

生活悟语

我们生活中的资源,是我们全社会共有的,故意浪费它们,这不仅是浪费了自己的钱,也是剥夺了别人使用资源的权利,这非但不能显示我们的富有,反而显示出我们的自私和不负责任。

一只燕子生命的完结,怕是轻如草芥了,但这个为了爱与责任而不惜头破血流、殒身折命的小小生灵却让我肃然起敬。

307

窗上,那102点血迹

去年春天,我用十几年的积蓄,买下一个带阁楼的居室,当阳台窗户的玻璃刚刚装上,一家人便迫不及待地搬进了新居。我和妻子的卧室朝北,儿子的卧室在靠近阳台一侧。住进新房子的感觉好得难以形容,我和妻子从来没有像这一夜睡得香甜。但早晨起来后,儿子却抱怨说他一夜都没睡着。我问他为什么,儿子说昨晚上好像有人不停地敲击阳台上的玻璃,吓得他缩在被窝里一动不动,一夜没睡。

这是离地十几米高的顶楼,怎么可能有人爬上来敲玻璃呢?我推开阳台的门,被眼前的情景惊呆了:

前一天刚刚安好的玻璃窗上布满了点点血迹，早晨的阳光透射过来，每点指甲大小的血迹都泛出淡淡的殷红，似片片花瓣镌在窗上。儿子数了半天，告诉我那血迹共有 102 点。哪儿来的血迹呢？带着疑惑，我推开阳台的窗子，却见楼下几个孩子围着什么东西在看，下楼时才发现，那是一只死去的燕子，燕子的头上都是血迹。自此谜团终于解开，窗上那些血痕是它留下的。

不久后，家里开始装修阁楼，我指挥几个工人清理阁楼里的家具和杂物，几块木板被挪开后，屋角上方赫然出现了一个鸟巢，一个工人拿来梯子爬上去取下鸟巢，奇怪地说："这里面还有 4 枚燕子蛋呢！"

"燕子蛋？"我忽然想起了窗上那 102 个血痕，和那只死去的燕子。那一刻，我明白了一切。去年，那只燕子在阁楼里筑巢生蛋，是突然装上的玻璃把它挡在了外面，于是它一次次撞向那冰冷无情的玻璃，却最终抱憾而死。

一只燕子生命的完结，怕是轻如草芥了，但这个为了爱与责任而不惜头破血流、殒身折命的小小生灵却让我肃然起敬。身边每天上演着生离死别的故事，那总如淡淡水痕，怕在一瞬间就会风干了，但那 102 点血迹会如点点太阳花，在每个春天都娇艳着我的世界。

(感　动)

生活悟语

其实动物和人类一样，拥有思想，拥有感情，也会寻找快乐，也会感到痛苦，只是我们听不懂它们的语言。但它们为了爱甘于舍命的情怀，却和我们人类是一样的。人与自然和谐相处，这个世界才会变得更美好。

> 在这个世界上，从来没有真正的绝境，有的只是绝望的思维。只要心灵不曾干涸，再荒凉的土地，也会变成生机勃勃的绿洲。

从来没有真正的绝境

智利北部有一个叫丘恩贡果的小村子，这里西临太平洋，北靠阿塔卡玛沙漠。特殊的地理环境，使太平洋冷湿气流与沙漠上的高温气流终年交融，形成了多雾的气候。可浓雾丝毫无益于这片干涸的土地，因为白天强烈的日晒会使浓雾很快蒸发殆尽。

一直以来，在这片被干旱统治的土地上，看不到绿色，没有一点儿生机。

加拿大一位名叫罗伯特的物理学家在进行环球考察时经过这片荒凉之地。他住进村子，不久便发现一种奇怪现象：这里除了蜘蛛再没有其他任何生物。蜘蛛四处繁衍，生活得很好。蛛网处处密布。为什么只有蜘蛛能在如此干旱的环境里生存下来呢？这引起了罗伯特极大的兴趣。借助电子显微镜，他发现这些蜘蛛网具有很强的亲水性，极易吸收雾气中的水分。而这些水分，正是蜘蛛能在这里生生不息的源泉。

在智利政府的支持下，罗伯特研制出一种人造纤维网，选择当地雾气最浓的地段排成网阵，这样，穿行其间的雾气被反复拦截，形成大量水滴，这些水滴滴到网下的流槽里，经过过滤、净化，就成了新的水源。

如今，罗伯特的人造蜘蛛网平均每天可截水 10580 升；而在浓雾季节，每天可截水 13.1 万升。这不仅满足了当地居民的生活用水，而且可以灌溉土地，让这片昔日满目荒凉、尘土飞扬的荒漠长出了美丽的鲜花和新鲜的蔬菜。

在这个世界上，从来没有真正的绝境，有的只是绝望的思维，只要心灵不曾干涸，再荒凉的土地，也会变成生机勃勃的绿洲。

（感　动）

生活悟语

　　生活在这个世界上的生物，它们之所以能世代繁衍下去，不曾被自然界淘汰，是因为它们都有一种求生的独特能力。同样，我们生活在竞争激烈的社会中，也应该有一种自己擅长的本领。

　　一窝蚂蚁多达数万只，但多而不乱，各司其职，分工明确。既没有谁挑肥拣瘦，也没有互相扯皮、内讧，大家各尽所长、团结合作、配合默契，令人神往。

以动物为师

　　人以万物之灵自诩，素来看不起别的动物；其实，人除了脑袋和手比动物灵光外，在很多方面都远逊于动物。论视力不如鹰，论嗅觉不如狗，论力气不如大象，论勇猛不如老虎，论敏捷不如羚羊，论耐力不如骆驼，论飞行不如鸟，论游泳不如鱼……这些与生俱来的本事固然没法学，但动物还有不少优良习性，则是可以学习借鉴的。

　　学学蜂鸟的"绿色生存"。蜂鸟停在一朵花前，像直升机似的悬在空中，用长喙小心地采食花蜜，然后又了无痕迹地悄然而去。觅食活动完成，却丝毫不破坏花朵。蜂鸟以最小的自然损耗，取得了最大的经济效益，堪称"绿色生存"，足以为人师表。

　　学学狮子的劳逸结合。草原上的狮子，该捕食时勇猛无比，该休息时就睡个够，饮食极有节制，肚子饿时才进食，绝不会为贮存食物而拼命捕食；如果肚子不饿，即便身边到处都是猎物也无动于衷。所以狮子不会像人那样积劳成疾，也与肥胖症、糖尿病无缘。

　　学学熊猫的适度消费。熊猫从不固守一地，而是边走边吃，在运动中采食，有节制地利用植物资源，不等把一片竹林吃完就又迁向新的觅食地。它们以实际行动教育人类：切勿"竭泽而渔"，牢记"休养生息"。

学学北极熊的忠于爱情。北极熊凶狠蛮横，绝不放过任何猎物，但对配偶却非常忠诚。更让人惊叹的是，如果熊"爱人"遭到不幸，另一半就一直守候在配偶尸体边，不吃不喝，直至与配偶同去。痴情如此，真可谓：问世间情为何物，直叫熊生死相许。

学学小鸟的热爱生活。即使最忙碌的鸟儿也会经常停在树枝上唱歌，即使最笨拙的鸟儿也从不吝惜自己的歌喉。只要醒着，它们就会为了生命的存在和活着的喜悦而欢唱。于是我们就有了生活的榜样和一个最美的词汇：鸟语花香。

学学蚂蚁的分工协作。一窝蚂蚁多达数万只，但多而不乱，各司其职，分工明确。既没有谁挑肥拣瘦，也没有互相扯皮、内讧，大家各尽所长、团结合作、配合默契，令人神往。

学学鹿的牺牲精神。鹿群遇险，前有山涧拦挡，后有凶敌穷追，领头鹿一声令下，鹿群迅速完成了悲壮的组合：前面的鹿高高地向山涧跃去，紧跟着第二只鹿以小些的角度跃向同一方向，刚好踏在第一只鹿的背上，以第一只鹿为踏板，借力进行二次跳跃，跃上对面山冈，第一只则坠落深渊，以此类推，互相搭配。就这样，以一部分鹿的忘我牺牲，避免了全军覆没，可赞可叹，可歌可泣。

学学鲑鱼的坚忍执著。鲑鱼生活在海里，却要游到内河源头去繁殖，行程常达上千公里，一路上，它们不吃不喝，迎接一个个严峻挑战。在瀑布或河流落差大的地方，它们必须一次次地奋力跳跃，往往伤痕累累，甚至撞死在石头上。还有数不清的天敌磨刀霍霍在等候着它们的到来。但它们从不畏惧，更不后退，历尽千辛万苦，千难万险，九死一生，终于到达目的地。鲑鱼这一悲壮旅程，实在让人敬佩，世人倘有如此精神，何事不可成？

此外，鸿雁的志向远大、蜜蜂的勤劳勇敢、骆驼的埋头苦干、公鸡的严格守时、春蚕的有"丝"奉献、狗的忠诚不贰、牛的任劳任怨、猴的机灵好学，无不可为人师、无不值得效仿。况且，古训有"满招损，谦受益"之说，所以人类还是谦虚些为好，别动不动就以"老大"自居。

（陈鲁民）

生活悟语

鸟儿不会制造飞机，但人类制造飞机是受鸟飞翔的启发；鱼儿不会制造潜艇，但人类制造潜艇是看鱼儿游弋时得到灵感。受惠于动物们的经验的人类，应该懂得和它们和平共处。

人们都不能忍受严重缺水，因为缺水会发生许多战争。但是，如果我们每个人从现在就开始节约用水，那将来世界上就会有好多水了。

一次艰难的缺水体验

记者帕科·雷戈及其家人为提醒人们关注水资源缺乏问题，尝试体验了三个缺水国家人们的生活，每人每天只用 10 升水。

根据世界卫生组织公布的报告，一个乌干达或津巴布韦人每天的用水量就只有 10 升；而在埃塞俄比亚，情况更糟，每人每天只有 3 升水。因此，他们将度过真正艰难的 7 天，在这期间他们所有的用水全部装在 56 个塑料桶中，每个桶能装 5 升，一滴不多，一滴也不少。

艰难的生活开始了。不过对家中最小的罗伯托来说，这也许只是一次游戏，因为他年仅 10 岁。下午放学回家，他已经浑身是汗，像水洗过一样，再加上这些天气温突变，他得了感冒。为了不让他的病情加重，引起其他疾病，雷戈的妻子波塔尔加热了一些水放在浴缸中，让他洗澡。于是，罗伯托第一天的用水量就仅剩下 2 升了。

第二天早晨 7 点半，他们像往常一样按时起床，但似乎连他们的狗都感到了家中不正常的气氛。罗伯托站在厨房门口，嘟囔着"我再也不想像昨天那样洗澡了"。

前一天，他们用光了一天的定额，但还有一大堆衣服没洗。此时，他们想到一个好办法，那就是洗过菜的水可以浇花。他们一共有大大小小二十几盆花，一周需要浇两次水。用这样的方法，他们能节省 7 升半的水。为了省水，他们还决定不做油炸食品，以免清洗油腻的锅碗。

这简直就是一件苦差事。"今天我们大家都感觉有点儿不能忍受了。看着一大堆脏衣服，妈妈都快绝望了，"罗伯托在一张纸上写道，"小时工来打扫房间了。妈妈对她说：'清洁地面时只能用一桶水，而且也不能用太多的洗涤剂。'爸爸也有些累了，他总是自言自语，说希望天气不要太热，否则就有我们好受的了。我很同情非洲的小朋友，他们太可怜了，因为没有水喝，好多人都得病死去了。"雷戈跟罗伯托说，一个西班牙人一天的用水量相当于一个印度人一周的用水量。他听后没有说话。

有一天，他们全家的用水量为 45 升，超出了 5 升，于是他们不得不考虑第二天怎么办。堆积如山的脏衣服再也不能等了，特别是内衣。这就意味着第二天他们只能用 35 升水，其中 7 升用来洗衣服，28 升用来做饭和饮用，还得留一些用来清洁房间。至于个人卫生，暂时就用湿纸巾吧。他们总算熬过了最艰难的一天。

眼看这次艰难的缺水体验快要结束了，当再次谈论起水的珍贵时，罗伯托想起了联合国环境规划署官员克劳斯·特普费尔曾经说过的一句话，"水将是引起国家间战争的最直接因素"。

罗伯托在晚上的日记中写道："爸爸妈妈说，将来人们都不能忍受严重缺水，因为缺水会发生许多战争。但是，如果我们每个人从现在就开始节约用水，那将来世界上就会有好多水了。明天我就去告诉我的朋友们。"

雷戈相信，他们一家会把这次体验深深地记在脑海里，将来如果再看到开着的水龙头，他们会毫不犹豫地把它拧紧。因为，他们共同有过一次难忘的缺水经历。

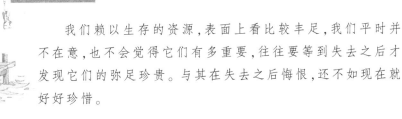

生活悟语

　　我们赖以生存的资源，表面上看比较丰足，我们平时并不在意，也不会觉得它们有多重要，往往要等到失去之后才发现它们的弥足珍贵。与其在失去之后悔恨，还不如现在就好好珍惜。

313

大概没有别的什么动物像人类一样，长大成人之后还需要父母照顾、操心。如果动物们知道人类这样的生存方式，可能也会耻笑人类依赖的恶习。

向动物学习

在桑园，一条小虫子在水泥路上爬行。我忽然想起一首歌："茫茫大草原，路途多遥远，有个马车夫……"我用树叶做铲车，把虫子铲到路边 10 多米远的地方，邻近草。这样一来，节省了大约半小时的时间。但虫子落地后，却掉头往回爬——也许"铲车"的速度太快，它没坐过，晕了。我又把它铲回西边，它原本就在向西爬，然而虫子还是爬了回来。

虫子一定要自己爬到西边，运输伤害了它的自尊。而且爬回来再爬回去，单程变成了双程，我提高了虫子的时间成本，可见天下事谁也不能替谁做。汽车可以替人跑，但不能替人考 MBA；溥仪原本没想当皇帝，但必须替顺治、康熙这些爷接着当皇帝，结果一辈子都不安稳。但替的事还是很多，父母替儿女穿衣喂饭，替孩子择校，替他们忧之喜之，人们把这些看做责任，凡事担当，到孩子长到婚嫁的时候，因为不能替代，父母进入茫然，所以就演绎了许多关于爱情的悲欢离合。许多独生子女家庭，由于孩子上学或出国，老夫妻为之空空落落，有人甚至会生病。他们说是想念，而想念的苦恼中包括许多琐屑的侍奉工作被迫停下来，使他们的思想与身体都不好过。

动物在小仔分窝的时候，父母总显得粗暴，逼迫幼兽接受残酷的生存考验。我在电视上看大鸟教小鸟飞翔。巢建在山崖上，小鸟不敢飞，它没有任何飞翔方面的经验，大鸟在它们面前一遍遍地飞，诱发小鸟的本能。小鸟害怕，如果我是小鸟，有可能悄悄顺山崖慢慢滑到地面，与松鼠青蛙为伍偷生。后来大鸟用翅膀把小鸟推下去，小鸟开始飞，惊慌地，然后是快乐地飞翔，学会了转弯和停落。对动物来说，强迫性的生存训练有一个标志，即从母亲认为可以独立生存时开始，这个标志是能够消化食物与奔跑或飞翔。

对人而言，这一界限是模糊的，人好像总也长不大。孩子可以在运动会上跑第一名，但没人认为他因此可以独立生存，搬出去住，自己赚钱。跑这么快还不能独立生存吗？不能，父母这样认为，这仅仅是体能；在智能方面，孩子得了奥林匹克数学竞赛第一名，按说比狐狸都聪明了，但父母也不肯把这事儿和独立生存放在一起考虑。在中国，独立生存隐约的标准是上大学与当兵。其实这种"独立生存"是别离，而非生存，是泪水涟涟与千叮咛万嘱咐，没有动物那么宁静踏实。

这不光是父母过于担待子女的一切，有些子女的确也不会独立生存。我见过一位 30 多岁还不会独立生活的人。30 多岁再称其为幼稚就显得愚蠢了，但愚蠢还有一个好听的名叫"单纯"，跟熊过不去的清华大学生刘海洋莫不如此。

我还听说，有些"知识分子"60 多岁了还不能够独立生存。如果人的体能、智能和技能的增长都无助于人的生存，增长又有什么用呢？固然人的事情比动物复杂得多，除了能力之外，还要学习勾心斗角、忍辱负重之类的"情商"。但需要向动物学习的地方还是很多，动物分窝之后，第一件事就是保证自己不饿死，这一点跟人比起来就十分了不起。

（鲍尔吉·原野）

生活悟语

大概没有别的什么动物像人类一样，长大成人之后还需要父母照顾、操心。如果动物们知道人类这样的生存方式，可能也会耻笑人类依赖的恶习。

如果思想盲目，视力再好也没有用处；如果精神近视，奇美的世界在我们眼里必然就会浅显成一片简单的色斑。

森林里的水

朋友是做地质工作的。听说在最近一次的勘探中他迷了路，经历了一些小小的惊险，我便前去看望他。

"其实没什么，干粮带得本来就很多，不过是多走了几天路而已。对我们这些人来说，走路还不是家常便饭。"朋友说。

"只怕还是与不迷路有所不同吧。"我笑道。

"倒是在找水的事情上，让我多了一些与往日不同的感受。"朋友讲述了事情的经过：

这次勘探，我们请了一位山民做向导，原计划两天就出来的，没想到天气不好，向导也迷了路，就走了一个星期。虽然平白多这 5 天，因为吃不是问题，走路倒真是无所谓的，要命的是带的水喝完了。地图上标志这座山里是没有河的，连一条小溪流也没有。这可怎么行呢？我们问向导，向导说不用急，"森林里最多的就是水了"。"水在哪儿？"我们问。他指了指不远处一洼肮脏的泥坑，那里聚着一些水。"那就行。"他说。可那水太让人恶心了。向导没有理会我们的表情，自去采了一束草，把草编成碗的样子，开始往饭盒里过滤那洼水，过滤了几遍之后，水渐渐地清了，放了两片饮水消毒片，水果然就能喝了，这是他告诉我的第一种取水的方法；晚上在进帐篷之前，我发现他把塑料布一张张地大撑开，在树干上吊住四角，早上，每一张塑料布里就都聚满了露水，这是第二种。

要是不到取露水的时候，也找不到水洼，他就找那些树干很粗树叶很大果实很多的树，用刀子在树干上挖一个洞，就会有水很慢地流出来，那些水的颜色有些淡绿，应当叫做树汁儿吧。或者也可以在潮湿地带去找那些很粗的藤，把藤茎割一段，就会有水流出。这一段流完之后，再在这根藤上离开尺把远割一段就行了。除了这些，他给我们提供的水源还有野仙人掌、野麻竹、野丝瓜……这位只有小学文化的向导让我震惊极了。在我们的意识里，这个森林既然没有河，老天又不下雨，那就是没有水的，但是在他的眼睛里，随便一个角落似乎都藏有水。原来，我们以为根本无法寻觅的东西，却是这样的处处留踪，处处有源。

"对这位向导来说，用这些方法取水也许只是个经验问题。但这件事情对我的意义却绝不仅仅如此。"朋友说，"我常常以为只要自己眼睛明亮，看东西就没有不清楚的，现在才发现若是思想盲目，视力再好也没有用处。"

我们相对而坐，久久无语。像那位向导让他震惊一样，他的讲述同样也让我震惊。是的，我们常常以为水这个名词所指的，除了雨水、河水、溪水、泉水、自来水等这些显性的概念之外就没有别的适用了，却很少有人能够想到，水，还可以是泥洼里的浑浊、是露珠的凝聚、是树的体液、是藤的腰身、是仙人掌的掌心、是麻竹的绿茎、是野丝瓜的肚腹、是花瓣的娇艳、是草叶的清香，甚至是松鼠轻盈的跳跃和小鸟婉转的歌唱……

我们往往只看到呈现在我们面前的那些就以为已经阅尽沧海，却不曾想到，我们看到的，其实只是冰山上的一角。也许恰恰是因为我们以为自己看到的越多，才漏掉的更多。诚如朋友所说，如果思想盲目，视力再好也没有用处；如果精神近视，奇美的世界在我们眼里必然就会浅显成一片简单的色斑。

我想，也许我们的错误范畴绝不仅止于水，还有诸多领域的丰富和深情正在被我们狭隘的惯性忽略、挤压和简化。比如各种形式各种内容的爱，比如千姿百态千达百通的学习，比如与森林里的水一样的万事万物对我们心灵的广阔引导和纷繁启迪。

317

（乔　叶）

生活悟语

自然界博大而奇妙，它源源不断地为人类的生存和发展贡献资源，启迪着人类的智慧。保护好自然环境，人类才能走得更远。

一只燕子生命的完结，怕是轻如草芥了，但这个为了爱与责任而不惜头破血流、殒身折命的小小生灵却让我肃然起敬。身边每天上演着生离死别的故事，那总如淡淡水痕，怕在一瞬间就会风干了，但那102点血迹会如点点太阳花，在每个春天都娇艳着我的世界。

第十四辑 热爱生活从运动起航

2005 年,上海中考的体育成绩将和升学挂钩,体育成绩成为升学的依据;2007 年 5 月,中共中央、国务院发布《关于加强青少年体育增强青少年体质的意见》,《意见》指出,确保学生每天锻炼一小时。孩子身体的健康正在引起越来越多人的关注。

强健的身体,是学习的保证,是生活的基础。正如日本作家池田大作说的:"不论有多么出众的才能和力量,不论有多么高明的见识,一旦卧床不起,人生就将化为乌有。"

父亲一下子恍然大悟，棒球之于瑞安确实不同于棒球之于自己，不管儿子的成绩如何，他能从中找到乐趣，是的，这才是关键所在。

愉快的棒球

瑞安的父亲小时候不喜欢棒球，因为他老失败。长大后，他学会了欣赏棒球赛，甚至还成了当地棒球队的球迷，可是他不把太大的希望放在棒球上。

当儿子瑞安 8 岁时，他希望学会打棒球，于是父亲为他在一个棒球训练俱乐部报了名。

儿子第一次训练的时候，父亲在看台上坐立不安。"老天爷，别让瑞安像我似的老是失败。"父亲想着。"加油！孩子！"父亲大声呐喊着。自动捡球机的手臂举了起来，然后，球扔了出来，瑞安使劲一击……没击中；捡球机的手臂又举起来了，瑞安又使劲一击……还是错过了。扔球，击球，错过；再扔，击球，再错过。一遍又一遍。唯一和父亲小时候不同的是：现在瑞安有了自动捡球机，不会像父亲小时候的捡球人那样时不时地说两句俏皮话来取笑他。

瑞安甚至一次都没有击中扔过来的球。训练结束后，父亲已做好精神准备——走到父亲身边的小家伙将会神情沮丧。可出乎父亲意料，他竟然满面春风地回来了。

"爸爸，我要一杯冰淇淋。"

"好的。"父亲边走边说，心想，他倒是自我感觉良好。也许下次他会有进步的，毕竟还有整整一季的时间呢！

然而，瑞安还是老样子。一次又一次的训练过去了，他不断地错过击球机会。在他这个初级班里，每一轮，每个孩子都有 5 次机会。瑞安却一次又一次地失误，没击中过任何一个球。父亲本来试图鼓励他，但一看见那些丢失的机会，父亲就心怀惋惜，打不起精神。有一些球看起来差之毫厘，可惜还是错过了。"打得不错。"父亲努力做出乐观的样子。"谢谢爸爸。"他仍然满面笑容。

每当瑞安击球时,父亲便开始在外面不安地走动。他每错过一个球,父亲都感觉是自己没击中。然而,每一次轮到瑞安时,他总是高高兴兴地从休息处走出来,和同学们一起继续挥棒训练。他就不怕同学笑话吗?父亲一直希望儿子自己说出不想参加了,但小家伙从不言放弃。

一个春日,当儿子还是一无所获地完成了他那几棒,到他妈妈这里来喝水时,"有几棒打得很好喔!"他妈妈说,摸摸他的头发。

"好样的,儿子!"父亲机械地说,他则照例咧嘴笑了,像个胜利者似的,在父亲看来,这笑多么不合时宜啊。他转身回到训练场去时,父亲禁不住摇了摇头。父亲真不懂,他是这个班里唯一一个一次都没击中球的孩子,他怎么还能如此高兴?

"放松点儿,"妻子说,"如果瑞安自己对成绩都不担忧,你瞎操什么心?他正玩得高兴呢!那才是关键,你知道吗?"

可是,他怎能如此高兴呢?想想自己小时候,一旦没有击中球就羞愧难当,觉得没脸见人,恨不得挖个地洞钻下去。瑞安没击中球,他心里肯定也不好受,父亲想。这时,又轮到他了,父亲走到外场。

瑞安走上前去一如既往地认真、专注,哪怕他只击中一次球也好啊!

父亲想着。自动捡球机捡起了球,扔过来,没击中;再来一个,还是没有击中。

"眼睛看着球,"教练喊道,"球又过来了!"

第三次失误。父亲闭上眼睛。

第四次失误。"瑞安,加油!"同学们喊道。

第五次失误。

父亲睁开眼,无助地望着地下。父亲抬起头来时,瑞安已经和他妈妈在一起了。他喝了一口水,仍然面带微笑,就像他刚刚得了冠军似的。

过去训练的日子像电影画面一样从父亲脑海里掠过——全是儿子失误的画面。他努力去做了,还在继续努力着。

这时,瑞安望着父亲,竖起了大拇指。父亲一下子恍然大悟,棒球之于瑞安确实不同于棒球之于自己,不管儿子的成绩如何,他能从中找到乐趣,是的,这才是关键所在。

父亲向瑞安笑了笑,回他一个竖起的大拇指。他转身回到场里,父亲终于没再走到场外,放心地坐了下来,心里赞叹着儿子健康、积极的心态。训练结束后,父亲吃着冰淇淋,拍拍儿子的肩膀,"嘿!小伙子!老爸真的为你感到骄傲!爸爸喜欢你玩棒球的态度。"

> 并不是每一次奋斗都要以丰收告终,太在意结果,我们就会失去奋斗的乐趣。没有快乐的过程,结果不论多么丰厚,都是枯燥无味的。

热爱某种东西的人会拥抱他们所喜爱的,而且从不放弃。

向儿子学习

我儿子丹尼尔从13岁就开始对冲浪充满狂热,每天上学前放学后,他都穿上湿的泳衣,划到冲浪线外,等着接受挑战。有一天中午,他对冲浪的热爱受到了考验。

救生员在电话中对我先生麦可说:"你儿子发生意外了!"

"情况有多严重?"

"不大好,当他冲浪冲到浪的顶端时,冲浪板的尖端正对他的眼睛刺过来。"麦可赶快把丹尼尔送到急诊室,然后他们父子就被转到整形医师的办公室,丹尼尔眼睛旁至鼻梁的地方缝了26针。

当丹尼尔的眼睛在缝针时,我在飞机上,正结束演讲准备飞回家,麦可父子俩离开医院后就直接把车子开到机场,他在门口和我打招呼,告诉我丹尼尔在车内等我。

"丹尼尔在车内?"我问道。我记得当时我想到那天的海浪一定不小。

"他发生了意外,但他会好起来的。"

对一个必须经常旅行的职业妇女而言,最糟的噩梦成真了,我快速向车子奔去,以致高跟鞋的跟儿都断了。我打开车门,带眼罩的小儿子俯身向前,对我展开双臂,哭着说:"哦!妈妈,我好高兴你回来了!"

我在他的怀里啜泣，告诉他当救生员打电话来，而自己却不在时的那种内心的自责与难过。

他安慰我说："妈妈，没关系的，反正你又不知道怎么冲浪。"

"你说什么？"我问道，真的被他的逻辑给搞混了！

"我很快就会好的，医生说我8天后就可以再下水了！"

他疯了吗？我原本想跟他说35岁以前都不准再靠近水，但相反的，我没有说，只祈祷他能永远忘记冲浪这回事。

接下来7天，他一直要我让他再回去冲浪，第8天我坚决地跟他说了第100次"不"，他却以其人之道，还治其人之身，把我打败了。

"妈妈，你不是教我们不能放弃自己所热爱的东西吗？"

接着他拿给我一件东西以便说服我，那是一首兰斯登·休斯的诗，诗框在画框里。丹尼尔买下来，"因为这首诗让我想起你。"

母亲致爱子

孩子，我要跟你说：

对我而言

生命从来就不是一座水晶的阶梯

上面有钉子

还有碎片

楼梯的木板也支离破碎

地板上也没有地毯

空荡荡一片

但我都一直往上爬

有时到达了，落脚了

有时转弯

有时在黑暗中摸索前进

四处一片漆黑

所以，孩子，你不要回头

也不要坐在阶梯上

就只因为你发现很难走下去

你不能一蹶不振

因为亲爱的，我还要继续走下去

我还要往上爬

生命对我而言

从来就不是一座水晶的阶梯

那时候丹尼尔不过是个热爱冲浪的小孩,现在他可是身负重任的成人了,他在世界职业冲浪选手中排名第 25 位。

我在远方的城市教导听众一个重要的原则,而就在我家后院,我受到了这个原则的考验,这原则就是:"热爱某种东西的人会拥抱他们所喜爱的,而且从不放弃。"

([美]丹尼尔·肯尼迪)

生活悟语

生活的道路绝不可能是一帆风顺的,追求的脚步如果总是因为挫折而停滞,那么我们永远只会在原地打转。永不放弃,勇敢向前,我们才能到达成功的彼岸。

困难像弹簧,考验你的强与不强——你强它就弱,你弱它就强。

跳 山 羊

体育课上,我们要"跳山羊"了,老师要我们先试一试。

"哇,这么远!"面对"山羊"离踏板那可观的距离,同学们惊讶了,以前的距离是非常短的,同学们都敢跳过去,可是今天却胆怯了。我心里也在打鼓,这么远的距离,我可能一下子越过吗?要是跌下来怎么办?有几个同学开始尝试了。第一个同学刚刚跑上跳板就减速,手一摸到"山羊"就站住了。也许他的心情和我一样,只是太紧张了,以至于不敢做动作。我真不敢想象自己跳的时候会是什么样。

同学们一个个慢慢地试着，几乎没有几个跳过去的。我的心情越来越紧张，猛然，我想起了一篇文章中讲的一个故事：天黑了，两个好朋友在深山中迷了路，他们坐在只有马背宽的山脊上过了一夜，他们以为自己的前面和两边是万丈深渊。可天亮后，发现自己坐在一块离地面不高的大石头上，只要再往下迈一步就会到达平地。作者不仅由此感悟，有人认为自己身处绝境，但只要勇敢地迈出一步，也许就会海阔天空，虽然这一步是艰难的。我想"跳山羊"不算什么绝境，但也需要勇敢地迈出一步，虽然胆怯，但要相信自己，还没试，怎么知道一定跳不过去呢？无论如何得试试，我下定了决心。

轮到我了，站在起跑线上，心里突然一动，会不会失败？转念再一想，反正已经下了决心，又何必想这么多？我开始助跑，来到踏板上，我没有减速，而是一跃而起，心一下子提到了嗓子眼。就在马上可以跳过去的一刹那，右腿突然被什么东西挡了一下，于是身子一歪，我扑倒在体育老师的怀里。这时，老师对我说："就差一点儿，腿再分大一点儿就跳过去了。"这句话像一针强心剂，赶跑了我心头的阴云。何必为这一次的失败而懊恼呢？我不是已经从不敢跳到敢跳了吗？我又在为自己打气。

这时老师要做示范了。我注意看着。助跑，加速，起跳，老师的身体腾空而起，双腿在空中划过两道漂亮的弧线，像燕子一样过去了。我回想了几遍老师的动作。又该我上阵了，我深吸了一口气，开始助跑……终于，我跳过去了，我心里这才轻松了许多。试想，如果我始终不敢尝试一次，那么也就谈不上现在的成功了。

"跳山羊"是这样，我们在生活、学习中遇到某些困难时不也正应如此吗？如果遇到一点儿困难就退缩，不敢大胆去尝试，那又怎么有成功的可能呢？

（王政芸）

325

生活悟语

生命在于运动，运动不仅能强健体魄，还能给我们的生活以启示。"跳山羊"就好比生活中的很多困难，其实它们并不是我们想象中的那样难。困难像弹簧，考验你的强与不强——你强它就弱，你弱它就强。

> 人与人之间的差别，其实是很微小的，有时只需比别人快百分之一秒或十分之一秒，你就赶在了别人的前面。

超越只需百分之一秒

1996 年，在奥运会连破 200 米和 400 米短跑两项纪录的美国运动员迈克尔·约翰逊谈了他用 10 年的时间才把成绩加快了一秒多的经验：你要付出远远超乎大多数人所想象的努力才可望成功，有时只是 1/100 秒或 1/10 秒之差，就决定你能否成为世界上跑得最快的人，伟大与平凡、成功与失败只是一线之隔。

人与人之间的差别，其实是很微小的，有时只需比别人快 1/100 秒或 1/10 秒，你就赶在了别人的前面。

而仅是这 1/100 秒或 1/10 秒的超越，却要花费你毕生的精力。

人生千万不要因为自己付出甚多，却收获甚微而放弃努力。因为你超越了一点点，也许仅是一线之隔，你超越的，就是身后的一大群。

（黄小平）

生活悟语

堡垒容易被人们从内部攻克，同样，生活的竞争中最大的对手其实就是我们自己。不管是做人还是学习，最难的就是不断超越自我。一个人如果能不断地克服来自内心的疑虑，不断地激励自己，就能使自己不断冲向新的高度！

我们常会惊叹别人一鸣惊人的成功，却不知为了这个成功，他们付出了多少汗水，不知道他们百折不挠地做了多少努力。

球杆见证夺冠路

被英国媒体称做"东方之星"的丁俊晖，性格内向、好强，是个外柔内刚的孩子，非常适合台球运动。他8岁半接触台球，13岁获得亚洲邀请赛季军，从此"神童"的称号不胫而走。对于丁俊晖这样一个"手艺人"来说，工具的更新见证了技术的升级，丁俊晖至今一共更换了4根球杆，一路走来，球杆见证了丁俊晖的夺冠路。

第一杆:神速　从宜兴到东莞

"第一根杆是我8岁时爸爸买给我的，挺便宜的。"很难想象一个整天抱着比自己还要高的球杆的小孩该是什么样子，但可以想象宜兴当地台球高手输给小孩丁俊晖时的惊讶表情。每天10小时以上的"工作"强度，没多久丁俊晖的第一根杆就以开裂告老，于是在南下东莞前，丁俊晖又得到了一根新杆，这次的贵多了。

第二杆:清苦　从东莞到釜山

初到东莞，为了让儿子能够尽量多休息，父亲丁文钧就在球房的一角，用一块三合板隔出了一个三角空间，每天练完球，父子俩就蜷在里面的一张铺上睡觉。没有外来的经济支持，一切花费全是父亲的积蓄。"当时赢比赛的动力很大一部分是为了给家里挣钱。在广州的一次比赛上，我得了冠军，拿了2.6万元人民币的奖金，我自豪地对爸爸说:'儿子能赚钱让你们好好养老了。'"在丁文钧眼里,那段南下的日子是最为艰苦的,但也正是在那段时间,丁俊晖球艺大进,接连获得了许多奖项。

第三杆:冲突 从釜山到英国

获得了世界青年冠军,就拥有了转成职业选手的资格,但由于丁俊晖当时不满 16 岁,"转正"还得等一等,但没想到这一等竟等来了"非典"。在 2003 年长达三个月的时间里,丁俊晖基本处于没有比赛可打的尴尬境地。为了让丁俊晖保持状态,丁文钧"逼"他每天长时间地进行乏味的练习,同时,还把儿子最为钟爱的游戏机没收了。父子间第一次爆发了冲突,"那个时候我知道孩子快崩溃了,但台球不练是不行的。"

2003 年下半年,丁俊晖如约"转正"成功,跻身世界十二强,去英国打上了世界台球职业巡回赛,获得了 4 万英镑的年收入,"对手全是排名比自己高的,一个月打下来输的次数几乎赶上了以前好几年一共输的,也没人能说说话,所以老想家了。"英国的情况比丁俊晖想的还要糟,身边没有了一直照顾他的父亲,再加上语言不过关,使他在刚到英国的日子举步维艰,"输得多了就无所谓了,放开了打,现在被我甩在身后的也有几十人了。"作为台球职业联赛历史上最年轻的选手,丁俊晖一直在用自己的心态和成绩去征服对手,"现在彼德·艾伯顿(曾经世界排名第八的英格兰球手)会邀请我去他的台球俱乐部玩,泰国名将瓦塔纳也时常光顾那里。去年底,艾伯顿还建议我定制了一根球杆,200 英镑呢,但的确挺好用的。"

第四杆:渴望 从英国到北京

现在,丁俊晖正是用他的第四根球杆获得中国公开赛冠军的。"每次换杆我的成绩都能提高。"虽然丁俊晖渴望能在本土打败世界第一奥沙利文,但因为后者的缺席没能实现,但他马上就要回到英国继续参加职业巡回赛,击败奥沙利文有的是机会,"再给我 3 年时间,我一定能进入世界前十。"

生活悟语

我们常会惊叹别人一鸣惊人的成功,却不知为了这个成功,他们付出了多少汗水,不知道他们百折不挠地做了多少努力。没有专注的铺垫就没有成功的高度。

第十五辑 优美的艺术 优雅的生活

研究表明，文科大学生的自杀率比理科生低，虽然他们未必比理科生懂赚钱，但文学却使他们更懂得生活的真谛。几乎每一个儿童都天生喜欢艺术；他们生来就喜欢涂抹颜色、喜欢音乐舞蹈，天生喜欢模仿——艺术带给我们本能的快乐。

文学和艺术可能未必使我们考试得高分、生活富足，但却使我们有了热爱生活的理由。

男孩的做法惊呆了台下的观众，全场顿时鸦雀无声，只有《阿依达》的前奏在剧场中低沉、缓慢地响起。

我一直在努力

意大利歌剧团的经理加洛·罗希带领他的歌剧团到巴西进行巡回演出。为了吸引观众，罗希聘请了巴西著名的音乐家莱奥波尔多·米盖尔做乐队的指挥，但除了指挥外，乐队的其他成员都是意大利人。不知为什么，剧团的首场演出就被当地媒体批得一无是处。乐队成员抱怨巴西指挥态度傲慢、才能平庸，导致演出失败。而米盖尔也不甘示弱，第二天就在报纸上发表公开信说："那些意大利乐手自满而懒惰，还对我出言不逊。"这位巴西指挥声明当日就退出巡回演出活动。

当天下午是巡演第二场，剧目是《阿依达》。节目单是早已印发的，多数巴西人几天前就买好了票。因为米盖尔在里约热内卢很有威望，而巴西的听众听说他们喜爱的指挥愤然辞职，于是都把矛头指向了那些"外国人"：意大利人对米盖尔不敬，就是对巴西的蔑视。于是，幕布还没有拉开，剧场内已是一片混乱，跺脚声、叫骂声和口哨声不绝于耳。

米盖尔辞去歌剧团乐队指挥的职务后，按计划，这一位置将由指挥助理代替，但助理刚刚来到舞台前的乐队边，观众席上就响起了此起彼伏的口哨声。原来，观众在节目单上看到指挥助理的简介，他是意大利人。

此起彼伏的口哨声使指挥助理气愤地掷下指挥棒，离开了乐队，台下更是群情激奋。气氛骤然紧张，歌剧团的经理罗希只好出来指挥。然而，当他小心翼翼地拨开幕布，很快又被嘘声淹没，因为，在他的简介上，他仍是一个意大利人，他只好又灰溜溜地逃回了后台。

看来，只有找一个巴西的指挥才能让愤怒得快要失控的巴西人平息下来。可是，要想立刻找到一个熟悉整场歌剧曲子的巴西指挥根本是不可能的，经理罗希既烦躁又无可奈何。

优美的艺术 优雅的生活

突然,有人说:"让他试试看,节目单上没印他的名字,而整场歌剧的曲子他都记得。"被推荐的这个人就是坐在乐队后排 19 岁的大提琴手。这个年轻的男孩坐的位置是如此的微不足道,以至于有人对他说:"反正你在最后一排,而且只需合奏时拉几下琴,你即便趁机去逛逛这异国风情的夜景,也没人知道少了一个人。"但男孩没有溜走。现在,这位默默无闻的大提琴手被推上了指挥台,观众们把节目单翻得沙沙作响,但根本找不到这个清瘦的男孩的名字和简介。或许他是一个巴西人吧,台下的谩骂声减弱了一些。

这时,在众目睽睽之下,男孩忽然抬手合上了面前的乐谱,他告诉台下的观众,他要全凭记忆指挥。男孩的做法惊呆了台下的观众,全场顿时鸦雀无声,只有《阿依达》的前奏在剧场中低沉、缓慢地响起。演出结束后,巴西观众才发现这个年轻的指挥其实也是个意大利人。只是,太晚了,他们已被他的才华深深打动了。这场 1886 年 6 月 25 日在巴西里约热内卢上演的歌剧在整个音乐界引起了轰动。一个音乐史上的传奇也从此诞生,不知名的大提琴手从此一炮走红。

这个男孩的名字叫阿尔图罗·托斯卡尼尼,1867 年生于意大利帕尔玛市一个贫穷的裁缝家里。有记者采访托斯卡尼尼时说:"托斯卡尼尼先生,你的成功简直就是一个奇迹,年轻的你真是太幸运了!"

托斯卡尼尼微笑着说:"哦,我不认为我的成功仅仅是因为幸运。要知道,我 9 岁时就进入帕尔玛皇家音乐学院,跟卡里尼学大提琴,也偷偷学钢琴,还常常私自组成学生小乐队,自己任指挥。18 岁时,就以优异的成绩毕业于帕尔玛皇家音乐学院大提琴班与作曲班。指挥主要是靠自学,有天赋、有乐感的人才能成功。为了日后能成为一名出色的指挥家,你不知道,这 10 年来我可是一直在努力啊!"

(马付才)

生活悟语

　　幸运只是说明得到机会的几率比别人高,但并不代表成功的几率也同样高,决定成功几率的更重要的是把握机会的能力。有些人虽然有许多的机会,也一事无成;而有些人只抓住了一次机会,就获得了大成功。

　　文学艺术能让我们的情感体验更加丰富，能唤起我们勇于面对困难的意志和斗志，能让我们的人格更加健全，能让我们更智慧。

一张废纸片成就的文学大师

　　这是一个阳光明媚的春天。美国密苏里州的大街上，行人散淡，有人手拿书本坐在街边的木凳上翻看着。这个时候，在不久之后的未来将要成为美国文学之父的马克·吐温，因为无所事事，也来到这个大街上闲逛。当然，当时的马克·吐温还一文不名，就连他自己也不知道他的名字将要响彻世界文坛。

　　这个时候，马克·吐温只有 14 岁。他漫不经心地走着，突然发现路边一个人正在翻看的书中掉下了一张纸。他以为，也许是一张银行存折，也许是一张现金借据，或者是一张财宝藏图。总之，他以为这是上帝的恩赐，他马克·吐温发财的机会来了。他快步上前捡起那张纸片仔细看，不是他想象的发财机会，那是一张记载着一个叫约翰的人的传奇故事，他闲着也没有事情，就从头至尾地阅读起来。没有想到这张纸片的故事如此离奇，一向讨厌读书的马克·吐温竟然读得如痴如醉。但是，接下来却让马克·吐温为难了，只有一张纸，约翰的故事中断了，可是他实在想知道故事的下文和结局。他立即在街上寻找那个拿书的人，希望能够借他的书让自己看完约翰的故事。但是，那个人早就没有踪影了。

　　他立即去书店和图书馆寻找阅读有关约翰的书。虽然这个时候年轻的马克·吐温已经开始工作，而且非常繁重，但是这丝毫没有影响他对于约翰的兴趣。当其他的人都去喝酒玩乐的时候，他独自一人待在房间里看书，看不懂的地方就去查字典。甚至有一次，由于他彻夜阅读，到天亮了才刚刚睡下，其他人都准备上班去了，喊他一起去，他竟然说："你们先睡吧，我得再看一会儿书才睡。"

　　后来的传记作家卞曾在马克·吐温的传记作品中这样写道："偶然得到的

约翰传记中的一张纸,引起了马克·吐温对其生平的浓厚兴趣,对这种兴趣的热衷就是他一生智慧的启蒙标志,而且这种兴趣至死都没有改变。从捡起那片废纸的那一刻起,他就走向了开创自己卓越智慧的路途。"

不久以后马克·吐温就开始了自己出外谋生的经历,做印刷厂的排字工人,来往于密西西比河一带的几个城市。他依然在不间断地阅读,并利用一切业余时间开始了创作,给报刊投稿。几年以后,他当上了河上领航员。因为经常听到水手测量水的深度时喊"马克·吐温",意思是说水的深度可以航行,他就选择了"马克·吐温"作为自己的笔名。因为他的经历惊险动荡,常常接触到社会最底层各种各样的人物,对他们的性格和生活状态进行了深刻的描述和挖掘,加上他幽默风趣的文笔和辛辣的讽刺,他的作品很快在美国文坛走红。1862 年,这个几乎没有进过什么学校,靠一张废纸片引起阅读兴趣,一直在流浪中读书写作的青年人,终于靠自己的文笔,在自己 27 岁的时候成为《事业报》的新闻记者,以记者的身份游历欧洲,从此开始了自己叱咤世界文坛的文学创作道路。

1867 年 3 月,马克·吐温完成了他的第一部作品,即包括《卡拉韦拉斯县驰名的跳蛙》在内的短篇小说集。他最著名的作品是《汤姆历险记》和《顽童流浪记》,当中呈现了他童年生活的面貌,文笔生动活泼,深受读者喜爱。美国著名作家海明威曾经说:"美国的整个现代文学,都发源自一本书,它的名字就是《顽童流浪记》。"马克·吐温在 40 年的创作生涯中,写出了十多部长篇小说、几十部短篇小说及其他体裁的作品。他的文章充满了喜悦、冒险、进取、轻快、幽默的意味,最能代表美国的民族性,因而被称为"幽默大师"。

马克·吐温的幽默不仅反映在作品中,他日常的言谈也风趣幽默。有一年愚人节,有人愚弄马克·吐温,在纽约一家报纸上报道说他死了,结果,他的亲戚朋友从全国各地赶往他家吊丧,却见马克·吐温正在桌前写作,于是齐声谴责那家造谣的报纸。马克·吐温却不愠不火地说:"报纸报道我死是千真万确的,不过把日期提前了一些。"

这就是被世界文坛誉为美国的"文学林肯"的马克·吐温。

(鲁先圣)

生活悟语

文学艺术能让我们的情感体验更加丰富,能唤起我们勇于面对困难的意志和斗志,能让我们的人格更加健全,能让我们更智慧。

音乐从钢琴中倾泻出来，弥漫着、扩散着。这里出现的，不是波兰的恐怖、哀怨的命运，也不是战争和死亡。

三位钢琴家演奏《波兰舞曲》

著名的波兰钢琴家、作曲家肖邦，自从 1831 年华沙起义失败后便在巴黎定居。

这天，巴黎的波兰贵妇人伍定斯基家里来了三位客人。他们都是当时有名的音乐家，也是伍定斯基家的常客。他们是德国的希勒、匈牙利的李斯特和波兰的肖邦。音乐家相见，话题自然而然地围绕着音乐的内容，渐渐地谈到了对民族音乐的看法。这时，他们之间就出现了分歧。原来，希勒不承认音乐有民族意识的存在，他是一个主张"绝对音乐"的作曲家；李斯特是近代标题音乐的鼻祖，他承认任何音乐必定有它的内容；肖邦则认为，他的音乐是绝对的民族音乐。艺术家特有的固执让三人在这一问题上争论不休，气氛有点儿紧张起来。

于是伍定斯基出来说话了，她说："肖邦刚好完成了一首《波兰舞曲》，争论是难有结果的，不如大家都到钢琴上来演奏一遍，以便证实一下乐曲中到底有没有民族意识这回事。"大家都觉得这是个很好的建议。

于是，首先由希勒坐在钢琴前，把《波兰舞曲》严谨地、以最纯熟的技巧弹奏了出来。因为他认为：如果音乐具有内容，必会破坏音乐的完美的意境，所以他的演奏，确实能令人惊叹他的准确和技巧；但除此之外，就只有茫然和空虚之感了。

李斯特接着坐到钢琴前，他知道，肖邦这首《波兰舞曲》是为了被敌人瓜分了的波兰而作的，李斯特也为此感到同情和激愤。于是，在他的音乐中，人们听到了枪声和火焰，战斗和奔马。战斗结束后，是被蹂躏的波兰女人和儿童在啼哭，最后是绝望的呼喊和勇猛的爱国志士们的热血在沸腾。一曲既罢，四个人的脸上都是泪水。

优美的艺术 优雅的生活

最后,肖邦坐到了钢琴前。他坐着沉默了很久,因为他觉得,李斯特对这首舞曲的理解是错误的,他必须自己来给以正确的表现。当他的心全部进入音乐境界的时候,只见他轻轻地、喃喃地说:"波兰还没有灭亡!"

接着,音乐从钢琴中倾泻出来,弥漫着、扩散着。这里出现的,不是波兰的恐怖、哀怨的命运,也不是战争和死亡。这里出现的是波兰的阳光,阳光下是波兰的村庄、羊群;田野里开放着繁茂的鲜花;接着,是波兰的山川流水;愉快而幸福的村民,仿佛在一个假日吹着笛子在舞蹈,还有孩子们在嬉戏……

演奏结束了,四个人都静止不动。肖邦在沉默了一会儿之后,以更轻柔的音调又说了一遍:"波兰还没有灭亡!"

其他三个人也不由自主喃喃地说:"波兰还没有灭亡。"

四个人的面颊,都被肖邦音乐中的情绪所感染,仿佛他们都经受了波兰的阳光的照耀,浮泛着幸福的红光。从音乐里,仿佛突然看到了波兰,认识到波兰是一个多么美丽的国家……

生活悟语

　　艺术的魅力在于,她能深深地打动人的心灵,总是能给人无穷的力量,激励人永远追求理想,保持着对生活的激情,让人们看到未来,看到希望。

　　一尺深的热爱,是人生的基本态度,它会护送我们顺利泅渡苦海,抵达成功的彼岸,酣享快乐和光明。

一　尺　深

　　一位朋友成为某知名杂志的签约作家之后,好运接二连三,先是被省作家协会吸收为会员,然后从一名小出纳,摇身一变,成了某大学文学院的教师。那一年,他28岁,已有近60万字见诸报刊。

很多学生对他所取得的成绩极为欣赏，赞叹不已。不少文学爱好者向他求教："老师，你的写作那么出名，一定有什么秘诀吧？"他向学生坦言："秘诀就是两个字：热爱。"学生进一步打探："如果要达到你现在的水平，到底要热爱到什么程度？"他回答说："一尺深。"

学生们不懂什么是"一尺深的热爱"，纷纷向他投出狐疑的目光。

朋友带他的学生来到家里，从床底下搬出一捆纸，纸上密密麻麻写满了字，那都是他最初写的从未发表过的废稿，足足一尺厚。

他告诉学生："如果想在写作上有所建树，就要保持一尺深的热爱，也就是说，坚持写完一尺厚的废稿。期间，不心急，不绝望，心中总有期待和热爱，对前路充满信心和希望。"

学生们恍然大悟，文满芳华，不是唾手可得，而是非得下一番苦工夫不可。他们激情满怀，个个跃跃欲试。

朋友接着说：

"对写作，也只能是一尺深的热爱。如果写了一尺废稿之后，还停留在原有水平，那注定此路不通，不如改做他行，省得文章误我，蹉跎岁月。

"不碰壁，不知自己的斤两，不到黄河心不死。写呀写，写到黄河边，发现有文心而力不逮，无疑是无桥无渡之境，不死心，必将贻误一生。

"其实，做任何事都是这样，保持一尺深的热爱。爱要爱得深沉、执著，但是，在发现爱得无门无路之后，一定要记得抽身而退。"

一尺深的热爱，是人生的基本态度，它会护送我们顺利泅渡苦海，抵达成功的彼岸，酣享快乐和光明。

（陈志宏）

336

生活悟语

鲁迅说他成功是因为别人在喝咖啡的时候，他却在写作。一个成功的人固然比一个常人努力百倍，但如果平摊到一生，常人和成功的人每小时的差距可能只是几分几秒。

成功是一个未知的终点，当我们全力以赴、锲而不舍，当我们朝着成功的方向不断努力，我们就会不断靠近成功。

《战争与和平》的创作经过

19世纪50年代末和60年代初的俄国，正处于一个十分动荡的时期。国家的前途和命运如何，成了当时知识界普遍关心的问题。这个问题也引起了著名作家托尔斯泰的关心和注意，他想写一部长篇历史小说来回答这个问题。

1863年夏天，托尔斯泰开始构思这部长篇小说，叙述1856年从西伯利亚到俄罗斯西部的一个十二月党人的故事。

积累原始材料的过程是重要的，托尔斯泰深知这一点，在写作过程中，托尔斯泰经常不断地做笔记。在莫斯科，在亚斯纳亚·勃良纳，在基辅公路上散步，和客人围坐喝茶，找到一些老学者虚心地向他们请教——无论在什么地方，他都用锐利的、好奇的眼光注视着一切，为他的长篇小说写下一些零散的笔记，积累一些原始材料。

有一次，他的新婚妻子忍不住问他在记什么，他说是在记你们；妻子又问，我们有什么可记的？这次，托尔斯泰摇摇头不说话了。其实他已经把他周围生活中的人记在了笔记上，准备为他的长篇小说作铺垫。

还有一次，他对妻子开玩笑地说："你以为你在这儿是白住的吗？我把你的行为都记下来了。"

确实是这样，托尔斯泰在妻子塔吉雅娜·别尔斯身上找到了《战争与和平》的女主人公娜塔莎·罗斯托娃的原型——自然而爽直、富有乐观精神的俄罗斯妇女的典型。他还从他的先人和亲属中寻找作品中的人物：如书中的伊利亚·安德烈耶维奇·罗斯托夫伯爵的原型是作者的祖父，彼拉格雅·尼古拉耶夫娜·罗斯托娃的原型是作者的祖母，尼古拉·罗斯托夫的原型是作者的父亲，玛丽雅公爵小姐的原型是他的母亲，老公爵尼·安·鲍尔康斯基的原型是他的外祖父，安德烈·鲍尔康斯基公爵的性格很像作者的哥哥谢尔盖·尼古拉耶维奇。

不过，托尔斯泰从来不描绘丝毫不改变的肖像。有一个朋友问他："鲍尔康斯基公爵的原型是谁？"他在信中回答："如果我的全部创作都在于依样画葫芦……我是没有颜面发表出来的。"有一次谈论他的人物姓氏时，他说道："假如直接根据一个真人来描写，结果就根本成不了典型。而我需要做的恰恰是从一个人物身上撷取他的主要特点，再加上我所观察过的其他人的特点，这才是典型的东西。"

在描写战争的时候，作者结合他曾参加过战争的感受，极力想从"流血、苦难、死亡"中表现真正的战争，而不加任何掩饰。

小说《战争与和平》就这样诞生了。小说一出版就受到各界读者的喜爱，成为世界文学史上一部雄伟壮丽的史诗巨著。

生活悟语

成功是一个未知的终点，当我们全力以赴、锲而不舍，当我们朝着成功的方向不断努力，我们就会不断靠近成功。所有伟大的事件都是从最小的积累开始的。

生活中的很多细节，如果我们熟视无睹，那么它们就一文不值；但如果我们细心观察，并加以分析，它就可以成为我们生活的经验。

福尔摩斯的原型

20世纪初的一天夜晚，十几个客人周末在苏格兰打猎后，围着餐桌坐下，讨论一些未破获的著名案件。其中一位客人约瑟·贝尔医生畅谈他的演绎侦探术，非常专业。这位著名外科医生的神奇推论，影响了作家柯南·道尔、罗勃·路易·斯蒂文生与戏剧家詹姆斯·巴里。

　　福尔摩斯的演绎与分析法则都是贝尔医生在实际生活中常常讲起的。"我一向教学生注意观人于细微的重要性,琐碎事物里所含的意义无穷。"贝尔医生有一次对一位新闻记者说:"无论做哪一种手工艺,几乎都会在手上留下记号。矿工手上的疤痕和石匠的不同,木匠手上的胼胝(pián zhī)和泥水匠的又不一样.军人的走路姿态和水手有分别.特别是妇女,善于观察的医生往往可以准确地猜出她身体哪一部分有病。"

　　"一般人都会看,却不会观察,"他说,"其实只要一瞥,就可以从一个人的脸上看出他的国籍,从手上看出他的行业;其余一切,也可以从他的步伐、举止、表链装饰物以及粘在衣服上的线头看出来。

　　"一位病人走进屋里来,我正在那里教几个医科学生.我说:'这位先生在苏格兰高地部队当过兵,大概是一个军乐队队员。'我指出他走路大摇大摆的样子,像是苏格兰高地部队的风笛手;他身材矮小,如果当过兵,大概是做军乐队队员.可是他坚持说自己是鞋匠,从未入伍。

　　"我请他脱下衬衫,看到他皮肤上烙有一个蓝色的小小的'D'字.在克里米亚战争时,逃兵照例都烙上这个标记.他终于承认在高地部队当过军乐队队员,简单得很。"

　　有一个人听了说:"贝尔医生几乎可以做福尔摩斯。"贝尔医生立即叫道:"亲爱的先生,我就是福尔摩斯。"

　　柯南·道尔在自传里承认,的确是从贝尔医生那里得到灵感,写出小说中那位不朽的大侦探。

　　道尔曾在自传里提到过贝尔医生观察入微的另外一个例子。这位医生默默地对一位病人看了一会儿,说道:"你从前在陆军服役,隶属苏格兰高地部队,不久前才退役。"

　　"是的。"

　　"是士官,驻扎在巴贝多斯?"

　　贝尔医生转过头来对他的学生说:"你们看出了吧,他是位有礼貌的人,但并不脱帽.陆军是不脱帽的,如果退役已久,应该已经学会了平民的习惯.他气概威严,又显然是苏格兰人.至于巴贝多斯,他患的是象皮病,这就证明他驻在西印度群岛。"若干年后,道尔对这件事记忆犹新,曾在福尔摩斯侦探小说《希腊通译》里作过详尽的复述。

生活悟语

　　生活中的很多细节,如果我们熟视无睹,那么它们就一文不值;但如果我们细心观察,并加以分析,它就可以成为我们生活的经验。用心观察可以让我们的思维不断深化。

340

　　观察是得到一切知识的一个重要步骤,是智慧的"眼睛",只有懂得细心观察的人,才能捕捉到创新的火花。

两个作家的"笑话"

　　有一次,巴尔扎克和司汤达在巴黎的街上相遇了。两位作家寒暄一通后,话题集中到了观察和体验生活上。

　　巴尔扎克笑着说:"我喜欢跟在别人后面,听他们说家常,就因为这,还闹过一个笑话呢!"司汤达惊奇地问道:"什么笑话呀?"巴尔扎克兴致勃勃地说道:"有一天夜里,我在巴黎巴耐区的街头散步。11点钟的时候,从戏院里走出一对工人模样的中年夫妇,还领着两个孩子。于是,我就习惯性地跟了上去,在他们后面看着听着。这对夫妇先是谈论今天晚上演的戏,都说演得挺不错,尤其是里面那个小丑,太逗了,如果下星期六还演这戏的话,一定要再买票看一遍。谈到买票,话题转到了钱上。女人叹着气说,这几天土豆又涨价了,今后顿顿有土豆吃是不可能的了;又说欠面包房的钱该付了,因为面包房的老板今早来讨债了,并且说了很难听的话,让人受不了;最后又埋怨天气,说今年冬天真长,老是下雪刮风,日子实在难熬……说着说着,两口子好像吵了起来。女的骂丈夫不顾家,不该老是往酒馆里跑;男的说妻子不体谅他,身边零钱恨不得给他掏光。我入迷地跟着听着,浑然不觉地来到他家门口。直到他们停下谈论,掏出钥匙开门的时候,我才醒悟过来。差点儿钻进他们屋里去。"

此时的司汤达笑得上气不接下气:"这个笑话蛮有味道,只是我不明白你为什么老是喜欢跟踪行人呀?"

巴尔扎克回答道:"我认为这是一种贴近世人身体与灵魂的方法。采用这种方法,就能走进他们的生活。他们的愿望、他们的需要、他们的灵魂,不知不觉地就被我摄取到笔下了。"

巴尔扎克讲完后,司汤达也不由得讲起自己生活中的一件趣事:

"有一回,我独自一人外出旅行。在旅途中,有人问我是干什么的,我随意答道'观察人心的'。问的人听了吓了一跳,以为我是警察局的密探,马上躲得远远的。其实,我回答的是一句心里话,我首先要观察社会、观察人生,然后才能进行创作。"

生活悟语

　　一个苹果从树上掉落,我们看到的只是苹果的成熟,牛顿却能通过观察和实验研究,发现万有引力。观察是得到一切知识的一个重要步骤,是智慧的"眼睛",只有懂得细心观察的人,才能捕捉到创新的火花。

　　人生是有很多机会的,只要抓得住,也许那个成功的人就会是你。

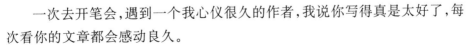

不放过擦身而过的每一次机会

　　一次去开笔会,遇到一个我心仪很久的作者,我说你写得真是太好了,每次看你的文章都会感动良久。

　　他说:"知道吗?如果不是写字,也许我就是一个小木匠,或者进了监狱也说不好。"

　　我很吃惊:"为什么?"

　　15年前,我是一个14岁的少年,顽劣而调皮,不只是调皮,我还偷东西,同学们有什么值钱的好玩的、好吃的东西全都让我偷了来。我名声极坏，在社会上有一帮小哥们，一起打架，简直不可救药，我父母对我无可奈何。我父亲就是一个小木匠，在村子里名气很大，为我偷东西他快打折我的腿了，但我却怎么也改不了这个坏毛病，看到好东西手就痒痒。父亲说中学毕业后就跟他去做木匠活算了，学，是不能再上了。

到初二的时候，我们换了班主任，是刚毕业的一个女大学生，很漂亮，梳着短发，脸上有几粒很生动的雀斑，总爱穿一条红裙子，班里的男生都很喜欢她。我一直以为她很讨厌我，所以，并没有因为她的到来而有所改变。

一次，我又偷了前桌女生的一个转笔刀，那是她爸爸从上海给她买来的，十分漂亮，是我们小城没有的，女生指桑骂槐地骂着："谁偷了我的转笔刀就会把手烂掉。"我无所谓地看着窗外，那些话对我不起任何作用。但老师过来了，她看着我，静静地看了几秒钟，然后对我前桌的女孩子说："不能说他偷吧？也许他就是拿去用用明天就还回来了呢？"

我的眼泪差点儿掉下来。从前的老师总是把我叫到办公室逼我，然后指着我的鼻子骂道："早晚有一天你要进监狱的。"

但她却这样委婉地解释着，我的心柔软起来，第二天早早地去了，把转笔刀放回了她的铅笔盒里。

那件事情成了我的一个转折点，我再也不偷了，因为她说她相信好孩子变好了就不想再变坏了。

她教我们语文，我开始喜欢她，上她的课我全神贯注。有一次作文课，她让我们写秋天，我刚好看完杂志上一篇写秋天的，就几乎一个字没有动抄了给她。

没想到她拿到班里当了范文，她说，希望我继续努力，因为她说我是很有希望的。

那一刻，我心里热热的，14 年来，没有人认同过我，她是第一个，而我却欺骗了她。

但我无比地认真起来，作文成绩一天好似一天。16 岁的时候，我的文章登在《少年文艺》上，我把那本杂志第一个就给她送去。她笑了，然后鼓励我："好孩子，有一天，你会成为一个作家的。"

多年以后，我真的成了一个作家，爱上了文学和写作，是从她的一次鼓励开始，我开始了自己的努力；原来，很多事情，我也可以做得到。

偶尔有一次我去看她，却无意间发现她也有那本我抄过文章的杂志。原来，老师一直都知道我是抄的，但她不愿意放弃对我的鼓励，她深深地知道，对一个孩子的鼓励要比对他的批评效果好上一千倍。

听完这个故事我很感动，那个美丽的中学女教师，用她善良而宽容的心把一个浪子唤了回来。而这个作家告诉我说，是老师给了他机会，而他自己没有放过这次擦肩而过的机会。

人生是有很多机会的，只要抓得住，也许那个成功的人就会是你。

（雪小禅）

生活悟语

每个人难免会走一些弯路，这时，一句善意的提醒可能会影响我们的一生。我们现在仍然看到有很多人在弯路上越走越远，因为不是每个人都那么幸运。

不仅把眼睛所能看到的东西表现出来，而且把我们的思想所感受到的也表现出来。

毕加索——世界上最年轻的画家

伟大的西班牙画家毕加索死的时候是 91 岁。也许你要奇怪，为什么我们要把他叫做"世界上最年轻的画家"呢？这是因为在 90 岁高龄时，他拿起颜色和画笔开始画一幅新的画时，对世界上的事物好像还是第一次看到一样。

年轻人总是在探索新鲜事物，探索解决新问题的方法。他们热心于试验，欢迎新鲜事物。他们不安于现状，朝气蓬勃，从不满足。

老年人总是怕变化，他们知道自己什么最拿手，宁愿把过去的成功之道如法炮制，也不冒失败的风险。

毕加索 90 岁时，仍然像年轻人一样生活着，他不安于现状，寻找新的思路和用新的表现手法来运用他的艺术材料。

大多数画家在创造了一种适合于自己的绘画风格后，就不再改变了，特别是当他们的作品受到人们的欣赏时更是这样。随着艺术家的年龄增长，他们的绘画虽然也在变，可是变化不会很大了。而毕加索却像一位终生没有找到他的特殊艺术风格的画家，千方百计寻找完美的手法来表达他那不平静的心灵。

他身上首先引入注意的地方就是那双睁大了的眼睛的眼神。美国著名作家格屈露德·斯特安在毕加索还年轻时就曾提到他那双如饥似渴的眼神，我们现在也可以从毕加索的画像中看到这个眼神。毕加索在1906年给斯特安画了一张像，他是通过自己的记忆画了她的脸的。看过这张画的人对毕加索说：这不像斯特安小姐本人。毕加索总是回答说：太遗憾了，斯特安小姐必须设法使自己长得跟这张画一样才行呢。但是39年之后，斯特安说，在她的画像中，只有毕加索给她画的那张，才把她的真正神貌画出来了。毕加索作画，不仅仅用眼睛，而且用思想。

毕加索的画，有些色彩丰富、柔和，非常美丽，有些用黑色勾画出鲜明的轮廓，显得难看、凶狠、古怪，但是这些画启发我们的想象力，使我们对世界的看法更深刻。面对这些画，我们不禁要问，毕加索看到了什么，能使他画出这样的画来？我们开始观察在这些画的背后究竟隐藏着什么。

毕加索一生创作了成千上万种风格不同的画，有时他画事物的本来面貌，有时他似乎把所画的事物掰成一块块的，并把碎片向你脸上扔来。他要求着一种权力，不仅把眼睛所能看到的东西表现出来，而且把我们的思想所感受到的也表现出来。他一生始终抱着对世界十分好奇的心情，就像年轻时一样。

344

生活悟语

好奇心是对新鲜事物探索的本能，是人身上的一种最宝贵的天赋。只要我们能时刻保持可贵的好奇心，保持对生活的敏感，珍惜生活的每一天，活到老学到老，无论我们年龄有多大，都能拥有一颗年轻而有活力的心。

有些时候，赞扬是一种强大的推动力，它能点燃黑暗中的一截小蜡烛，在我们周围释放出耀眼而温暖的光芒。

贝多芬之吻

7 岁那年，爸爸要我到花园里给他帮忙。我干得很卖力，爸爸重奖了我，他给了我一个吻，并说："谢谢你，儿子，你干得很不错！"这是我记事以来受到的第一次赞扬。它让我高兴和自豪了好一阵子。几十年过去了，爸爸的话还在我耳边回荡。

1953 年，我为 Deutsche 留声机公司录制了我的第一张管弦乐唱片。当时我弹奏的是李斯特的两支钢琴协奏曲，为我伴奏的是世界上最好的交响乐团之一——柏林交响乐团。第一支协奏曲我童年时期就非常熟悉了，所以完成得很顺利。但是第二天，第二支协奏曲的演奏就不那么顺利了。因为我只是在录音前的一小段时间里学习了一下李斯特的《二号钢琴协奏曲》，不是很熟练，所以心里很紧张。于是我们不得不一遍又一遍地练习演奏其中特别难的一节。过了一会儿，乐团的一名乐手起身对我说："别担心，福尔兹先生，您的第一支协奏曲演奏得非常出色，您没有必要这么紧张。我们敬仰您，支持您。"我微微一笑，又接着练习。终于，在正式录音时我一气呵成，漂亮地完成了演奏。

16 岁时，由于与音乐老师发生分歧，我备受冷落，陷入了深深的个人信念危机之中。正当我孤立无援时，我遇到了著名钢琴家伊穆尔·冯·索尔先生，他是李斯特最后一个在世的学生，他每年都要到布达佩斯来讲学。为了欢迎这位伟大的钢琴家，他的崇拜者们为他举行了盛宴，像供奉神仙一样对他充满了敬意。布达佩斯的一个音乐赞助人邀请我去参加宴会并拜见冯·索尔老先生，得知这个消息，我高兴得几乎要发疯了。

宴会上，冯·索尔先生请我为他演奏一曲。我在钢琴前坐了下来，开始以

C大调弹奏拜奇的《托卡塔》。他专注地听着，听完之后要求我再来一曲。我提议演奏贝多芬的奏鸣曲，他点头同意了，我便全身心投入地弹奏贝多芬的《悲怆》。当我弹完的时候，他要求我继续。于是我又弹奏了舒曼的《蝴蝶》。

当我结束演奏时，冯·索尔先生站起身走近我，在我的前额上深情地吻了吻，激动而庄重地说："我的孩子，当年我成为李斯特先生门下的学生时，也是像你这么大。在我上完第一课之后，李斯特先生吻了吻我的前额，然后说，'好好记住这个吻，这是贝多芬先生听完我的演奏之后给我的。'为了把这份神圣的遗产传给后人，我已等了许多年，现在我认为你应该得到它。"

冯·索尔先生对我的赞扬和他给我的贝多芬之吻，奇迹般地使我从对自己的怀疑和困惑中解脱出来。他帮助我成为了今天的钢琴演奏家，没有冯·索尔先生的鼓励，就可能不会有我今天的成功。贝多芬之吻帮助一个年轻的钢琴家打开了成功之门。

最近，在给一批年轻的钢琴家们上课时，我感觉他们其中有一个人很有潜力，就是自信心不足，只要我适时地推他一把，他完全可以做得更好。于是，我挑出一件他做得最好的事，当着全班同学的面表扬了他。虽然隔得很远，我仍能感受到他双眼迸发出的那种兴奋的光芒。此后，他迅速超越了自我，在极短的时间里就做到了更好，甚至连他自己也不敢相信他会有那么好的表现。寥寥数语的夸奖，就帮助他发挥了自己身上的巨大潜能，显露出了他的真正实力。

有些时候，赞扬是一种强大的推动力，它能点燃黑暗中的一截小蜡烛，在我们周围释放出耀眼而温暖的光芒。令人欣慰的是，无论什么时候，这种魔力总是屡试不爽。

（王启国/编译）

生活悟语

世界上，不只是演员需要掌声，如果没有赞扬、鼓励，任何人都会丧失自信，我们大家都有一种迫切的需要，即被别人称赞、认可。没有人不会被真心诚意的赞赏所触动，因为只有真诚的赞语才能给平凡的生活带来温暖的快乐。